キャサリン・フィッシャー
Catherine Fisher
井辻朱美 訳
Akemi Itsuji

SAPPHIQUE

サフィーク

魔術師の手袋

原書房

太陽をも星辰をも動かす愛

ダンテ

第*1*部　〈まことの魔法〉

1

サフィークは〈墜落《フォール》〉のあとで人が変わったと言われている。精神が傷ついてしまったのだ。〈監獄〉の深淵に落ち、絶望に落ちこんだ。彼は〈狂気のトンネル〉に這いこんだ。暗い場所を求め、危険な者たちを求めた。

『サフィークの伝説』

通路はひどく細かったので、アッティアは壁にもたれたまま、向かい側の壁を蹴とばすことができた。

薄暗がりの中でじっと聞き耳を立てていると、吐く息が、うっすら光る煉瓦をくもらせた。角の向こうで炎がちろりとゆらめき、赤いさざなみが壁をつたわってくる。

叫びたてる声が大きくなってきた。まぎれもなく熱狂した群衆の声だ。歓喜に吠える声、どっと笑いはやす声。口笛と、足を踏みならす音。喝采。

唇から滴り落ちる汗の玉はざりりと塩辛く、あの者たちと向きあわねばならないのだ、と思う。自分はもう入りこみすぎ、探しまわりすぎた。引き返せないほどに足を踏みこんでしまった。だから、いまさら自分の小ささや恐れを感じてもしかたがない。そう、ほんとうに〈脱出〉したいのなら。

アッティアは背すじをしゃんと立て、じりじりと通路の端に近づき、向こうをのぞいた。

何百人もの人間が、たいまつに照らされた小さな広場にひしめいている。みな背中をこちらに向けて押しあいへしあいし、汗まじりの体臭に鼻がもげそうだ。その人だかりのうしろから、老女がひとり、首をのばして、向こうを見ようとしていた。暗がりにはハーフマンたちがうずくまっている。少年たちはお互いに肩車をして、むさくるしい家々の屋根にのぼろうとしている。うすい帆布をかけた屋台では、湯気のたつ食べ物を売っており、タマネギと肉串の汁のつんとくる匂いに、アッティアはごくりと唾を呑みこんだ。

〈監獄〉のほうも、興味を示した。汚れた藁でできた軒の下にいる彼女の頭上から、小さな赤い〈目〉が面白そうにこの場面を見つめている。

歓声があがって、アッティアは肩をこわばらせた。そろそろと前に出る。屑肉を争っている犬たちを迂回し、うすぐらい戸口の前を通りすぎる。だれかがそこからするりと出てきて、後ろについた。

ナイフを油断なくかまえて、アッティアはふりかえった。

「見そこなうんじゃないよ」

スリはにやにやしながら一歩さがって、両手を広げてみせた。やせて薄汚れた男で、ほとんど歯がない。

「おっと、けんのん。何もしねえよ」

スリは群衆の中にまぎれこんでしまった。

「するところだったくせに」アッティアはつぶやいて、ナイフを鞘におさめ、彼のあとを追って人垣の中に分け入った。

人をかきわけてゆくのは大変だった。人々はぎゅうぎゅう押しあいながら、前で何が起きているのか見ようとしている。いっせいにうめき、笑い、おおっと嘆声をもらす。ぼろを着た子どもたちが、みなの足もとに這いこもうとして、蹴られたり踏まれたりしていた。アッティアは悪態をつきながら、割りこみ、隙間にすべりこみ、肘の下をかいくぐった。体が小さいのも時には役に立つ。とにかく前へ出なければならないのだ。彼を見なければ。

体をひねり、ぶつかられながらも、アッティアはふたりの大男の間にもぐりこんで、やっと息がつけた。

煙で喉がいがらっぽい。いたるところに松明がはぜている。目の前に、土を盛りあげた場所がロープで囲われていた。

その中に座りこんでいるのは一頭の熊だった。

アッティアは目をみはった。

熊の黒い毛並みは汚れ、目は小さく獰猛だった。首には鎖がかけられ、ずっと背後の暗がりの中にいる熊使いがその端を持っていた。顎髭の長いはげた男で、皮膚は汗に光っていた。わきには太鼓をつるしている。リズミカルにそれをたたきながら、ぐいと鎖をひっぱる。

ゆっくりと、熊は後足で立ち上がり、踊った。

人間よりも大きな熊は、ぎごちなくたどたどしく、回転した。口輪をかけられた口もとから唾液が滴り、鎖のあたった部分が毛皮に血のしみを残す。

アッティアは顔をしかめた。あの痛みをあたしは知ってる。

自分のうなじに片手をのばした。むかし鎖がついていてできたあざや打ち身の跡が、まだかすかに残っている。

熊と同じように、アッティアもかせをかけられた存在だった。フィンがいなかったら、今でもそのままだったろう。いや、死んでいる可能性のほうが高い。

フィン。

彼の名前は、それ自体が打ち身のようだ。彼の裏切りのことを考えると、胸が痛い。

太鼓の連打が激しくなった。熊ははねるように踊りだし、不器用に鎖をひっぱるさまに、観衆はどっと湧いた。アッティアはけわしい顔で見つめていた。ふと見ると、その背後にポスターがあった。しめった壁に貼られているのは、村じゅういたるところに掲げられていたのと同じポスターだ。いたんでぬれそぼち、隅がはげたポスターには威勢のよいあおり文句が並んでいた。

お見逃しなきよう
空前絶後の驚異のかずかず
失せものは見つかり
死者はよみがえる!!
今宵インカースロン一の魔道士登場！

サフィークの〈ドラゴンの手袋〉を持つ〈闇黒の魔術師〉参上！

アッティアはほとほと首をふった。二ヶ月間、あらゆる廊下や無人の翼棟、村、町、湿原、網の目のように張りめぐらされた白い独房のかずかずを、〈知者〉を、〈小房生まれ《セル・ボーン》〉を、あるいはだれでもいいからサフィークについて知っている者を探しまわったのに、見つかったのは、この裏通りのけちな余興だけだった。

人々は拍手し、足を踏みならした。アッティアはわきに押しやられた。押し返して目をやると、熊が調教師に向きなおっていた。男は綱をひいて相手を倒すと、油断なく、長い棒でもって闇の中へ押しやろうとしていた。アッティアのまわりの男たちが、大声で嘲った。

「お次はいっしょにダンスしてみろ」ひとりがわめいた。

女がひとり、くすくす笑った。

背後からざわざわと声があがる。もっと、もっと。何か新しいもの、何か違うものを。じりじり、いらいらが高まってゆく。ゆっくりと拍手が始まった。だが、それもまばらになって、消えた。

松明のあいだのからっぽの空間に、だれかが立っていた。

男はどこからともなく、あたかも影と火明かりの中から忽然と実体化したかのようにあらわれたのだ。背が高く、黒い外套には何百もの奇妙な小さな光がちりばめられていた。両腕をあげると、長い袖が垂れおちた。高い衿が首のまわりを囲んでいる。薄暗がりの中にいる彼は、若く、長い黒髪を垂らしていた。

だれも何も言わない。アッティアは、人々が衝撃に声を失ったのを感じた。

あれこそ、まさにサフィークそのひとだ。

サフィークがどんな姿かたちか、だれでも知っている。千もの絵姿、彫刻、記述がある。彼こそは〈翼あるもの〉〈九本指のお方〉〈《監獄》から脱出した者〉。フィンと同じく、彼も戻ってくると約束した。アッティアは不安にごくりと唾を呑みこんだ。両手がふるえている。こぶしをぎゅっと握りしめる。

「諸君」魔術師の声は静かだった。みなはかたずを呑んで、耳を傾けた。「わがはいの驚異の世界にようこそ。これからお見せするものを、ゆめまぼろしとお思いか。鏡や仕掛けのあるカード、隠し持ったる道具で諸君をあざむくつもりとお思いか。わがはいは〈闇黒の魔術師〉。まことの魔法をごらんにいれよう。星々の魔法を」

群衆は、あたかもひとつの生き物になったように、息を詰めた。

魔術師の掲げた右手には、黒い布の手袋がはまっており、そこからぱちぱちとまばゆい光がほとばしったからだ。壁に並ぶ松明の炎が燃えあがって、すうっと小さくなる。アッティアの後ろの女が、ぞっとしたようにうめいた。

アッティアは腕を組んだ。すくんだりしないで、見届けてやるつもりだ。あいつは、どういう仕掛けを使ってるの？　あれは、ほんとうにサフィークの手袋なの？　手袋がいまでも残っていたの？しかも、そこにまだ何かふしぎな力が残っていたの？　そんなことがある？　けれども見つめているうちに、疑いが徐々に心から抜けおちていった。

ショウは圧倒的だった。

〈魔術師〉は群衆を釘づけにした。ものを取り出しては消してみせ、それを取り戻し、鳩や甲虫を空中からひっぱりだし、女を眠らせると、その体を、いがらっぽく煙った空中にゆっくりと浮かびあがらせた。またおびえた子どもの口から次々に蝶々をひっぱりだし、金貨を取り出し、必死につかもうとする多くの手の中に投げやった。しまいに空中に扉を開けて、その中に消えてしまったので、人々は声をあげ、戻ってきてくれ、と叫んだ。すると彼は、群衆の背後にいきなりあらわれて、熱狂する人々のあいだを平然と通りぬけてきた。みなは触れるのを恐れるかのように、道を開けた。

アッティアのそばを通りすぎるとき、彼の外套が腕をかすめた。かすかな静電気を感じて、鳥肌が立った。彼はすっとわきに視線を流し、その輝く目がアッティアの目をとらえた。

どこからか、女の声が上がった。「あたしのせがれを治してください。〈賢者〉さま。お願いです」

高くさしあげられた赤ん坊が、人々の手から手をわたって、前に運んでこられた。

〈魔術師〉がふりかえって、片手をあげた。

「それはあとで。いまではない」声は堂々として威厳に満ちていた。「いまは、わが力のすべてを呼び起こすときだ。読心の術をごらんに入れる。そうして、死の中に入っていってまた戻ってくる奇跡を」

彼は目を閉じた。

松明がゆらめいてすうっと暗くなる。

闇の中にひとり立った〈魔術師〉はつぶやいた。「ここにはたくさんの悲しみがある。たくさんの恐れがある」もう一度みなに目を向けたとき、彼はその人数に、そしておのが使命に圧倒されたように見えた。静かにこう言った。「三人の方《かた》、前に出ていただきたい。ただし、自分のもっとも深い恐れを明かす気持ちのあるお方に限る。魂をわがはいのまなざしの前にさらすつもりのあるお方だ」

何本か手が上がった。女たちが声をあげる。少したためらってから、アッティアも手をあげた。

〈魔術師〉は人垣のほうに近づいた。「あそこの女の方」声をかけると、ひとりが上気して足をもつれさせながら、前に押し出されてきた。「そこの殿方」手をあげてさえいなかった背の高い男が、まわりのものに引きずりだされてきた。男は悪態をついて、恐怖に金縛りにされたかのように、不安な顔で立ちつくした。

〈魔術師〉は目を転じた。視線が、居ならぶ顔、顔を容赦なくかすめてゆく。アッティアは息を呑んだ。彼の強い視線が、熱波のように顔をよぎるのを感じた。彼は足を止め、視線を返した。ふたりの目が、暗黒の一瞬に結びあった。ゆっくりと彼は手をあげ、一本の長い指で、アッティアのほうをさした。人々はどよめいた。なぜなら、サフィークと同じように、彼には右の人差し指が欠けていたからだ。

「あなただ」〈魔術師〉はささやいた。

アッティアはひと呼吸して気持ちをしずめた。心臓は恐怖に早鐘のように打っている。勇気をふりしぼって、人垣を抜け、うすぐらく煙った空間へと歩いていった。おびえた顔をせず、おちついていることが肝心だ。自分がほかのものと違うところを見せてはいけない。

三人は一列に並び、アッティアは、隣の女が気持を高ぶらせてふるえているのを感じた。〈魔術師〉は三人の顔をつぶさに検分しながら、歩いてゆく。アッティアはできるかぎり傲然と相手を見返した。決してあたしの心は読ませない。自信があった。あたしは、この男には想像もつかないものを見聞きしてきたのだ。あたしは〈外〉を見たのだから。

彼は女の手をとった。少しあって、穏やかに、「あの男に会いたいのだな」と言った。

女は驚きに目をみはった。ひとふさの髪がしわのある額に張りついている。「そうです、そのとおりです」

〈魔術師〉はほほえんだ。「恐れることはないぞ。その者は〈監獄〉の平和な場所に無事でいる。〈監獄〉はその記憶の中に彼をとどめている。その体は白い細胞《セル》（小房）の中につつがなく保たれている」

女は喜びの嗚咽をもらし、彼の両手に接吻した。「ありがとうございます。そう教えていただいて」

人々は賛同の声をあげた。アッティアはひとり皮肉な笑みを浮かべた。ばかな人たち。この魔術師とやらは、この女に何ひとつ言わなかったじゃないの。幸運なあてずっぽうを言い、空疎な言葉をいくつか言っただけなのに、それをうのみにして。

彼はうまく犠牲者を選んだのだ。背の高い男はすっかりおびえきって、何も言えそうにない。〈魔術師〉に、病気の母親のぐあいを尋ねられたとき、少しずつ良くなっています、と口の中でへどもどと言っただけだった。群衆は喝采した。

「そのとおり」〈魔術師〉は指の欠けた手を波打たせ、静粛に、のしぐさをした。「予言しよう。〈光の子〉にかけて、母上の熱は下がる。起きだして、あなたを呼ぶ。あと十年は息災だ。お孫さんたちが、その膝にのっているのが見える」

男は何も言えなかった。アッティアはその目の涙を見て、不愉快になった。

人々がざわめく。今度はあまり信じられなかったのだろう。〈魔術師〉はアッティアに近づいてこようとしていたが、ふいに人々のほうに向きなおった。

「未来のことならどうとでも言える、そう思うお方もあろう」彼は若々しい顔をあげ、彼らを見つめた。「言われたことが本当か誤りか、どうしてこちらにわかる、そうお思いかもしれぬ。お疑いはごもっとも。しかし諸君、過去は違う。わがはいが、この娘の過去を当ててみせよう」

アッティアは緊張した。

たぶん彼はあたしの恐怖を感じたのだろう。その唇が、かすかな笑みにめくれあがったからだ。じっとアッティアを見つめている目にはしだいに膜がかかり、まなざしは遠く、夜のように暗くなっていった。それから彼は手袋の手をあげ、アッティアの額に触れた。

「長い旅が見える」ささやくような声で言った。「長い旅。何マイルも、そして何日も歩きつづけた辛い旅。あなたは獣のように身をまるめてうずくまっていた。首のまわりに鎖がついていた」

アッティアはごくりと喉を鳴らした。身をひきたかった。だが、彼女はうなずき、人々は静かになった。

〈魔術師〉はアッティアの手をとった。自分の手を押しかぶせるようにからめたが、その手袋の指は長くて骨ばっていた。声には動揺があった。「娘さん、あなたの心の中には奇妙なものがあるな。

高い梯子をよじのぼったり、大きな〈獣〉から逃れたり、銀色の空飛ぶ船で、都や塔の上を渡ったりしている。若者がひとり見える。名前はフィン。あなたを裏切った。あなたを見捨て、戻ってくると約束していたが、もう戻ってこないのではないかとあなたは思っている。そのものを好きだと思う反面、憎んでもいる。違うか」

アッティアの顔は焼けつくようだった。手がふるえた。「そうです」と、かすれ声で言った。

人々は呪縛されたように凍りついた。

〈魔術師〉に、あたかも自分の透明な魂を見すかされているようで、アッティアは目をそらすことができなかった。何かが彼に起きている。その顔にふしぎな表情が、そう、その目の裏に入りこんできていた。外套にちりばめられた小さなまばゆい光点がきらめく。手袋は氷のように、アッティアの指におおいかぶさっている。

「星だ」魔術師はつづけさまに言った。「星が見えるぞ。星々の下に、黄金の宮殿があり、窓という窓には蠟燭《ろうそく》がともっている。暗い扉の鍵穴ごしにそれが見える。遠い、遠いところだ。〈外〉だ」

驚いて、アッティアは彼を見つめた。つかまれた手は痛かったが、動けない。彼の声はささやくようになった。

「〈外〉に出るみちはある。サフィークがそれを見いだした。鍵穴は原子よりもさらに小さい。鷲と黒鳥が翼を広げて、そこを守っている」

体を動かして、この呪縛を断ち切らねば。アッティアはわきに目を流した。広場はすみずみまでびっしりと人で埋まっている。熊使い、七人の軽業師、サーカスの踊り子たち。彼らも群集と同じように固まっていた。

「〈賢者〉さま」アッティアはささやくように言った。

彼の目がきらめいた。

「諸君は〈外〉へのみちを教えてくれる〈知者〉を探している。それがわがはいだ」彼は声を強めた。さっと群衆のほうに向きなおる。「サフィークが取った道は〈死の扉〉を抜けるみちだ。この娘をそこへ連れてゆき、また連れ戻してみせよう」

みなはどよめいた。〈魔術師〉はアッティアの手をとり、けむった広場の中央へ連れていった。松明はひとつだけがまだ燃えていた。長いすがひとつあった。彼は手ぶりで、そこに横になるよう求めた。

おびえながら、彼女は勢いよく両足をその上にあげた。

人だかりの中で、だれかが声を上げたが、すぐ制止された。

身をのりだす体、体。熱と汗の臭い。

〈魔術師〉は黒い手袋の手をあげた。「われわれは〈死〉を恐れる。なんとしてでもそれを避けようとする。けれど〈死〉とは両方向に開く扉。諸君の目の前で、死者がよみがえるのをお見せしよう」

長いすは固かった。アッティアはその両側をぎゅっとつかんだ。あたしはこのためにここへ来たのだ。

「見るがいい」〈魔術師〉は言った。

彼がふりかえると、人々はどよめいた。その手に剣があったからだ。彼はそれを空中から抜き出した。闇という鞘の中からゆっくりと抜けて、刀身は冷たく青い光に輝いていた。それを高くさしあげると、信じられないことに、何マイルも上空、〈監獄〉のはるかな天井近くで、稲妻がひらめいた。〈魔術師〉が目を上げる。アッティアはまばたいた。

雷鳴が哄笑のごとくとどろいた。

一瞬、だれもが聞き耳を立て、〈監獄〉が動きだすのを予期した。通りという通りが崩落し、空が巻かれてたたまれ、ガスと光が噴き出して動けなくなるのを。

だが〈監獄〉は介入しなかった。

「父なる〈監獄〉が」〈魔術師〉が口早に言った。「見そなわしたもう」

そしてふりかえった。

金属の鎖が長いすから垂れていた。彼はそれをアッティアの手首に巻きつけた。それから首と胴体の上に、それぞれベルトがかけられた。「じっとして、動かないで」彼のまばゆい目が探るように、アッティアの顔を見た。「さもないと大きな危険がおよぶ」

彼は群衆のほうに向きなおった。「ごらんあれ。ここで、この娘を解き放ち、また連れ戻してみせよう」と叫んだ。

両手で柄を握って剣をもちあげ、切っ先を彼女の胸のそばに擬した。「やめて」とアッティアは叫びたかったが、体は冷えて感覚がなく、意識のすべては、剃刀のように鋭い切っ先に集中していた。

呼吸もできぬまに、彼は剣をアッティアの心臓に突きこんだ。

これが死。

温かくてねばついて、波打って、痛みのようにあたしを洗ってゆく。呼吸する空気はなく、口に出す言葉もない。喉が締まる。

やがてそこは、〈外〉で見た空のように青く透きとおって、からっぽになった。フィンが、クローディアが、そこにいて、黄金の玉座に座っていたが、はっと彼女のほうを見た。

フィンが言った。「アッティア、きみのことは忘れていない。きみを迎えにいくよ」

アッティアが出せたのはたったひとことだった。それを口に出したとき、フィンが動揺したのがわかった。

「嘘つき」


アッティアは目を開けた。

聴覚が、はるか彼方からのように、いきなり戻ってきた。人々は歓声をあげてどよめき、呪縛は消えていた。〈魔術師〉が手を貸して立ち上がらせてくれた。見下ろすと、服についた血が薄れていって消えた。彼の手の剣には染みひとつない。立ち上がることができた。大きく息をつくと、視界がはっきりしてきた。建物の上にも屋根にも人がいて、そして屋台の日よけにも人がぶらさがったり、窓からのりだしたりしていて、嵐のような拍手喝采はいつまでも止むことがなく、悲鳴のような賞賛の声が響いていた。

すると〈闇の魔術師〉はアッティアの手をつかんで、いっしょに頭を下げさせた。手袋の指が群衆の上に高々と剣をかかげ、軽業師や踊り子がそろそろと前に出ていって、流星のごとく降りそそぐ硬貨を拾おうとした。

すべてが終わって、群衆の波がひいてゆき、気づいてみると、アッティアは両腕でわが身を抱きしめるようにしながら、広場のすみに立っていた。胸に鈍い焼けるような痛みがあった。〈魔術師〉が入っていった戸口のあたりには、すでに病気の子どもを抱いた女たちが何人か集まってきていた。

アッティアはゆっくりと息を吐いた。体がこわばって、どこか白けた気分だった。まるですさまじい爆発で耳がきこえなくなり、茫然自失に陥ったような感じだ。

彼女はだれにも気づかれないよう、すばやく身をひるがえし、日よけの下をかいくぐり、熊の穴のそばをすりぬけ、軽業師のみすぼらしい野営地の中を通りぬけた。ひとりが目を止めたが、起こしたばかりの薪のそばに座って肉片を焼きつづけた。

アッティアはさがった軒の下の小さな扉を開いて、中にすべりこんだ。

部屋の中は暗い。

彼は、たった一本の蠟燭がじいじいと燃えながら照らしだす汚れた鏡の前に座っていた。顔をあげ、鏡の中のアッティアを見た。

アッティアが見ている前で、彼は黒いかつらを外し、失くしたはずの指をするりとのばし、しわの寄った顔からなめらかな顔料をぬぐいとると、ぼろぼろの外套を床に投げやった。

それから卓に肘をついて、すきまだらけの歯を見せてアッティアに笑いかけた。「最高の演技だったな」

アッティアはうなずいた。「あたしなら、やれるって言ったでしょ」

「納得だな。これからもやりたければ、あんた次第だ」彼はケット［噛みタバコのように使われる果物］のきれを頬の裏側にすべりこませ、くちゅくちゅやりだした。

アッティアはあたりを見まわした。〈手袋〉はどこにもない。

「ああ、もちろん。あたしはやりたいよ」

2

〈監獄〉よ、なぜわたしを裏切ったのか
なぜ、わたしを墜落させたのか
あなたの息子だと思っていたのに
あなたの道化にすぎなかったのか
『サフィークの歌』

フィンは書類を壁に投げつけた。それからインク壺を取り上げ、それも投げつけた。壺は砕けて、黒く滴る液体の星になった。

「殿下」侍従がかすれ声を出す。「そのようなことは」

フィンは無視した。卓を押したおし、卓はめりめりと音を立てて壊れた。紙類、巻物類がそこらじゅうになだれ落ち、封蠟やリボンが散乱する。けわしい顔で、フィンは扉のほうに向かった。

「殿下。あと少なくとも十六の……」

「もうたくさんだ」

「は？」

「聞こえたろう。燃やしてしまえ。食ってしまえ。犬にでもやってしまえ」

「陛下のご署名が必要な招待状が何通かございます。スティジア協定の文書作成に、戴冠式のローブのご注文も」

フィンはすさまじい勢いで、書類の中にうずくまっているやせた男のほうに向きなおった。「何度言ったらわかるんだ。戴冠式はやらない、い、い、い、い、い！」

ぽかんと口を開けたままの男に背を向け、両開きの扉を引き開ける。外にいた衛兵たちがびくりと身を固くするが、それでも後ろに従ってこようとすると、彼はどなりつけた。それからフィンは走りだして、両側が羽目板の廊下を、カーテンの間を駆けぬけ、大広間をつっきって、ふかふかのソファに次々手をついて跳び越え、お上品な椅子を投げ倒し、衛兵たちは息を切らしながらそのあとを追った。軽く身をひねってフィンは卓に飛び上がると、そのつるつるの表面をすべり、銀の蠟燭類を避けながら、幅の広い窓敷居に飛びうつり、張り出し窓をすりぬけて姿を消した。

戸口では侍従があきれてうめいていた。つつましい足どりでわきの小部屋に入ると、扉を閉め、くしゃくしゃの紙の山をそっと小わきにかかえあげた。あたりに油断なく目を走らせると、クローディアに与えられたミニコンピュータを取り出し、不承不承にスイッチを入れた。〈規定書〉に違反するのがいやだったのだ。しかし、やらぬわけにはいかない。姫のほうも王子と同じくらい、怒らせると恐ろしいからだ。

機械がカチリと言った。「今度はどうしたの」とがった娘の声。

侍従はごくりと唾を呑んだ。「クローディア様、申し訳ございませんが、また同じことがあったら、知らせよとお命じになりましたから。というわけで、また同じでございます」

フィンは窓の外の砂利の上に手足をついて着地し、立ち上がった。草地を大股に横切る。彼が通ってゆくあちこちで、廷臣の集団がばらばらと道をあける。薄物の日傘をさした女たちはあわてて腰をかがめ、男たちはまじめくさったおじぎをし、流れるような動作で帽子をぬいだ。一点を見すえたまま、フィンは急ぎ足で歩いてゆく。きれいにならされた小径の砂利をものともせずに蹴散らし、あちこちの花壇を突っきり、白い貝殻を踏みつぶしてゆく。怒った庭師が生け垣の後ろから顔を出したが、相手がフィンだと見てとるや、へなへなと片膝を折る。フィンは冷笑を浮かべた。この小綺麗な楽園の王子であることにも、いくらかの取り柄はある。

完璧なお天気だった。小さな羊雲が空高く流されてゆき、この驚くほど青い空には、いつまでたっても慣れることができない。湖畔の楡《にれ》の木立の上ではコクマルガラスがたわむれている。

行きたいのはあの湖だ。

なめらかな青い水面が磁石のように彼を引きつける。固い衿をゆるめ、ぐっと引きあけ、何度も何度も悪態をつきつづけた。息の詰まりそうな服、不愉快な礼儀作法の数々、きりもない〈規定書〉の項目。いきなりフィンは走り出し、彫像群や、花樹を植えた古風な瓶の列を通りすぎた。草の中にいた鵞鳥たちが高い声をたてて、ばたばたやりながら、逃げ散った。

やっと息が楽につけるようになった。火花と目の裏の鈍い痛みがやわらいできた。あの息苦しい耐え難い部屋で、山積みの書類の机の前に座っていると、発作が襲ってきた。それは怒りのように彼の中で大きくなっていった。おそらく怒りそのものだったのだろう。ひょっとしたら、それが起こるにまかせ、その中に浸りこむべきだったのかもしれない。路上に口を開ける黒い穴のように、発作はいつも突然に襲ってくる。だが、発作でどんなものを見せられ、痛みを感じるにもせよ、発作が去ってしまえば、〈監獄〉の夢など見ぬ、正体のない深い眠りに落ちこむことができた。あそこに置き去りにしてきた、〈誓いの兄弟〉ケイロの夢なんか見ないですむ。

湖水が微風にさざなみだっていた。フィンは腹立たしく首をふった。なんて完璧に計算された気温だ。なんて静穏に見える風景だ。突堤につながれた小舟が、羽虫が舞い踊る睡蓮の平たい緑の葉に囲まれながら、綱の端で浮き沈みしている。

この風景のどれだけが本物なのか、フィンにはわからない。

少なくとも〈監獄〉の中では、わかっていたのに。

フィンは草に腰を下ろした。疲れはて、今度は怒りが自分自身に向かってきた。侍従は最善の努力を尽くしていた。インクを投げつけたのは愚かだった。

うつぶせになって、腕の中に額を埋め、あたたかな日差しに身をまかせた。太陽はなんと熱く、なんと輝かしいのだろう。いまではそれがわかる。けれど〈外〉に出た最初の数日はほとんど目が見えず、黒い眼鏡をかけなければ、目がしょぼついて涙が出た。それから、何週間もたってようやく顔の青白さが薄れた。毎日せっせと顔を洗い、シラミを除去し、ジェアドにはあれもこれもと薬を飲まされた。クローディアからは何週間もかけて、服装、話し方、ナイフとフォークの使い方、お辞儀のしかたを忍耐強く仕込まれ、わめいたり、唾を吐いたり、悪態をついたり、喧嘩をしたりしてはならないことをたたきこまれた。

二ヶ月前まで、彼は希望のない〈囚人〉で、腹をすかせたみすぼらしい泥棒で嘘つきだった。それがいまでは〈楽園〉の王子さまだ。

しかし、いまは、以前にもまして不幸だった。

目蓋の裏の赤い光に影がさした。

彼はぎゅっと目を閉じたままでいたが、クローディアの香水がはっきりと嗅ぎとれた。きぬずれの音をはっきり立てながら、彼女は彼のかたわらの低い石の手すりの上に腰を下ろした。

一拍おいて、彼は言った。「マエストラがぼくに呪いをかけた。知っているか」

クローディアの声は冷たい。「いいえ」

「ほんとうにかけたんだ。マエストラは、ぼくのせいで死んだ女だ。クリスタルの〈鍵〉はマエストラから手に入れた。マエストラの最後の言葉は『それがおまえを打ち砕くといい』だった。クローディア、あいつの呪いがじわじわ効いてきたような気がする」

あまりに長く答えがなかったので、フィンは頭をあげて、彼女を見た。彼女は桃色の絹服の下で両腕で膝をかかえこみ、すでに見慣れた、不安げなおちつかない目で彼を見つめていた。「フィン……」

彼は体を起こした。「言うな。過去を忘れるべきだなんて、言わないでくれ。ここでの生活がゲームで、きみの言うことすべて、笑顔すべて、品のいいお辞儀すべてがゲームの一部だなんて。ぼくはそんなふうには生きられない。いやだ」

クローディアは眉をひそめた。彼の目には、せっぱつまったものが見てとれた。発作がくると、彼はいつもこの目つきをした。クローディアはわめいてやりたくなったが、そうはせず穏やかに言った。「だいじょうぶ?」

彼は肩をすくめた。「発作が来そうだった。でも消えた。ぼくは……〈脱出〉さえしたら、その先は発作なんかなくなると思っていた。でも、あんなばかげた書類が山のように……」

クローディアはかぶりを振った。「書類のせいじゃないわね。ケイロでしょ、また」

フィンはひたと宙に目を据えた。しばらくしてから言った。「きみはいつでも、そんなに鋭いのか」

クローディアは笑った。「〈知者〉ジェアド先生の弟子だもの。観察と分析は十分たたきこまれているわ。それに」と、苦々しく、「わたしは〈監獄〉の〈管理人〉の娘よ。父さまはこのゲームなら、だれよりもうまくやれる」

クローディアが父親を持ち出したことに、フィンは驚いた。草の葉を一枚抜いて、引き裂きはじめた。「たぶん、きみの言うとおりなんだろうな。ぼくはケイロのことが忘れられない。クローディア、ケイロは〈誓いの兄弟〉だ。お互いを裏切らないことを誓った。死ぬまで、いや、死んでからもだ。きみにはそのことの意味はわかるまい。〈監獄〉の中では、だれもひとりでは生きられない。あいつは、ぼくが自分のことさえわからなかったときに、面倒を見てくれた。百もの喧嘩で、ぼくをかばってくれた。〈獣〉の洞窟のときは、あいつは〈鍵〉が手に入っていて、どこにでも行けたのに、ぼくのために戻ってきてくれた」

クローディアは無言だった。それから言った。「わたしが、あなたを探しにゆくようにさせたのよ。

覚えてないの」

「きみが言わなくたって、してくれたはずだ」

「そうかしら？」クローディアは湖面に目を放った。「わたしから見ると、ケイロは傲慢で残酷で信じられないほどのうぬぼれ屋。どんな危険でもおかす覚悟のあるのはあなたのほうだった。あの男は自分のことしか考えていなかった」

「きみはケイロのことを知らないんだ。あいつが〈翼棟の主〉と戦ったところを見ていないだろ。あの日のケイロはすごかった。あいつはぼくの兄弟だ。だのにあいつをあの地獄に置き去りにしちまった。〈外〉へ連れ出すって約束したのに」

若者の一団が、弓場からぶらぶら外に出てきた。「カスパーとその取り巻きだわ。早く」とクローディア。

彼女ははじかれたように立ち上がると、小舟を一隻岸辺にひっぱっていった。フィンは乗りこみ、櫂を手にとり、クローディアもあとから転がりこんだ。数回水を掻くと、小舟はぶじ静かな湖面にすべりだし、へさきが睡蓮のあいだを縫ってゆきながら、さざなみを立てた。蝶が暖かな空中を舞っている。クローディアはクッションにあおむけになり、空を見上げた。

「カスパーに見られたかしら」

「見られた」

「かまわないわ」

フィンはいかにも懶惰《らんだ》な若者の群れを見つめて、吐き気をもよおした。カスパーの赤毛と派手な青いフロックコートは、ここからでもはっきり見える。笑っていた。弓をかまえ、小舟に狙いをつけ、見えない弦をはじきながら嘲笑を浮かべる。フィンはきつい目でにらみ返した。「あいつとケイロだったら、どっちをきょうだいと呼びたいかは決まっている」

クローディアが肩をすくめる。「その点は、わたしも同感ね。だって、あの人と結婚させられかけたんだもの」その日の記憶がよみがえってきた。レースと白い飾りをはぎとって婚礼衣装を引き裂いたときの、あの冷たく冴えた喜び。自分の人生を引き裂いているような、というか、自分自身や父親を引き裂いているような。そう、自分自身とカスパーをも。

「いまはあいつと結婚する必要はないのに」フィンは静かに言った。

ふたりは無言になり、二本の櫂が水にひたり、しぶきをあげた。クローディアは彼に目を向けずに、船縁に手を走らせた。ふたりとも知っていた。クローディアは子どものときにジャイルズ王子と婚約させられ、王子が死んだと思われたときに、弟王子のカスパーがその代わりになったことを。でもいまはフィンがジャイルズだ。クローディアは顔をしかめた。

「でも……」

ふたりは同時に言いかけた。クローディアがまず笑いだす。「どうぞ、お先に」

彼は笑いも見せずに肩をすくめた。「でも、クローディア。ぼくは自分がだれだかわからない。〈監獄〉から出たことで記憶が戻ると思っているんなら、それは違うよ。記憶はおんなじだ――発作のときに、光がひらめいて、ヴィジョンが見えるだけだ。ジェアドの薬も別に効いていない」彼はふいに漕ぐ手を止め、小舟が漂うのにまかせ、ぐっと身をのりだした。「わからないか。ぼくは本物の王子じゃないのかもしれない。ジャイルズじゃないのかもしれない。このしるしはあっても」と片手を上げた。手には、王冠をいただいた鷲の刺青が薄れかかっていた。「たとえ王子だったとしても……ぼくは変わった」なんとかうまく言おうとした。「〈監獄〉がぼくを変えた。いまのぼくはここには合っていない。おちつかない。なぜぼくみたいな〈滓〉が、きみの望む王子になれる？　気がつけば、後ろをふりかえっている。小さな赤い〈目〉に、上空から見張られているという感じが抜けない」

クローディアは困って、相手を見つめた。彼の言うとおりだ。わたしも簡単だと思っていた。わたしが求めていたのは、味方であり、気を許せる相手だった。こんなふうに自分を責めながら、何時間も星を見上げているような、打ちひしがれた流れ者ではなく。

やつれた顔で、彼は低くつぶやいた。「ぼくは王にはなれない」

クローディアは背筋を起こした。「言ったはずよ。なってもらわないと困るわ。ケイロを救い出す力がほしいなら、ならないと」むっとした顔で、彼女は芝生のほうをふりかえった。

派手な身なりの貴族たちが集まってきている。ふたりの従僕が金メッキの椅子をつぎつぎに運んでくる。別のひとりがクッションやクロケットの槌《つち》を持ってきた。下男たちが汗水たらして、細長いテーブルをおおうべく、ふさつきの黄色の絹の日よけを立てようとしている。執事と小間使いが一列になって運んでくる銀盆の上には、ゼリー、菓子、冷製の鳥肉、おいしそうなペストリー、冷やしたパンチがのっていた。

クローディアがうめくように言った。「女王様のビュッフェだったわ。忘れていた」

フィンが目をやった。「ぼくは行かないよ」

「あなたにも来てもらわないと。小舟を戻して」と、すさまじい目つきで言った。「フィン、ぼろを出さないようにしてもらわないと困るの。わたしに借りがあるでしょ。わたしはどこかの阿呆を王座につけて、自分の一生をだいなしにするつもりはないわ。ジェアドは〈門〉の解除のために、すべての時間を費やしている。わたしたち、やりとおさなくちゃ。ケイロを〈監獄〉から救い出す。それにあの小生意気なアッティアもね。あなたはわざと口に出さないようにしているみたいだけど。あなたにもその役割を、ちゃんと果たしてもらわないと」

彼は顔をしかめた。それから櫂を取り上げ、小舟を岸へ漕ぎもどしていった。

突堤に近づいたところで、クローディアは女王の姿を目にした。シアはまばゆい真っ白な衣装をまとい、見事なスカートは羊飼い女のそれのようにたくしあげられ、輝く上履きに包まれた小さな足が見えている。白い肌に日が当たらないよう大きな帽子をかぶり、優美な細い肩掛けを巻きつけている。二十歳くらいにしか見えないけれど、おそらくその四倍は行っているだろう、とクローディアは苦々しく考えた。それにあの人の瞳は虹彩が白くて、変だ。魔女の目のよう。

小舟がどしんと岸にぶつかる。

フィンはひと息入れた。衿を締め、小舟をまたいで出ると、クローディアに手をさしのべた。儀式張ったしぐさで、彼女はその手をとり、桟橋の木の板の上にしとやかに下りたった。ふたりはいっしょに、人々のほうに向かって歩いていった。

「忘れないでよ。指じゃなくてナプキンを使うの。汚い言葉を使ったり、ガンをつけたりしちゃだめ」

彼は肩をすくめた。「そんなの何の役に立つ。女王はどうせ、ふたりとも死んでほしいと思ってるんだから」

クローディアはすっと彼から離れた。女王が小走りに寄ってきたのだ。

「おふたりともここにおられたか。王子にも、今日は一段とご機嫌うるわしく」

フィンはぎごちなく一礼した。クローディアがそばで、スカートをつまみ、低くお辞儀をする。女王は彼女を無視して、フィンの腕をつかみ、ひっぱっていった。「わらわのそばにお座り。そなたを驚かせることがあるのじゃ」

と日よけのところに連れてゆき、自分と並んで金色の玉座に座らせると、手をたたいて召使いを呼び、クッションをもっと持ってくるように言いつけた。

「もう王様になったつもりでいるらしいな」クローディアのすぐ後ろで、鼻にかかった声がした。ふりむくと、胴着の前を開け、半分残った杯を手にしたカスパーがいた。「おれの〈義兄〉どのは」

「あなた、お酒臭いわ」クローディアはつぶやいた。

彼はいやな目つきでウィンクした。「クローディア、きみはおれよりあいつのほうがましなんだろ。あの卑怯で乱暴な盗人めが。ああ、あまり側に寄るな。母さんがきみに爪を立てるぞ。クローディア、きみはおしまいだよ。後ろ楯の父親をなくしたいまは、なんの力もない」

かっとなってクローディアは彼から離れようとしたが、彼はあとを追ってきた。「ほら、見ろよ。母さんが最初の一手を指すぞ。チェス盤の上じゃ女王が最強の駒だ。きみが女王になれてたのにな、クローディア」

シア女王が、静粛に、と叫んだ。それから銀のような声でこう言った。「皆の者、よい知らせじゃ。〈知者会議〉が、〈世継ぎの布告〉のしたくがすべて整ったと伝えてきた。すべての公文書作成が終わり、親愛なるわが義理の息子ジャイルの相続権が承認された。明日クリスタル・コートで儀式を執りおこなう。〈領国〉に派遣されておるすべての大使、および、宮廷に仕えるものすべての参列を許す。その後は、飛び入り勝手の仮面舞踏会じゃ」

人々は喝采し、女たちはうれしそうにささやきを交わした。クローディアは内心すぐに身構えたが、にこやかな顔をくずすまいとした。これはどういうこと？　シア女王は何を企んでいるの？　フィンを忌み嫌っているくせに。罠に違いない。ジェアドがいつも言っていた。女王はきっと〈布告〉を何ヶ月も遅らせるし、戴冠式はいつになるかわからないと。でもこんなところで、宣言してしまった。それも明日だなんて！

まばゆくきらめく人垣ごしに、シアと目が合った。女王は鈴をふるような笑い声を響かせながら、フィンに立つよううながし、その手をつかんだまま、薄いガラスの酒杯をあげて、乾杯した。

クローディアの全神経が、信じられない、という思いに張りつめた。

「だから言ったろ」カスパーのわざとらしい笑顔。

フィンは激昂しているようだった。何か言いかけたが、クローディアがぐっとにらんだので、憤懣やるかたない顔で口をつぐんだ。

「ご機嫌ななめのようだな」カスパーがにやりとした。クローディアは彼のほうに向きなおったが、相手はいきなりびくっと身をひいた。「おい、この気持ち悪いものを追いはらってくれよ」

それは緑の羽根を光らせた蜻蛉《とんぼ》だった。虫が直撃してきたのを、彼は手ではらいのけようとしたが、かわされた。蜻蛉はかすかな羽音を立てて、クローディアの服に止まった。

だれの目にも止まらぬよう、彼女は湖のほうへ二歩だけ歩いてからふりかえり、ささやくような声を出した。「ジェアド？　いまはまずいわ」

答えがない。蜻蛉は羽根をのばした。一瞬、まちがいだったのかと思った。本物の虫だったのか。だが、蜻蛉はかすかな声で言った。「クローディア……すみません。いますぐ来てほしい……」

「ジェアド、どうしたの？」不安に声がうわずった。「何かあったの？」

答えはない。

「先生？」

かすかな音。ガラスが落ちて砕けたような。

すぐさまクローディアは身をひるがえして、駆けだした。

3

かつて〈監獄〉はドラゴンとなり、ある〈囚人〉がその巣穴にもぐりこんだ。そして取り決めをした。お互いに謎を出しあい、答えられなかったほうが負けということにしようと。男が負ければ、命をさしだす。〈監獄〉が負ければ、秘密の〈脱出〉の道を教える。男はそれでよし、と答えながらも、相手のひそかな笑いを感じていた。

彼らは一年と一日謎を戦わせた。照明は暗いままだった。死者はかたづけられなかった。食料の供給も止まった。〈監獄〉は〈収容者〉の叫びに耳を貸さなかった。

その男とはサフィークである。彼にはあとひとつだけかけるべき謎が残されていた。「心の扉を開く〈鍵〉とは何か」と問うた。

〈監獄〉はまる一日考えた。二日考え、さらに三日考えた。それから答えた。「たとえ答えを知っていたとしても、わしは忘れてしまったのだ」

『狂気のトンネルでのサフィーク』

〈点灯〉の前に、芸人たちは村を発った。

アッティアは、赤さびでくずれかかった巨大なかせがいまだにぶらさがっている煉瓦の柱の後ろに身をひそめて、彼らが、ぼろぼろの石垣の外に出るのを待った。〈監獄〉の照明がカチリとついた時には、すでに七台の馬車がごろごろと坂をくだっていくところだった。一台の上には熊の檻がくくりつけられ、残りには星空を描いた布がかぶさっている。列が近づいてくると、熊の小さな赤い眼がアッティアを見て細められた。七人のそっくりの軽業師がこみいった順番で玉を投げあいながら、馬車のわきを歩いてくる。

彼女は座席に飛び乗って、〈魔術師〉の隣に腰を下ろした。

「ご苦労だったな。ここからトンネルを抜けて二時間ほど行ったさきで、きのうの夜の成功をもう一度だ。鼠だらけのひどい場所だが、銀貨はしこたま貯えているらしい。馬車の着く、かなり手前で下りてくれ。アッティアよ。くれぐれも言っておくが、わがはいたちと一緒にいるところは決して見られてはならん。他人のふりだ」

アッティアは彼を見た。強烈な容赦のない光のもとでは、舞台上で見せていた颯爽たる若さはあとかたもない。膚にはあちこち吹き出物があり、銅色の髪はぼさぼさと薄汚い。歯はおそらく喧嘩のせいで、半分かたなくなっている。けれど手綱を握る両手は力強く繊細だ。魔術師の器用な指だ。

「あんたのことをなんて呼んだらいい?」アッティアはつぶやいた。

男はにやりとした。「わがはいは、上着のように名前を脱ぎ変えることを期待されてるのさ。〈沈黙の見者シレンチオ〉だったこともあるし、〈デモニアの片目の魔人アリクシア〉とも呼ばれた。ある年は〈さすらいのフェロン〉で、翌年は〈灰の翼もつ陽気な無法者〉だった。〈魔術師〉は新しい趣向だ。ちっとは偉そうに聞こえるぜ」彼は手綱を小さく振った。牡牛はおとなしく、金属の路上の穴を迂回していった。

「ほんとの名前があるでしょ」

「そうか？」彼は笑みを向けた。「アッティアみたいな？　そいつは本名か」

アッティアはうろたえて、手荷物を足もとに落としてしまった。「本名よ」

「イシュマエルと呼んでくれ」彼はそう言って笑った。喉の奥から響く太い声に、アッティアはぎくりとした。

「え？」

「前に読んだ説話本に出てきたのさ。大きな白兎にとりつかれた男の話だ。そいつを穴に追いつめた男は、そいつに食われてしまい、四十日間兎の腹の中にいた」彼は、わずかに棘のある灌木をちりばめただけの、のっぺりと平らな金属の斜面に目を放った。「名前を当ててみろ。アッティアよ、わがはいの名前を」

彼女は顔をしかめて黙ったままでいた。

「わがはいの名はアドラックスか、マレヴィンか、コレスタンか。またはトム・タット・トットか、ルンペルシュティルツカーか。それとも——」

「やめてよ」彼の目には狂おしい光がともっていた。いやな目つきでアッティアをにらんでいた。だが驚いたことに、男はひょいと飛び上がるとこう叫んだ。「風にのってゆく〈勇猛エドリック〉か」

牡牛は平然と進みつづけた。見た目には区別のつかない七人の軽業師のひとりが、そのわきを走ってゆく。「だいじょうぶか、リックス」

魔術師はまばたいた。ふいにバランスを崩したかのように、どさりと腰を落とした。「この娘にばれちまったな。どじなおまえにとっては、わがはいはリックス親方ってわけだ」

男は肩をすくめ、アッティアにちらと目をやった。意味ありげに額を指でこつこつたたいてみせ、ぐるりと目をまわすと、歩きつづけた。

アッティアは顔をしかめた。この魔術師、ケットを噛んで頭に血がのぼっているのかと思っていたが、ひょっとしたら、気のふれた男とかかわりあいになってしまったのかもしれない。〈監獄〉にはそんな男が山ほどいる。頭が半分足りないか、〈小房生まれ《セル・ボーン》〉の少しおかしいものたちが。フィンのことが頭をよぎって、唇を噛んだ。でも何者であろうと、このリックスには何かがある。ほんとうにサフィークの手袋を持っているのか、それともあれは舞台の小道具なのか。もし本物を持っているのなら、どうやって盗んでやろうか。

リックスは一転、むっつりと黙りこんでいた。ころころと気分の変わる男だ。アッティアも口を結んで、〈監獄〉の陰鬱な風景に目を放った。

この〈翼棟〉の照明はひかえめで、すぐ先の見えないところで何かが燃えているような炎の色をしていた。天井は高すぎて目に入らないが、馬車の列はごろごろと小径を走りながら、ぶらさがっている太い鎖の端を迂回していった。アッティアは見上げたが、鎖のてっぺんは錆びた色のちぎれ雲に隠れて見えない。

一度、銀の船であそこを旅したことがある。仲間たちと、〈鍵〉を持って。けれどサフィークと同じように、彼女も墜落した。

行く手に、低い山並みが立ち上がってきた。奇妙にぎざぎざした輪郭が見える。

「あれは?」アッティアはきいた。

リックスが肩をすくめる。「〈骰子《さいころ》〉さ。あれを越える道はない。だから地下をくぐる」と、横目で見た。「で、元奴隷のあんたは、なんでわがはいの仲間に入った?」

「言ったでしょ。食べなきゃいけないから」爪を噛んで言った。「それと好奇心。魔術の種を習いたいの」

彼はうなずいた。「みんなそう言うな。だが、わがはいの秘密は、墓場まで持っていくんだ。〈魔術師の誓約〉ってやつだ」

「教えてくれるつもりはないの?」

「教えるのは〈跡継ぎ〉にだけだ」

それにはあまり興味がなかったが、手袋の謎は探りだしたかった。「〈跡継ぎ〉って、息子さんのこと?」

彼が爆笑したので、アッティアは飛び上がった。「息子だと! そりゃ〈監獄〉には何人かいるかもしれないな。それとは違う。どんな魔術師も生涯かけて磨いたわざを伝える相手はたったひとり、〈跡継ぎ〉だけだ。おまえがそれになるかもしれん。だれにも可能性はある」彼は身を寄せてきて、ウィンクしてみせた。「だれがそれかは、そいつが何を言うかによって決まる」

「合言葉みたいなもの?」

彼はいかにも感心したように大げさにのけぞってみせた。「そのとおり！　ある言葉、あるフレーズ。わがはいだけが知っているものだ。師匠から受けとった言葉だ。いつか、だれかがそれを口にするだろう。そいつに、わがはいは教えることになるのさ」

「で、あんたの財産を受け渡していくわけね」アッティアは静かに言った。

彼の視線がこちらに流れてきた。ぐいと手綱をひく。牡牛は声をあげ、ぎごちなく足を止めた。

アッティアの手がナイフに飛んだ。

リックスがこちらを向いた。背後の馬車からのわめき声を無視して、鋭く探るような目で彼女を見た。「そうか。わがはいの〈手袋〉がほしいんだな」

アッティアは肩をすくめた。「もしそれが本物なら……」

「ああ、本物だとも」

彼女は鼻を鳴らした。「そうよね。あのサフィークからもらったんだものね」

「からかって、わがはいの話を引き出そうとしてやがるな」手綱をふると、牡牛はのろのろと歩みだした。「よかろう、教えてやろう。話したい気分だから。この話は秘密でもなんでもない。三年前、わがはいは〈監獄〉の〈狂気のトンネル〉という翼棟にいた」

「そんなものあるの？」

「あるのさ。行きたくなるところじゃないが。その、とあるトンネルの奥で、ひとりのばあさんに会った。病気で、道ばたで死にかけていた。それで、コップで水をくんでやった。お返しにきかせてくれたのは、娘時代にサフィークに会ったという話だった。ひどく傾いた部屋で寝たときに、ヴィジョンの中にあらわれたと。サフィークがそばにひざまずいて、右手の手袋を外し、ばあさんの手の下にすべりこませた。『わたしが戻るまで、これを安全に保管しておいてほしい』そう言った」

「そのひと、頭がおかしかったんだ」アッティアは静かに言った。「そんなとこへ行ったら、だれでもおかしくなる」

リックスは耳障りな笑い声をあげた。「そうだな！　わがはいだって、いつもまっとうだったとはいえん。だから、ばあさんの言うことなんか信じなかった。そしたら、ばあさんはぼろ服の中から、〈手袋〉をひっぱりだして、おれの手に握らせた。『一生、これを隠しとおしてきたよ。〈監獄〉がこれを狙ってる。わかっとる。おまえさんは大魔術師じゃによって、あずけておけば無事じゃろう』」

アッティアは眉に唾をつけはじめた。少なくとも最後の部分はあやしい。「で、無事に守ってきたわけ？」

「盗もうとしたやつはたくさんいるが」彼はちらとわきに目を走らせた。「だれも成功しなかった」

ご本人も〈手袋〉の真贋には疑いを持っているらしい。アッティアはにっと笑って、攻撃に出た。「きのうの晩の、あんたの〈見せ場〉だけど。フィンのことはどっから知ったの？」

「おまえから聞いたじゃないか」

「あたしは自分が奴隷だった話をして、フィンに救われたって言った。でもあんたは裏切りのこととか、愛のこととか、そんな話もした。どこからそれを拾ってきたの？」

「ああ」彼は指を組みあわせて、すばやく塔のかたちをこしらえた。「おまえの心を読んだ」

「うそばっかり」

「おまえは見たろ。あの男の顔も、むせび泣いてた女も」

「ええ、見ましたよ」アッティアは声に盛大な嫌悪感を忍びこませた。「あのいんちき文句でだましただけじゃないの。『〈監獄〉の平和な場所に無事でいる』だって？　よく自分が恥ずかしくないよね」

「あの女が、それを聞きたがっていたんだ。それにおまえだって、フィンとやらを愛すると同時に憎んでもいた」彼の目に光が戻っている。それから、突然、表情が失せた。「だがあの雷鳴はな！　あれには驚いた。あんなことは初めてだ。アッティアよ、〈監獄〉はおまえに目をつけてるのか。おまえに興味を持ってるのか」

「あたしたちみんなに目をつけてるんだよ」アッティアは叫んだ。

後ろで、甲高い声がした。「リックス、急ごうよ」女巨人の頭が星を描いた布の中からのぞいていた。

「それに、小さな鍵穴のヴィジョンは？」アッティアは食い下がった。

「鍵穴って何だ」

「あんたは〈外〉が見えたって言った。星とか、大きな宮殿とか言った」

「ほんとか？」彼の目にとまどいが浮かんだ。それが目くらましなのか、本物なのか、アッティアにはわからなかった。「覚えてないな。〈手袋〉をはめると、ときどき何かが心に入ってくるような気がすることがある」彼は手綱を振った。アッティアはもっと聞きたかったが、彼は言った。「下りて、足をのばしたほうがいいぜ。もうじき〈骰子《さいころ》〉に着く。そしたら全員、気を抜けなくなる」

話は打ち切りということだ。アッティアはしかたなく馬車を飛び降りた。

「早くおしよ」女巨人がわめく。

リックスは歯のない笑いを見せた。「ギガンティアさんよ。もっと寝てな」

そう言って牡牛に鞭をくれた。アッティアは馬車を見送った。すべての馬車が派手な横腹を見せて通りすぎるのを待った。赤や黄色の箭《や》をもつ車輪、中でがたがた鳴る鉢や鍋。後ろには長い縄でロバがひっぱられてゆき、小さな子どもが数人、とぼとぼとついてゆく。

アッティアはうなだれてあとを追った。考える時間がほしい。〈サフィークの手袋〉を持っている魔術師の噂を耳にしたときには、彼を見つけてそれを盗もうということしか考えていなかった。フィンに見捨てられたのだとしたら、自力で、なんとしてでも脱出の方策を考えねばならない。足を動かして金属の道を歩いてゆきながら、〈世界の果て〉の小房で何時間も味わった悲惨な思いをよみがえらせた。ケイロの嘲笑と憐れみと、「あいつが戻ってくるものか。それを受け入れるんだな」という言葉。

そのとき、彼女は彼に言い返したのだ。「フィンは約束したよ！　あんたのきょうだいじゃないか」二ヶ月たったいまでも、ケイロが冷ややかに肩をすくめ、こう答えたことを思い出すと、ぞっとする。

「もう、きょうだいじゃないさ」ケイロは戸口で足を止めた。「フィンは嘘の名人だ。ひとの同情を買うのが、あいつの特技だ。時間のむだだね。フィンは、いまじゃクローディアと立派な王国を手に入れてる。あいつの顔を拝むことは二度とあるまいよ」

「じゃ、あんたはどこへ行くの」

ケイロは笑ったっけ。「おれの王国を探しに行く。ついてこい」そう言って、壊れた廊下をずんずんくだっていった。

でもアッティアは待った。

しんとした臭い小房で三日待ったあと、飢えと渇きが彼女をそこから追いたてた。信じまい、疑うまい、怒るまいとして三日がんばった。星が輝く外の世界にいるフィン、大理石の宮殿でみんなにお辞儀をされているフィンのことを想像してすごした。なぜ、戻ってこなかったのだろう。クローディアのせいだろうか。きっとフィンを説得して、魔法にかけて、忘れさせたのだ。あるいは〈鍵〉が壊れたり、なくなったりしたのか。

けれど今となっては、そんなふうに考えるのは難しくなった。二ヶ月は長い。それに心の中には別の思いもひそんでいた。疲れたり落ちこんだりしているときに、ふいと浮かび上がってくる思いだ。フィンは死んでしまったのではないか。外の世界の敵に殺されたのではないか。

昨夜、死の場面を演じた瞬間には、ちらと彼の姿が見えたのだけれど。

行く手に叫び声がした。彼女は目を上げ、〈骰子《さいころ》〉がそびえ立っているのを見た。

それはまさしく骰子そのものだった。山脈よりも大きな、骰子の集積。側面はうっすらと白く輝き、巨人が角砂糖の山を行く手に置いたかのようだ。五つ六つ、なめらかなくぼみもえぐられている。あちこちに短いひねこびた植物が生え、深い裂け目や谷には、草めいて淡い苔がこびりついている。そこをのぼる道はない。立方体でできた丘陵は大理石のように固く、なめらかで登攀不可能だ。しかし径は、その基底部に掘られたトンネルの中へと続いている。

馬車の列が止まった。リックスが立ち上がる。「諸君」

馬車の窓という窓から、顔がいっせいにのぞいた。驚いた顔、巨大な顔、しなびた顔、フリークショウの侏儒めいた顔。七人の軽業師が一団となってこちらへやってくる。熊使いまでもが駆け戻ってきた。

「この街道に出没する賊は胴欲だが、とろいんだそうだ」リックスはポケットから貨幣を一枚出して、くるくるまわした。それは空中に消えうせた。「だから、ここは問題なく抜けられる。もし……そいつらが邪魔立てするようなら、どうすればいいかわかっているな。諸君、気を抜くな。そして忘れるな。まことの魔法とは、幻を操るわざだ」

彼は丁寧なお辞儀をしてから、腰を下ろした。アッティアはいぶかしげな目で、七人の軽業師が剣やナイフ、青、赤の小さな玉を配っているのを見つめた。それから七人は、それぞれの馬車の御者の隣によじのぼった。馬車はきっちりと間合いをつめて陣形をとった。

アッティアはあわててリックスの後ろによじのぼって隠れた。

「あんたほんとうに、まがいもののナイフやにせの剣でもって〈滓〉の連中をなんとかできると思っているの？」

リックスは答えない。隙間だらけの歯を見せて笑っただけだ。

トンネルの口が眼前にそびえたつと、アッティアは自分のナイフの鯉口をゆるめ、火縄銃があったら、と痛切に思った。この人たちは狂ってる。いっしょに死ぬなんてまっぴらごめんだ。

前方にトンネルの影がのびてきた。ほどなく濃い闇がアッティアを包みこんだ。

何もかもが消え失せた。いや、何もかもではない。アッティアは、身をのりだせば、後ろの馬車に描かれた文字が見えることに気づいて、苦笑いした。文字はうっすら発光している――『最初にして唯一の華麗なる一座』。車輪も緑色の火花を発していた。それだけだ。トンネルは狭い。車輪のゴトゴトという音が、雷鳴のごとく天井に反響する。

奥へ進むにつれ、アッティアの不安は増した。どんな道にも持ち主はいる。この道の主なら、ここそ最適の待ち伏せ場所だ。天井に目をやって、遊歩道にだれかいないか、網からぶらさがっていないか、見定めようとしたが、見えるのは巨大蜘蛛の巣ばかりだ。

いや、もちろん、いくつかの〈目〉は別だ。

闇の中で、その〈目〉たちはきわだっていた。〈監獄〉の小さな赤い〈目〉はわずかずつ間隔をおいて、好奇心に満ちた星のように、こちらを見つめている。アッティアは前に見た映像入りの本のことを思い出し、好奇心の強い〈監獄〉の目に自分はどんなふうに見えているのだろうかと思った。馬車から見上げているほんとうにちっぽけな、取るに足らない存在か。

あたしを見てよ。アッティアは苦く考えた。あたしは、あんたが話すのをきいた人間だよ。あんた自身から〈外〉に出るみちがあるのを知ってるんだ。

「ここだ」リックスがつぶやいた。

アッティアは彼を見つめた。次の瞬間、ガシャンという音とともに一枚の格子が行く手の暗がりに落ちてきて、飛び上がった。続いてもう一枚、さらにもう一枚。埃が舞い上がる。リックスが、大声をあげる牡牛をひっぱって止める。馬車の列はきしみながら、ようやくに止まって、静かになった。

「ようこそ」前方の闇から声が飛んでくる。「〈サールの肉屋〉の料金所にようこそ」

「じっと座ってろよ」リックスがささやいた。「わがはいの言うとおりにしろ」と言って飛び降り、闇の中にひょろ長い影をゆらめかせた。たちまち光線が彼を包む。彼はまぶしそうに目をおおった。

「偉大なサール殿に、いかようにもお支払いいたしましょう」

鼻を鳴らすような笑い声。アッティアは目を上げた。何人かが上のほうにいる。そろそろとナイフを抜き出したのは、〈兵団〉にかつて投げ網でつかまえられたのを思い出したからだ。

「お聞かせください、値はいかほどか」リックスの声は相手の機嫌をうかがうようだ。

「黄金か、女か、金属だ。こちらが選ばせてもらうぞ、芸人」

リックスは頭を下げ、安堵をにじませた声で言った。「ならば、こちらに来て、お望みのものをお取りください。ただ、手前どもの商売道具は残しておいていただきたく」

アッティアが語気を強めてささやいた。「あんた、まさか――」

「しっ」と彼は言い、ついで軽業師に声をかけた。「おまえはだれだっけな」

「クインタス」

「兄弟たちは？」

「用意はいいぜ、おかしら」

だれかが暗がりから出てきた。〈目〉の赤い光の中、ちらちらと見えるのは、はげ頭、がっしりした肩、全身に巻きつけた金属の鋭い光だった。うしろに、男たちがものものしい列をなしている。

両側に、ジュウッと音を立てながら緑の光が点々 とともる。

アッティアは目をみはった。リックスでさえ、チッと言った。

賊の首領はハーフマンだった。

はげ頭のほとんどは金属板でできており、片耳はぽっかりと開いた穴で、そこに皮膚の細片がまじりこんでいる。

両手につかんでいるのは見るも恐ろしげな、斧と段平《だんびら》を足したような武器だ。背後の男たちも、あたかもそれが仲間のしるしであるかのように、一様に頭をそり上げている。

リックスがごくりと唾を呑みこんだ。やおら手をあげた。「〈翼の主〉どの。われらはまずしき民。ぺらぺらの銀貨に宝石を少々所持するのみ。それをさしあげましょう。何なりとお取りくだされ。ただ、われらのちゃちな小道具ばかりは残しておいていただけませんか」

ハーフマンは手をのばして、リックスの喉首をつかんだ。「よくしゃべる男だ」

手下どもはさっさと馬車の上によじのぼり、軽業師たちを押しのけ、おおいの帆布の下にもぐりこんでいた。数人がすぐに出てきた。

「なんてこった。けだものばっかりで、人間はおりやせん」ひとりが小声で言った。

リックスは〈翼の主〉に、頼りなげな笑みを向けた。「見物衆は醜いものを見たくて、お金を払うのさ。自分が人間だという気になれるからね」

ばかなこと言って。サールのけわしい顔を見て、アッティアは思った。

〈翼の主〉は目を細めた。「ならば、金を払ってもらおうか」

「いくらでも」

「それと女だ」

「ごもっともで」

「おまえの子どもたちでもか」

「お好みの娘をどうぞ」

〈翼の主〉は冷笑した。「まったく見下げはてた腰抜けだな」

リックスはなさけない顔を作ってみせた。男は不快そうに、彼を下ろした。ちらとアッティアに目をやる。「おまえはどうだ、娘」

「あたしに触ってごらん。喉をかっさばいてやるから」アッティアは静かに言った。

サールはうなった。「それこそわしの好みだ」と進み出て、武器の刃を指でいじくった。「聞かせてもらおうか、腰抜け。その……小道具と言ったのは何のことだ」

リックスは青ざめた。「演《だ》し物に使う道具のことで」

「それがなんで値打ちなんだ？」

「値打ちものではありやせん。つまり……」リックスはしどろもどろになった。「手前どもにとっては値打ちがあるとはいえ、他の……」

〈翼の主〉は魔術師の顔にぐっと顔を寄せた。「ならば見せてもらってもかまわんな」

リックスの顔はひきつっていた。身から出た錆だわ。アッティアは思った。

〈翼の主〉は彼を押しのけて進んできた。馬車の中に手をつっこみ、御者の足乗せ台の下の隠し穴をあばいて、そこから箱を取り出した。

「後生ですから」リックスはひびわれた唇をなめた。「お願い申します。何でもさしあげますから、それだけはご勘弁を。その小道具がなかったら、舞台がつとまりませ……」

「おまえの噂は」サールは、注意深く箱のとめがねを粉砕した。「聞いているぞ。〈手袋〉とかなんとかの」

リックスは黙ってしまった。完全に度を失っている。

ハーマンは箱の蓋をこじあけ、中をのぞいた。手をつっこんで、小さな黒いものを取り出した。

アッティアは息を呑んだ。手袋は、男の手の中でたいそう小さく見えた。すりきれて、つくろったあとがあり、人差し指の部分には血の痕のようなしみがついている。アッティアは動こうとした。だが男に目を向けられて、凍りついた。「なるほど、サフィークの〈手袋〉か」

「後生ですから」リックスはさきほどまでの気どった余裕を、すっかりなくしていた。「何でもさしあげますから、それぱっかりは」

〈翼の主〉はにんまりとした。嘲るようにゆっくりと、その手袋を太った指にはめはじめた。

4

〈監獄〉の錠前の設置はことさら入念に行われた。何人も出入りができないように。〈管理人〉が唯一の〈鍵〉を持つ。そのことをひとに伝えずに死んだ場合は、〈秘儀書〉が開かれねばならぬ。しかしそれは後継者の手によってのみなされるべきである。なぜなら今ではこの知識は禁忌となっているからである。

〈知者〉マートル『プロジェクト・レポート』

「ジェアド」

クローディアは息を切らして、家庭教師の部屋に飛びこんでくると、あたりを見まわした。空《から》だ。

寝台はきちんと整えられ、質素な書棚には数冊の本。木の床には新鮮な藺草《いぐさ》が撒かれ、卓上のトレイにはパン屑の残った皿と、からの杯があった。

身をひるがえして出てゆこうとしたとき、スカートの風が一枚の紙を舞い上げた。

目を凝らした。手紙のようだ。厚めの羊皮紙に書かれたものが、窓の下にはさんであったらしい。

ここからでも裏側に王家の紋章がついているのが見える。冠をいただいた鷲が鉤爪で世界をつかんで持ち上げている、ハヴァーナ朝のしるしだ。そして女王の白い薔薇のしるしもあった。

クローディアには時間がなかった。ジェアドを見つけなければならないのだが、それでも手紙をじっと見た。開けて、読まれたあとがある。ジェアドはそれを放置していったのだ。秘密にすべきものではあるまい。

とはいえ、彼女はためらっていた。彼以外の人の手紙だったら、一片のやましさもなく、読んだだろう。〈宮廷〉ではだれもが他人、悪くすれば敵になりうる。みんなゲームの駒なのだ。でもジェアドはただひとりの友人だ。友人以上だ。クローディアは彼に、長年強い愛情を抱いていた。

それゆえ、部屋を横切っていって、手紙を開けてみるときには、これは悪いことじゃない、どのみちジェアドはこのことを話してくれるはずだから、と自分に言い聞かせた。ふたりは何でも分かちあってきたのだから。

それは女王からの手紙だった。読み進めるうちに、クローディアは目を大きく見開いた。

親愛なるジェアドどの

この手紙をさしあげるのは、わらわとそなたとのあいだのことを、このさいきちんと精算しておきたいからです。そなたとわらわは、過去には敵どうしでしたが、もはや対立の必要はありません。そなたは〈門〉を再起動させる方法の研究に忙しいこととお察しします。クローディアも、父上の近況を知りたくてたまらないことでしょう。しかしながら、少々わらわに時間を割いていただきたく。七時に、私室で待っております。

女王シア

その下に小さな文字でこう書いてあった。「双方にとって大きな利益になるはずです」

クローディアは眉をひそめた。羊皮紙を折りたたんで、ガラスの下に押しこみ、急いで部屋を出た。女王はいつだって何かをたくらんでいる。しかし、ジェアドに何を求めているのだろう。

彼は〈門〉のところにいるはずだ。

クローディアは蠟燭をひっつかむと、振って炎をつけながら、落ちつけ、落ちつけ、と自分に言い聞かせた。豪華な廊下の羽目板にはめこまれた扉を開けて、不愉快なほどあっというまに再生した蜘蛛の巣をひょいひょいとよけながら、地下室に通じる螺旋階段を小走りに下りていった。丸天井におおわれた地下の部屋部屋はしめっぽく、ぞっとするほど寒い。体を斜めにして酒樽の間をすりぬけ、一番暗いすみに急ぐ。そこには天井に届くほど高いブロンズの扉があったが、恐ろしいことにぴったり閉まっている。この場所にはびこっている大カタツムリが累々と、冷たい金属に貼りついていた。じっとりした表面には、彼らの這い跡が縦横無尽に残っている。

「先生」クローディアはこぶしで扉をたたいた。「入れて！」

しんとしている。

一瞬のうちに彼女は悟った。ジェアドは返事ができないのだ。気を失っている。長年むしばまれてきた病の痛みで倒れてしまったに違いない。つづいて新たな恐怖が、さらに激しく身を貫いた。ジェアドはついに〈門〉を起動させるのに成功したものの、もしかして自らが〈監獄〉に閉じこめられてしまったのでは。


かちりという音がして、扉が開いた。

彼女は中にすべりこんで、目をみはった。

それから笑いだした。

両手足をついて、何万枚もの青く光る羽根をひろいあげようとしていたジェアドが、怒ったように目をあげてこっちを見た。「クローディア、笑い事ではありませんよ」

でも笑いが止まらない。クローディアはほっとしすぎて、少しおかしくなっていた。一つきりの椅子に腰を下ろし、くすくす笑いが、狂気じみた響きを帯びてゆくのにまかせた。とうとう絹のスカートで涙を拭かねばならなくなった。ジェアドは青い羽毛の海のなか、両手をついたままふりかえって、彼女を見た。深緑の上着の両袖をまくりあげている。〈知者〉の外套は椅子にひっかけてあり、それも羽根まみれだった。長い髪もくしゃくしゃだ。顔に浮かんだ笑みは、しんそこ哀しげなものだった。

「さて、わかりましたよ。たぶん」

いつも真っ白で清潔きわまる部屋なのに、今は千羽もの翡翠《かわせみ》の羽根をむしる作業をしたあとのようだ。羽根が金属のデスクの上に散らばり、得体のしれない道具をおさめたなめらかな銀の棚のすべてをおおいつくしている。床には、足首が埋まるほど積もっていた。少しでも動くと、羽毛が雲のように舞い上がっては、降りしきる。

「気をつけて。これをつかもうとして、さっき瓶を倒してしまいました」

「なんでこんなにたくさんの羽根なんか？」ようやくクローディアは口に出せた。

ジェアドはため息をついた。「羽根は一本でした。芝生でひろいました。小さなもので、でも本物でした。実験には最適だったので」

クローディアは彼をじっと見た。「一本？　ということは……」

「そうです、クローディア。ようやく、事態をすこし動かせた。でも、完璧にではありません」

驚いたクローディアはあたりを見まわした。〈門〉は〈監獄〉への入り口だが、その秘密を知っているのは父だけで、その父は中に逃げこむさいに、その秘密をも破壊していってしまった。他でもないこの椅子に座ったまま姿を消してしまい、いまは、〈監獄〉であるミニチュア世界のどこかにいるはずだ。それ以来、この部屋の中のものは何ひとつ動かない。ジェアドは何ヶ月もかけて、デスクのコントロール・パネルを研究し、おためごかしと遠まわしな質問でもってフィンをいらだたせたが、どんなスイッチも回路も作動しなかったのだ。

「何があったの？」クローディアは自分も消えてしまうのではないかと不安になって、椅子からぱっと立ち上がった。

ジェアドは髪から青い羽根を一本取り出した。「これを椅子に置いてみました。ここ何日か、壊れた部品をいろいろなものに取り換えてみていたんです。最後は、市場で買った、ご禁制のプラスティックでした」

クローディアは間髪を入れずに言った。「だれかに見られた？」

「外套にすっぽりくるまって行きましたから、だいじょうぶでしょう」

けれどもつけられていたのは確かだろう、とふたりとも思っていた。

「で？」

「それがうまくいったようです。ぴかっと光って、そして……振動が。でも羽根は消えなかったし、縮小もしませんでした。そのかわり増殖してしまった。どれもまったく同じ羽根なんです」彼はなさけなさそうにあたりを見まわし、クローディアはふいに胸をつかれた。顔から笑みが消えた。静かにこう言った。「先生、そんなに根を詰めないで」

彼はクローディアを見上げ、おだやかに言った。「それはわかっていますよ」

「フィンがしょっちゅうここに出没して、先生の邪魔をしているのは知ってるわ」

「だめですよ。ジャイルズ王子とお呼びなさい」彼は立ち上がろうとして、かすかによろめいた。

「いまに王になられるお方だ」

ふたりは顔を見あわせた。クローディアがうなずいた。あたりを見まわし、道具を入れた袋に目をとめた。中身をからっぽにし、羽根を手づかみで、つぎつぎそこに入れていった。ジェアドは椅子にかけ、身をのりだした。「フィンはこの期待と重圧に耐えられるでしょうか」静かな声できいた。

クローディアは一瞬黙りこんだ。その手が袋の中で動かなくなった。それから手を出すと、前にもまして勢いよく羽根を詰めこんでいった。

「がんばってもらわないと。わたしたちが彼を〈監獄〉からひっぱりだして、王座に据えようとしたんだもの。彼は必要なのよ」クローディアは顔をあげた。「おかしいわね。この計画、最初はカスパーと結婚しないことだけが重要だったのに。それと、父上を出し抜くことと。わたしは生まれてからずっと、計画したり企んだりばかりしてきた。そういうことに取り憑かれていたわ……」

「そして、その目標二つが達成されたいま、満足していないんですね」ジェアドはうなずいた。「クローディア、人生とは階段を何階ものぼってゆくようなものです。『ゼロンの哲学』を読んだでしょう。あなたにとっての地平線が移動したんです」

「ええ、先生。でもわたしにはわからない……」

「わかっていますとも」ジェアドは華奢な作りの手をのばして、クローディアの手をつかみ、動きを止めた。「フィンが王になったら、あなたは彼にどんなことをのぞんでいますか」

クローディアは黙って、長いこと、考えこんでいるようだった。しかし出た言葉は、ジェアドの予想どおりのものだった。「わたしはあの人に〈規定書〉を覆《くつがえ》してほしいの。でも〈鋼の狼〉が望んだように、女王を殺すことで、それを達成するのではなくて。平和なやり方を見つけたい。時間をもう一度動かしたい。こんなよどんだ、息の詰まりそうな嘘の歴史じゃなくて」

「そんなことができるでしょうか。この世界の動力にはたいしたゆとりはありませんよ」

「ええ。それも全部、金持ちの宮殿や青空を保つのに使われてる。それから貧しいものを罠にかけて、暴君的な機械仕掛けの〈監獄〉に追いやって忘れるために」クローディアは荒々しく残りの羽毛を舞い上がらせて、立ち上がった。「先生、父さまは行ってしまったわ。こんな気持ちになるなんて夢にも思っていなかったけれど、でもいまは自分の半分が父さまとともになくなってしまったような気がする。そしてわたしは跡継ぎだから、〈監獄〉の今の〈管理人〉がだれかと言われたら、それはわたしだわ。だから〈大学〉に行って、〈秘儀書〉を読んでくるつもり」

ジェアドの顔に浮かぶ驚きを見たくなくて、彼女は背を向けた。

ジェアドは何も言わない。外套をとりあげ、あとについて出てゆき、扉を出たところで、ふたりともふたたびあの奇妙な移動《シフト》の感じを味わった。部屋がふたりの背後で自己調整をしている、とでもいったような。クローディアは純白の部屋をじっと見つめた。ここと、自邸の父の書斎と、両方の場所に同時に存在しているふしぎな部屋を。

ジェアドは門扉を閉めて、鎖錠をしっかりとかけた。ブロンズ部分に小さな道具をカチリ、と取りつけた。「単なる安全弁です。メドリコートが、今朝ここに下りてきました」

クローディアは驚いた。「父さまの秘書が？」

ジェアドはうわの空でうなずいた。

「どういうつもりで？」

「わたしに伝言を持ってきたんです。じっくりとここを見ていきました。〈宮廷〉のだれにも劣らず、好奇心まんまんでね」

父の使っていた、あの背の高い無口な男を、クローディアはずっと気に入らなかった。けれど、いまは静かにこう言った。「伝言って？」

ふたりは階段にさしかかっていた。クローディアは羽根の袋をどさりとそこに下ろした。だれか召使いがかたづけてくれるだろう。ジェアドは、〈規定書〉に完璧に忠実に、彼女を先に通した。蜘蛛の巣の下をくぐりぬけるとき、ふと、かすかな恐怖がクローディアを襲った。ジェアドが嘘をつくかもしれない、あるいは質問をはぐらかすかもしれない、という恐怖。けれど彼の声はいつもと変わりがなかった。「女王からの伝言です。深い意味はわかりません。面会に来るようにとのことで」

クローディアは薄闇に向かってにっこりした。「じゃ、行かなければね。女王が何をもくろんでいるのか、知らなくちゃ」

「あの方は恐ろしい人ですよ。でも、あなたの言うとおりだ」

クローディアは階段のてっぺんで彼を待った。入り口からあらわれた彼は、痛みの火花に襲われたかのように、つかのま戸框《とがまち》をつかんで、荒い息をついていた。それからクローディアの目を見上げ、体を起こした。ふたりは羽目板をつらねた廊下を黙って歩いてゆき、朽ちかけてかびくさい古いポプリを活けた等身大の青と白の花瓶が、何百も並んでいる長いホールに出た。足もとで床板がきしむ。

「〈秘儀書〉は〈大学〉に保存されています」

「なら、そこへ行くわ」

「女王の許可が要りますよ。しかも女王の本心は〈門〉がこれ以上開いてほしくはない、ということなのもご存じでしょう」

「先生、女王がなんと言おうと、わたしは行きます。先生もいっしょに来て。わたしだけなら、何かを見つけても、さっぱり意味がわからないもの」

「そうなると、フィンをひとりきりで放り出すことになりますよ」

クローディアにもわかっていた。そのことについては、何日も考えてきた。「フィンには護衛官をつけなきゃ」

ふたりがたどりついたのは〈すいかずらの中庭〉だった。乱れ咲く花々の香りは、夏の大波のようで、クローディアの心はやや晴れた。幾何学的に配置された小径の迷路に入ってゆくと、夕日が、曲がりくねったクリスタルと黄金の回廊を照らした。小さなモザイク片が輝き、きちんと刈りこまれたローズマリーとラヴェンダーの中では、蜂がうなりを立てている。

はるか彼方で、高い塔の時計が七時十五分前を告げた。クローディアは顔をくもらせた。「先生は女王のところにどうぞ。待たせるのはよくないわ」

ジェアドはポケットから懐中時計を出して、時間を見た。

「いつでもそれを持ってらっしゃるのね」

「父上からいただいたものですから。わたしにはこれを守る義務があります」

時計はデジタルで正確だった。黄金のケースの中身は、純然たる〈時代〉はずれの品で、細部にこだわる父親の癖を知っていたクローディアには、昔から驚きの種だった。細い銀鎖とその先についた小さな立方体を見るにつけても、〈管理人〉はどうやって〈監獄〉の不潔や貧困に対処していたのだろうと思う。だが、そのときの彼はよく知っていたのだ。何度もそこへ入っていっていたのだから。

ジェアドはぱちんと時計の蓋を閉めた。そして少しのあいだ、握ったままでいた。それから、声を落として言った。「クローディア、女王との約束が七時だとなぜ知っていたんですか」

クローディアは凍りついた。

一瞬、何も言えなかった。それからちらとジェアドに目をやった。顔が真っ赤なのが自分でもわかった。

「なるほど」彼は言った。

「先生、あの……ごめんなさい。あそこにメモが残っていたから。ひろいあげて、読みました」クローディアは首をふった。「すみませんでした」

恥ずかしかった。口をすべらせたことに、自分でもいらだっていた。

「ほんの少し傷つかなかったとは言いませんが」ジェアドは外套のボタンをかけながら言った。それから目を上げ、緑の目で彼女の目を見すえた。たたみかけるように言った。「クローディア、決してお互いを疑わないことにしましょう。敵はわれわれを仲間割れさせて、対立させようとしています。あなたとわたしとフィンとを。二度と、その策謀にのってはいけない」

「二度とね」クローディアはせっぱつまったように、「ジェアド、わたしに怒ってる？」と聞いた。

「いいえ」彼の笑みは哀しげだった。「あなたはずっと、あの父上の娘さんでしたからね。では、わたしは女王に頼んで、ふたりで〈大学〉まで行けるようにしてもらいましょう。あとで塔に来てくれれば、すべて話します」

クローディアはうなずいて、彼が歩み去るのを見送った。ふたりの小間使いの前を通るときに彼がかるく会釈すると、ふたりはスカートをつまんで腰をかがめてから、彼の黒くほっそりした後ろ姿をうっとりと眺めやった。それからふりかえってクローディアを見た。クローディアは冷たい目でふたりを射すくめてやり、ふたりはそそくさと去っていった。

ジェアドはわたしのものだ。でも、どれだけ彼が隠そうとしても、彼がわたしのせいで傷ついたことは確かだ。

＊　＊　＊

回廊の曲がり角で、ジェアドが手を振ると、クローディアはアーチのある通路の中へ消えていった。向こうから見られないと見きわめがつくと、彼はすぐ足を止めた。壁に手をあてて、深呼吸した。女王に会う前に、薬を飲んでおかねば。ハンカチを取り出して、額をぬぐい、きつい発作がおさまるのを待ち、そっと指をあてて脈拍をはかった。

あんなに動揺すべきではなかった。クローディアが知りたがるのは当然だ。なんといっても、自分には、彼女にさえ言っていない秘密がある。

時計を取り出し、手の中で金属がぬくもってくるまで握りしめた。ついさっき彼女にこのことを言ってしまおうとしたのだが、そのとき彼女が女王との約束のことを持ち出した。自分はなぜ、言いやめたのだろう。自分の指のあいだにある小さな立方体が〈監獄〉そのもので、中に父とケイロとアッティアが囚われているのだと、彼女に告げていけないわけはなかったろうに。

ジェアドは時計を掌にのせ、〈管理人〉が、相手の恐怖をあざ笑うように告げた言葉を思い返した。

「あなたは神のようなものだ、ジェアド。〈監獄〉を両手に握っている」汗の粒が時計をくもらせた。彼はそれをぬぐった。時計の蓋を閉め、ポケットにつっこみ、自室へと急いだ。

クローディアは憂鬱な気持ちで、足もとを見つめていた。さきほどは一瞬、自己嫌悪に陥りかけた。改めて、ばかなことはやめよう、と自分に言い聞かせた。フィンのところへ戻らなければ。布告の日時が告げられたことは、彼には大きな痛手だろう。回廊を小走りに抜けてゆきながら、ため息をついた。ここ何週間か、いっしょに狩りに行ったり、森の中で馬を走らせたりしているときに、ときどき感じたことだが、フィンはいつでも逃げ出したがっているようだった。馬首をめぐらして、〈領国〉の森の中に駆けこみたがっていた。〈宮廷〉のいっさいと、よみがえった王子という役割から逃げ出したがっているようだった。あんなに〈脱出〉したがり、星を見つけたがっていたのに。見つけたものは、新たな牢獄だった。

回廊のさきに、鷹小屋がある。クローディアはふと思いついて、低いアーチをくぐって、埃っぽい廊下に入った。考える時間がほしかった。混みあった〈宮廷〉の中で、ここは彼女のお気に入りの場所だった。つきあたりの高い窓からひとすじの陽が落ちて、あたりには古い藁と塵と鳥の匂いが漂っている。

鷹たちは止まり木にゆわえつけられていた。〈宮廷〉の高貴な鷹と隼《はやぶさ》ばかりだ。何羽かは目までかぶさる小さな赤いフードをつけている。彼らが頭をふったり、羽繕いしたりすると、小さな鈴が鳴り、細かな羽根がさざなみ打つ。鷹以外の鳥たちは、クローディアが囲いの間を通りすぎるのをじっと見守っていた。大きな梟《ふくろう》たちはまるい目を見開いて音もなく首をひねり、ハイタカはすさまじい黄色の、コチョウゲンボウは眠そうな視線を向ける。突きあたりにいる、革の足緒をつけられた大きな鷲が、傲慢なまなざしでクローディアを射すくめた。そのくちばしは黄金のように黄色く残忍そうだった。

クローディアは籠手をおろして、はめた。ぶら下がっている袋から肉をひとときれ取ってさしだす。鷲は首をめぐらした。一瞬、彫像のように動きを止め、じっと彼女を見つめた。それからくちばしが目にも止まらぬ速さで動いてそれをくわえとると、鉤爪のあいだで引き裂いた。

「まことに王家の象徴そのものですな」

クローディアは飛び上がった。

だれかが石のついたての後ろの暗がりに立っていた。塵を浮かべてななめにさしこむ日差しに、その手と腕が浮かんで見えた。一瞬、父親かと思った。それから何だかわからない感情に胸を刺され、片手が思わずこぶしを作った。

そこで言った。「だれなの？」

かさかさとわらが鳴る音。

クローディアは武器を持っていなかった。だれもここにはいなかったはず。一歩下がった。

男はゆっくりと進み出てきた。陽光がやせた長身をななめに照らしだした。汚れた髪をもじゃもじゃに垂らし、小さな半月の形をした眼鏡をかけている。

クローディアはむっとして息を吐き出した。「メドリコートじゃない」

「クローディアさま。驚かすつもりはありませんでした」

父の秘書はぎごちなく一礼し、彼女も軽く腰をかがめた。父が屋敷にいたときにはいつもこの男を見かけていたのに、ほとんどこの男としゃべったことがなかったと気づいて、はっとした。やせこけて、わずかに背が曲がっている。長時間、机の上にかがみこむ仕事が、体に響いてきたかのようだ。

「驚いたりしないわ」クローディアは嘘をついた。それからためらいながらこう口にした。「ほんとうのところ、おまえと話をする機会がもててよかったわ。父上の仕事のことなん……」

「すべてとどこおりなく運営されております」言葉を折られてぎょっとした彼女は、相手を見つめた。男が近寄ってきた。「クローディアさま、不作法をお許しください。時間がありません。これに見覚えがおありかと存じますが……」

インクのしみのついた指を突き出し、小さくて冷たいものを、彼女の籠手の中に落とした。さっと陽光がそれをはじいた。小さな金属のしるし。口を開けて威嚇しながら駆けている獣の姿。見たことはなかった。だが、それが何かはわかっていた。

鋼の狼だ。

5

「おまえに炎を吹きかけてやろう」鉄の狼はうなった。

「やればいい」サフィークは答えた。「ただし、わたしを水の中へは投げこまないでくれ」

「おまえの影を食い尽くすぞ」

「そんなことは何でもない。黒い水に比べれば」

「おまえの骨と筋とを砕いてやろう」

「おまえより、あの水のほうが恐ろしい」

鉄の狼は怒って、彼を湖に投げこんだ。

するとと彼は笑いながら、泳いで逃げていった。


『鉄の狼の帰還』


〈手袋〉は小さすぎた。

布地がひっぱられ、縫い目に小さな裂け目ができてゆくのを、アッティアはぞっとしながら見ていた。リックスはと見ると、彼の目は〈翼の主〉の指を魅入られたように見つめている。

　しかもにんまりと笑っている。

　アッティアは息を吸いこんだ。ふいにわかったのだ。小道具にだけは手をつけないでくれ、と泣きつづけたのは――むしろそれを望んでいいたからだ。

　クインタスのようすをうかがう。軽業師は赤と青の球をひとつずつ持ち、隙のないようすで身構えている。背後の薄闇では、仲間たちが何かを待ちかまえていた。

　サールが片手をあげる。あたりが暗いので、黒い手袋はほとんど見えず、手首から先が切断されたかのようだ。荒々しい笑い声を放った。「さあてと。おれが指を鳴らしたら、金貨がじゃらじゃら出てくるか。またはだれかを指さしたら、そいつがたちどころにおっ死ぬか」

　反応も待たずに、彼は実行に移した。ぐるりとまわした指を、背後のがっしりした男に突きつけた。その悪党は真っ青になった。「おかしら、なんであっしに」

「マート、こわいか」

「いや、ただ気持ちが悪いんで」

「阿呆めが」サールはくるりと向きなおり、見下したようにリックスを見た。「馬車の車輪の下には、もっとまともな小道具もあったな。こんなちゃちなもので、みなをびびらせるとは、おまえは香具師《やし》としては一流だな」

　リックスはうなずいた。「おおせのとおりで。わがはいは〈監獄〉一の魔術師ですから」

　そう言って手をあげた。

　その瞬間、サールの顔から嘲弄が失せた。手袋に包まれた指を見下ろす。

そうして、苦悶の悲鳴をあげた。

アッティアは飛び上がった。悲鳴はトンネルの中にこだました。〈翼の主〉はわめきながら、手袋をつかんでいる。「取ってくれ。手が焼ける」

「そいつはご愁傷様」リックスがつぶやいた。

サールは満面に朱を注いでいた。「こやつを殺せ」と叫んだ。

手下どもが動きかけたところへ、リックスが「やってみろ。永久にその手袋は脱げないぞ」と言い、面長の顔に平然とした表情を浮かべて腕組みをした。もしもこれが演技だとしたら堂に入ってる、とアッティアは思った。そうして、だれにも気づかれないよう、ゆっくりと御者席にすべりこんだ。

サールは手袋を破りすてようとしながら、わめき散らしていた。「痛てっ！　手の皮が食い破られるわ」

「サフィークの持ち物を悪用すれば、どうなると思う？」リックスの言葉の棘に気づいて、アッティアは彼を見た。隙間だらけの歯を見せたにやにや笑いは、どこかに消え失せていた。これまでにもアッティアをおじけづかせたあの憑かれたような表情が浮かんでいた。背後で軽業師のクインタスがおちつかなげに、舌を鳴らした。

「こいつ以外のやつらを殺せ」サールはもうかすれ声だった。

「だれにも手を出すな」リックスは平然と悪党たちをにらみつけた。「わがはいたちを通して、この〈骰子《さいころ》〉山から無事に出してもらおう。魔法はそのあとで解いてやる。変なまねをしようとしたら、サフィークの怒りに永遠に焼き焦がされるぞ」

手下たちは目と目を見かわした。

「言うとおりにしろ」サールがうなった。

運命の一瞬だ。すべては、賊たちがかしらをどれだけ恐れているかにかかっている、とアッティアは思った。もしもだれかが、かしらの命令を無視したり、殺したり、あるいは自分が主導権をとったりしたら、リックスはおしまいだ。しかし彼らはおどおどとおびえたようすだった。ひとりが動くと、他のものもぞろぞろと後ずさりした。

リックスがぐいと頭を動かした。

「行け」クインタスがささやく。

アッティアは手綱をつかんだ。

「待て」サールが叫んだ。手袋に包まれた指は、電気ショックをかけられたように、ぴくぴくひきつっていた。「止めてくれ。こいつをなんとかしてくれ」

「わがはいは何もしていませんぜ」リックスは面白そうな顔だった。

黒い指が痙攣しながら、宙をつかむ。ハーフマンは前のめりになりながら、馬車の下にぶらさげてある金色のペンキのバケツの中から、ブラシを一本つかみとった。黄金の滴がトンネルの床に飛び散る。

「今度は何だ?」とクインタス。

サールは壁ぎわによろめいていった。大きくしぶきを飛ばしながら、手袋の手は金属の曲面に、輝く文字をつづった。

アッティア、と。

みなが驚愕に目をみはった。リックスも彼女を見た。それからサールのほうに向きなおった。「何をしてる？」

「おれがやってるんじゃないぜ」男は恐怖と怒りに息もできないようだった。「この手袋め、生きてやがる」

「あんた、字は書けるのか」

「書けるもんかよ。書いたことの意味もわからん」

アッティアはしんと息を詰めた。馬車からぎごちなく下りると、壁ぎわに走った。金色の細長い黄金の線で描かれた文字からは、だらだらと液が垂れている。

「これなに？　何が起きるのさ」

あたかも手袋に引きずられるように、サールの手がブラシをたたきつけて、こう書いた。

「星空はある、アッティア。フィンは見た」

「フィン」アッティアはかすれ声でつぶやいた。

「もうじき、わしも見る。雪と嵐のかなたに」

何かが膚をかすめた。つかんでみると、暗い天井から漂いおちてきた、小さなやわらかいものだった。

青い羽根が一本。

それから、同じような羽根があたりじゅうに降ってきた。笑い声のようにやわらかい、無数の小さな青い羽根。どれもそっくりで、馬車に、賊の上に、道に、降りしきり、ありえない吹雪のように押しつつんでくると、炎に落ちてじゅうじゅうぱちぱちと音を立て、吹き飛ばされ、牡牛に踏みつけられ、目にも肩にも、帆布の天井の上にも、剣や斧の上にも降りかかり、ペンキのダマになったところに貼りついた。

「〈監獄〉がやってるんだ」リックスのささやき声は畏怖に満ちていた。アッティアの腕をつかむ。「早く。さもないと——」

だが遅かった。

轟音とともに闇の中から噴き出した突風が、リックスをアッティアの上に押し倒した。もがくアッティアを、リックスがひっぱり上げる。〈監獄〉の怒りはすさまじかった。ハリケーンの悲鳴がトンネルを荒れ狂い、門を次々に粉砕した。賊の一味は逃げ散った。リックスにひっぱられてゆくとき、アッティアの目に、サールがくずおれ、黒い手袋がしなびていって、その手の上で張り裂け、穴と、血みどろの皮膚を巻きつけた布片の集積になってゆくのが映った。

かろうじて馬車に乗りこんだ。リックスが叫んで、牡牛に鞭をふるい、馬車はやみくもにゴロゴロと雪嵐の中を突っ走りはじめた。ふりそそぐ羽毛から身を守ろうと、アッティアは両腕で頭をかかえこんだが、羽毛の上では、軽業師たちの投げ上げる緑と赤と紫の球体が、この異様な嵐のさまを照らしだしていた。

馬車は遅々として進まない。強靭な力をもつ牡牛たちだが、風にあおられて足どりはよろめき、頭を下げて必死に押しすすむ。アッティアは隣で、かすかなうめき声が風にさらわれてゆくのをきいた。

見ると、リックスがひとり笑いをもらしていた。髪にも服にも青い羽根がまつわりついている。口をきくのも難しかったが、アッティアはかろうじてふりかえった。賊たちは影もかたちもない。二十分ほどすると、トンネルが明るくなってきた。馬車が大きな曲がり角を過ぎたところで、行く手に光が見え、羽根の嵐の中にぎざぎざの出口があらわれた。

必死にそちらに向かってゆくうちに、嵐は始まったときと同じく唐突におさまった。

アッティアはゆっくりと両腕を下ろし、深呼吸した。トンネルを出るときに、リックスが「だれか追っかけてきてるか」と言った。

アッティアは目を凝らした。「ううん。クインタスと兄弟たちだけ」

「よかった。麻痺玉を少々使えば、追っ手も止まるな」

凍てつくような風に耳が痛い。外套を体に巻きつけると、アッティアは袖から羽根をとり、口から青いふわふわを吐き出した。はっと気づいて言った。「〈手袋〉、だめになっちゃったんだ」

リックスは肩をすくめた。「残念至極」

感情のこもらない言葉と、したり顔の笑みに、アッティアは目をみはった。それから、彼の後ろの風景に目をやった。

凍りついた世界だった。

道はひとの背ほどもある氷の土手にはさまれており、この〈翼棟〉全体が、吹きっさらしの屋外のツンドラ地帯として、〈監獄〉の薄明の中にどこまでも広がっているのがわかった。行く手には大きな濠が横たわり、そこをまたぐ橋の上には、みぞれにすりへらされて細くなった、黒い金属の吊し格子の門が下りている。門には、通用口がぎざぎざに切りぬかれていた。断ち切られた鋼の棒の先が、向こう側にそりかえっている。下が、油じみたぬかるみになっているところからして、人馬はそこを通っているのだろう。だがアッティアにとっては、この突然の寒さは、恐怖そのものだった。

「この場所のこと、聞いたことがあるよ。〈氷棟〉って言うんだ」アッティアはささやいた。

「よく知ってるな。そのとおりさ」

牡牛が足をすべらせながら、坂をカツカツと下りてゆくあいだ、アッティアは黙っていた。それからこう言った。「じゃ、あれは本物の〈手袋〉じゃなかったんだ?」

リックスは片側に唾を吐いた。「アッティアよ、あいつが、この馬車に積んだ箱や秘密の仕切りのどれを開けても、手袋は見つかったのさ。小さな黒い手袋だ。わがはいは、サフィークのだ、と言った覚えはない。どの手袋もにせものだ。本物の〈サフィークの手袋〉はわがはいの心臓のすぐそばにあって、決して盗まれやしない」

「でも……あいつ、あれで火傷した」

「痛みについてはほんとうだった。どうあがいても脱げなかったのは、ありゃ思いこみだ。わがはいが、脱げない、と思わせたのさ。アッティア、それが魔法ってもんだ。相手の心をつかんで、ありえないことを信じさせる」しばらくのあいだ、彼は牡牛を操って、突き出した棒を迂回することに集中していた。「こっちを放免した時点で、魔法も解けた、という気になったはずなんだが」

アッティアは横目で彼を見た。「じゃ、あの文字は?」

リックスの視線がすべってきて、かちあった。「あれについては、おまえにきこうと思っていた」

「あたしに?」

「いくらわがはいでも、読み書きのできないやつに文字を書かせるのは無理だ。あの伝言はおまえあてだったんだろ。どうも妙なことが頻々と起こってる。アッティア、おまえに会ってからだ」

アッティアは自分が爪を噛んでいることに気づいた。あわてて両手を袖でおおった。「フィンからなんだ。きっとそうだ。あたしに伝えようとしてたんだと思う。〈外〉から」

リックスは平静な声で言った。「で、〈手袋〉が何かの役に立つと、おまえは思ったんだな」

「わからない!　でも……もし、それ、見せてもらえたら……」

彼がいきなり馬車を止めたので、アッティアはあやうく転げ落ちそうになった。「だめだ。危険すぎる、アッティア。幻術というものはある。でもこいつは本物の力のある品物だ。わがはいでさえ、はめようとは思わん」

「リックスは試したこと、ないの?」

「ないな。わがはいは頭はおかしいかもしれんが、ばかじゃない」

「でも舞台でははめてる」

「そうか?」彼はにやりとした。

「怒ってるのね」

「はめるのは一生の夢だ。さてと、おまえはここで下りる」

「ここで?」アッティアは目をむいた。

「二時間も歩けば村落がある。忘れるな。おまえはわれわれを知らない。こっちもおまえを知らない」彼はポケットを探って、真鍮の貨幣を三枚、アッティアの手の中に落としてやった。「何か食うものを買え。それから今夜は、わがはいが刀をふりあげたら、もっとふるえあがるんだぞ。びびってみせろ」

「演技するまでもないよ」アッティアは馬車を降り、歩きだしかけて足を止めた。「あたしをここにおいてけぼりにして、先へ行っちゃわないって保証がどこにあるの」

リックスは片目をつぶってみせ、牡牛に鞭をくれた。「そんなこと夢にも思ったことはないな」

アッティアは馬車列が通りすぎるのを見送った。熊はみじめに背をかがめ、その檻の床には青い羽毛がうず高くなっていた。軽業師のひとりが手を振ってよこしたが、他のものたちは馬車から顔を出しもしなかった。ゆっくりと一団は彼方へと遠ざかってゆく。

アッティアは荷物を背負うと、冷たい足に血を通わせようと、足踏みをした。最初はさっさと歩いていったが、凍った金属の路上は油でぬらつき、足もとが危なかった。平原に下りてゆくと、氷の壁が両側にゆっくりと立ち上がってきた。じきに彼女の背を越してしまい、そのあいだをぬってゆくとき、壁の底深くに埋めこまれた物体やごみが見えた。顎を開いた犬の死骸もあった。〈カブトムシ〉(自動清掃器)も一台。ある場所には、黒い小さな丸石と砂利があった。別の場所では、青い泡のずっと底に、子どもの骨が沈んでいるのが、うっすらと見てとれた。

おそろしく冷えこんできた。息が白くわだかまる。足を速めた。馬車はとうに見えなくなっていたし、早足で歩く以外に体を温めるみちはなかった。

ようやく坂を下りきったところに、橋があった。石でできており、濠をまたいでいたが、馬車の轍の跡に足をすべりこませたとき、濠がかたく凍っているのをアッティアは見た。わきへ身をのりだすと、その薄汚れた表面に自分の影が落ちた。その上に瓦礫が散乱している。橋脚の水よけからのびた鎖が、氷の奥深くへと消えている。

吊し格子の門は黒く古めかしかった。そった格子の棒の先にはつららが輝き、てっぺんには、雪のように白く、首の長い鳥が一羽とまっていた。一瞬、それも彫刻かと思ったが、鳥はいきなり翼を広げ、哀しげなカアという声を残して、鉄灰色の空高くへ舞い上がっていった。

そのとき〈目〉が見えた。

鉄門の両側にひとつずつ。小さく赤く、アッティアを見下ろしている。凍った涙のように、いくすじものつららが〈目〉から垂れていた。

アッティアは両脇を押さえながら、はっと足を止めた。

見上げて言った。「あたしを見張ってるのは知ってるよ。あのメッセージを送ってきたのはあんたなの？」

答えはない。つもった雪が冷たく低くうなりを立てるばかりだ。

「わしもじきに星空を見るだろうって、どういう意味？　あんたは〈監獄〉でしょ。どうして〈外〉が見えるのよ」

ふたつの〈目〉は炎の点のように動かない。ひとつがまばたきした、と思ったのは気のせいだろうか。

待っているうち、もう立っていられないほど体が冷たくなってきた。それで、吊し格子に開いた穴を乗り越え、先へと向かった。

〈監獄〉は残忍だ。それはだれもが知っている。クローディアは、最初はそんなふうに作られるはずではなかった、と言っていた。〈知者〉たちが壮大な実験として〈監獄〉を作った。光と暖かさと安全の確保される場所として。アッティアは苦い笑い声を放った。もしそうだったのなら、実験は失敗だ。〈監獄〉は自立して勝手に動いている。風景を造りかえ、問題行動をするものを、気が向けばレーザー光線で打ち倒す。あるいは住民どうしが弱肉強食で戦うのにまかせ、その争いを見て笑っている。慈悲などかけらもありやしない。そしてサフィーク——とフィン——だけが、ここから〈脱出〉できた。

アッティアは足を止め、頭を起こした。「あんたはそれで腹が立つんでしょ。妬ましいんじゃないの？」

答えはない。ただ雪が本物の雪になった。霏々《ひひ》として、思いきりよく降りつづけ、アッティアは荷物を背負って、その中を用心しながら歩いていく。音もない冷たさが手足の指先を凍らせ、唇や頬を切り、息は真っ白にこごって、散っていきさえもしない。

外套はうすっぺらで、手袋には穴が開いている。凍った穴に足をとられ、破れた金網につまずくたびに、アッティアはリックスをののしった。

径は早くも雪におおわれ、馬車の轍の跡も見えない。こんもりした牛の糞も凍りついている。だが、唇を真っ青にして顔を上げたとき、村落が目に入った。ツンドラの中から立ち上がっているようだが、排気口や煙突から出る煙しか見えない。細長い柱が何本かそびえ立っていた。それぞれのてっぺんには物見なのか、男がひとりずつのぼっていた。

径は枝分かれしているが、馬車列が雪をふみしだいた痕跡、わずかな藁や何枚かの羽根が、曲がり角に落ちているのが目に入った。そろそろと歩を進めながら、アッティアは氷の壁の向こうに目を凝らし、径の突きあたりに薪が積み上げてあるのを見た。そのそばには太った女が、かんかんと炭火のおこった火鉢を前に座って編み物をしていた。

この人が村の見張り番だろうか。

アッティアは唇を噛んだ。フードを顔に深く引き下ろすと、雪の中を突っきっていった。調子よく編み針を動かしながら、女が顔を上げた。

「ケット、持ってるかい」

びっくりして、アッティアは首を振った。

「わかった。あんたの武器を見せとくれ」

アッティアはナイフを取り出して、かざした。女は編み物を落とし、ナイフを取り、チェストを開けると、中に押しこんだ。「他には？」

「ないわ。それ取られたら、あたし、どうやって身を守ればいいの」

「このフロスティアには武器はないんだよ。街の規則だ。ちょっと改めさせとくれ」

アッティアの見ている前で、袋がかきまわされた。それから両腕を上げさせられ、女がてきぱきと彼女の体を調べて、一歩下がった。「よし。行ってもいいよ」と編み物をひろいあげ、ばたばたと戻っていった。

アッティアはとまどいながら、華奢な木の障壁を乗り越えた。それから言った。「あたし、泊まれるかな」

「からの部屋はたんとあるからね」女は目を上げた。「なんなら第二のドームに部屋をとれば」

アッティアは背を向けた。この女がたったひとりで、リックスの馬車列すべてを改めたのかどうか、知りたかったが、きくわけにもいかない。知り合いだと思われてはいけないからだ。しかし、ドームの入り口をくぐる寸前に、こう言ってみた。「ここを出るときには、ナイフを返してもらえるのかな」

答えがない。アッティアはふりかえった。

驚きのあまり動けなかった。

椅子はからっぽだった。二本の編み針が空中で勝手に動いていた。

赤い毛糸が血のしみのように、雪の上に伸びていた。「だれも出てゆくことはないんだよ」その毛糸が言った。

6

だれかが死ねば、だれかがその代わりになるだろう。

この〈一族《クラン》〉は〈規定書〉が滅びるまで連綿と続くのだ。


『鋼の狼』


すっかりうろたえたクローディアは深呼吸した。指が小さな金属の狼を握りしめた。

「おわかりになったようですね」メドリコートが言う。

鷲がその声に応じて身じろぎ、獰猛な頭をめぐらして、彼を見つめた。

クローディアはわかりたくなかった。「これ、父上のね」

「いえ、お嬢様。わたくしのです」小さな半月形のガラスの背後の目は、おだやかだった。「〈鋼の狼〉の一族には、たくさんの秘密メンバーがいます。この〈宮廷〉にもいます。エヴィアン卿は亡くなり、父上は行方不明ですが、他のものは残っております。目的はひとつです。ハヴァーナ王朝を倒すこと。そして〈規定書〉を終わらせることです」

これはフィンに対する新たな脅威なのだ、ということしか考えられなかった。クローディアは〈鋼の狼〉をさしだし、彼がそれを受けとってしまいこむのをじっと見ていた。

「何が望みなの？」

彼は眼鏡を外して、こすった。やつれた顔に、小さな目。「お嬢様、〈管理人〉を探し出したいのです。あなたも同じでしょう？」

わたし？　いまの言葉に彼女は動揺した。視線が戸口へと流れ、うずくまる鷹たちの向こうの陽光がさしこむ廊下へとさまよった。「ここでは話せないわ。見られているかもしれない」

「たいせつなことなのです。わたくしは情報をもっております」

「じゃ、お話し」

彼は少しためらった。それからこう言った。「女王は〈監獄〉に新しい〈管理人〉を任命しようとしておられる。そして、それはお嬢様ではありません」

「えっ」クローディアは相手をまじまじと見た。

「昨日、女王は〈御前会議〉で、顧問を集めて私的な会合をもたれました。目的はたぶん――」

信じられなかった。「わたしが跡継ぎよ。娘なんだから」

背の高い秘書は口をつぐんだ。それから淡々として口調で言った。「でもお嬢様は、実のお子様ではありません」

クローディアは言い返せなかった。いつのまにか服をきつく握りしめているのに気づいて放し、深く息を吸った。「そう。そのことなのね」

「もちろん、お嬢様が赤ちゃんのころに〈監獄〉から連れてこられたということは、女王もご存じです。女王は会議の場で、お嬢様は血筋としては〈管理人〉を継ぐ資格がないことを告げられました。〈管理人〉職だけでなく、〈管理人領〉のお屋敷も土地も……」

クローディアは声にならない声を立てた。

「……しかも養子縁組をしたという正式書類もございません——つまり〈管理人〉どのは、〈収監者〉の娘であり、〈収監者〉であるあなたを外に出した、という重罪をも犯されたわけです」

冷たい汗がにじむほどの怒りが襲ってきた。この男がどういう立場にいるのか探りだそうとしながら、クローディアは男をにらみつけた。ほんとうに〈鋼の狼〉の一員なのか、それとも女王の息がかかっているのか。

彼もクローディアの疑いを察したかのようだった。「ご承知のように、わたくしは父上に大きなご恩をこうむっております。わたくしはつまらぬ代書人にすぎませんでした。取り立ててくださったお父上のことは、深くご尊敬申し上げております。お父上がおられぬいま、その権益はお守りせねばならぬと思いまして」

クローディアは首をふった。「父上もいまは無法者よ。戻っていただきたいのかどうか、わたしにもわからないわ」石床を歩きまわっていると、スカートの舞い上げた塵が光の中に浮かんだ。でも、〈管理人領〉は！　あれはほしいわ。一生を過ごしてきた美しい古い屋敷、あのお濠や部屋や廊下や、ジェアドがたいせつにした塔や、わたしの馬たち、あの緑の畑や森や草原や、村や川。ぜったいに女王にとられてなるものか。一ペニーだってやりたくない。

「お心おだやかならぬのはわかります」メドリコートが言った。「もしも——」

「きいて」クローディアは勢いよく彼に向きなおった。「〈狼〉の人たちに、何もしてはいけない、と言って。何もよ。わかった?」相手の驚きを見ないふりで言った。「フィン……いいえ、ジャイルズ王子を敵だとみなさないこと。ハヴァーナ朝の血をひいているかもしれないけれど、彼もあなたがたと同じに〈規定書〉を廃止するつもりでいるの。ジャイルズ王子に対する陰謀はいっさい許しません」

メドリコートはしばし無言で石床を見つめていた。あげた顔を見て、クローディアは自分のかんしゃくも彼にはなんの痛痒も与えなかったことを知った。

「お嬢様、わたくしどももジャイルズ王子に、救い主になっていただかねばと考えております。でもあの方は——本物の王子だとしても——わたくしどもの思っていたような方ではありません。沈みがちで、鬱屈して、めったに人前に姿をお見せにならない。お見せになったときも、おふるまいがぎごちない。〈監獄〉に残してこられたもののことで、お心を悩ませておられるような……」

「それは、当然じゃなくて?」クローディアは切りつけるように言った。

「はい。でも、ここで起きていることよりも、〈監獄〉を見つけ出すことのほうにのみ、お心を向けておられます。それに、あの発作と、記憶喪失と……」

「わかったわ！」怒りが沸騰していた。「わかったわよ。でも彼のことはわたしにまかせて。これは本気で言ってるのよ。命令します」

ずっと遠くで、厩の時計が七時を告げた。鷲がくちばしを開いて、翼をばたつかせ、甲高い声をあげた。

ひとつの影が、鷹小屋の戸口を暗くした。

「だれか来たわ。行って。早く」

メドリコートは一礼した。暗がりへとひきさがるとき、眼鏡の半月のガラスだけがきらめいた。

「お嬢様のご命令は〈一族〉に伝えます。けれどそのとおりになるという保証はできません」

「おまえがやるのよ。でなければ、逮捕させてやる」

メドリコートは陰鬱な笑みを浮かべた。「クローディア様、そんなことをなさるおつもりはありますまい。あなたも、この〈領国〉を変えるためには何でもなさるおつもりのはず。それに女王は、ごくささいな理由で、あなたを排除することもできます」

クローディアは大きく身をひるがえすと、籠手を落とし、つかつかと戸口に向かっていった。全身が怒りにたぎっていたが、それは彼にだけ向けられたものではなかった。自分自身にも腹が立っていた。自分が考えていたとおりのこと、ここ何ヶ月もひそかに思っていたとおりのことを、彼に言われたのだ。自分ではそれと認めたくなかった思いを。フィンは期待はずれだった。メドリコートの判断は冷徹で正確だった。

「クローディア」

顔を上げると、戸口に立っていたのはフィンだった。興奮でのぼせているようだ。「きみを探しまくったんだ。なぜ、こんなふうに逃げ隠れしたりするんだ」

近づいてくる彼を、クローディアは怒りのあまり迂回するように通りすぎた。「ジェアドに呼ばれたのよ」

フィンの心臓が跳ね上がった。「〈門〉を作動できたのか。〈監獄〉を見つけたのか」と、クローディアの腕をつかんだ。「話してくれよ」

「放して」彼女はその手を振りはらった。「あなたはあの〈布告〉のことで、あせってるのね。何でもないのよ、フィン。ただの〈布告〉だもの」

彼は顔をしかめた。「クローディア、ぼくはずっと言ってるじゃないか。ケイロを見つけるまでは、王になんかなれないって……」

クローディアの中で何かがはじけた。いきなり、何が何でも彼を痛めつけてやりたくなった。「見つかりっこないわ。わからないの？　それほどおばかさんなの？　〈監獄〉はあなたの思っていたものと違うんだから、地図だの探索だのは、忘れたほうがいいわ。あれはね、指のあいだで蟻みたいにひねりつぶせるし、それに気づくことさえない、ものすごく小さな世界なのよ」

「どういう意味だ？」彼はじっと見つめた。目の裏に発作の前触れとなるむずがゆさがきざし、背中にぽつぽつと汗が噴き出したが、そんなものにかまってはいられない。もう一度クローディアの腕をつかんだが、相手が痛がっているのがわかった。憤然として、彼女は彼を突きのけた。

フィンは息もできなかった。「どういう、い、い、意味なんだ」

「それが事実だっていうこと。〈監獄〉は〈内〉にいるときだけ、巨大なの。〈知者〉たちが、ナノメーターの何千億分の一にまで、縮小してしまったの。だからだれも行き来できないのよ。だから、どこにあるのかわからないの。フィン、あなたも頭にたたきこんでおいたほうがいいわ。だからこそケイロとアッティア、それに何千人もの人が、ぜったいに〈監獄〉から出てこられないの。ぜったいによ！　しかも、それをやってのけるだけの動力は、この世界には残っていないの。たとえやり方がわかったとしてもね」

クローディアの言葉は黒点のように、つぎつぎと彼に向かってたたきつけられた。彼はそれを両手でなぎはらおうとした。「そんなばかな……嘘だろ……」

クローディアは乾いた声で笑った。絹の服地が陽を受けて、ばりばりと鳴っている。そのまばゆさは短剣さながらに彼を刺しつらぬいた。顔をなでおろすと、皮膚は紙のようにかさかさしていた。

「クローディア」言ったつもりだが、なんの音も出てこなかった。

クローディアがしゃべっている。なにか荒い語調で、切りつけるように叫びまくっているが、彼からは遠すぎて、もう何も聞こえない。徐々にせりあがってくる閃光のちらつくめまいがあたりに広がり、なじみ深い熱さに、膝が砕け、世界が暗転し、倒れた瞬間に頭をかすめたのは、砂利は石で、額がそこにぶつかったら、自分の血の中にうつぶせに倒れることになるのだろう、ということだけだった。

そのとき、複数の手が彼をつかんだ。

森があり、馬から落ちて、自分は森の中に呑みこまれた。

そして、いっさいが無になった。


ジェアドは低い声で告げた。「女王様がお召しでしたので」

〈女王の居住区〉の入り口の衛兵たちは、うなずいただけだった。彼は首をめぐらし、扉をこつこつとたたいた。扉はすぐに開き、あの羽根のように青い外套を着た従僕が出てきた。

「〈知者〉先生。どうぞこちらへ」

ジェアドは男がかつらにふった髪粉の量をふしぎに思った。あまりに多くて、肩にまで灰のようにうっすらと積もっている。クローディアなら面白がっただろうに。彼はつとめて笑みを浮かべようとしたが、緊張で顔の筋肉がこわばり、自分が青ざめておびえた顔をしていることがわかった。〈知者〉たるもの、平静を欠いてはならない。〈大学〉では、平常心を保つテクニックを教えてもらった。いまこそ、それに集中できたら、と思った。

〈女王の居住区〉は広大だった。両側の壁にフレスコ画の魚が描かれた廊下を通ってゆく。魚のすがたは真にせまっており、水中を歩いていくような気がする。高窓からさしこむ光も、フィルターがかかって緑色をしていた。廊下を出て、鳥の絵の描かれた青い部屋に、ついで砂漠の砂のようにやわらかな黄色の絨毯が敷かれた部屋に入った。そこには見事な細工の鉢が並び、椰子の木がのびている。〈公式謁見室〉の扉の前は通りすぎたので、ほっとした。クローディアの幻の結婚式の恐ろしい朝以来、そこに入ったことはなかったし、入りたいとも思わなかった。〈管理人〉が人垣ごしに、自分を見つめたあの顔つきがよみがえる。考えただけで身震いがした。

従僕は詰め物をした扉の前で足を止め、低くお辞儀をしながら開けた。「先生は、ここでお待ちください。すぐに陛下がおいでになります」

ジェアドは中に入った。扉はかるい音を立てて閉まった。音を殺した罠のように。

部屋はこぢんまりとして、居心地がよかった。ふくふくしたソファが、幅の広い石の暖炉の前に向かいあわせてあり、暖炉の前には、両側に鷲の形の蠟燭受けのついた、巨大な薔薇の鉢があった。陽の光が、ずらりと並んだ高窓から流れこんでくる。

ジェアドはひとつの窓のところへ行ってみた。

向こうには芝生が広がっている。蜂がすいかずらのアーチで羽音を立てていた。クローケーに興じる人たちの笑い声が、近くの庭園のほうから聞こえる。きちんと〈時代〉の様式を守った試合なのだろうか。女王は自分の気に入ったものを、自由に選んだり使ったりする。ジェアドは緊張に手をこすりあわせながら、窓に背を向け、暖炉のところに向かった。

衿をゆるめられたら、と思いつつ腰を下ろした。

それを待ちかねたように、扉が開いて、女王がすべるように入ってきた。ジェアドはぱっと立ち上がった。

「ジェアド先生。おいでいただいてかたじけない」

「陛下、どういたしまして」

彼は一礼し、女王は優雅に腰をかがめた。いまだに羊飼い女の衣装だ。ベルトに、しおれかけた菫の花束がさしてあるのに、ジェアドは気づいた。

シア女王は彼の視線ふくめて、なにひとつ見逃さない。銀のような笑い声をあげると、花束を卓上に落とした。「カスパーったら。母親にはいつも気を遣って」とひとつのソファにかけ、もうひとつを指さした。「先生、お座りになって。堅苦しいことはなしにしましょう」

彼は背筋をのばしたまま、座った。

「飲み物でも？」

「いえ、けっこうです」

「ジェアド、顔色がよくないようね。ちゃんと外の空気も吸っていますか？」

「だいじょうぶです。ありがとうございます、陛下」彼はおちついた声音を保とうとした。女王は自分をもてあそんでいる。猫のような人だ。その気になれば、一本の足の鉤爪でなんなく殺せる鼠をおもちゃにしている、いたずらな猫。女王がにっこりした。奇妙に明るい色の目が彼を見つめた。

「少々心配ですわ。でも、あなたの研究の話をききたい。どんな具合ですか」

彼はかぶりをふった。「ほとんど進んでおりません。〈門〉の損傷は大きいようです。修復不可能かもしれません」〈管理人〉の屋敷の書斎のことについては何も言っていないし、彼女のほうもきこうとはしない。ふたつの場所に、まったく同じ〈門〉があることを知っているのは、自分とクローディアだけだ。三週間前に、馬で屋敷へ戻って確認してきた。ここととまったく同じ状態だった。「しかし本日、予想もしなかったことが起こりました」

「とは？」

彼は羽根の話をした。「驚くべき複製作用です。しかし、〈監獄〉の内側に何か起きたかどうかは、まったくわかりません。〈管理人〉どのが〈鍵〉を二つとも持ってゆかれたので、〈収監者〉との交信ができないのです」

「そう。で、あなたは〈監獄〉のほんとうのありかについて、何かわかったのですか」

懐中時計が胸の上で重く時を刻むのを感じながら、彼はわずかに身じろぎした。「いえ、何も」

「それは残念な。ほとんど何もわからないとは」

自分がそれをポケットに入れている、と知ったら、女王はどうするだろう。白いかかとのついた靴で踏みにじるだろうか。

「クローディア嬢とわたしは〈大学〉に行ってみることにいたしました」声が自信ありげに響いたことに、自分でも驚いた。「〈監獄〉作成のときの記録が〈秘儀書〉の中にまぎれこんでいるのではと思います。図表や計算式くらいは見つかるのではないかと」〈規定書〉に抵触するぎりぎりの線ではないかと、はっとして言葉を切った。だが、シアは、自分のきれいな指の爪を見つめているばかりだ。

「お探しなさい。ただしクローディア抜きで」

ジェアドは眉をひそめた。「しかし……」

女王は目を上げ、彼の顔に向かって、満面の笑みを見せた。「先生、かかりつけのお医者さまの診立てでは、あなたの余命はあと何年くらいと……？」

彼ははっと、息を吸いこんだ。あいくちで刺されたような気がした。そんなことをきかれた怒りと、答えることの恐怖。両手がひきつった。

目を落とし、平静な答えをしようとしたが、声は自分の耳にも奇妙に響いた。

「せいぜい二年というところでしょうか」

「それは何ともおいたわしいこと」女王は彼から目を離さない。「あなた自身のお診立ては？」

その同情心が不快で、彼は肩をすくめた。「医師は少々楽天的かもしれません」

女王の赤い唇がかるくすぼめられた。「どんな人間でも、運命と宿命の犠牲者にすぎぬもの。たとえば、もしも〈怒りの時代〉や大戦や〈規定書〉がなかったとしたら、あなたのようにめったにない病気であっても、何年も前に治療法が見つかっていたでしょうに。当時の研究はたいそう進んだものでしたし。わたくしはそう思います」

危険を感じて鳥肌が立ったが、彼はじっと相手を見た。

女王はほっと息をついた。クリスタルの杯に葡萄酒をつぎ、それをもって後ろによりかかり、足をソファにたくしあげるようにして座った。「ジェアド先生、あなたはまだお若い。三十にもなっておられない。違いますか?」

彼はかろうじてうなずいた。

「そしてすぐれた学究でおられる。〈領国〉にとっては、大きな損失ですわ。それに気の毒なのはクローディア。あの娘さんが耐えられるかどうか」

女王の残酷さには驚かされた。声はなめらかで哀しげだ。長い指をつうとのばして、杯のふちをたどる。「それにあなたのお体の辛さも」低い声で言った。「そのうち、薬も効かなくなり、日ましに容態が悪くなって寝たきりになり、クローディアでさえ見舞いにこられなくなってしまう。死が唯一の希望となり――」

彼はいきなり立ち上がった。「女王。何をおっしゃりたいのか、わたしには――」

「わかっているでしょう。お座りなさい、ジェアド」

戸口に直行し、扉を開けて、女王に突きつけられた恐怖から逃げ出したかった。だが、彼は座った。額は汗でじっとりしていた。してやられたという気がする。

女王はおだやかなまなざしを向けた。そしてこう言った。「〈秘儀書〉を調べなさい。あれは膨大なコレクションで、世界中の知恵の名残が詰まっています。あなたの役に立つ医薬の研究文献もあるはず。あとはあなたの裁量にまかせます。実験や試験も必要でしょう。〈知者〉にふさわしいことは何でもおやりなさい。〈大学〉に残ってはどうです。あそこならもっとも医学的便宜がはかれる。〈規定書〉にいくら違反しても、見て見ぬふりですからね。あなたの思うがまま。残りの時間をふさわしく使おうと思うなら、ご自分を治す研究に打ちこんだらいかが？」女王はさらさらとスカートの音を立てながら、身をのりだした。「ジェアド、これがわたくしの提案です。禁じられた知識。延命の機会」

彼はごくりと唾を呑んだ。

閉めきられたこの部屋では、すべての音が増幅され、外の声々は、はるか世界の彼方のようだ。

「で、見返りには何を？」しわがれ声できいた。

女王はほほえみながら、姿勢をもどした。勝ったという表情で。「何も。文字どおり、どんなことも要りません。〈門〉は二度と開いてはなりません。〈監獄〉の門は、たとえいずこにあろうとも、通行不可能でなければ。どんな企ても成功してはなりません」

クリスタルの杯越しに、彼女の目が、じっと見つめてきた。

「そして、そのことをクローディアに知らせる必要はありません」

7

サフィークは欣喜雀躍した。「おまえが答えられないのなら、勝ったのはわたしだ。〈外〉への道を教えてくれ」

〈監獄〉は百万もの部屋をふるわせて笑った。鉤爪を一本もたげると、そこの皮膚が裂けて、中からドラゴンの皮でできた〈手袋〉がこぼれ出て、地面に落ちた。

サフィークはひとりきりだった。輝くその物体をひろいあげ、〈監獄〉をののしった。

しかし、〈監獄〉の手の中に、おのが手をさしいれたとき、その企みがわかった。彼は〈監獄〉の夢を夢見た。

『狂気のトンネルの中のサフィーク』

その夜の興行は大入り満員だった。

一座はひとつのスノードームの中央部分に、きいきい鳴る木の舞台を立ち上げた。そこは、切り出した氷塊の中をえぐった薄暗い空間で、長年溶融と再氷結をくりかえしてきたので、屋根はねじれて、あちこちに継ぎ目ができ、煤に汚れた氷が盛り上がり、尖塔がのびて、凹凸が激しかった。

アッティアは、隣にいるふたりの参加希望者の前に立つリックスを見つめながら、なんとかふしぎそうな、とりのぼせた表情をつくろおうとしたが、リックスはひどく緊張していた。ここの観衆は終始静かなままだ。静かすぎる。何にも反応しないのか。

それに演《だ》し物もあまりうまく行かなかった。寒すぎるからかもしれないが、熊は踊らず、舞台上にうずくまってしまい、どんなにつついても無駄だった。軽業師たちは二度も皿を落とし、女巨人のギガンティアでさえ、大きな片手で男を椅子ごと持ち上げたときに、ぱらぱらという拍手をもらっただけだった。

しかし〈闇黒の魔術師〉があらわれたときには、客席の静寂はさらに深くなり、さらに息づまるようなものになっていた。何列にも並んだ人々はリックスに目を吸いつけられ、注意を凝らしている。若くて黒髪で、右手に黒い手袋をはめ、そのひとさし指が欠けていることを示すために、折り返してピンでとめてある、この男。

観衆は魅了されたという状態をはるかに越えていた。飢餓感にも近い。アッティアほど近くにいると、リックスの額に汗が浮かんでいるのが見えた。

だが、ふたりの女にリックスが告げた言葉にも、沈黙が返ってきた。どちらも泣いたり、喜びに彼の手を握ったりするどころか、彼がけんめいに反応を誘導しようとしても、何を言われているのかわからない顔だった。しょぼついた目は問いかけるように、ただ彼を見ている。しかたなくアッティアがむせび泣きをして、感激の声をあげねばならなかった。やりすぎはしなかったつもりだが、それにしてもこの静けさは恐ろしい。拍手はわずかなさざなみにすぎない。

いったいどうしてしまったんだろう。

目を放ってみると、彼らはみな薄汚れて不機嫌そうで、寒いので鼻も口もおおっており、目は飢えに落ちくぼんでいた。けれどもそんなことはこれまでもあった。老人はごくわずかで、子どもも少ない。煙と汗と、あとなにか甘いハーブの匂いがする。そしてお互いどうし離れて立っている。押しあいへしあいなどしない。何かいざこざらしいものが目をひいた。片側で、女がよろめいて倒れた。すると、近くにいたものたちは身をひいたのだ。だれも女に触れたり、あるいは上にかがみこんだりしない。彼女のまわりにはぽっかりと空間があいていた。

おそらくリックスもこれを見たのだろう。

アッティアのほうをふりむいたとき、ドーランの下の表情には狼狽があったが、声はいつもと変わらずなめらかだった。

「諸君は、力ある〈魔術師〉、〈監獄〉から抜け出る方法を教えてくれる〈知者〉を探している。だれもがそうだと思うが」彼は観衆のほうにさっと向きなおり、挑むように、あるいは反対の声を待つかのように、たたみかけた。

「わがはいこそその男だ。サフィークが取った道は〈死の扉〉を抜けるみちだった。この娘にその扉を通りぬけさせ、そして、また連れ戻してみせよう」

アッティアは演技をする必要がなかった。心臓が激しく鳴っている。

観衆からはどよめきが上がらなかったが、静けさの質が変化した。欲のすさまじさが押しよせてきて、恐ろしいほどだった。リックスに長いすのところへ連れてゆかれるとき、アッティアは布におおわれた顔、顔に目を走らせ、茶番を見せられて喜ぶつもりのものなど、だれひとりいないことを察した。彼らは、飢えたものが食べ物を求めるように、〈脱出〉を求めていた。リックスはここでは、火遊びの危険を冒していた。

「やめたら」彼女はささやいた。

「だめだ」唇をほとんど動かさずに彼は答えた。「ショウは続行だ」

いくつもの顔が見ようとして、前にのりだしてきた。だれかが倒れ、踏みつけられた。天井からは雪解け水がぽたぽたと垂れてきた。リックスのドーランの上に、長いすをつかんでいるアッティアの両手の上に、黒い手袋の上に。人々の息遣いは、伝染病患者のように凍りついている。

リックスは言った。「われわれは死を恐れる。なんとしてでもそれを避けようとする。けれど死の扉は、両方向へ開く。諸君の目の前で、死者がよみがえるのだ」

彼は空中から剣を抜き出した。それは本物だった。さしあげると、刀身に氷がきらめいた。

今度は天井から、雷鳴も稲妻もやってこなかった。〈監獄〉はこの演《だ》し物を見飽きたのだろう。人々は刀身をむさぼるように見つめている。最前列の男がひとり、ぶつぶつつぶやきながら、ひっきりなしに体を掻いていた。

リックスはこちらを向いた。アッティアの両手にかせをかけた。「急いで逃げなきゃならんかもな。気合いを入れておけ」

帯が首と胴にもまわされた。それが目くらましのまがいものだとわかり、アッティアはほっとした。

リックスは観衆のほうに向きなおり、剣をふりかざした。「ごらんあれ！　この娘を解き放つ。そして連れ戻してごらんにいれる」

剣も取りかえてある。偽の刀だ。それがわかった次の瞬間、刃が心臓に突きこまれた。

こんどは〈外〉のヴィジョンは見えなかった。

アッティアは息もせず、体を硬くして横たわっていた。刃が逆もどりし、血糊が皮膚に広がるつめたさを感じていた。

リックスは無言の観衆に向かいあっていた。そこでふりかえり、近づいてきた。彼の体温が自分の上におおいかぶさる。

彼は剣を抜いた。「いまだ」とささやく。

アッティアは目を開けた。足下はふらついたが、最初の時ほどではない。彼に支えられて床に下りたち、観衆の前に連れてゆかれると、お辞儀をし、ほっとした笑顔を見せた。一瞬だが、自分がこの演《だ》し物の一部だということを忘れていた。

リックスもお辞儀をしたが、あまりにもぞんざいだった。恍惚感が薄れてゆくにつれ、アッティアには理由がわかった。

だれも拍手喝采をしていないのだ。

何百もの目がリックスに吸いついている。もっと先を期待しているかのように。

さすがの彼も動揺していた。もう一度おじぎをすると、黒い手袋をかかげ、きしむ板を踏みならして、後ろへさがっていった。

観客が興奮した。だれかが何かを叫んだ。男がひとりぐいぐいとみなをかきわけて前に出てきたのを見ると、目のふちまで布でおおった、やせてひょろりとした男だった。前に進み出た彼は、太い鎖の端を持っていた。そしてナイフを一本。

リックスがチッと言った。アッティアは目のすみで、七人の軽業師が武器を求めて舞台裏に走ってゆくのを見た。

男は舞台に上がってきた。「〈サフィークの手袋〉は死んだやつをよみがえらせるんだよな」

リックスは姿勢をただした。「それはもう……」

「ならば、もう一度やってみせろ。おれたちには切実なことなんだ」

男が鎖をひっぱると、奴隷がひとり、引きずられてきて舞台上に倒れた。首には鉄の輪がはまり、すさまじいできもので皮膚が赤むけだった。何の病いかはわからないが、生半可な症状ではない。

「こいつを生き返らせられるか。もう、だめで……」

「まだ死んでいないのに」リックスが言った。

奴隷の主人は肩をすくめた。それから、だれも動くまがないほどのすばやさで、奴隷の喉をかっきった。「これで死んだぞ」

アッティアは息を吸いこんだ。両手で口をおおった。

赤い裂け目から血があふれた。奴隷は咳きこみ、のたうちながら倒れた。観客席ぜんたいがざわついた。リックスは動かない。アッティアは一瞬、彼も恐怖に硬直したのかと思ったが、やがて流れ出た声はふるえさえしていなかった。「では、その者を長いすの上に」

「おれは触らない。おまえが触れ。おまえがこいつを生き返らせるのだ」

みなは叫び出していた。大声をあげて、舞台の両側にのぼってきて、ぐるりとまわりをとりまくようにした。「おれはガキを何人もなくしたんだ」ひとりが叫ぶと、「せがれが死んだんだよ」と別のひとりも言った。アッティアはぐるりを見まわしながら、あとずさろうとしたが、退路はふさがれていた。リックスが黒手袋の手で、アッティアの手をつかんだ。「しっかりつかまってろ」とささやいた。

それから、人々に向かって、「ちょっと下がっていただきたい」と声をかけた。

片手をあげ、指を鳴らす。

そのとたん、床が崩落した。

足もとにいきなりせりが口を開けて、アッティアは息もできずに落下した。落ちたのは馬の毛を詰めたマットの上だ。

「走れ！」リックスがわめいた。彼はすでに立ち上がって、彼女をひきずり起こしながら、舞台の床下を走りだした。

舞台上の声は怒号と化していた。走りまわる足音、叫び声に、泣き声、剣戟の音。アッティアは根太の上をよろめき走った。後ろには幕があり、リックスはその下にとびこむや、かつらと化粧、つけ鼻をひっぺがし、仕掛けのある剣を外した。息を切らしながら、外套をもぎとるように脱ぎ、裏返してまた着こみ、紐で締めると、アッティアの目の前で、背のかがまった物乞い姿に変身した。

「あいつら狂ってる」

「あたしはどうなるの」アッティアはかすれ声を出した。

「なんとかしろ。うまく行ったら、門の外で落ちあおう」

言うなり彼は雪のトンネルの中にひょこひょこと姿を消してしまった。

一瞬、アッティアは怒りに動けなくなっていた。だが、背後のせりから頭と両肩が落ちてきたので、ひえっと言って逃げ出した。

わきの洞穴に飛びこんだとき、雪に深々と残った馬車列の轍のあとが見えた。ショウの終わりまで待ってはいなかったのだ。アッティアはあわててそのあとを追おうとしたが、ものすごい人だった。ドームからあふれ出てきたので、走ってゆくものもあれば、暴徒化してそこいらじゅうを打ちたたいているものもいた。アッティアは悪態をついて、身をひるがえした。こんな遠いところまでついてきて、〈手袋〉にようやく触るところまで来たのに、吠えたてる観客のせいで見失うなんてあんまりだ。

そして心の目には、あの奴隷の喉の真っ赤な傷口が何度も何度も開くのが見えた。

トンネルは雪のドームどうしの間を走っている。村落は大混乱だった。奇妙な叫び声がこだまし、胸の悪くなるような煙があちこちで上がっていた。アッティアは静かな小路に飛びこんで走りながら、自分のあのナイフがあったら、と痛切に思った。

ここでは雪がぶあつく積もっているが、何人もの足に踏みならされたのか、固く締まっていた。突きあたりには大きな黒い建物がある。中にもぐりこんだ。

薄暗く、身も凍るほどの寒さだ。

しばらくのあいだ、扉の裏側にしゃがみこんで荒い息をつきながら、追っ手の気配を探った。遠いところから叫び声が近づいてくる。凍りついた木の扉に顔を押しあて、アッティアはその裂け目から中をのぞいた。

小路を近づいてくるのは闇だけだ……それと、ちらちら降りしきる雪。

ようやっと彼女はぎごちなく立ち上がると、膝から氷片をはらい落としてふりむいた。

始めに見えたのは〈目〉だった。

〈監獄〉が天井から、しげしげと検分するような小さな光でもって、彼女を見つめていた。そしてその下の床にはいくつも箱が並んでいた。

見た瞬間、それが何であるかがわかった。

棺の山だ。それも急ごしらえで、消毒薬の臭いがしている。まわりには薪が積み上げてあった。

アッティアの息が止まり、腕で鼻と口をおおい、恐怖の悲鳴をあげた。

疫病だ！

これでいっさいの説明がつく。男が倒れたこと。おびえてくぐもった沈黙。リックスの魔術が本物であってくれたらという切実きわまる願望。

アッティアは恐怖にむせび泣きながら、まわれ右して外に飛び出し、雪をつかんで両手を、顔を、口と、鼻をこすった。伝染しただろうか。吸いこんでしまっただろうか。ああ、あたし、だれかに触ってしまったっけ？

息もつげずに、身をひるがえして走った。

そのとき、リックスの姿が見えた。

彼はよろめくような足どりで近づいてきた。「出口なしだ。あそこに隠れられるか」

「だめ」アッティアは彼の腕をつかんだ。「この村は疫病にやられてるの。逃げなきゃ」

「そうだったのか！」驚いたことに、彼はほっとしたように笑いだした。「ちょっとだけあそこで休もう。わがはいは神通力をなくしちまったかと思った。だけど、あれはただ――」

「あたしたちだってうつっちゃったかもしれないよ。早く」

彼は肩をすくめて、向きを変えた。

しかし闇に向かいあったとき、その足が止まった。

けむった薄暗い小路から馬が一頭出てきた。真夜中のように黒く、乗り手は背が高く、三角帽子をかぶっていた。目の穴を細く開けた黒い仮面をつけている。外套は長く、長靴はしなやかでみごとな革製だ。火縄銃を手にしており、慣れた手つきで、リックスの頭に狙いをつけた。

リックスが凍りついた。

「〈手袋〉をよこせ」影がささやくように言った。「早く」

リックスは黒い片手で顔をぬぐい、指を広げてみせた。卑屈な情けない声で言った。「こいつはおもちゃで。舞台の小道具でしてね。他のものならなんなりとさしあげましょうが、こいつはちょっと……」

「へたな芝居はやめるんだな」追いはぎの声は冷たく、面白がっているようだった。アッティアは息を詰めて、なりゆきを見守った。「本物の〈手袋〉をよこせ。早く」

リックスはしぶしぶ、内ポケットから小さな黒い包みを取り出した。

「この娘に渡せ」火縄銃が微妙にアッティアのほうに向いた。「娘の手から、おれに渡してもらおう。ちっとでも動いたら、ふたりとも殺すぞ」

アッティアは自分でも驚いたことに、そしてもちろん他のふたりも驚いたのだが、しわがれ声で笑いだしていた。仮面の男はちらと彼女に目をくれたが、それは青い目だった。アッティアは言った。

「それも本物の〈手袋〉じゃないよ。本物は、肌着の下の小さな巾着に入ってるのさ。心臓の近くにね」

リックスが怒りくるった。「アッティア、なんのつもりだ」

仮面の男はカチリと引き金を起こした。「なら、それを取れ」

アッティアはリックスをつかんで、ローブをぐいとひきあけ、首にかけた紐をひっぱりだした。すぐそばにある顔がささやきかけた。「一杯食わせたな」

紐の先には、白い絹でできた巾着がついていた。

アッティアは一歩下がり、それを自分の外套の中に押しこんだ。「ごめんね、リックス、だけど……」

「アッティア、おまえを信じてたのに。おまえこそおれの〈跡継ぎ〉かもしれないと思っていたのに」けわしい目だった。骨っぽい指をアッティアに突きつけた。「だのにおまえは裏切ったな」

「まことの魔法とは幻、つまり錯覚を操るわざだって言ったのはあんただよ」

リックスの顔が色をなくし、怒りにゆがんだ。「このことは決して忘れん。わがはいを怒らせたのはまちがいだったぞ。この借りは絶対に返してやるからな」

「あたしは〈手袋〉が要るんだ。フィンを探すんだもの」

「そうなのか。サフィークは『安全に保管しておいてほしい』と言った。おまえの、盗人の友だちは安全なやつなのか。そいつは何のために、〈手袋〉をほしがってるんだ。何をするつもりだ？」

「おれがはめるのさ」追いはぎの目は、仮面の中で冷たかった。

リックスはうなずいた。「なら〈監獄〉を操ることになる。そして同時に〈監獄〉もおまえを操るんだ」

「リックス、うまく逃げて」アッティアが片腕をあげ、ケイロが身を曲げて、彼女を馬上に引きずり上げ、後ろにのせた。火花を飛ばしながら、馬は首をめぐらした。それから、凍るような闇の中へと走り去った。

第2部　黄色い上着の若者

8

〈領国〉は光り輝くものでなくてはならぬ。われらは人間らしく生き、百万人の自作農が土地を耕すのだ。われらの頭上では、破壊された月が〈怒りの時代〉の象徴となるだろう。失われた記憶のごとく、雲間からきらめくのだ。

『エンダー王の法令』

フィンはやわらかな枕を重ねたうえに横たわり、全身が心地よくゆるむのを感じていた。眠りとはものういものだ。またその中に戻りたい気はしたが、もうすでに眠気は薄れかけ、陽を受けた影のように退いてゆきかけている。

〈監獄〉は静かだった。自分の小房は白くてからっぽで、たったひとつきりの小さな赤い〈目〉が天井から自分を見下ろしていた。

「フィン?」ケイロの声がすぐ近くから聞こえる。その後ろで、〈監獄〉がこうつけくわえた。「眠っているときには、ずっと幼く見えるな」

開いた窓を、蜂がぶんぶんと出入りしている。名前を知らない花々の甘い香りが漂っていた。

「フィン、聞こえる?」

彼は首をめぐらして、乾いた唇をなめた。

目を開けると、まぶしくて目がくらんだ。自分の上にかがみこんでいる相手は、金髪で背が高いが、ケイロではなかった。

クローディアはほっとして身を起こした。「目が覚めたみたい」

いま自分がどこにいるかの記憶が、絶望の大波となって一気になだれこんできた。起きなおろうとしたが、ジェアドの手が肩を軽くおさえた。「まだですよ。ゆっくりおちついて」

フィンは四本柱に支えられた巨大な寝台で、やわらかな枕を重ねた上に横たわっていた。頭上のほこりっぽい天蓋には太陽と星々と、複雑にからみあった野薔薇の刺繍がある。暖炉にくべたものからは、なにか甘い香りがたちのぼっている。召使いたちが慎ましく動きまわり、水と盆を運んできた。

「いらない」彼はしわがれ声を出した。

「おちついてちょうだい」クローディアは言って、召使いたちに向きなおった。「女王陛下に、殿下はほぼ回復なさったとお伝えして。〈布告〉の場にはお出になると」

従僕は一礼して、他の下男や小間使いをせきたてるように出てゆき、両開きの扉を閉めた。

すぐにフィンは身を起こした。「ぼくは何を言ったっけ。だれに見られた?」

「ご自分を責めたりしないでください」ジェアドは寝台に腰を下ろした。「見たのはクローディアだけです。発作が終わったとき、クローディア様が外働きをふたり呼び出しました。そのふたりがあなたを運んで、階段を上がってきたのです。だれにも見られてはおりません」

「でも、みんな知っている」怒りと恥辱で胸が悪くなりそうだ。

「これをお飲みください」〈知者〉はクリスタルの杯に強壮剤をついでさしだし、フィンはひったくるようにそれを取った。喉がからからにひからびている。発作のあとはいつもこうだ。ばつが悪くてクローディアと目を合わせたくなかったが、彼女は平然としていた。フィンが目を上げると、彼女は寝台の足もとをいらいらと歩きまわっていた。

「あなたを起こしたかったんだけど、ジェアドが止めてたね。一晩と午前中半分くらい寝ていたわ。式典が始まるまで一時間もないわ」

「どうせ、待っていてくれるだろうよ」フィンは皮肉な声で言った。それからゆっくりと、からの杯をつかみ、ジェアドを見た。「ほんとうなのか。クローディアが言ったことは。〈監獄〉は……ケイロは……うんと小さいのか」

「ほんとうですよ」ジェアドはもう一杯注いでくれた。

「ありえない」

「古えの〈知者〉たちにとっては、ありえたのです。でも話を聞いてください、フィン。そのことは、いまはとりあえず考えないこと。式に出る準備をしなければ」

フィンは首をふった。あれは、あたかも床に落とし戸が開いたような驚きだった。ぽっかりと穴が開いて、なすすべもなくその中へ落ちこんでしまった。「すこし思い出せる気がするんだ」

クローディアが動きを止めた。「えっ」と寝台をこちらへまわってきてきいた。「どんなことを？」

彼はあおむけに身を倒して、彼女をにらみつけた。「きみの言い方はギルダスそっくりだな。彼が気にかけてるのは、最初から最後までヴィジョンだけだった。ぼくのことなんかどうでもよかった」

「わたしは気にかけてるわ」声をおちつかせようと、クローディアはけんめいの努力をはらった。

「あなたが病気になったのを見たとき、わたし——」

「病気じゃない」彼は両足を寝台から振り下ろした。「ぼくは〈星見人〉だ」

沈黙があった。やがてジェアドが言った。「あれは痙攣性の発作ですが、あなたに過去を忘れさせようとして投与された薬が引きがねになったのではないかと、わたしは思っています」

「投与されたって、だれに？　女王か」

「あるいは〈管理人〉か。または〈監獄〉そのものか。気休めと思うかもしれませんが、発作は徐々におだやかなものになってゆくでしょう」

フィンは顔をしかめた。「そりゃいい。でも〈領国の皇太子〉は当分のあいだ、何週間かおきにぴくぴくと痙攣の発作を起こすんだろうな」

「ここは〈監獄〉ではありません」ジェアドはおだやかに言った。「ここでは、病気は罪ではない」

彼の声はいつになくとがっていた。クローディアはフィンの無神経な言い方に、眉をひそめた。

フィンは杯を卓上に置くと、片手で頭を支え、もつれた髪をかきまわすように指を走らせた。少しして言った。「先生、申し訳ない。ぼくはいつも自分のことばっかり考えてしまう」

「でも何を思い出したの？」クローディアはじれていた。寝台の柱にもたれかかって、期待のみなぎる顔で彼を見つめている。

フィンは頭をしぼった。「これまでぼくにとって唯一確かな記憶は、ケーキの上の蠟燭を吹き消したことと、湖に小舟を浮かべていたことだった……」

「七つのお誕生日ね。わたしたちが婚約した日」

「……ときみは言う。でも今回は違っていたんだ」彼は両腕で胸を抱くようにした。クローディアはすぐに椅子から絹のローブを取ってきた。フィンは考えこみながら、それを着た。「今回は……ぼくはもう少し大きくなっていた。馬に乗っていた。灰色の馬だ。下生えの草が足にぴしぴしあたり……わらびがかなり高くまで伸びていた。馬がその中を突っきってゆく。木も茂っていた」

クローディアが息を吸った。ジェアドの手が上がって、彼女の言葉を制した。おだやかにこう言った。「〈大いなる森〉ですか」

「たぶん。わらびと茨が生えていた。でも〈カブトムシ〉もいた」

「〈カブトムシ〉？」

「〈監獄〉の中にいるんだ。小さな金属の物体だ。ごみをかたづけ、金属やプラスチックや肉片を食べる。あの森がここにあったのか、それとも〈内〉にあったのか、ぼくにはわからない。ここにあるなんてまさか……」

「あなたは記憶をごちゃまぜにしているのよ」クローディアはもう口をつぐんではいられなかった。「それだからといって、本物の記憶ではないとも言い切れないわ。そしてどうなったの」

ジェアドがポケットから小さなスキャナーを出して、かけぶとんの上に置いた。調整を加えると、ビーッという音がした。「この部屋はおそらく盗聴器だらけです。これをつけましたから、小さな声ならだいじょうぶでしょう」

フィンはじっとそれを見た。「馬が跳んだ。足首が痛くなった、そして落っこちた」

「痛くなった？」クローディアがそばに来て、腰を下ろした。「どんな感じの痛みなの？」

「刺されたみたいに、きりきりした。まるで……」記憶が定まらず、とらえきれないかのように、彼は言葉を切った。「オレンジだ。オレンジ色と黒。小さい」

「雀蜂？　蜜蜂？」

「痛かったから、それを見下ろした」フィンは肩をすくめた。「そしたら、何もいなかった」

彼はさっと足首を引き上げ、じっくり観察した。「ちょうどここのところだ。革の長靴を貫通した」

そこにはたくさんの古傷や跡が残っていた。クローディアが言った。「鎮静薬か何かをうつものじゃない？　先生のこしらえた人工の虫みたいな」

「もしそうなら」ジェアドはのろのろと言った。「作ったのは相当の技術があって、〈規定書〉に縛られないものでしょう」

クローディアが鼻を鳴らす。「女王は人を好きなように操るのに〈規定書〉を利用しているけれど、自分だけはその枠外に置いているわ」

ジェアドはローブの衿をしばらくいじっていた。「でもフィン、〈監獄〉を出てから、あなたは何回も森で馬を走らせています。古い記憶ではないかもしれません。記憶でさえない可能性もあります」

彼は言葉を切って、相手の顔にむっとした色が浮かんでくるのを見た。「わたしがいま言うのは、他の者も同じことを言うかもしれないからです。夢でも見たんだろうと言われますよ」

「夢との違いくらいわかる」フィンの声には怒りがあった。ローブを体に巻きつけながら立ち上がった。「ギルダスはいつも、ヴィジョンはサフィークから来るんだと言っていた。でもこれは記憶だ。あまりにも……くっきりしている。ジェアド、ほんとうだ。ぼくは落ちた。落ちたのを覚えている」彼の目がクローディアの目をとらえた。「待っていて。支度をするから」

ふたりは、フィンが板貼りの化粧室に入っていって、扉を閉めるのを見た。蜂が外のすいかずらの中で、平和なうなり声を立てている。

「どう思う？」クローディアが言った。

ジェアドは立ち上がり、窓辺に近づいた。すこし窓を開けて、敷居の上に座り、仰向いた。少しして言った。「フィンは〈監獄〉でなんとか生き延びてこなければならなかった。ですから嘘の持つ力を学びました」

「信じないってこと？」

「そうは言っていません。でもフィンは、聞き手が期待しているような物語を語るのがじょうずです」

クローディアはかぶりを振った。「ジャイルズ王子は馬から落ちたとき、〈森〉で狩りをしていたわ。いまのがそのときの記憶だったとしたら？　そこからどこかへ引きずられていって、記憶を消されたとしたら」クローディアは興奮に飛びたつように、ジェアドのところにやってきた。「もしも、記憶が少しずつ戻りはじめているとしたら？」

「それなら上等です。でもクローディア、マエストラの話を覚えていますか。フィンに〈鍵〉をくれた女性です。あれについてはいくつか違う話もききました。フィンがあの話をするたび、中身が違っています。どれが真実かだれにもわかりませんよ」

ふたりはしばし口をつぐんだ。クローディアは絹のドレスをなでつけながら、立ちなおろうとしていた。ジェアドの言うとおりだ。少なくともふたりのうちひとりは、頭を冷静に保っていないと。ジェアドがいつも教えてくれたではないか。それぞれの議論を秤にかけ、公明正大に事実を見きわめることを。とはいえ、クローディアは心から、フィンが思い出して、別人になり、この場に必要な本物のジャイルズになってくれることを望んでいた。確信がほしかったのだ。

「クローディア、わたしの疑い深さに文句を言わないんですか」その声は哀しげで、クローディアは目を上げ、はっとなった。彼はしげしげと彼女を見つめていた。

「あたりまえでしょ」彼の悲しそうな目の色に心を奪われたクローディアは近づいて、そばに腰を下ろし、その腕をとった。「先生、だいじょうぶ？　フィンにまつわるこの問題で……」

「クローディア、わたしはだいじょうぶですよ」

それが嘘かどうかを確かめたくなくて、彼女はうなずいた。「でも、女王のことはまだお聞きしてないわ。緊急に呼び出すなんて、何のご用だったのかしら」

彼は外の緑の芝生に目を転じた。「〈門〉を開く研究はどのくらい進んでいるのかと聞かれました。羽根のことは申し上げておきました」彼はめったに見せない笑みを浮かべた。「あまり気にされたようすもなかったですよ」

「それは違うわ」

「それから、〈大学〉の話を持ち出してみました」

「言わないで。どうせわたしが行くのを止めたんでしょう？」

驚くのはジェアドの番だった。「そのとおりです。メドリコートからきいた話のせいだと思っているんですね。つまりあなたを廃嫡する、という」

「女王ならやるかもしれないわ」クローディアはすごい剣幕で言った。「みずから手を下すつもりかも」

「クローディア、話はまだあります。女王は……わたしにはぜひ行くようにと勧めました。ひとりでなら、と」

クローディアの口がもっとぽかんと開いた。「〈内〉への道を探してもいいの？　でもなぜ？　女王は、そんなものが見つかるのをいやがっているんじゃないの」

ジェアドはうなずいて、自分の細い指に目を落とした。

「これも陰謀の一部ね。あなたを〈宮廷〉から追い出したいんだわ」クローディアは爪を噛みながら必死に考えた。「邪魔ものをのぞきたいのね。もしかしたら、あなたに何も見つかるわけがない、時間がむだになるだけだって、わかっているのかもしれない。もしかしたら〈監獄〉がどこにあるのか、とっくに承知しているのかも……」

フィンが飛び出してきた。「ぼくの剣は？」

「ここよ」クローディアは椅子から剣を取り上げ、彼はそれを腰に留めつけた。「従僕にやらせればいいのに」

「自分でできる」

クローディアは彼を見た。〈脱出〉のときより、髪がのびている。それを無造作に後ろでまとめ、黒いリボンで結んでいる。フロックコートはみごとな紺青色で、袖には金のふちどりがあるが、他の〈宮廷人〉のようなレースやひらひらとはまったく無縁だった。粉をふったり、派手な色を着たりしようとはせず、女王に贈られた香水をしみこませた帯やいくつもの勲章や羽毛のついた帽子は、決して身につけない。その質実ぶりは、クローディアの父によく似ていた。

彼は不安そうに立っていた。「どう?」

「立派よ。でももっと金のレースをつけたほうが。みんなには……」

「あなたはどこから見ても王子ですよ」ジェアドは言って扉を開けた。

フィンは動かなかった。その手は、唯一なじみ深いものをつかむように、剣の柄から離れない。

「うまくやれるかどうか、わからない」

ジェアドが一歩下がった。「できますとも、フィン」彼は近づいて、クローディアの耳にさえかすかにしか聞こえない言葉を発した。「マエストラのためにやるのです」

ぎょっとしてフィンは彼を見つめた。しかしそこでもう一度ベルが鳴り、クローディアはきっぱりと彼の腕に自分の腕をからめ、ともに部屋を出ていった。

〈宮廷〉の廊下という廊下にはびっしりと人が立ちならんでいた。請願者、召使い、軍人、事務官たちが、廊下の広くなったところに集まり、戸口や回廊から顔をのぞかせ、〈領国〉の皇太子が即位宣言の場に向かうのをじっと見つめていた。ぴかぴかの胴鎧をまとって汗をかきながら、儀式用の剣を掲げた三十人の近衛兵を先導に立て、クローディアとフィンは足早に〈国家式典場〉へと向かった。

フィンの足もとには花が投げられ、あちこちの戸口や階段からは、さざなみのような拍手が来た。しかしそれはひかえめなもので、クローディアはそれを悟って、顔にはりつけている愛想笑いの下で、顔をしかめたくなった。フィンの人気はまだそれほどではない。あまり顔を知られているわけではない。無愛想でよそよそしい存在だと思われているふしもある。それはみんなフィン自身の責任だ。

クローディアはにっこりし、会釈して、手を振り、フィンは見知った顔をみつけて、あちらこちらに頭を下げながらも、ぎごちない足どりで歩いてゆく。クローディアには、ジェアドが自分のすぐ後ろに続いて、〈知者〉の外套で床の塵を舞い上げながら歩いているのがわかっていた。護衛に囲まれて〈銀の棟〉の無数の住まいや、〈黄金の部屋〉の数々を、そして〈トルコ石色の舞踏会場〉を通りぬけてゆくと、どこにもかしこにも物見高い見物人がひしめき、壁が〈鏡〉でできた〈鏡の広間〉ではその人数がさらにふくれあがって見えた。輝くシャンデリアの下、むしあつく香水と汗とポマンダーオイルの匂いのこもった空気の中を、ささやき声、礼儀正しい喝采、好奇心まんまんの探るような目にさらされながら通ってゆく。高いバルコニーからはヴィオールやチェロの音が滴りおち、侍女たちが薔薇の花びらを浴びせかける。フィンは顔をあげて、なんとかほほえんだ。愛らしい女たちはしのび笑いをもらして、扇で顔を隠す。

クローディアの腕にからめた彼の腕は熱を持ち、こわばっていた。彼女は励ますように、その手首を握った。そのとき、いまさらながら、自分は彼のことをほんとうは何も知らないのだ、と思った。記憶喪失の苦しみも、これまで生きてきた生涯についても。

〈水晶宮殿〉の入り口にさしかかると、お仕着せの従僕がふたり頭を下げて、扉を開け放った。

広々とした部屋がそこに輝いていた。何百もの人々がこちらを向いた。

クローディアは腕をゆるめ、ジェアドの隣へ引き下がった。フィンがちらと自分を見た。それからすっと背をのばすと、片手を剣にかけてさらに進んでいった。クローディアはそのあとに続きながら、〈監獄〉のいかなる恐怖が、彼にこんな冷たい虚勢の張り方を教えたのだろうと思った。

なぜなら室内には危険が充ち満ちていたからだ。

人垣が割れると、クローディアは次々に下げられる頭と、婦人たちの優雅な会釈の間を歩いていったが、ここにはどれだけの秘密の武器が隠してあるのか、何人の刺客がひそんでいるのか、何人の間者がひしめきあっているのだろうと思わずにはいられなかった。絹服のにこやかな女たち、正装に身をただした大使たち、伯爵や公爵、あらゆる高位高官のものたちが貂《てん》の毛皮をまとい、すっと道を開けると、足下には深紅の絨毯があらわれ、それは部屋の向こう端までのびていた。高い穹窿にはまばゆい鳥かごがあり、そこで小さな鳥たちが歌ったりはばたいたりしていた。そうしていたるところに、この部屋の名の由来となった千ものクリスタルの柱が、あたかもめまいを誘う迷路のごとく、光をはじき、ねじれ、からみあいつつ、天井から下がっていた。

壇の両側には〈知者〉たちが玉虫色のローブを輝かせて居ならんでいる。ジェアドは静かにそこへ近づいていって、列の一番端に並んだ。

壇そのものは幅の広い五段の大理石の階段の上にあり、そこにふたつ並んだ玉座のひとつから、シア女王が立ち上がった。

大きなループの入った白い繻子のドレスに、貂のふちの外套をまとい、王冠をいただいている。凝りに凝った髪型のせいか、王冠は奇妙に小さく見える、とクローディアは思いながら、一番前の列まで出て、カスパーの隣に並んだ。彼はちらと目を流してよこし、にやりとし、その真後ろにはファックスというごつい護衛役が立っている。クローディアはいやな顔をして、そっぽを向いた。

フィンを見つめた。

わずかに頭を下げた姿勢で、かるやかに階段をのぼってゆく。壇上で人々のほうに向きなおり、あたかもみなに挑みかけるかのように、すっと顎を上げた。そのときはじめてクローディアは思った。

やろうと思えば、王子らしくふるまえるんだわ。

女王が片手をあげた。広間のざわめきがとだえた。ずっと高いところで何百羽ものフィンチがさえずりつづけている。

「皆の者。本日は歴史的な日となろう。われらのもとから失われていた王子ジャイルズが戻ってきて、この国を受け継がんとしている。ハヴァーナ王朝は、その嫡子を喜び迎える。〈領国〉はその王を喜び迎える」

それはじつに立派な演説だった。だれもかれもが拍手喝采した。クローディアがジェアドに目をやると、彼はゆっくりと片目をつぶってよこした。彼女は笑うまいとこらえた。

「ここで、即位の布告をうけたまわろう」

フィンがぎごちなくシア女王のかたわらに並ぶと、厳格な顔のやせた〈主席知者〉が立ち上がり、先に三日月のついた銀の杖を従僕に渡した。そして別の従僕から羊皮紙の巻物を受けとると、くるくると開いて、深く響く力強い声で読みはじめた。それは長くて退屈で、条項や専門用語に充ち満ちていたが、要は、フィンの即位の意志を示し、権利と適性を確認するものであることが、クローディアにはわかった。「正気にして、心身ともに健全なり」のくだりにきて、体がこわばったのは、目で見るまでもなくフィンの緊張を感じとったからだ。隣でカスパーが、小さく舌打ちをしていた。

クローディアは彼を盗み見た。まだ愚かしい作り笑いを浮かべている。

ふいに冷たい恐怖がこみあげてきた。何かがおかしい。何かがしくまれている。クローディアがぎくりと身を動かすと、カスパーが彼女の手をつかんだ。

「雰囲気をこわすつもりかい。フィンの晴れの日をだいなしにするのか」と耳もとでささやいた。

クローディアは彼をまじまじと見た。

〈知者〉は読みおえて、巻物を巻いた。「……かくのごとく布告するものなり。なんぴとも異議を唱えぬかぎり、われは、この場の〈宮廷〉と〈領国〉の諸賢のおん前にて、ハヴァーナ家のアレクサンダー・フェルディナンド、すなわちジャイルズ王子を、南方諸島の主および……」

「異議あり、あり」

〈知者〉は口ごもって黙った。人々は驚愕して、首をめぐらした。

クローディアもはじかれたようにふりむく。

今の声は静かで断固たるもので、口にしたのはひとりの若者だった。彼は人垣をかきわけて出てくると、クローディアのわきを通りすぎた。背が高く、茶色の髪、その目には明らかな決意の光が宿っていた。見事な黄金の繻子の上着をまとっている。見れば見るほど、フィンにそっくりだった。

「異議あり」

彼は女王とフィンを見上げ、ふたりは視線を返した。〈主席知者〉がさっと手を動かすと、近衛兵がすばやく武器を掲げた。

「異議ありと申すそなたは何人なるや」女王が驚きの声を放った。

若者は微笑して、ふしぎに王者らしいしぐさで、両手をさしだした。段にのぼって、低く頭を下げた。

「継母どの。わたしをお見忘れか。わたしがまことのジャイルズだ」

9

そこで彼は旅立ち、もっとも困難な道を探し求めた。内側へと向かう道である。彼は〈手袋〉をはめているあいだじゅう、食べることも眠ることもせず、〈監獄〉は彼のすべての欲求と願望とを知った。

『サフィークの伝説』

馬は疲れを知らず、金属の四肢を深く雪に埋めて走った。アッティアはケイロにしがみついていた。寒さに体がこわばり、両手はしびれ、何度か落ちそうになった。

「あそこからもっと離れないとな」ケイロが肩越しに言った。

「そうだね。そう思う」

彼は笑った。「あんたはなかなかのやり手だ。フィンも感心するぜ」

アッティアは答えなかった。〈手袋〉を盗む計画を考えたのはアッティアで、うまくゆくと思ってはいたが、リックスを裏切ったことには妙な後味の悪さがあった。彼は頭がおかしかったけれど、アッティアは彼のことも、あのめちゃくちゃな一団のことも気に入っていた。彼はどうしているだろう、どんなふうに口から出まかせをしゃべっているだろう、と、馬の上でアッティアは思った。リックスは舞台では、決して本物の〈手袋〉を使わなかったから、あのままうまくやってゆけているだろう。なにも気の毒がる筋合いはない。

〈監獄〉の中には、同情の入りこむ余地はない。でも、フィンのことが浮かんでくると、彼がかつて自分に同情して、救ってくれたことも思い出した。アッティアは顔をしかめた。

〈氷棟〉が闇の中にきらめいている。それは〈監獄〉の人工的な光が凍った地層の底にたくわえられているかのようで、今も広大なツンドラは闇の中でうっすら燐光を放ち、でこぼこの表面は凍てつく風に吹かれている。オーロラのひだが空に波打つさまは、〈監獄〉が極地の長い夜をやりすごすため、みずから演出した効果のようにも思われた。

一時間以上も馬を跳ばすと、土地はしだいにゆがみ、大気はさらに冷えてきた。アッティアは疲れてきた。足が痛み、背中は折れそうだ。

ようやくケイロが馬の足をゆるめた。背中が汗で濡れている。「ここでなんとかするか」

そこには凍った滝をまとう巨大な氷の板が突き出していた。

「そうだね」アッティアはつぶやく。

馬はゆっくりと径をひろいながら、霜のおりた石の間をぬけて、氷の下へ入ってゆく。アッティアは片足で馬の背をまたぎこし、ほっとして馬から下りた。足がへなへなとなりかけ、あやうく岩をつかんで、うめきながら体をのばした。

ケイロが飛び降りた。やはり体は凝っていたのかもしれないが、やせがまんでそれを見せなかった。

帽子と仮面をとった彼の顔を、アッティアは見た。

「火だな」彼はつぶやいた。

しかし燃やすものはない。最後にケイロは古い切り株を見つけた。まだ少し樹皮が残っていたのを剥がし、荷物からほくちになるものを出し、盛大に悪態をつきながら、かろうじて火をおこすのに成功した。ほんのわずかなぬくもりではあったが、アッティアはほっとして両手をのばし、ふるえる体で火におおいかぶさるようにした。

うずくまって彼を見た。「一週間って約束だったじゃないの。あたしがなんとか頭を働かせたからいいようなものの……」

「おれがあの臭い死体の山のところにぐずぐず居残ると思ってたんなら、そいつは甘いぜ」と、ケイロは向かい側に腰を下ろした。「それに、あそこの状況は急激に悪化してた。あいつらはもう感染していたかもしれない」

アッティアはうなずいた。

ケイロは氷がぽたぽたと火の中に滴り落ちるのを見ていた。しめった木がじゅうじゅうばりばりと音を立てる。影が彼の顔に深い陰影を与え、青い目のふちは疲労で赤くなっていたが、いつもの鼻っ柱の強さ、横柄さは健在だった。「で、どうだった？」

アッティアは肩をすくめた。「あの魔術師、リックスって名前だった。あの人……変わってた。ちょっとおかしかったのかも」

「芸は屑みたいだったな」

「そう見えるだろうけど」アッティアは空に走った稲妻のこと、読み書きのできない男がぽたぽた滴の垂れる字を書いたことを思い出した。「いくつかふしぎなことがあったんだよ。〈手袋〉のせいかもしれない。フィンの姿が見えた」

ケイロがいきなり顔を上げた。「どこで？」

「なんていうか……夢の中みたいだった」

「ヴィジョンか」とケイロはうめいた。「やれやれ、めでたいこった。またかよ。また〈星見人〉がひとり増えたのかよ」荷物をそばに引き寄せると、パンを取り出し、ふたつに割って、小さいほうをアッティアに投げてよこした。「で、おれの〈誓いの兄弟〉は何をしてた？　金ぴかの玉座に座ってたか」

そのとおりだ、とアッティアは思ったが、そうは言わなかった。「とほうにくれた顔をしてた。迷子になったみたいな」

ケイロがふんと言った。「そりゃそうだろ。贅沢な廊下だの玉座の間だのの中で道に迷ってたってか。どうせ酒池肉林の暮らしだ。クローディアも継母の女王も、やわなやつらは、みんなあいつの言うなりだろうよ。このおれさまが、ちゃあんと手管は仕込んでやった。ちょっとでもでかい音がするたんびにめそめそしてた、阿呆なガキだったやつに、世の中の立ちまわり方を教えてやったんだ。なのに、後足で砂ひっかけやがって」

アッティアは最後のひときれを呑みこんだ。耳にたこができるほどきかされたいつもの愚痴だ。

「あんたが〈脱出〉できなかったのは、フィンのせいじゃないでしょ」

ケイロがにらみつけてきた。「おまえに言われたくないな」

アッティアは彼の手に目をやらないようにしながら、肩をすくめた。いまではケイロはさほど寒くなくても、いつも手袋をはめているようになった。ケイロが決して口に出さないけれど、心に重くのしかかっている秘密とは、自分の指の爪一本だけが金属製で、だから完全な人間ではない、という事実だった。しかも、それ以外もどれだけの部分が〈監獄〉によって造られたか、わからないのだ。

つぶやくように言った。「フィンは万難を排して、おれを〈外〉に出すみちを見つけると誓ってくれた。あいつの王国のけちな〈知者〉どもの総力をあげてそれに取り組むと。けど、おれはぐだぐだそれを待ってるつもりはない。あいつは〈外〉を忘れた、というか、おれたちを忘れたんだろう。おれにとって確かなのは、万一あいつとめぐりあえたら、それを後悔させてやるってことよ」

「そんなの、ありそうにないね」アッティアは無情に言った。

彼は端正な顔を紅潮させて、彼女を見た。「じゃ、おまえはどうなんだ。いつも、気の毒なフィンの足かせになってばっかりだったよな」

「あたし、命を助けてもらったよ」

「二度もな。一度は、おれの魔法の指輪を使った。あれをおまえなんぞに使わず、温存しときゃよかったぜ」

アッティアは黙った。ケイロのいやみや不機嫌にはもう慣れていた。ケイロがアッティアに我慢しているのは、自分にとって役に立つからだし、アッティアがケイロのそばにいるのは、フィンが戻ってきたら、かならずケイロを探そうとするはずだからだ。それについては、へたな幻想は持っていなかった。

陰気な顔で、ケイロは酸っぱいビールをひと口飲んだ。「ざまあないな。こんな〈氷棟〉なんぞでくさくさしているかわりに、昔の仲間を率いてよ、どっかに襲撃に出て、分け前を一番たくさんせしめてりゃよかったぜ。おれは、ジョーマンリックを一対一で倒したんだ。やつを殺したんだ。すべてが手に入ってたのに、フィンの口車にのせられて、そいつを置いてきちまった。で、どうなった？やつは〈脱出〉し、おれはおいてけぼりよ」

心の底からむしゃくしゃしているようだ。アッティアは、どたんばで自分がジョーマンリックをつまずかせたせいで、あんたは勝てたのだ、と言うのはやめておいた。かわりにこう言った。「愚痴はやめなよ。〈手袋〉が手に入ったんだもの。とりあえず、ちょっと調べてみようよ」

わずかにためらって、彼はポケットから絹の巾着を取り出した。指一本でぶらぶらと振った。「小綺麗な代物だ。おまえがどうやって隠し場所を見つけたかは、きかないことにしてやる」

アッティアはにじりよった。もしも自分の読みがはずれていたら……

丹念な手つきでケイロは紐をゆるめ、小さな黒いくしゃくしゃしたものをひっぱりだした。片方の掌にそれを広げ、ふたりしてしげしげとのぞきこんだ。

たいそう古い品だ。そしてリックスが舞台ではめていたのとはまったく違っていた。

まずそれは布製ではなく、鱗のあるきらきらする、やわらかくしなやかな皮でできていた。色はなんとも形容のしようがなかった。深緑と黒と金属的な灰色のあいだを、たえず移りかわり、色を変えるように思われた。しかしまぎれもなく手袋だった。

指の部分はすりへってこわばり、親指には不揃いな縫い目でつぎがあててあった。甲のところにはいくつか小さな金属がついている。カブトムシと狼、それに細い鎖で互いにつながれた二羽の黒鳥。だがもっとも意表をついたのは、〈手袋〉のすべての指先に、古く黄色い象牙色の鉤爪がついていたことだ。

ケイロがつくづくと言った。「こいつほんとうにドラゴンの皮か」

「蛇かもしれないね」と言ったものの、アッティアはこれほど細かく強靭な鱗を見たことはなかった。

ゆっくりとケイロは自分の手袋をぬいだ。汚れたたくましい手だ。

「やめて」アッティアは言った。

〈サフィークの手袋〉は彼の手には小さすぎるように見えた。きゃしゃで繊細な手のために造られているようだった。

「おれは今までずっと待ってたんだ」

ケイロはこれで事態が変わると思っている。これをはめれば、自分のあの金属の一部がなくなる、フィンが〈門〉から戻ってきたら自分もついてゆけるのだ、と思っている。しかしアッティアは、リックスの警告が忘れられなかった。

「ケイロ……」

「アッティア、黙れよ」彼は〈手袋〉を広げた。かすかにぱりぱりと音がし、古くかびくさい臭いがした。けれど彼が指をすべりこませる前に、馬が頭をもたげて鋭くいなないた。ケイロがはっと動きを止めた。

凍った滝のむこう、〈氷棟〉は黒くしんと静まりかえり、夜闇の中にさむざむと見えた。耳をすますと、そこから吹き出す風の低いうなりが聞こえた。荒涼たる風景の中の穴や氷河が冷たく響きを返す。

それから、別の音がした。

金属が鳴る音だ。

ケイロは火を踏み消した。アッティアは岩の後ろへ飛びこんだ。馬を隠すのは無理だが、馬も危険を察知したのか、じっと動かずにいた。

火が消えると、〈監獄〉の夜は青と銀色になり、何本もの流れがよりあわさった滝はグロテスクな大理石細工のようにねじれていた。

「何か見えるか？」ケイロが〈手袋〉をかくしに押しこみながら、アッティアのそばに体をねじこんでくる。

「たぶん。あ、あそこ」

ツンドラの中に何かが光る。オーロラが鋼に反射する。松明の光も見えた。

ケイロが悪態をついた。「リックスか」

「そんなわけないよ」リックスがあののろまな馬車列をひっぱって、ここまで追ってこれるわけがない。アッティアは細めた眼を凝らした。

何かがいる。物陰にひそんでいる。それがもつ明かりが燃えあがったとき、いくつも頭があるかのようにでこぼこした不気味な生き物の姿が見えた。体が鎖でできているかのように、ジャランと音がする。背筋を冷たいものが這い上がった。「あれ、なに？」

ケイロはまったく気配を殺していた。「おれが絶対出くわしたくなかったものだ」声からはいつもの虚勢がすっかり消えていた。アッティアの視界に入ったのは、彼の目の光だけだった。

まっすぐにこちらへ向かってくる。おそらく馬の匂いをかぎつけたか、凍った水を感じとったのだろう。カチャン、カチャンという音は規則的になった。軍隊のように正確に近づいてくる感じだ。むかでめいた足が、あたかも一連隊ででもあるかのように。

「馬に乗れ。いっさいがっさい捨てて」

ケイロの声があまりにおびえていたので、アッティアはひとこともなく、それに従った。だが馬も近づいてくるものを感じて、静けさの中にひときわ声高くいなないた。

相手は足を止めた。ささやきかけてくる。いくつもの声を持ち、いくつもの頭がヒドラのようにお互いのほうを向いた。それからぎごちなく、不器用な足どりで、身体の一部が剥がれおちたのを引きずるようにしながら、こっちへ向かってきた。黒っぽいとげとげの塊は、声をあげ、自分をののしった。その手には剣と炎がきらめいた。緑のオーロラがその上をきらめき走る。

それは〈鎖男〉だった。

クローディアは若者を見つめた。彼は背をまっすぐに起こすと、彼女を見て、温かい笑みを浮かべた。「クローディア、大きくなったね。すばらしい」

と、近づいてくると、彼女が身動きもできぬうちに、そして衛兵たちが阻止するひまもあらばこそ、その手をとってキスした。

クローディアは仰天した。「ジャイルズ？」

わっとどよめきがあがった。ざわざわと興奮が走り、軍人たちはシア女王に目をやった。女王は雷にでも打たれたかのようにそのままの姿で凍りついていた。優雅な動きひとつでわれに返ると、片手をあげて、謹聴を求めた。

室内はなかなか静まらなかった。ひとりの衛兵が、鉾槍でどんと床を突いた。とりあえず静かにはなったが、ささやき声は絶えない。〈知者〉たちはお互いに目まぜをかわした。クローディアはフィンが前に進み出て、怒りをこめて、若者をにらみつけるのを見た。「どういう意味だ。〈本物のジャイルズ〉とは？　ぼくがジャイルズだ」

若者はふりむいて、汚いものを見るような目つきで彼を見た。「あなたは脱出した〈囚人〉で騙《かた》りにすぎない。いったいなんの恨みがあって、わたしの名を騙ったのかはいざ知らず、こちらはあなたが偽物だと証明できる。わたしがまことの跡継ぎだ」彼はみなのほうをふりかえった。「わたしは正当なものを受け継ぎに来たのだ」

だれよりも早く、女王が口を開いた。

「もうよい。そなたがだれであれ、あまりに傍若無人というものじゃ。いまの話は内々の場で伺おう。諸侯もともに来られよ」女王の色の薄い目がちらとフィンをとらえた。「そなたも聞く権利がある」

女王は堂々と立ち去り、大使や廷臣たちは低く頭を垂れた。クローディアはわきを通りすぎるフィンをつかまえた。彼はその手をふりはらった。

「本物だなんてありえないわ。おちついて」クローディアはささやいた。

「それならなぜ、ジャイルズと呼んだ？　きみはなぜそう呼んだんだ、クローディア」彼は憤然としていた。クローディアには答えられなかった。

「あれは……ただ、びっくりしたものだから。あっちこそ騙《かた》りよ」

「そうか？」フィンの目はらんらんと燃えていた。それから、背をひるがえして、片手を剣にかけたまま、人垣を足早に通りぬけていった。

部屋は蜂の巣をつついたような騒ぎになっていた。クローディアは、ジェアドに袖をつかまれたのに気づいた。「こちらへ」彼がささやいた。

ふたりは〈御前会議室〉の扉を目指し、香水とかつらをつけた身体の列をかき分けていった。クローディアは息もつけなかった。「あれ、だれ？　女王が仕組んだこと？」

「もし、そうなら、天才的な女優ですね」

「カスパーのまわりにはそんなに頭の切れる頭脳集団はいないわ」

「では、金属の獣のしわざですか？」

クローディアは目をまるくして、つかのま彼を見た。そのとき、扉を守る衛兵が、彼女の前で槍を交差させた。

彼女は驚いた。「通しなさい」

従僕がどぎまぎしながら、ささやいた。「申し訳ありません。ここからさきは〈知者〉と〈御前会議〉の方のみです」と、ジェアドに目をやった。「先生はどうぞお入りください」

クローディアはしゃんと身を起こした。その瞬間、ジェアドは従僕を気の毒に思った。

「わたしは〈監獄〉の〈管理人〉の娘です」氷をも溶かし、しずくを滴らせるような声で、クローディアは言った。「そこをのいて、わたしを通さないと、〈領国〉で一番鼠の多いお城に左遷してやるわ」

従僕は若かった。ごくりと息を呑んだ。「しかし……」

「お黙り」彼女は平然と相手を見すえた。「おのき」

一瞬、ジェアドもその言葉が効くかと思った。だがふたりの後ろから、面白そうな低い声がかかった。「この人を入れてやって。なんの問題もない。クローディア、きみだってこの一幕を見逃したくないだろう？」

カスパーに笑みを向けられ、従僕は腰がひけた。衛兵たちは後ろに引き下がった。

この機をのがさずクローディアはそばをすりぬけ、扉を通った。ジェアドはすぐに続かず一礼し、影のごとく護衛を従えたカスパーが先に彼女のあとを追った。そのあとに〈知者〉は中に入り、背後でカチリと扉が閉まる音を聞いた。

〈御前会議室〉はせまくてかびくさい臭いがした。古い赤革の席が、馬蹄形に並んでおり、女王の席はその中央、武具をかけた下にあった。顧問官たちが席につき、〈知者〉たちはその後ろに集まってきた。どこへ行ってよいのかわからず、フィンは女王のそばに立ったまま、カスパーがにやにや笑いながら、母親にもたれかかるようにして何やらその耳にささやき、母親がかすかに笑いをもらすのを見まいとした。

クローディアは入ってくると、腕組みをしてフィンのそばに立った。お互いにひとことも口をきかない。

「さて」女王はしとやかに身をのりだした。「ちこう寄れ」

黄色の上着の若者は近づいて、馬蹄形の内部に立った。全員の目が注がれるなか、彼はこのうえなくおちつきはらっているように見えた。フィンは本能的な嫌悪をこめて彼を見やった。自分と同じ身の丈。くせのある茶色の髪。茶色の目。自信に満ちた笑顔。

フィンは顔をくもらせた。

若者が口を開いた。「女王陛下、ならびに諸侯よ。わたしは重大な訴えをなしたが、その意味は重々承知している。わたしの言葉がまことであることを証明したいと思う。わたしはまことの〈領国〉の皇太子、マーリー伯にして南方諸島のあるじ、ハヴァーナ朝のジャイルズ・アレクサンダー・フェルディナンドである」

言葉は全員に向けたものだったが、その目は女王にひたと据えられている。そしてほんの一瞬、視線がクローディアをかすめた。

「騙《かた》りめ」フィンがののしる。

女王が「静粛に」と言った。

若者は微笑した。「わたしは十五歳まで、あなたがたのもとで育った。覚えておられる方は多いと思う。ブルゴーニュ卿、あなたの駿馬をお借りしたのを覚えておられるか。〈大森〉であなたのオオタカをなくしてしまったときだ」

黒い毛皮つきローブをまとった年配の顧問官の顔に驚きの色が浮かんだ。

「アメリア様は、ご子息とわたしが海賊のかっこうをしてのぼった木から落ちて、あなたを下敷きにしかけたことを覚えておられるはず」彼の笑みは温かいものだった。女王のそばづかえの貴婦人のひとりがうなずく。蒼白な顔をしていた。「そのとおりです。みなで大笑いいたしました」

「そのとおり。わたしにはそうした思い出が山ほどある」彼は腕組みをした。「かたがた、わたしはそなたら皆を知っているぞ。住まいがどこか、また愛人がだれか、名前をあげることができる。そなたらの子どもたちといっしょに遊んだことがある。ついていた家庭教師や、なつかしい護衛官バーレットについて、またいまは亡き父王について、アルジェンテ王妃についての、いかなる質問にも答えることができる」そのときつかのま、暗い影が顔をかすめた。だが彼はにっこりし、首をふった。「そこなる〈囚人〉の都合のよい記憶喪失にくらべれば、多くの信憑性があるはずだ」

クローディアは隣にいるフィンの沈黙のおそろしさを感じた。

「諸君は、わたしが今までどこにいたのか聞きたいだろうと思う。なぜ、わたしが死んだことにされたのか。もしかしたらわが義母上《ははうえ》から、きかれているかもしれないが、わたしが十五の年に馬から落ちて死んだことにされたのは……そう、わたしの身の安全をはかるために計画されたことだった」

クローディアは唇を噛んだ。真実を使い、それを巧みにねじ曲げている。したたかな相手だ。あるいは周到に教えこまれてきたのか。

「危難の時代だった。諸君もきかれたかと思うが、ある不穏な組織とひとつの秘密があった。それは〈鋼の狼〉団と呼ばれるものだ。彼らの計画は、ついこのあいだのシア女王の暗殺未遂事件で、はじめてあばかれることになった。なんと、その首謀者は〈監獄〉の〈管理人〉だったのだ」

彼はもうクローディアを見つめてはいなかった。聴衆を楽々と操る声はおちついて明晰だった。

「われらの密偵は長年、かの組織の存在に気づいており、わたしの暗殺をたくらんでいることもわかっていた。わたしを暗殺し、〈勅令〉を廃絶しようというのだ。〈規定書〉の廃棄といえば通りがよいか。われらをまたしても〈怒りの時代〉の恐怖と混沌の中に引き戻そうという試みだ。それで、わたしは姿を消した。女王陛下でさえ、わたしの計画はご存じではなかった。身の安全をはかる唯一の方法は、わたしがすでに死んだと思わせることだ。そして時を待つことにした」と笑みを浮かべた。

「諸君、その時が今やってきたのだ」

いかにも王者らしい自然なそぶりで手招きをすると、従僕が紙包みを持ってやってきた。

クローディアは不安に唇を噛みしめた。

「ここにわたしの言ったことを証立てる書類がある。わが血筋、わが出生にまつわるもの、わたしが受けとった書簡の数々、そして招待状——はここにおられる多くの方の手になるものだ。見れば覚えがおありになるはず。ここに婚約者どのが子どものときに、婚約式に携えてこられた肖像画もある」

クローディアは鋭く息を呑んだ。彼を見上げると、相手はゆるがぬ目線で見返してきた。

「諸侯、そして諸賢のかたがた、なによりも、ここにわが肉体に刻まれたしるしがある」

彼は手をあげ、ひらひらのレースの袖口をまくりあげると、部屋全体に見えるように、ゆっくりと体をめぐらした。

手首にはハヴァーナ朝のしるし、王冠をいただいた鷲の姿が深く彫りこまれていた。

10

手と手を合わせ、肌身を接して
鏡の中の双子のごとく〈監獄〉はあり
恐れには恐れ、望みには望み
目には目、獄には獄。

『サフィークの歌』

そいつはふたりの声を聞きつけた。

「行け」ケイロが叫んだ。

アッティアは手綱と鞍にしがみついたが、馬はおびえきっていた。その場でまわってはいななくので、よじのぼれずにいるうちに、ケイロがののしりながら跳びのいた。アッティアはふりかえった。〈鎖男〉が待ちかまえている。そいつは雄で、頭が十二個もあり、それぞれが兜をかぶり、十二の身体は、手と手首と腰のところが互いに接合し、へその緒のようなものが肩どうし、胴体どうしを結びつけていた。何本かの手からは、光線が発せられている。他の手には武器があった。剣、段平《だんびら》、錆びた火縄銃。

ケイロは自分の火縄銃を取り出していた。からまりあった怪物の中心に照準を合わせる。「寄るな。あっちへ行け」

松明の光がいっせいに彼に向けられた。アッティアは馬にしがみついた。汗ばんだ横腹が手の下で熱くふるえている。

〈鎖男〉がぱっと列を開いて、それぞれの体が離れた。一列の影になったその動きはまるで、子どものころこしらえた紙細工のようだ。ひとの形を切りぬいて広げると、それが一列につながっている。

「寄るな、と言ったろ」ケイロはその列にそって銃をぐるりと向けた。腕はふるえていないが、一度に相手の一部をしか攻撃できないから、そのあいだに残りが襲ってくるだろう。おそらく。

〈鎖男〉が口を開いた。

「食い物がほしい」

いくつもの口から同じ言葉が重なって発せられ、さざなみ打つ。

「おまえにやれるものは何もない」

「嘘をつくな。パンの匂いがする。肉の匂いも」

相手はひとりなのか、多数なのか。ひとつの脳がたくさんの肢体を手足のように操っているのか、それぞれが独立した人間なのに、おぞましくも永久につながりあっているのか。アッティアはぞっとしながらも目が離せなかった。

ケイロが、ちくしょう、と言った。「袋を投げてやれ」

アッティアは用心深く食糧袋を馬からはずして、氷の上へ投げ出した。それは表面をすべっていった。長い腕が一本のびてきて袋をすくいあげる。それは怪物のかたちのゆがんだ闇の中へ消えた。

「まだ足りん」

「もうないよ」アッティアは言った。

「獣の匂いがする。熱い血を持っている。うまい肉の匂いだ」

ぎょっとしてアッティアはケイロを見た。馬がなければ、永遠にここからは出られない。ケイロのそばに行って立った。「だめ。馬はだめだよ」

かすかにぴりぴりと静電気が空を照らしだす。光がさしてくればよいのに。けれどもここは永遠に暗い〈氷棟〉だ。

「寄るな」ケイロは荒々しい声を出した。「さもないと、おれがおまえを吹き飛ばすぜ。おれは本気だ」

「おれとおまえ、どっちの話だ？〈監獄〉がおれたちを一つにした。おまえとおれは分離できない」

敵がじりじり近づいてきた。アッティアは目のすみで、その動きをとらえた。かすれ声で叫んだ。「包囲されてる」おびえて後ずさろうとした。相手の手が一本でも触れたら、その指先が体に食いこんでくることが、なぜか突然わかった。

カキンカキンと鋼の音を立てながら、〈鎖男〉はふたりを取り囲もうとしていた。背後の凍った滝だけが救いだ。ケイロは亀裂の入った氷に背をあずけて、叫んだ。「アッティア、馬に乗れ」

「あんたは？」

「馬に乗れ」

アッティアは馬上に体を引きずり上げた。つながった男たちがじりじり進んでくる。その瞬間、馬が竿立ちになった。

ケイロが発砲した。

青い火の玉が中央の胴体を直撃した。男はその瞬間、溶け失せるように消えた。〈鎖男〉たちが声をそろえて悲鳴をあげた。怒りに満ちた十一の声。

アッティアは馬を必死にまわした。上から身をかがめて、ケイロをつかもうとしたとき、相手が再接合するのが見えた。手と手が結びあい、皮膚の鎖がずるずるとしたたかに伸びてゆく。

ケイロがふりかえって、アッティアの後ろに飛び乗ろうとしたが、敵は彼に襲いかかってきた。わめいて蹴りつけても、手はわらわらとのびてきて、首や胴にまつわりつき、馬からひきずり下ろそうとした。ケイロは口汚くわめきながら、抵抗したが、敵の数は多すぎ、いっせいにのしかかってきて、ナイフが氷の青い光にひらめいた。アッティアは度を失った馬を操ろうとしながら、体を伏せぎみにし、ケイロの火縄銃を奪って、狙いをつけた。

だが発砲したら、ケイロを殺すことにもなる。

皮膚の鎖が触手のように彼を包みこんでいる。彼を吸収しようとしている。さっき殺した男の場所にはめこまれようとしているのだ。

「アッティア！」くぐもった声が叫んだ。馬が後足で立ち上がる。アッティアは馬を暴走させまいと、必死だった。

「アッティア!」一瞬、彼の顔があらわれた。彼女を見た。「撃て」と叫んだ。撃てない。

「撃て。おれを撃て」

一瞬、アッティアは恐怖に身がすくんだ。

それから銃をかまえて、発射した。

「なんでこんなことが起きるんだ」フィンは部屋を歩きまわったあげく、金属の椅子に身を投げ出した。低くうなりをたてる灰色の〈門〉をふりかえって見た。「それになぜ、ここなんだ」

「宮廷中でここだけがおそらく盗聴器のない場所だからです」ジェアドは注意深く扉を閉めた。この部屋には奇妙な性質がある。ふたりの存在に合わせて、ぐんと伸びるような感じだ。ほんとうに伸びているのなら、ここは〈監獄〉への道なかばなのだとジェアドは思っていた。

羽毛がまだ床に散らばっている。フィンはそれを蹴りつけた。「クローディアは?」

「じきに見えるでしょう」

ジェアドは若者を見た。フィンも視線を返した。やや声を和らげて、こう言った。「先生も、ぼくを疑っていますか」

「も、とは?」

「あいつを見たでしょう。それにクローディアは……」

「クローディアはあなたがジャイルズだと信じています。最初にあなたの声を聞いたときから、ずっとそう思っています」

「そのときは、あいつに会ってなかったから。だけどさっき、あいつをジャイルズと呼んだ」フィンは立ち上がり、いらいらとスクリーンに近づいた。「なんとも洗練されたやつじゃないですか。にこやかさ、おじぎのしかた、まるで王子だ。ぼくはああはいかない。どうして忘れちまったのかがわからない。〈監獄〉がぼくの記憶を根こそぎにしちまったんだ」

「達者な俳優なら、あれくらい……」

フィンはいきなりふりかえった。「あいつを信じるんですか。ほんとうのところを聞かせてほしい」

ジェアドは繊細な指を組みあわせた。わずかに肩をすくめた。「フィン、わたしは学者です。そうやすやすとは信じませんよ。あの証拠なるものについては、きちんと検証されるでしょう。〈御前会議〉の場で、あなたと彼に対して査問が行われます。いまや王座をめざすものは二人になりました。事情がまったく変わったのです」彼は横目でフィンを見た。「あなたは、相続にあまり興味がなかったようにお見受けしましたが」

「いまはあるんだ」フィンの声はうなるようだった。「何かのために戦うときは、ぜったいにそれを死守しろ、とケイロがいつも言っていた。あいつに何かを捨てさせるのに成功したことは一度しかない」

「それは襲撃団を抜けたときですか」ジェアドはじっと彼を見た。「〈監獄〉についてあなたが話してくれたことはいろいろある。それが本当かどうか確かめる必要があります。マエストラについて、それから〈鍵〉についてです」

「ちゃんと話したじゃないか。マエストラが〈鍵〉をくれた。それから殺された。〈奈落〉に落ちた。だれかが裏切ったんだ。ぼくのせいじゃない」彼は憤然としていた。だが、ジェアドの声に憐れみはなかった。

「マエストラはあなたのせいで亡くなった。それから〈森〉で、馬から落ちたときの記憶ですが。それがほんとうの記憶かどうか確認したいのです。クローディアに聞かせるための話ではなく」

フィンがぐいと頭をふりあげた。「嘘だと言いたいのか」

「そうです」

ジェアドは自分が危ない橋をわたっているのを知っていた。まなざしを平静に保とうとした。「〈御前会議〉はそのことについても、根掘り葉掘り聞きたがるでしょう。何度も質問されると思います。説得するべきはクローディアではなく、彼らです」

「いまの言葉を言ったのが、先生ではなかったら……」

「だから、剣の柄に手をかけているのですか」

フィンは手を握りしめた。ゆっくりと、両腕で体を抱きしめるようにし、歩いていって、金属の椅子にどさりと腰を落とした。ふたりともしばらく無言だった。傾いた部屋がブーンとかすかな音を立てるのを、ジェアドは聞いた。どうしても除去できない雑音だ。ようやくフィンが言った。「〈監獄〉では、暴力が生きる道だった」

「わかっています。大変な場所だったろうと……」

「自分でもわからない」彼はこちらを向いた。「先生、ぼくは自分がだれだかわからない。自分で自分を説得できないのに、どうして〈宮廷〉を説得できるだろう？」

「やらねばなりません。すべてはあなたにかかっています」ジェアドの緑の目がひたと彼の目を見すえた。「もしあなたが廃嫡され、クローディアが〈監獄〉の相続権を失って、わたしが……」言葉がとぎれた。フィンは相手の青白い指がしっかり組みあわされるのを見た。「そうなったら、〈監獄〉の不正に心を傷める人間はいなくなります。それにあなたは二度とケイロに会えなくなる」

扉が開いて、クローディアがすべりこんできた。いらついた顔で、絹の服は埃をかぶっている。「あの人、〈宮廷〉内に泊まってるのよ。信じられる？　女王が、〈象牙の塔〉の中に部屋を与えたんだから」

ふたりとも答えなかった。室内のはりつめた空気に気づいたクローディアは、ジェアドに目をやると、ポケットから青いビロードの巾着を出し、それをもってこちらにやってきた。「先生、これ覚えてる？」

紐をほどいてさかさにすると、ミニチュアの肖像画が出てきた。金と真珠の枠におさまった見事な品で、裏には冠をいただいた鷲の紋章が彫りこまれている。クローディアにそれをさしだされ、フィンは両手で受けとった。

笑顔の少年の絵だ。陽を浴びて黒く輝く目。はにかんだようなまなざしだが、かざりけなく大らかだった。

「これ、ぼくなのか」

「自分でわからないの？」

彼の答えにこもった痛みに、クローディアはぎくりとした。

「ああ。わからない。この子は、ほんの少しの食べ物のために人が殺されるのを見たこともないし、小銭の隠し場所を吐かせるために、おばあさんを拷問したこともない。心が切り離された〈小房《セル》〉で、泣いたこともないし、子どもたちの悲鳴のせいで、一晩まんじりとできなかったこともない。この子はぼくじゃない。この子は〈監獄〉にいたぶられたことがない」

彼はクローディアに絵をつきかえし、袖をまくりあげた。「クローディア、見てくれ」

両腕は怪我や火傷の痕だらけだった。どうやってそんな傷ができたのか、想像もつかなかった。ハヴァーナ朝の鷲のしるしは薄れてぼやけかかっている。

クローディアは声を励まして言った。「そうね。この子はこの時点では、あなたのような目では、星空を見たことがない。過去のあなただわ」彼女は絵をフィンと並べてかざし、ジェアドが近づいてきて、それを見た。

類似は疑いようがなかった。しかし、下の広間にいた若者もこれとそっくりだった。いまだに消えないフィンの顔色の青白さ、顔のやつれ方、喪失感をたたえた目色をのぞけば。

クローディアは自分の疑念を悟られたくなかった。「ジェアドとわたしは、これをバートレットという人の小屋で見つけたの。あなたが小さいころ世話をしてくれていた人よ。どれほどあなたを可愛がっていたか、息子のように思っていたか、書き残しているわ」

フィンは情けなさそうに首をふった。

クローディアはさらに語気を強めてたたみかけた。「わたしも何枚か肖像画を持っているけれど、これが一番。あなたがバートレットにあげたんじゃないかと思うの。彼はあの事故のあと、遺体は別人だ、あなたはまだ生きている、と知っていたのよ」

「その人、どこにいるの？　ここに呼んでこられないのか」

クローディアはジェアドに目配せし、彼は静かに答えた。「フィン、バートレットは亡くなりました」

「ぼくのせいで？」

「真相を知っていたからです。口をふさがれました」

フィンは肩をすくめた。「それは残念だ。でもぼくが大事に思っていた、たったひとりの老人はギルダスだ。彼も死んでしまったけれど」

何かがカチッと音を立てた。

デスクの上のスクリーンが光を発した。ちらちらまたたく。

ジェアドが、続いてクローディアがそこに駆けよった。「どうしたの？　何があったの？」

「どこかと接続が。もしかしたら……」

彼はふりかえった。室内のブーンという振動音のどこかが変わった。部屋は後ろに退いてゆき、ぐんぐん大きさを増すように思えた。ひと声あげると、クローディアは走り寄って、フィンを椅子から突き飛ばし、はずみにふたりして転倒しかけた。「作動してるわ！　〈門〉が！　でもどうして？」

「〈内〉から働きかけがあったんです」蒼白になったジェアドは椅子を見つめている。三人とも何が起きるのか、何があらわれるのかと、かたずを呑んで目を凝らした。フィンが剣を抜き出す。閃光がひらめいた。ジェアドには覚えのある目のくらむような輝きだ。

椅子の上には羽根が一枚のっていた。

それは人間大の大きさの羽根だった。

火縄銃が火を噴く。炎は〈鎖男〉の足もとの氷を貫通し、相手は絶叫して足をもつれさせ、崩れた氷盤の上をずるずるとすべった。いくつもの体がからまりあい、お互いをつかもうとした。アッティアはもう一度発砲し、「がんばって」と叫びながら、破砕した氷の板に狙いを定めた。

ケイロのほうも、なんとか身をもぎはなそうとした。もがきながら猛烈な勢いで噛みついたり、蹴飛ばしたりしたが、両足はぬかるみにとられ、まだ一本の手に、長いコートをつかまれている。やがて布が裂け、一瞬、体が自由になった。彼は手をのばし、アッティアは身をかがめ、彼をつかんだ。重かったが、引き戻されてからみつかれる恐怖から、彼は必死で馬上の彼女の後ろに這い上がった。

アッティアは武器を脇の下にかいこんで、手綱と格闘した。馬はすっかりおかしくなっている。馬が竿立ちになったとき、すさまじいバリバリという音が闇をつんざいた。ちらと下を見ると、氷全体にひびが入りかけている。アッティアの作った穴から、黒い亀裂がジグザグに広がってゆく。つららが滝のようになだれ落ち、ぎざぎざの塊が山をなした。

火縄銃が脇の下からひったくられる。ケイロが「馬をじっとさせろ」とわめいたが、馬は恐怖に頭をふりたて、蹄が凍った板を打ち鳴らしては、ずるずると氷板に足をすべらせる。

〈鎖男〉は溶けた氷水に半分没しながら、もがいていた。何体かがほかの体の下敷きになり、筋と皮膚でできた鎖には霜がこびりついた。

ケイロが銃をかまえた。

「やめて！」アッティアが声にならない声を上げる。「逃げられるから」それでも彼は銃を下ろさない。「あの人たちだって、昔は人間だったんだよ」

「そのことを覚えてたら、あいつらもおれに感謝するはずだぜ」ケイロはしたたかな笑みを浮かべた。

銃が火を噴き、彼らを焼きこがした。三度、四度、五度、冷徹に狙いを定めて撃ったが、やがて武器がじゅうじゅうとかすれた音を立て、役に立たなくなった。するとケイロはそれを焦げた穴の中に投げすてた。

アッティアの両手は革の手綱にこすれて血が出そうだった。

やっとのことで馬を止めた。

不気味な沈黙の中で、ごくかすかな風のうなりが雪をおおった。男たちの死体を見下ろす気にはなれず、目をあげて遠くの屋根を眺め、驚きにふるえた。一瞬、何千もの小さな光点が暗黒の空に浮かんでいるのが見えた気がしたのだ。フィンが語ってくれた星空が実際にそこにあるかのようだった。

「この地獄穴から出ようぜ」

「どうやってよ」アッティアがつぶやく。

ツンドラ上を亀裂が網状に広がってゆく。壊れた氷の下から、水が盛り上がってくる。金属的な灰色の大海だ。きらきらする光点は星ではなく、散乱する銀の霧があちこちうっすら靄状に固まり、〈監獄〉の高所からまわりつつ舞い降りてくるのだった。

霧はふたりの顔にも触れた。そして言った。「おまえはわしの創造物を殺してはならなかったのだ、ハーフマンよ」


クローディアは羽根を貫く巨大な軸をまじまじと見た。青い逆棘が互い違いにぎちぎちと組みあわさっている。そうっと手をのばし、先端のふわふわの羽毛の部分に触れた。羽根はジェアドが芝生からひろいあげた小さい羽根とそっくりだった。ただ、大きくふくれあがっていた。まったく違う。

ささやくように言った。「これ、どういうことなの」

面白そうな声が答えた。「わしがおまえのささやかな贈り物を戻してやったのだよ」

一瞬、クローディアは身動きもできなかった。「まさか父上？」

フィンはクローディアの腕をつかみ、ふりむかせた。スクリーン上に非常にゆっくりと、画素が少しずつあらわれ、やがてひとりの男性の姿が生まれた。画像が完成したとき、クローディアにははっきりわかった。黒いコートを禁欲的に着こなし、ひとすじの乱れもない髪、優雅にタイを締めた姿。〈監獄〉の〈管理人〉、いまだに父親としか思えない男が彼女を見下ろしていた。

「わたしが見えるの？」

すると彼は笑った。いつもの冷ややかな笑み。

「もちろんだとも、クローディア。わしに何が見えるのか聞いたら驚くぞ」灰色の目がジェアドのほうに向いた。「〈知者〉先生。おめでとう。わしが〈門〉におよぼした損傷は修復不可能かと思っていた。どうやらまたしても、わしはあなたを見くびっていたようだ」

クローディアは体の前で両手を組みあわせた。しゃんと背すじをのばした。父の前ではいつもそんなふうにしゃちほこばっていた。また小さな子どもに戻ったかのよう、くもりのない父のまなざしに萎縮してしまったかのようだった。

「あなたの実験の材料をお返しする」〈管理人〉はさばさばと言った。「ごらんのとおり縮尺の問題は残っているから、ジェアド、忠告しておくが、生き物を〈門〉から送りこまないように。われらみなにとって大変なことが起きるからな」

ジェアドが顔をくもらせる。「羽根はそちらに届いたのですか」

〈管理人〉は顔をほころばせたが、答えはなかった。

クローディアはもはや待ちきれなかった。言葉が口をついて出た。「父上はほんとうに〈監獄〉におられるのですか」

「他のどこだというのだ」

「でも〈監獄〉はどこにあるんです？　一度も教えてくださらなかったけれど」

つかのま驚きが父の顔にひらめいた。後ろにもたれかかったのを見ると、そこがどこか薄暗い場所であるのがわかった。火明かりのような光がちらとその目に反射した。「言わなかったかな？　クローディア、それならおまえの大事な先生に尋ねてみるべきではなかったかね」

彼女はジェアドに目をやった。彼はばつの悪そうな顔で、視線をそらした。

「先生は、この娘に教えてやらなかったのですかな」父の声には、あきらかに嘲弄がうかがえた。「あなたがたのあいだには水ももらさぬ連携があると思っておったのだが。どうやら、おまえも気をつけたほうがよさそうだな、クローディア。権力によって堕落せぬ男はいない。〈知者〉でさえもな」

「権力？」クローディアは切りつけるように言った。

父は優雅なしぐさで両手を開いてみせたが、重ねて尋ねる前に、フィンが彼女を押しのけた。

「ケイロはどこなんだ。あいつに何があった？」

〈管理人〉は冷然と答えた。「わしに何がわかる？」

「あんたがブレイズだったとき、塔ひとつぶんの書物を持っていた。〈監獄〉の全員の記録だ。あいつを見つけられるはず……」

「本気なのかね」〈管理人〉が身をのりだした。「それなら教えてやろう。この瞬間、あいつは頭がいくつもある怪物あいてに、死闘をくり広げている」

フィンが驚愕に押しだまったのを見て、彼は笑った。「なのにおまえはやつの背中を守るどころかここにいる。それはさぞ辛いだろうな。しかし、あいつはここに属しているのだ。ここがケイロの世界だ。友情も愛もない世界。それに〈囚人〉よ、おまえもこちらに属している」

スクリーンがちらつき、画像が流れた。

「父上……」クローディアがあわてて声をかけた。

「いまでもわしを父と呼ぶのか」

「他に何とお呼びしたらいいのですか」彼女は一歩出た。「わたしの知っている父上はおひとりだけです」

一瞬、彼はじっとこちらを見つめ、分解してゆく映像の中に、クローディアは、父の髪が少し灰色になったこと、顔の輪郭がそげたことを見てとった。彼は静かな声で言った。「クローディア、わしもいまは〈囚人〉だ」

「〈脱出〉はおできになるはず。〈鍵〉をお持ちでは……」

「持っていた」彼は肩をすくめた。「〈監獄〉に奪われてしまったがな」

映像が波打っている。どうしようもなくて彼女は言った。「なぜです?」

「〈監獄〉は欲望に呑みこまれてしまったのだ。サフィークがそのきっかけを作った。なぜなら、〈手袋〉をはめたとき、彼と〈監獄〉の思いはひとつになったのだ。彼がその種をまいてしまったのだ」

「疫病の種ですか」

「欲望の種だ。欲望は疫病にもなりうるぞ、クローディア」見つめてくる父の顔は、ふるえ、溶け、形を変えてゆく。「おまえもその原因だ。あまりにもうまく外の世界を描写してきかせた。だから〈監獄〉は欲望に憑かれて、燃え上がった。千もの目があっても、たったひとつのものだけは目にすることができぬ。それを見るために、〈監獄〉は何でもするつもりだ」

「それは何です?」クローディアはすでに答えを予期していた。

「〈外〉さ」父はささやいた。

つかのま、沈黙がその場を領した。やがてフィンが身をのりだした。「ぼくは何なんだ。ぼくはジャイルズなのか。あんたがぼくを〈監獄〉に入れたのか？　教、え、て、く、れ」
〈管理人〉はにやりとした。
それからスクリーンが真っ暗になった。

11

〈監獄〉と話しているうちに、恐怖がこみあげてきた。わたしの秘密などちっぽけでみじめなものにしか思えなくなった。夢は愚かしく見えてきた。相手がわたしの心の中までのぞけるのではないか、という気さえしてきた。

「カリストン卿の日記」


霧が彼らの間にすべりこんできた。氷のように冷たい。何百万もの滴が織りなす霧。アッティアは膚が冷え、唇に水滴がつくのを感じた。わしを覚えているか、アッティア？　と霧がささやいた。

彼女は顔をしかめた。「覚えてるわ」

「先へ行こう」ケイロがつぶやく。

アッティアはおだやかに馬をうながした。だが、馬の足はすべり、地面は傾斜しており、〈監獄〉が自分たちをここに足止めしたのだ、ということがわかった。急激に気温が上がり、〈翼棟〉全体がまわりで溶けてゆく。

ケイロもそれを感じたに違いない。きつい声を出した。「おれたちにかまうな。どっかで他の〈収監者〉をいじめてろ」

ハーフマン、おまえのことは知っているぞ。声はすぐ耳もとで、ほおに触れなんばかりの位置で聞こえた。おまえはわしの一部、わしの原子はおまえの心臓の中で鼓動を打ち、おまえの皮膚の中でむずむずしている。これからおまえたちを殺してやる。氷を溶かして溺れさせてやる。

いきなりアッティアは馬からすべり下りた。灰色の夜闇の中を見上げた。「でもそんなこと、させないよ。あたしのことずっと見てたんだよね。壁にあのメッセージを書いたんだから」

星々を見たい、ということか。そうだ、わしは道化の手を借りた。アッティアよ、わしは星を見たいのだから、おまえは手を貸すがよい。

光が濃くなってくる。霧のかなたに、ふたつの大きな赤い〈目〉がケーブルにつるされて下りてくる。まるでルビーのように輝き、ひとつはケイロのすぐそばに近づき、その光の激しさに皮膚がひりひりした。彼はあわてて、アッティアのそばにすべり下りた。

わしは何世紀ものあいだ〈脱出〉を願ってきたが、いったいだれが己れ自身から逃れられよう。〈管理人〉はわしに無理だと言い聞かせようとしたが、わしの計画にあるたったひとつの穴は、おまえたちが解決してくれた。

「〈管理人〉だと？　どういう意味だ」ケイロが叫んだ。「あいつは大事な娘とあの王子といっしょに外にいるはずだ」

〈監獄〉はからからと笑った。とどろくような哄笑が氷を割った。砕けた氷塊が、水位の高まる水にのってザブンと流れ出る。ふたりの立っている氷山が裂けた。塊が角から剥がれおちる。霧が洞窟のように巨大な口を開いた。おまえたちは知らないと見える。〈管理人〉はいま〈内〉にいる。永久にそのままだ。〈鍵〉がふたつともわしの手にあるからだ。わしはそのエネルギーでもって、この身体を作った。

氷は不安定になった。アッティアは馬にしがみついた。「身体？」とささやいた。

この身体があれば、わしは〈脱出〉できる。

「そいつは無理な相談だ」

ふたりともなんとなく、相手にとにかくしゃべらせつづけなければならないことがわかっていた。さもないと、いつ〈監獄〉が残酷な気まぐれを起こして、ふたりを氷のような水中に放り出すかもしれない。導管を開いて、ふたりを押し流し、その金属の心臓部の無限の管とトンネルの奥深くに運んでゆくかもしれない。

きっとそう言うだろうと思ったぞ。〈監獄〉の声には侮蔑がみなぎっている。不完全ゆえにここを出てゆけぬおまえたちはな。だが、星空を見たいというサフィークの夢は、いまやわしの夢だ。そして道がひとつある。だれも思いもかけなかった秘密の道だ。わしは自分に身体をこしらえてやっている。人間のに似ているが、はるかに大きい、翼ある生き物だ。大きく美しく、そして完璧な姿だ。目はエメラルド、歩き、走り、空を飛び、その身体の中に、わしは自分自身のすべてを入れ、〈監獄〉をからっぽの殻のごとく脱ぎすててゆくぞ。おまえらはそのために必要な最後の一片をもっている。それでわしは完全になる。

「最後の一片？」

知っておるくせに。わしはせがれのなくした〈手袋〉を何世紀も探し求めてきた。わしの目からさえも、隠されていたものだ。〈監獄〉は愉快そうに笑った。だが、あの愚かなリックスがそれを見つけた。おまえたちがいまそこに持っているものだ。

ケイロはアッティアに警告の目を向けた。氷の壇はいまや水面に漂いだし、両側にはびっしりと霧が渦巻いて、ツンドラはもはやまったく見えなくなった。ほんとうに〈監獄〉に呑みこまれてしまったような気がした。〈監獄〉の広大な腹の底深くを旅しているような気がする。リックスの説話本の中に出てくる、鯨に呑みこまれた男のように。

リックス。彼の言葉がアッティアの記憶の中によみがえった。『まことの魔法とは、幻を操るわざだ』

削れてゆく氷の下で、いくつもの波が盛り上がる。霧のはるか彼方に、太い鎖が何本もからみあうように下がっているのが見えた。ふたりはそちらの方角へ押し流されていた。急いでアッティアは言った。「手袋がほしいの？」

それがわしの右手となる。

ケイロの目は青くまばゆく輝いていた。何をたくらんでいるのか、アッティアにはすぐわかった。

「金輪際、おまえには渡すものか」

せがれよ、この場でおまえを殺して、それを奪い……

〈手袋〉はケイロの両手に握られていた。「おれがはめるほうが先だ。おれが先におまえのすべてを知ってやる」

ばかな。

「見ろ」

やめろ！　稲妻がひらめいた。霧が流れこみ、馬をおおい、お互いの姿が見えないように包みこんだ。アッティアはケイロの肘をつかんだ。外套ごしにその体温が伝わってくる。

「どうだ、このへんで取引をするってのは」ケイロの姿は見えないが、声は鋼のようだった。「おれは〈手袋〉を持ってる。これをはめられる。または、すぐにでも引き裂いてやれる。だが、おまえが欲しいのなら、そこへ持っていってやろう」

〈監獄〉は黙りこくっていた。

ケイロが肩をすくめるのが、アッティアにはわかった。「おまえしだいだ。この〈地獄〉でおまえが自由にできないものは、これだけのようだな。〈手袋〉はサフィークのものだ。ふしぎな力がある。おれたちの命を助けて、出口を教えてくれたら、こいつをやる。いやなら、おれがはめる。そうしたら、おれがどんなものになれるか」

やっとケイロの姿が見えた。霧がじわじわと引いてゆく。ぞっとするような一瞬、アッティアは、自分たちふたりだけが、ぬめぬめ光る金属の色をした大洋に浮かぶ氷塊の上に立っているのを見た。海はあらゆる方角に目の届くかぎりまで広がって、〈監獄〉のふたつの〈目〉がその中にすべりこみ、わざとらしく大きく揺れる波の間から、こちらをじいっと見あげている。

おまえの思い上がりは驚くべきものだな。

「おれにはたんと経験があるんだ」

〈手袋〉が何をするか、おまえには決してわからぬ。

「おれが何を知っているか、そっちにはわかるまい」彼は居丈高に、相手を見下ろした。「おれの脳みその中にはちっぽけな赤い〈目〉もないからな。この暴君め」

灯りがついた。天井高くに、通路や吊り道路がちらと見えた。何マイルも上に〈翼棟〉がまるごとそっくりあって、ひとつひとつが人間に違いない小さな点が寄り集まり、こちらを見下ろしている。

ハーフマン、もしもその〈目〉があったらどうする？　わしがおまえの脳みその中さえのぞけるとしたら？

ケイロが哄笑した。うつろな響きではあったが、〈監獄〉に最悪の恐れを名指されたのだとしても、巧みにその動揺をとりつくろっていた。「おれを脅かそうってのか。おまえを作ったのは人間だ。人間なら、おまえを破壊できる」

そのとおりだ。声は怒りっぽく皮肉だった。ならばよい。取引だ。わしのところに〈手袋〉を持ってくるなら、おまえたちも〈脱出〉させてやろう。だが、それをはめようとしたら、おまえたちをその場で焼きこがして、消し炭にしてくれる。わしと力を競うものはいなくなる。

鎖がふたりの前に垂れてきた。太く重い鎖が、ばしゃんと水中に没し、どろりとした水が重いしぶきをあげ、アッティアは唇にその味を感じた。金属ががらがらと沈んでゆくとき、それにつながった通路が上から下りてくるのも見えた。通路は、盛り上がる海面上にほどけてのび、霧の名残りの奥に消えていった。

ケイロが馬上に体をひきずりあげようとしたが、またがる前にアッティアは言った。「まさか、あたしをおいてきぼりにするつもりじゃないよね」

「おまえなど要らん。〈手袋〉はおれが持ってるんだ」

「あんたには〈誓いの兄弟〉が要るんじゃない？」

「すでにひとりいるからな」

「そうね。でもあっちは忙しいみたいだよ」

ケイロは彼女を見下ろした。彼の髪は長くてしめっていた。光を浴びて輝いていた。目は冷たく計算を働かせているようだった。一瞬、自分をおいて行ってしまうつもりか、とアッティアは思った。だが彼は身を曲げて、彼女をひっぱりあげた。

「もっとましな相棒が見つかるまでだ」


女王はその夜、ふたりの〈王位請求者〉のために公式の晩餐会をもよおした。

クローディアは細長いテーブルについて、スプーンにすくったレモン入りシラバブの最後のひと滴をなめているうち、父のことを思い出した。父に会ったのは大きな衝撃だった。父はやせて、あの尊大さもいくらか薄れていた。さっきの父の言葉が頭から離れなかった。たしかに〈知者〉たちが頭脳を結集して造り上げた〈監獄〉自体は、決して〈監獄〉の中から出られない。なぜならもしもそんなことが起きたら、残されるのは黒い金属の殻だ。何百万もの〈囚人〉たちは灯りも空気も食べ物もなくなって死んでしまう。そんなことはあってはならない。

その見通しを心から閉めだそうとしながら、クローディアは蠟燭や蠟細工の果物、温室の花のアレンジメントごしに、フィンに不安な目を走らせた。彼はアマビー伯爵夫人の隣の席を与えられていた。伯爵夫人は気どった、口さがない〈宮廷〉の貴婦人のひとりで、フィンの憂愁を帯びた雰囲気に惹かれているようだが、どうせあとになったら、彼のことを辛辣な噂の種にするのだ。フィンは相手のひっきりなしのおしゃべりを適当に聞き流しながら、酒杯の中をのぞきこんでおり、クローディアは、飲みすぎだ、と思った。

「気の毒なフィンどの。落ちこんでいるようだな」新しいジャイルズが言った。

クローディアは顔をしかめた。シア女王はふたりの王子を、テーブルの中ほどに向かいあわせに座らせ、自分の席からふたりを観察していた。

「そうね。でもそれはあなたのせいでしょ」クローディアはスプーンをつっこみ、彼をまっすぐに見すえた。「あなたはだれ？　だれのさしがねでこんなことを？」

ジャイルズと名のった若者は悲しげな笑みを見せた。「クローディア、ぼくがだれだか知ってるくせに。自分自身に対して認めたくないだけだ」

「本物のジャイルズはフィンよ」

「いや、違う。前はそう信じることで、きみに利点があった。きみを非難しているんじゃないよ。カスパーと結婚する運命に陥ったら、それを逃れるために、どんな無茶なことでもしたくなるのはわかる。きみをそんな運命にさらしてしまったことは申し訳ない……でも、いまはもうわかってるはずだ。ぼくが死者の中からよみがえってくる前から、きみはフィンに対しては疑心暗鬼を抱いていた。

そうじゃないか」

蠟燭の明かりに浮かぶ相手の顔を見つめると、彼は後ろにもたれかかるようにして、破顔した。こうも近くで見ると、驚くほどフィンとよく似ており、まるで奇妙な組みあわせの双子のようだった――光と闇、快活と苦悩。ジャイルズ――と呼ぶ以外になんと呼んでいいのか、クローディアにはわからなかった――は桃色の繻子の絹の上着を着て、黒い髪を完璧に整え、黒いリボンで結えていた。指の爪をきれいに塗り、働いたこともない人間の手だった。レモンと白檀の香りがした。テーブルマナーも申し分ない。

「ずいぶん自信があるのね。でもわたしが何を考えているかは、わからないでしょ」クローディアはささやいた。

「そうかな」彼が身をのりだすと、従僕が皿をかたづけ、小さな金ぶちの菓子皿を置いた。「クローディア、ぼくらはいつだって似たものどうしだった。バートレットによくそう言ったものだ」

「バートレット？」クローディアはぎょっとして目をみはった。

「ぼくのおつきのじいさんだ。父上が亡くなられてからは、ぼくらのこと、結婚のことについて相談する相手はバートレットになった。生意気な小娘だけれど気に入った、ときみのことを言っていたよ」

クローディアは葡萄酒をすすったが、味もわからなかった。彼の言葉と、そのよどみない記憶が、心をかきみだした。**生意気な小娘**。クローディアとジェアドが発見した秘密の遺言書に、そんなような言葉があった気がする。あの書類の存在を知っているのは、ふたりだけのはずなのに。

苺の小皿が出てきたとき、クローディアは言った。「ジャイルズが〈監獄〉に幽閉されていたとしたら、女王もその陰謀に一枚かんでいた。だから、フィンが本物だということを知っているはずだわ」

彼はにっこりし、首をふりながら、苺を口に入れた。

「女王は、フィンを王にしたくないのよ」クローディアは片意地に続けた。「でもここで彼が死んだら、だれの目から見ても怪しすぎる。だから彼を廃嫡することにした。まず、同じ年頃で似た顔の人を探した」

「この苺、ほんとうに絶品だな」ジャイルズは言った。

「〈領国〉中に使者を走らせたのかもね」クローディアは薔薇水の鉢に指をつっこんだ。「使者たちは、瓜二つのあなたを見つけて、大喜びしたんでしょう」

「いいから、この苺、食べてごらんよ」ジャイルズの笑みは温かい。

「わたしには甘すぎるの」

「それならくれよ」彼は礼儀正しく皿を取り替えた。「何の話だっけ」

「あなたを訓練するのに二ヶ月しかなかった。少し短いけれど、あなたは利口な人だった。覚えが早かった。最初に、スキンワンド［美容やエイジングケアのために皮膚に使用するローラーのようなもの］を使って、類似をさらに完璧にした。それから礼儀作法やこれまでの生活史、ジャイルズが何を食べて、どんな馬にのって、何を好んでいたか。だれといっしょに遊んだか、何を勉強したかをたたきこんだ。乗馬やダンスを教えこんだ。彼の子ども時代をぜんぶ記憶させたのよ」クローディアはちらと彼を見た。「何人か〈知者〉も雇ったでしょうね。あなたにもひと財産を約束した」

「あるいは気の毒な母親を牢屋に放りこむとかして脅す」

「かもね」

「だけどぼくは王様になるんだよ」

「女王一派がそんなことさせないわ」クローディアはシア女王に目を流した。「目的が達せられたら、あなたは消される」

しばらく彼は無言で、リネンのナプキンで口をぬぐっていた。クローディアは自分の脅しが効いたのかと思った。だが、彼は蠟燭の煙のもやごしにフィンを見つめており、口を開いたときには軽いユーモアの調子は跡形もなくなっていた。

「ぼくは、〈領国〉を、人殺しの泥棒による支配から救うために、戻ってきたんだ」とこちらを向いて、「そしてきみを、あいつから救うためにだ」

愕然として、彼女は目を落とした。彼の指が白いテーブルクロスの上で、彼女の指に触れた。ゆっくりと、クローディアは手を引っこめた。「救ってもらう必要はないわ」

「あると思うよ。あの野蛮人から、そしてよこしまな継母からね。クローディア、力を合わせよう。お互いの背中を守り、未来のことを考えよう」彼はクリスタルの杯をそっとひっくりかえした。「なぜなら、ぼくが王になるからだ。信頼できる王妃が必要になる」

クローディアが答えるより早く、テーブルの上座のほうから、ドンドンという音がした。家令が杖でもって、床を打ち鳴らしている。「ご臨席の皆様、女王陛下よりお言葉がございます」

室内のざわめきが一瞬に静まった。クローディアはフィンが暗い目でこちらを見すえているのに気づいた。それには気づかぬふりで、シア女王に目をやった。女王が立ち上がっている。白い服をまとい、白いうなじにかかったダイヤモンドの首飾りが、火明かりに虹のようにきらめいている。「親愛なるみなさん。乾杯を」

手がいっせいに杯にのびる。テーブルにそって居ならぶ、男女の孔雀色の繻子の上着がちらちらする。背後の暗がりには、何列にも並んだ従僕たちがひかえている。

「われらのふたりの王位請求者に。いとしいジャイルズに」女王は茶目っけのあるそぶりで、まずジャイルズに杯をあげ、それからもう一度、「いとしいジャイルズに乾杯」とフィンに向かって杯をあげた。

フィンの目がぎらぎらした。だれかが神経質な笑い声をもらす。この張りつめた瞬間には、だれひとり息ができなくなってしまったようだ。

「ふたりの王子どの。明日、〈御前会議〉がおふたりの過去について聞きとりを始めます」シアの声は軽やかだ。とりすました顔に笑みを浮かべた。「この……少々……不幸な状況も解消されるでしょう。まことの王子が確定されるはず。いまひとりの詐称者については、この〈領国〉に不利益と不便をもたらしたことについて、しっかりと償っていただくことに」女王の笑みは氷のようになっていた。「その恥さらしを拷問し、ついで処刑といたしましょう」

完全な沈黙が落ちた。

女王はその中へ軽く言葉をさしいれた。「処刑とはいえ、王族にふさわしく、斧ではなく、剣による斬首となります」杯をあげて言った。「ハヴァーナ朝のジャイルズ王子に乾杯」

全員ががたがたと椅子を鳴らして立ち上がる。「ジャイルズ王子に」と低い声でつぶやく。

クローディアは飲み干しながら衝撃を押し隠し、フィンの目をとらえようとしたが、遅すぎた。彼は、食事の間の長い緊張が砕けちったかのようにゆっくりと立ち上がり、新来者をにらみつけた。その無言のせいか、まわりのざわめきやおしゃべりが薄れ、静かな好奇心に変わっていった。

「わたしがジャイルズだ。シア女王もそれはご存じだ。わたしの記憶が〈監獄〉で失われたことも。そして〈御前会議〉の査問に答えられないであろうことも」その声の苦さに、クローディアの心臓がどきりと鳴った。あわただしく杯を置くと「フィン」と声をあげたが、彼は聞こえなかったかのように、この場のものたちをきっと見すえて、言葉を吐き出しつづけた。

「では、わたしはどうすべきか。ＤＮＡ鑑定を受けるようお求めなら、受けよう。しかしそれは〈規定書〉に反する。つまり鑑定は禁じられている。その技術は秘匿され、女王陛下のみがどこに眠っているかをご存じだ。それを明かしてはくださるまい」

戸口の衛兵たちがじりっと前に出た。ひとりが剣を抜く。

それが目に入ったとしても、フィンには引き下がる気はなかった。「これを解決する道はたったひとつ、名誉ある道はただひとつ、〈監獄〉ではこうしてきたのだ」

彼はポケットから片方の手袋を出した。それは鋲を打った籠手で、クローディアがその意味を悟るより早く、フィンは料理の列をわきになぎはらい、手袋を蠟燭と花の間に投げつけた。それは新来者の顔面を直撃した。驚愕のささやきがテーブルを走る。

「決闘だ」フィンの声には怒りがみなぎっている。「おまえに挑戦する。武器はそちらが自由に選べ。〈領国〉のためにわたしと戦え」

ジャイルズは蒼白な顔だったが、氷のような自制力を見せた。「望むところだ。いつでも、どんな武器であろうと見つけしだい、貴殿を殺してやりたい」

ふたりはくぐもった鏡をはさんだ鏡像のように、お互いをにらみつけた。テーブルの端のほうから、カスパーのものうげな声がした。「母上、このままやらせておきましょう。話がかんたんになりますよ」

シアは息子を無視した。「決闘は許しませぬ、ふたりとも。審問は明日開始じゃ」氷のように透明な目で、フィンをとらえた。「わらわに逆らうことは許さぬ」

彼はぎごちなく一礼すると、椅子を後ろに投げとばし、つかつかと出ていった。衛兵があわてて、両脇に退く。クローディアが立ち上がったところへ、ジャイルズが低い声をかけた。「クローディア、行くことはない。あいつは屑だ。本人もわかっているはずだ」

一瞬、クローディアはためらった。そして、腰を下ろした。女王の面前で退出するのは〈規定書〉に抵触するからだ、と自分に言い聞かせたが、ジャイルズはわかっているさ、と言わんばかりに、彼女にほほえみかけた。

腹を立てたクローディアは二十分間、からの杯を指でたたきながら、居心地わるげに体を動かしていたが、やっと女王が立ち上がり、部屋を離れることができるとわかるなり、フィンの部屋に駆けつけ、扉をたたいた。

「フィン、フィン、わたしよ」

中にいるのだとしても、答えたくないのだろう。

あきらめたクローディアは羽目板のある廊下を歩いていって、端の張り出し窓の冷たいガラスに額を押しあて、外の芝生に目を放った。彼に向かってたたきつけてやりたい言葉があった。いったい何を考えているの？　決闘だなんて、とんでもない。そんなのはケイロにこそふさわしい愚かで傲慢なやり方だ。

彼はケイロではないのに。

爪を噛みながら、クローディアは心の奥底で認めた。ここ二ヶ月のあいだに、じわじわとふくらんできていた、ぞっとするような疑いを。もしかしたらわたしは大変なまちがいをしでかしたのかもしれない。フィンはジャイルズではなかったのかもしれない。

12

彼は窓を開け、夜闇に目を凝らした。「世界はおわりのない堂々めぐりだ。メビウスの輪、われらが回しつづける踏み車。おまえも気づいただろうが、ここまで旅をしてきたあげく、最初の出発点に戻ってきたのだ」

サフィークは青い猫をなでつづけた。「では、手を貸してもらえぬのか」

彼は肩をすくめた。「そうは言っておらぬ」

『サフィークと〈闇黒の魔術師〉』

通路は鉛色の海の上をうねっている。

最初、ケイロは馬を飛ばしながら、その速度と解放感に声をあげていたが、それは危険だった。金属性の通路はすべりやすく、しばしば波がその上を洗っていたからだ。霧も重苦しく垂れこめ、アッティアは雲の中を走っているような気がした。ときおり遠くにちらりと姿を見せるのは、島か山かと思われる黒いかたちだ。一度、ぎざぎざの亀裂が片側に口を開けたこともある。

馬もしまいには疲れきってしまい、ほとんど走れなくなった。三時間近くたったあたりで、眠気をふるいおとしたアッティアが見ると、海は消えていた。ふたりのまわりで霧のあちこちが裂けてゆき、とげだらけのサボテンやアロエの密林が、人の背丈ほどの姿をあらわし、刃のような葉をあちこちに突き出していた。ひとすじの道がその中を走っているが、両側の植物はねじまがったり、縮れたりしながら、黒い煙をあげており、あたかも〈監獄〉が数分前に、この道を貫通させたといった様相を呈していた。

「おれたちを迷わせる魂胆じゃないだろうな」ケイロがつぶやく。

ふたりは馬を下りて、森のはずれで、あまり快適ではない野宿をすることにした。森の中をのぞきこんだアッティアの鼻には焦げた土の臭いがし、繊細な金属の編み細工のように残った葉脈が見えた。ふたりとも何も言わなかったが、ケイロは不安げに下草に目を吸いつけており、あたかもふたりの恐れを嘲り笑うように、いきなりあちこちの明かりがともった。

食べ物はほとんど残っていない――干し肉と、アッティアがかびをこそぎ落としたチーズ、それにリックスが馬のために蓄えていたのをくすねてきた林檎がふたつ。もぐもぐやりながら、アッティアは言った。「あんたはリックスよりおかしいよ」

ケイロは彼女を見た。「おれが？」

「ケイロ、〈監獄〉と取引なんてできるわけはないよ。ぜったいに〈脱出〉なんかさせてくれないし、もし〈手袋〉を持っていってやったら……」

「おまえには関係ない」彼は林檎の芯をぽいと投げすて、体に毛布を巻きつけて横になった。

「関係あるに決まってる」アッティアは憤然とその背をにらみつけた。「ケイロ！」

答えがないので、アッティアは自分の怒りをなだめようとしながら座っていたが、そのうちに彼が眠りに落ちたのを告げる軽い息遣いが聞こえてきた。

交代で見張りをつとめなければならないのはわかっていた。が、どうでもよいほどにアッティアも疲れきっていたので、ふたりともかびくさい毛布にくるまってたちまち眠りこみ、つながれた馬はひもじそうに鼻を鳴らしていた。

アッティアはサフィークの夢を見ていた。夜のいつごろなのか、サフィークは森からあらわれ、隣に座って、長い杖でたき火の熾《おき》をつつき、アッティアはそちらに寝返りを打って、彼を見つめた。長い黒髪が、顔を隠している。ローブの高い衿はすりへり、生地もくたびれていた。「光が失せてゆく」

「え？」

「光がもう底を尽いてきたのを感じないか。薄れかけている、と」彼は視線を流してよこした。「光がわれらの手の間からもれてゆく」

アッティアは焦げた棒を握っている手を見た。右の人差し指が欠けており、切断部は白く細い傷に縫いとじられていた。アッティアは小声で言った。「光はどこへ行ってしまうんですか」

「〈監獄〉の夢の中に入っていく」サフィークは火を掻いた。やせて、とぎすまされた顔。「アッティア、ぜんぶわたしのせいだ。わたしが〈監獄〉に、〈外〉へ出る道がひとつある、と教えてしまったのだ」

「あたしにも教えてください」せっぱつまった声を出した。彼ににじり寄った。「あなたがどうやったのか。どうやって〈脱出〉したのか」

「どんな〈監獄〉にも隙間はある」

「隙間って？」

サフィークはほほえんだ。「このうえなく小さな、どこよりも人目につかない道さ。あまりに小さいので、〈監獄〉でさえ、そんなものがあることには気づかない」

「でも、どこにあるんですか？　〈鍵〉がその道を開いたんですか。〈管理人〉のもっている〈鍵〉が」

「〈鍵〉が開くのは〈門〉だけだ」

アッティアはふいに冷たい恐怖に襲われた。なぜなら、彼の姿が鏡像のように、いくつもに分裂していったからだ。体のつながりあった〈鎖男〉たちのように。

アッティアはわけがわからず首を振った。「あなたの〈手袋〉がここにあります。ケイロは――」

「おまえの手を、獣の手にゆだねてはならないよ」彼の言葉が、棘だらけの下草の間を抜けて漂ってきた。「でないと、獣のわざをさせられることになる。わたしの〈手袋〉をわたしのために守ってくれ、アッティア」

火がぱちっとはぜた。灰が動く。彼はおのれの影のように薄れていって、消えた。

アッティアはまた眠りこんだのだろう。何時間もたったころ、金属がカチャカチャと鳴る音で目が覚め、身を起こしてみると、ケイロが馬に鞍をつけていた。彼に夢の話をしようと思ったが、夢はすでにぼやけて思い出せなくなりかけていた。それでアッティアはあくびをし、〈監獄〉の高い天井を見上げた。

少ししてから言った。「光のぐあい、違ってこない？」

ケイロは腹帯を締めた。「違うって？」

「弱くなってる」

彼はアッティアに目をやってから、上を見た。一瞬黙りこんだ。それから馬具をつける作業を続けた。「かもな」

「たしかに弱くなってる」〈監獄〉の光はいつも力強いものだったが、今ではかすかにちらついているようだ。「もし〈監獄〉がほんとうに体をこしらえているのなら、それに莫大な動力を注ぎこんでるはずだよ。システムからエネルギーが洩れてる。もしかしたら閉鎖されたのは〈氷棟〉だけじゃないかも。あれ以来……あの化け物に会って以来、だれも見かけていないよ。みんな、どこに行っちゃったんだろ」

ケイロが一歩下がった。「そんなの知ったことか」

「気にならないの？」

彼は肩をすくめた。「〈滓〉の掟では、気にかけるのは、〈誓いの兄弟〉のことだけだ」

「〈姉妹〉でしょ」

「前にも言ったが、おまえは当座しのぎの相棒だ」

やがて彼の後ろにまたがりながら、アッティアは言った。「〈監獄〉があたしたちをつれていくさきに、たどりついたら、何が起きると思う？　〈手袋〉をやってしまうつもり？」

アッティアは、派手な緋色の胴着ごしにケイロが鼻を鳴らす音をきいた。「ま、見てなってことよ、ちびの犬奴隷」

「あんたはわかってない。ケイロ、聞いてよ。〈手袋〉を渡しちゃいけない」

「〈外〉に出るためでもか」

「あんたひとりならそれができるかもしれない。でも、ほかの人はどうなるの？　みんなは？」

ケイロは馬腹を蹴って走らせた。「おれは、この地獄穴のやつらに気にかけてもらったことなんかない」彼は静かに言った。

「フィンは……」

「フィンだって同じだ。だから、他のやつらを気にかけることなんかない。アッティア、あいつらはおれじゃない。おれのために存在してるんじゃない」

彼と議論しても無駄だった。だがうっすら見える草の中に馬が走りこんでゆくと、アッティアは〈監獄〉がシャットダウンし、光が消え、二度と点灯することもなく、寒気が広がってゆくことの恐ろしさに思いをはせた。システムが停止し、食料の出てくる穴が動かなくなる。すぐに氷結が始まり、すべての〈翼棟〉にみるみるうちに広がり、通路も架橋も凍ってしまう。鎖は錆の塊になってしまう。街も凍り、建物は冷えてさびれ、うなりをあげてつもる雪の下で市場の屋台が押しつぶされてゆく。空気は毒気になってゆく。そして人々も！　いったいどうなってしまうのだろう。パニック、恐怖、孤独、この大崩壊で手綱がはずれて残虐行為が頻発し、生き延びるために血みどろの闘争が起きるだろう。世界の破滅だ。

〈監獄〉はみずからの内側に引きこもり、子どもたちを運命の手にまかせるだろう。

ふたりのまわりは暗くなり、緑色の薄闇になっていった。小径は消し炭でできており、あたりはしんとして、馬蹄が炭化した塵にくぐもった音を立てる。アッティアはささやいた。「〈管理人〉はほんとうにここにいると思う?」

「いるとしても、王子様になった弟分の前途はあいかわらず多難だろうな」何かに気をとられているような声だった。

「フィンがまだ生きているならね」

「言っとくが、フィンはどんな目にあっても、したたかにすりぬけられるやつなんだ。やつのことはほっとけ」ケイロは薄暗がりの向こうに目を放った。「こっちはこっちでもう手一杯だ」

アッティアは顔をしかめた。フィンのことを、気にもかけていないような、また自分が傷ついてもいないような話しぶりが気になった。ときには、その不安を大声で彼にぶつけてみたくなるが、そんなことをしても無駄で、にやりとして、どうせ、冷淡に肩をすくめてみせるだけなのだ。ケイロは鎧をまとっている。目に見えない華麗な鎧だ。汚れた黄色の髪やきつい青色の目と同じく、それも彼の一部になっている。〈監獄〉が残酷にも、おまえは完全な人間ではないという証拠を見せつけたあのときだけ、アッティアは鎧の内側をかいま見ることができた。そしてケイロはそれゆえに、自分の受けた傷ゆえに、絶対に〈監獄〉を許さないだろう。

馬の足が止まった。

いななないた。両耳を寝かせている。

ケイロはきっとなった。「何か見えるか」

とげだらけの野茨が彼らを取り囲んでいる。「何も見えないよ」アッティアは答えた。

だが、何かが聞こえた。ずっと遠くで、悪夢めいた小さなささやき声がする。

ケイロもそれを耳にした。耳を澄ましながらふりかえる。「声だな。なんて言ってる？」

かすかな声は何度も何度も、三つの部分からなる言葉をくりかえしていた。

アッティアは息を詰めた。うそだ、信じられない。

「あたしの名前を呼んでるみたい」


「アッティア、アッティア、聞こえますか」

ジェアドは出力を調整し、もう一度やってみた。空腹だったが、皿の上のロールパンは固くひからびている。でも上の階で、女王の宴会に列席しているよりましだ。

女王は、自分がいないことに気づいているだろうか。気づかれていないとよいのだが。コントロール・パネルの上で指がふるえる。

頭上のスクリーンは解体されて、配線や電線の塊と化し、ケーブルが接続のあいだを縦横に出入りしている。〈門〉は、いつものブーンという音すら立てず、しんとしている。ジェアドはこの沈黙が好きになってきていた。心が安まり、とがった角が胸郭に押しつけられるような痛みも、ここでは薄らぐようだ。この上の高いところに、陰謀のひしめきあう〈宮廷〉という迷宮があり、塔に塔が重なり、部屋が部屋の中に入れ子になり、厩と庭園の外には、〈領国〉の田園地帯が、星空の下、完璧な美しさに満ちてどこまでも広がっている。

この美の中心部では、自分は一点のしみだ。それが心苦しく思え、彼はいっそうの集中力で仕事に打ちこんできた。女王のなめらかな絹めいた脅迫と大学内の秘密の文書を提供すると持ちかけられて以来、彼は夜もほとんど眠れず、狭い寝台で目を覚ましているか、不安と希望にさいなまれつつ庭園の奥を散策するかだった。だから、女王が自分の動きを逐一監視させていることを悟るのに、何時間もかかってしまった。

それゆえ、宴会の直前にやっと、女王には短い走り書きを送った。

陛下のお申し出をお受けします。明日の夜明けに〈大学〉に出発します。

〈知者〉ジェアド

一語、一語が傷口であり、裏切りだった。だから、いま彼はここにいる。

二人の男が〈知者の塔〉まで彼を尾けてきていた。それは確かだったが、〈規定書〉では、塔内に彼らは入れない。〈宮廷〉にある〈塔〉は、女王の〈知者〉たちの部屋に充ち満ちた大きな石の城で、〈管理人領〉のジェアドの塔とは大違いだった。あの塔は太陽系儀や錬金術の蒸留器、革装丁の書物などを備えた〈時代〉にのっとった研究室の体裁をとっていた。けれどもここの塔はまことに迷宮で、はじめてここに来た二、三日のあいだにさりげなく、厩や厨房、洗濯部屋、蒸留室につながっている通路や秘密の地下室をいくつも発見した。女王の家来を巻くのはいとも簡単だった。

だが、念には念を入れ、だ。何週間もかけて、〈門〉に下りてゆく階段にジェアドは自作の防御装彼の偵察機械だ。

置を設置した。ほこりっぽい地下室のプラスティックの蜘蛛の巣にぶらさがっている蜘蛛の半分は、

「アッティア、アッティア。聞こえますか。ジェアドです。答えてください」

これが最後のチャンスだ。〈管理人〉の出現によって、いまだにスクリーンが生きていることがわかった。ちらちらと明滅していても、ジェアドの目はごまかせなかった――クローディアの父親はフィンの問いに答えるというよりも、それを断ち切ったのだ。

最初は、ケイロを探そうと思ったが、探すならアッティアのほうが確実だ。彼女の声紋と姿形は、クローディアといっしょに〈鍵〉で向こうをのぞいたときに記録してあった。〈管理人〉がやっているのを一度だけ見たことのあるメカニズムを、複雑な入力装置の実験を、何時間もくりかえし、再現しようとした。もうあきらめよう、と思いかけたとき、いきなり〈門〉が火花を飛ばし、ぱちぱちとよみがえりはじめた。広大な〈監獄〉の中で、たったひとりの少女を突きとめようとサーチしているのだろうが、一晩じゅう鈍い音を立てつづけるばかりだったので、疲れきったジェアドの胸には、もはや〈門〉が何かを達成できるとは思えない、という思いが浮かんできた。

彼は最後の水を飲み、ポケットに手をつっこんで、〈管理人〉の懐中時計を取り出し、デスクに置いた。小さな立方体が金属面の上にカタリと音を立てた。〈管理人〉はこの立方体こそが〈監獄〉だと言った。

ジェアドはそれを小指でそっとまわしてみた。

こんなにも小さいのに。

こんなにも不可思議だ。

時計の鎖にぶらさげることのできる〈監獄〉。

彼は思いつくかぎりの分析機にかけてみたが、まったく何も読みとれなかった。密度も、磁場も、力の波も感じられない。ジェアドの手持ちの器具では、銀色の沈黙の奥を探ることはできなかった。それは未知の構造をもつ立方体で、中にはもうひとつの世界があるのだった。

いや、〈管理人〉が、ある、と言ったのだ。

あてになるのがジョン・アーレックスの言葉だけだ、ということは痛手だ。もしもあの言葉が、娘に対する最後のしっぺ返しの置き土産だとしたら。もしも、あれがまったくの嘘だとしたら。

だからこそ、自分ジェアドは、クローディアにそれを告げなかったのではないか。

だが、いまこそ告げねばならない。クローディアは知っておくべきだ。そして自分と女王の取引も告げておかねばならないと思うと、胸が苦しくなった。

「アッティア、アッティア。答えてください。お願いです」

だが、答えたのはポケットの中の鋭いビーという音だけだった。急いでスキャナーを取り出し、低く悪態をついた。もしかしたら見張りが〈塔〉の入り口でいびきをかいているのにも飽きて、自分を探しにきたのか。

だれかが地下室から地下室へとたどって、こちらへやってくる。

「小径から離れちゃだめだ」ケイロはしかりつけた。アッティアは熱っぽく、草の中を見つめている。

「聞こえたんだよ。あたしの名前が」

ケイロは顔をしかめ、馬からすべり下りた。「この先は、馬じゃ無理だ」

「這っていこう」アッティアは身をかがめ、両手両足をついた。無数にからみあう緑の根が、高くのびた葉のあいだに広がっている。「下だよ。でもすぐ近くだ」

ケイロは躊躇した。「おれたちが径をそれたら、〈監獄〉は裏切りだと思うぜ」

「あんた、いつから〈監獄〉をこわがるようになったのさ」アッティアは彼を見上げ、彼はむっとして見返した。この少女はいつも自分の痛いところを突いてくるのだ。やがてアッティアが「ここで待ってて。あたしひとりで行く」と言って、茂みに這いこんでいった。

チッと言って、ケイロは馬をしっかりつなぎ、彼女のあとについて這いこんだ。うち重なった葉は小さくチクチクしている。膝の下で音を立てて崩れ、手袋ごしに刺さってくる。根は蛇のようになめらかな金属の網でできていて、広く根を張っている。しばらくすると、それが〈監獄〉の土壌にくいこんだ太いケーブルで、天蓋のような葉を支えているのだ、ということがわかってきた。頭をあげる余地はほとんどなく、曲げた背の上に鋼鉄製の野薔薇や茨や棘がのしかかって、折れては髪にからみつく。

「もっと伏せて」アッティアがささやいた。「こうよ」

深紅の上着の肩のところが裂けたので、ケイロは長たらしい悪態をつきまくった。「こんちくしょう。まさかこの先に――」

「聞いて」彼女が急に動きを止めた。その足先が、ケイロの顔にぶつかる。「聞こえない?」

声だ。

静かなぱちぱちいう静電気の音。とげのある枝そのものが、くりかえされる三音節をなぞっているようだ。

ケイロは汚れた手で顔をぬぐった。「先へ行けよ」低く言った。

ふたりは剃刀のように鋭い茂みの下を這いすすんだ。アッティアは落ちた葉の層に指を立てて、じわじわと前進した。花粉で鼻がむずむずする。空気には微粒子がこもっている。〈カブトムシ〉が一匹、髪の毛の中をカチカチと通りぬけていった。

太い幹のそばをようやく通りすぎたとき、それが棘と剃刀のような電線の森にからまれ、黒い建物の壁のようになっているのを知った。

「なんだかリックスの本の中みたい」かすれ声で言った。

「また別の話か」

「きれいなお姫様が、廃墟のお城で百年間眠ってる話だよ」

ケイロはふんと言って、棘から髪の毛を引きはがした。

「泥棒が忍びこんで、宝物の蔵から杯をひとつ盗むの。お姫様はドラゴンになって、戦うんだよ」

ケイロはようやくアッティアの隣に体をねじこんだ。息が切れ、髪の毛は汗と汚れでぼさぼさだ。

「おまえの話を聞いてるだけでうんざりだ。で、どっちが勝った?」

「ドラゴン。泥棒を食べてしまって、それから……」

静電気がぱちぱちと音を立てた。

ケイロは埃っぽい空間に体を引きずりこんだ。黒くつややかな煉瓦の壁を、蔓がおおいつつ広がっている。その下部には、蔦に埋もれかけた、ごく小さな木の扉があった。

その後ろから、声がかりかり、ぱちぱちと音を立てていた。

「そこにいるのはだれです?」声が言った。

13

わたしは〈監獄〉を手玉にとった
わたしは父を手玉にとった
ひとつの問いを向けてみた
父には答えることができなかった
『サフィークの歌』

「わたしよ。ほんとにあちこち探しまくってたんだから」

ジェアドはほっとして目を閉じた。それから扉を開けると、クローディアが飛びこんできた。イヴニングドレスの上に黒っぽい外套をはおっている。「フィンもいる？」

「フィンですか。いえ……」

「フィンったら、あの男に決闘を申しこんだのよ。信じられる？」

ジェアドはスクリーンのところに戻っていった。「信じられる気がしますよ、クローディア」

彼女は彼の後ろの混沌に目をやった。「真夜中にこんなところで、何をしてらしたの？」近づいてきたクローディアはしげしげと彼を眺めた。「先生、ものすごくお疲れみたい。お寝みにならないと」

「寝るのは〈大学〉で寝られますからね」声には苦いものがあったが、クローディアはそれに気づかなかった。

クローディアは心を傷めながら作業椅子に座りこむと、精密な器具をわきに押しやった。「そんな……」

「明日発ちます、クローディア」

「そんなに早く?」クローディアはぎょっとした。「でも……成功までもうひと息だったのに。せめて、あと二、三日……」

「無理です」

こんなにとりつくしまのない彼は初めてだった。痛みでふきげんになっているのかと思った。それから彼は腰を下ろすと、細長い指を卓上で組み合わせ、悲しげな声で言った。「ああ、クローディア、〈管理人領〉で平和に暮らしていられたらよかったですね。子狐や鳥たちがどうしているか。それに天体観測室も。クローディア、あそこからまた星を見られたら」

おだやかに彼女は言った。「先生はホームシックなのね」

「少しはね」彼は肩をすくめた。「〈宮廷〉には嫌気がさしました。息の詰まりそうな〈規定書〉にも。手のこんだ料理や、やたらたくさんの豪華な部屋にも。どの部屋にも間者がひそんでいる。一息つきたくなったんです」

クローディアは黙った。ジェアドはめったに沈みこんだりしない。おちついた穏やかさを失ったことがなかった。いつも彼女を背後から支えてくれていた。彼女は不吉な予感を押さえつけようとした。「じゃ、先生、帰りましょうよ。フィンが無事に王座についたら。帰るのよ。先生とわたしとふたりだけで」

彼は微笑してうなずいた。憂いのこもった顔だと、クローディアは思った。「それはずいぶん先になるでしょうね。それに決闘では解決にならない」

「女王はふたりの決闘を禁じられたわ」

「それはよかった」ジェアドの指が軽くデスクをたたいている。システムはすべて生きており、〈門〉が雑音のまじったエネルギーにブーンと音を立てている。

「クローディア、お話しすることがあります。大事なことです」身をのりだしたが、クローディアの目を見ようとはしなかった。「もっと前にお話しすべきでした。隠しておいてはいけなかった。〈大学〉へ行くことについてです。これには理由があって……女王がお許しを賜ったのです……」

「〈秘儀書〉を探すことでしょ、わかってるわ」クローディアは歩きまわりながら、じれったそうに言った。「わかってます。わたしも行けたらと思うもの。なぜ先生だけがよくて、わたしはだめなのかしら。女王は何をたくらんでるの?」

ジェアドは顔をあげ、彼女を見つめた。心臓ががんがん鳴っている。おのれを恥じる気持ちで、言葉が出ないほどだった。「クローディア……」

「でも、わたしがここに残っているのもいいのかもしれないわ。決闘だなんて! あの人、自分が何をしたらいいか、全然わかっていないのよ。昔の自分をすっかりかんに忘れてしまったみたい……」

先生の目を見て、クローディアは言葉を切り、ぎごちない笑い声を上げた。「ごめんなさい。お話をさえぎっちゃった」

病気のせいではない苦痛が、ジェアドの中にはあった。それが怒りと、深く苦い自尊心なのだ、ということがうっすらわかってきた。自分に自尊心があることに、今まで気づいていなかったのだ。あなたは彼女《あれ》の家庭教師であり、兄であり、そして、わし以上に父親でもあった。〈管理人〉の嫉ましげな嘲るような言葉がよみがえってきた。つかのま彼は、無邪気に自分の言葉を待っているクローディアを見つめて、その言葉を反芻した。どうして、ふたりの間の信頼を打ち壊すことができるだろう？

「これです」彼はデスクの上の懐中時計をたたいた。「あなたが持つべきものです」

クローディアはほっとした顔をし、それからぎくりとした。「父さまの時計？」

「時計じゃなくて、これです」

クローディアが近寄った。彼は鎖に下がっている銀の立方体に触れた。父の手の中であまりにも見慣れたものだったので、ほとんどそれと意識したこともなかったが、ふいに――父のような質実な人間が飾りものをつけているという――驚きが心に広がった。

「幸運のお守り？」

ジェアドはにこりともしなかった。「これが〈監獄〉です」

＊　＊　＊

フィンは高い草の中に横になって、星空を見上げていた。

濃い色の葉ごしに見える遠くの星の光は、心を癒してくれた。宴席で芽生えた熱い嫉妬心をくすぶらせたままここにやってきたのだが、四方の静けさと星々の美しさがそれを鎮めてくれた。

彼は頭を支える片腕をすこし動かし、草がちくちくとうなじにあたるのを味わった。

星はなんと遠いのだろう。〈監獄〉で、彼は星空を、〈脱出〉の象徴を夢見ていた。いまでもそれは〈脱出〉の象徴でありつづけている。自分はまだ囚われているのだから。もしかしたらこれからもずっとそうなのかもしれない。ただ消えてしまえばいいのかもしれない。ここから〈森〉に馬を跳ばしていって、戻ってこなければいいのかもしれない。それはケイロとアッティアを見捨てることを意味する。

クローディアはどうせ気にかけまい。そう思うと微妙におちつかなくなったが、その思いは変わらない。彼女は気にしないだろう。あの新しいジャイルズと結婚して、かねての計画どおり王妃になるだろう。

そうじゃないか。

だったら、ここから消えてもいい。

だけど、どこへ行く？　この〈規定書〉でがんじがらめの世界で馬を飛ばしながら、毎晩、〈監獄〉のいまわしい金属の地獄の中にいるケイロのことを考えるのか。ケイロが生きているか死んでいるか、怪我をしているか、頭がおかしくなっているか、だれかを殺しているか、それとも当人がもう死んでいるか。

彼は体を転がして、身をまるめた。王侯貴族はダマスク織りの天蓋のついた黄金の寝台で眠るものだが、〈宮殿〉は敵の巣窟で、ろくに呼吸もできなかった。なじみ深い、目の裏のちくちくするあの症状は消えていたが、喉のがさがさする感じはまだ残っているので、あのとき発作がせまっていたこともわかる。気をつけなければ。もっと自分をコントロールしなければ。

だが、憤激のあまり決闘を申し入れたあの瞬間は快感だった。何度もその場面を思い出してみた。あいつは、手袋のぶつかった顔を赤くして、びくりとよけようとした。あのときばかりは冷静さも影をひそめていたな。フィンはしめった草に頬をあずけながら、闇の中で顔をゆるめた。

背後で、かさりという音がした。

すばやく横転して身を起こした。星明かりに、草原は灰色に見えた。湖の向こうには王宮の森が空に黒い頭をもたげている。庭園の薔薇とすいかずらが、夏のぬるい夜気の中に甘く香っていた。

彼はまた仰向けになって、見上げた。

荒れはてたうつろと化した月が、東空に幽霊のようにかかっていた。ジェアドによれば、月は〈怒りの時代〉に攻撃を受け、そのせいで潮流も変化し、月の新たな軌道が世界を変えてしまった。そしてそのあとで、人々はいっさいの変化を停止してしまったのだ。

自分が王になったら、そうした物事を変えてゆこう。だれでも好きなことを言い、行うことができるように。貧しい者も、金持ちの屋敷で奴隷にならなくてもよい。それから〈監獄〉を見つけ出し、全員を解放する……でも、いま自分は逃げようとしていたのだ。

彼は白い星々を見上げた。

〈星見人〉フィンは逃げたりしない。ケイロの皮肉な言葉が聞こえるような気がした。

彼は首をめぐらしてため息をついて、のびをした。

すると何か冷たいものが手に触れた。

シャッという音とともに彼は剣を抜いた。飛び起き、あたりを警戒した。鼓動が激しくなり、うなじにどっと汗が噴き出た。

はるか遠くの、光の入った宮殿から、楽音のこだまがきた。

草原にはだれもいない。だが、彼の頭があった少し上の草には、小さくて光るものがつき刺さっていた。

しばし耳を澄ませたあと、彼はかがみこんで、それをひろいあげた。見つめるうちに、恐怖がこみあげて、手がふるえた。

それは小さな鋼のナイフで、恐ろしいほどとがっており、取っ手は狼のかたちで、獰猛な薄い顎を開いていた。

フィンは身を固くし、剣の柄をきつく握りしめて、あたりを見まわした。

だが夜はしんと静まりかえっている。

三度目の蹴りで扉は開いた。ケイロは茨のケーブルを取りはらって、中に頭をつっこんだ。声がくぐもって聞こえる。「廊下だ。懐中電灯、持ってるか」

アッティアはそれを手渡した。

彼は中に這いこみ、アッティアはごそごそという音を聞きながら待った。やがて彼が言った。「来いよ」

アッティアも中に這いこみ、彼の隣に立った。

内部は暗く汚なかった。何年も、いや何世紀も放置されていたのかもしれない。蜘蛛の巣と埃の下に、がらくたがいくつも山を作っていた。

ケイロが何かをわきにのけ、ものの積み重なった机と壊れた戸棚の間にもぐりこんだ。手袋の手で塵をぬぐい、割れた陶器類の山を見下ろした。「こいつはおあつらえ向きだ」

アッティアは耳を澄ませた。廊下の先は闇に沈んでいて、そこにはなんの動きもないが、声がした。声は二つで、遠くなったり近くなったりして、とぎれとぎれに聞こえた。

ケイロは剣をかまえていた。「ちょっとでも怪しいことがあれば、すぐ出るぞ。〈鎖男〉なんぞ一生に一度でたくさんだ」

アッティアはうなずいて、彼のそばを通りすぎようとしたが、彼につかまれ、後ろにかばわれた。

「おれの背中を守ってろ。それがおまえの仕事だ」

アッティアはにっこりした。「あたしもあんたを好きだよ」

ふたりはうすぐらい中を用心深く進んでいった。突きあたりに大きな扉が、半分開いたまま動かなくなっていた。ケイロの後ろについて、扉の中にすべりこんだとき、アッティアにはその理由がわかった。家具を積みあげて、扉を動かなくしていたのだ。まるで必死に扉を開けさせまいとしたかのようだ。

「ここで何かがあったんだ。見ろよ」ケイロは懐中電灯を床に向けた。敷石の床に黒いしみが広がっている。おそらく血だろう、とアッティアは思った。がらくたに近寄って観察し、それから回廊をめぐらした広間を眺めまわした。「みんな玩具だ」とつぶやいた。

ふたりは豪華な子ども部屋の残骸の中に立っていた。だが、縮尺がぜんぶおかしい。アッティアが見つめていたドールハウスは、自分が中に這いこめそうなほど巨大だった。厨房の天井は頭がぎりぎりつかえるほどで、そこには漆喰製のハムがつるしてあり、その串のジョイントがひとつはずれて落ちていた。上階の窓は高すぎて、のぞきこめない。部屋の中央には輪っかや独楽、ボールに九柱戯が散乱していた。そこへ近づいていったアッティアは、足の下にびっくりするほど柔らかいものを感じた。膝をついて、さわってみると、汚れて黒くなった絨毯だった。

あたりが明るくなった。ケイロが蠟燭を見つけたのだ。何本かに火をつけ、あちこちに差しこんでいる。

「見ろよ。ここにいたのは巨人だったのか、それともこびとか」

玩具はわけがわからなかった。ほとんどのものが大きすぎる。ばかでかい剣や化け物サイズの兜が、鉤にぶらさがっていた。小さすぎるものもある。塩粒ほどしかない積み木が転がっており、棚の片端の本は大判だが、もう一方に向かうにつれ、小さくなって、端では鍵のかかった豆本になっている。

ケイロは木のチェストの蓋を持ち上げ、ありとあらゆるサイズの衣類があふれかえっているのを見て、げっと言った。それでも中をかきまわし、金めっきの金具のついた革ベルトを見つけ出した。真っ赤な革製の海賊の衣装もあった。彼はすぐさま上着を脱ぎすて、新しい服を着こみ、ベルトをまわして締めた。「どうだ？」

「時間がないよ」例の声はすっかりかすかになっていた。アッティアはふりかえり、音の出所を探りながら、大きな揺り木馬と、壁にかかったあやつり人形の列の間をすりぬけていった。人形は首が折れ、手足ももげ、小さな赤い目が〈監獄〉のそれのように、アッティアを見つめていた。

その向こうに普通の人形の山があった。うち重なっているのは、金髪の王女、兵隊人形の一軍、長い先割れの尾をもったフェルトとキャンブリック地のドラゴンたち。テディベアやパンダ、それにアッティアが見たこともないような動物のぬいぐるみが、天井まで山をなしている。

その中を縫いながら、ものをわきへのけてゆく。

「何をしてるんだ」ケイロが鋭い声を出した。

「聞こえない？」

ふたつの声。小さい声と、ぱちぱちいう音。テディベアが口をきき、人形が語りあっているようだ。腕や足や頭や、青いガラスの目が散らばっている。

その下に、蓋に象牙の鷲が象眼された小箱があった。

声はその中から聞こえてくる。

長いあいだ、クローディアは何も言わなかった。それから近づいて、時計を取り上げると、鎖にぶらさがった立方体は光にきらめいて揺れた。

ようやっとつぶやいた。「どうして知ってるの」

「父上から聞きました」

クローディアはうなずき、その目に感動がともるのを、ジェアドは見た。「あなたは〈監獄〉を両手に握っている、と言われました」

「どうしてわたしに教えてくれなかったの?」

「まず確認してみたかったのです。いろいろな検査をしましたが、まったく反応がありませんでした。父上がほんとうのことを言われたのかどうか、確かめたかったのだと思います」

スクリーンがばちばちと音を立てた。ジェアドは茫然とそれを見た。

クローディアは立方体の回転を見つめた。これが、わたしの入っていった地獄のような世界、百万もの囚人のいる〈監獄〉なの? ここに父さまがおられるの?

「ジェアド、父さまが嘘をつく理由はあって?」

彼は聞いていなかった。コントロール・パネルにかがみこみ、室内のブーンという音を調整しようとしていた。クローディアはふいに、世界が傾いたかのような吐き気を感じ、あわてて時計を置いた。

「周波数が変わった。たぶん……アッティアだ! アッティア、聞こえますか」

ただぱちぱちという音がするだけだった。しかし、驚いたことに、突然、はるか彼方から音楽が聞こえてきた。

「あれ、なに?」クローディアがささやいた。

　でも答えはわかっていた。オルゴールのばかげた甲高いチリンチリンという響きだ。

　ケイロは箱を開けたままにしていた。音はあまりに大きく、散らかった広間に、不気味で威嚇的な陽気さで響いた。だが、音を出す機構はない。何も入っていない。箱は木製で、蓋の内側に鏡が一枚貼ってあるほかは、空っぽだった。彼は箱を逆さにして、下側を調べた。「ありえねえよ」

「貸して」

　彼はアッティアに目をやってから、渡してよこした。

　彼女はぎゅっとそれを握った。音楽の背後から聞こえる声がだれだか、わかっていた。「あたし。アッティアだよ」

「手応えがある」ジェアドは華奢な指をコントロール・パネルに走らせ、すばやくあちこちを押した。「ここだ、ここ。聞こえるでしょう」

　言葉の炸裂。あまりの大きさにクローディアはびくりとし、ジェアドはすぐに音量を下げた。

「あたし。アッティアだよ」

「つかまえた」ジェアドの声は感動にしわがれている。「アッティア、こちらはジェアド。〈知者〉ジェアド。聞こえたら返事をして」

　一分ほど雑音があった。それからアッティアの声がゆがみながらも、はっきりと聞きとれた。「ほんとにジェアド先生なの？」

ジェアドはクローディアに目をやったが、彼女の顔を見たとたん、勝利感はしぼんだ。まるでアッティアの声に、〈監獄〉の暗澹たる記憶を呼びさまさせられたかのような、奇妙にこわばった顔だった。

ジェアドは静かに言った。「クローディアとわたしはここにいます。無事ですか、アッティア。元気ですか」

ぱちぱちという音。それから酸のように鋭い声がした。「フィンはどこだよ」

クローディアはのろのろと声に出した。「ケイロなの?」

「まさしくおれさまよ。クローディア、あいつはどこだ。王子様はどこだってんだよ。きょうだい、そこにいるのか。おれの声が聞こえてるのか。おまえの薄汚い首根っこをへし折ってやるぜ」

「フィンはいないわ」クローディアはスクリーンに近寄った。狂おしいほど表面が波立って揺れている。ジェアドがいくつかの調整を加えた。「よし、これでいい」静かに言った。

クローディアはケイロを見た。

彼はまったく変わっていなかった。髪は長く、それを後ろで縛っている。派手な上着を着て、ベルトには何本もナイフをさしている。すさまじい怒りに目を燃やしていた。こちらのようすも見えるのだろう。たちまち小ばかにしたような表情が浮かんだ。「まだやっぱり絹と繻子のお姫様か」

彼の後ろ、なんだか散らかった部屋の物陰にアッティアがいた。クローディアと目が合った。クローディアは言った。「あのね。そっちで、父上を見かけた?」

ケイロは口笛を吹くように口をとがらして、ひゅっと息を吐いた。アッティアに目をやって言った。

「じゃ、ほんとなのか。あいつ〈内〉にいるのか」

アッティアの声は小さかった。「そうだよ。あの人、〈鍵〉を二つとも持ちこんだけれど、いまはそれを〈監獄〉が持ってる。〈監獄〉がとんでもない計画を立てて……体を造ろうと……」

「そう、体だ。おれたちは知っている」ケイロは、二人の陥った沈黙を楽しんでいたが、アッティアは箱をひったくった。「フィンは元気？　そっちはどうなってるの」

「〈管理人〉が〈門〉を閉めてしまったのです」時間切れを恐れるように、ジェアドの顔は張りつめていた。「わたしはかなり修復しましたが……まだあなたがたを〈外〉へ出すところまではいきません」

「ということは……」

「聞いてください。〈管理人〉だけがその力を持っています。彼を探してください。どうやって、こっちが見えてるんですか」

「オルゴールの中から」

「ではそれを持っていて。もしかしたら……」

「わかった。でもフィンは」アッティアは不安に青ざめていた。「フィンはどこ？」

そのまわりの子ども部屋がふいにゆらゆらと波打ちだした。ケイロが警告の声を出した。「どうしたんだ」

アッティアは目をみはった。世界を織りなす布地すべてが薄くなり、透けかけている。隙間から落ちてしまうかもしれない、と、突然ぞっとした。サフィークと同じように永遠の暗黒の中に。しかし、足の下にはしっかりと汚れた絨毯が感じられ、ケイロの言葉が聞こえた。「〈監獄〉め、ご立腹だな。逃げよう」

「クローディア」アッティアは箱を振ったが、鏡に映るのは自分の顔だけだった。「まだそこにいるの？」

言い争う声。雑音、動き、扉の開く音。それから声がした。「アッティア、ぼくだ、フィンだ」スクリーンが明るくなり、彼の姿が見えた。

アッティアは声も出なかった。

言葉が逃げてゆく。言おうと思っていたことはあれほどあったのに。かろうじて彼の名前をつぶやいた。「フィン……」

「ふたりとも無事か。ケイロもそこにいるのか」

アッティアはケイロがすぐ後ろに立っているのを感じた。聞こえてきた彼の声は嘲るようなきつい調子だった。

「おまえ、どうしちまったんだ」

14

もはやだれにも自分が何者かわからなくなっている。

〈鋼の狼〉

フィンとケイロは見つめあった。

長年、〈誓いの兄弟〉の顔色を読むのに慣れていたフィンには、相手がただならぬ見幕でいることがわかった。クローディアとジェアドに見られているのを意識しながら、彼は赤くなった顔をぬぐった。「だいじょうぶか」

「ああ、お察しのとおりってとこだ。きょうだいは〈脱出〉した。おれには仲間も、襲撃団も、食い物も、住むとこも、子分もなくなった。どの〈翼棟〉でも外れもので、泥棒から盗む泥棒になりさがったさ。どん底のどん底だ、フィンよ。けど、どうせハーフマンの運命はそんなもんだと思ってたろ?」

フィンは目を閉じた。〈鋼の狼〉の短剣がベルトにさしてある。その刃の部分があばらにあたる。

「ここも楽園とはいえない」

「そうか？」ケイロは腕組みをして、彼を見まわした。「小綺麗ななりをしてよ。食い物も足りてるんだろ」

「それはそうだけど……」

「どっか痛いか。ぶちのめされたりしてるのか、鎖みてえにつながった怪物と戦って追っぱらって、血だらけになったりしてるか」

「いや」

「おれはそうなんだよ、フィン王子様」ケイロは怒りを爆発させた。「金ぴかの宮殿の中にいるくせに、おれに何か同情しろってのか。おれたちを〈外〉に出してくれる計画はどうなってるんだよ」

フィンの心臓はうるさいほどとどろきはじめた。皮膚がちくちくする。クローディアがすぐ後ろにいるのがわかった。彼に答えられないのがわかったかのように、きっぱりとこう言った。「ジェアドがあらゆる手を尽くしたわ。ケイロ、そうかんたんには行かないの。父さまがそうしてしまったの。もう少し我慢して」

スクリーンからは盛大に鼻を鳴らす音がした。

フィンは金属の椅子に腰を下ろした。両手をデスクにのせ、スクリーンのほうに身をのりだした。「あんたたちのことを忘れちゃいない。見捨てたりしない。いつでもずっとあんたたちのことを考えてるさ。信じてくれ」

だが答えたのはアッティアだった。「信じるよ。あたしたちはなんとかやってる、フィン。心配しないで。まだヴィジョンが見える？」

彼女の目の中の気遣いに、フィンはぎくりとした。「少しは。薬はもらってるけど、いまひとつだ」

「アッティア」割って入ったのはジェアドだった。熱っぽい声で言った。「いま、なにか出力中の物のそばにいますか。〈監獄〉のシステムの一部が働いていますか」

「わからない……ここはなんというか……子ども部屋みたいで」

「子ども部屋？」クローディアがささやいた。

フィンは肩をすくめた。彼が見つめているのは、黙りこくったケイロだけだった。

「こちらに……」ジェアドは混乱しているようだった。「奇妙な信号が入ってきているんです。何か強力なエネルギーが、あなたがたのすぐそばにあるようで」

「それ、きっと〈手袋〉だ。〈監獄〉がこれをほしがってて――」ふっとアッティアの声がとぎれた。かさかさ、ぼそぼそという音がして、スクリーンが傾き、ちらつき、暗転した。

「アッティア、だいじょうぶですか」ジェアドが声をかけた。

憤然としたケイロの声がくぐもりながら「黙れ！」と叫んでいた。それからもっと大きな声で、「〈監獄〉が不安定になってる。おれたちはここから出る」

ぼんやりとだが、きゃっという声がし、金属の音がした。

「ケイロ」フィンが立ち上がった。「あいつ剣を抜いたな。ケイロ、そっちはどうなってるんだ」

がらがらという音。アッティアの恐怖の叫びが、はっきりと聞こえた。「操り人形が……」

いっさいが消え、雑音だけになった。

＊　＊　＊

アッティアはいつのまにか、ケイロの腕に噛みついていた。ケイロは彼女の口をふさいでいたその腕をふりはらった。「見て、見てよ」

アッティアに言われてふりかえった。列の端の操り人形が動いている。操りの糸は暗い天井からぴんと張りつめてさがっており、人形は頭をじわじわともたげ、なめらかな動きでこちらを見た。ゆらりと腕が上がり、指さした。顎がかくんと鳴った。

わしを裏切るなと言ったはずだ。

アッティアはオルゴールをつかんで後ずさったが、両手の中で箱は砕け、鏡が粉々に飛びちった。アッティアは箱を投げ出した。

人形がしゃきっと立ち上がる。X脚で、骨格模型のようにぎごちない動き。昔の道化人形を思わせる、かぎ鼻のすさまじい顔だ。縞模様の道化帽をかぶり、服のあちこちには鈴がついていた。

両眼は真っ赤だ。

「裏切っちゃいない」ケイロがすぐに言った。「声が聞こえたから、何かと思って調べにきただけだ。〈手袋〉は無事だし、あんたのところへ持ってゆくつもりだ。おれは、この娘が〈外〉のやつらに〈手袋〉の話をするのを止めた。それは見たろ?」

アッティアは彼をにらんだ。さっき手を押しつけられた口がひりひりする。

見た。木の顎が開いたり閉じたりしたが、声はどこからともなく、かすかなこだまを伴いながら聞こえてくる。〈囚人〉よ、おまえには興味がある。おまえを殺すこともできるが、それでもわしに逆らいつづけるのだろうな。

「それがどうしたよ?」ケイロは皮肉な声で言った。「あんたはどんな相手でも、好きなときに殺せるんだろ」彼は人形に歩みより、整った顔を、人形の醜い顔に近づけた。「それとも、あんたのもとのプログラミングのゆがんだ置き土産でもまだ残ってるのか。〈外〉の〈知者〉先生が言うには、あんたは『楽園』として造られたんだってな。おれたちには何でも手に入るはずだったんだと。いったいどこでおかしくなったんだ? 〈監獄〉よ、あんたは何をしたんだ。なんで、怪物になっちまったんだ?」

アッティアは呆然として、彼を見つめた。

人形は両手足をふりあげ、踊りだした。のろのろとした不気味なダンス。

人間がおかしくなったのだ。おまえのように図々しいくせに、じつは恐れにがんじがらめな人間がな。馬のところに戻って、わしの径を行くのだ。〈囚人〉め。

「あんたなぞ怖くない」

怖くない? ではケイロ、教えてやろう。おまえが何に苦しんでいるか、その答えをな。それを知れば、いっさいの苦しみは消え去る。人形の顔が嘲るように、彼の前でこくこくと上下した。配線とプラスティックがどの程度おまえの体内に入りこんでいるのか。生身の血肉はどのくらい残っているのか。おまえのどれだけの部分がわしに属しているのか。

「おれにはもうわかっている」

その声がひどく小さくなったことに、アッティアはぎくりとした。

わかってはおらぬ。だれも知らぬ。知るためには、自分の心臓を切り裂いて、死なねばならん。だから教えてやれるのはわしだけだ。教えてやろうか、ケイロ？

「いい」

教えてやろう。そのあいまいさを終わらせてやろう。

ケイロは顔を上げた。目は青く怒りに燃えあがっていた。「おまえのくそったれの道に戻ってやろうじゃないか。いつか、絶対におれがおまえを苦しめてやる」

じつは知りたいのが見え見えだな。言ってやろう。じつは――

剣が宙を切った。怒りにわめいたケイロは糸を断ち切り、人形は床に崩れおちて、木っ端と仮面の山になった。

ケイロはそれを踏みつけた。長靴の下で、仮面が砕ける。彼は目を燃やして顔を上げた。「わかったか。体を持つとな、おまえも弱みを持つことになるんだよ。〈監獄〉人形め。体を持ったら、おまえでも死ぬんだぞ」

暗い子ども部屋はしんと静まりかえっている。

荒い息をつきながら、彼はやにわにふりかえり、アッティアの顔を見た。

渋面を作った。「ばかに嬉しそうなのは、フィンが無事だったからだな」

「完全に無事とは言えないよ」

＊＊＊

クローディアは翌朝、女王の朝餉《あさげ》を運ぶ廷臣たちのわきをすりぬけながら、階段を駆け下りていった。女王とあの男のぶんね、と思った。この贅沢な生活をさぞかし楽しんでいることだろう、と〈象牙の塔〉を見上げた。もしもどこかの田舎出の若者なら、何もかも目新しいはずだ。しかしそれにしては作法がやけに堂々としている。手だって、きれいでなめらかだった。

疑いがよみがえる前に、彼女は急いで厩に向かい、サイバー馬の列を通りすぎ、奥の本物の馬たちのところへ行った。

ジェアドが鞍を調整している。

「お荷物、少ないのね」クローディアはつぶやいた。

「〈知者〉は必要なものをすべて心の中に持ち歩いていますからね。さて、これはどの本の言葉ですか、クローディア？」

「〈知者〉マートルの『啓示の書』。第一巻」クローディアはフィンが自分の馬を引き出すのを見て、驚いた。「あなたもいっしょに来るの？」

「きみが誘っただろ？」

それはすっかり忘れていた。いまでは気が重かった。自分ひとりでジェアドを送っていって、ふたりだけのところでお別れを言いたかったのだ。彼は何日も戻ってこないだろうし、ジェアドなしの〈宮廷〉はさらに不愉快な場所になるだろう。

フィンが何かを感じたとしても、彼は何も言わず、背を向け、慣れたしぐさでひらりと鞍にまたがった。〈監獄〉以前の記憶はないにせよ、彼はすっかり乗馬になじんだようだ。クローディアの馬に鞍が置かれ、馬丁に足を支えられてまたがるのを、彼は待っていた。

「その服装は、〈時代〉どおりなの?」フィンが静かにきいた。

「違うって、わかってるくせに」

クローディアは少年用の乗馬外套を着て、スカートの下にズボンをはいていた。ジェアドが馬をまわすのを見つめながら、ふとこう言った。「先生、計画を変えて。行かないで。きのうの夜にあんなことがあったのに……」

「クローディア、行かなくてはならない」低いこわばった声で言いながら、彼は馬の首を優しくなでた。「後ろ髪をひかれる気持ちを、これ以上大きくしないでください」

クローディアには理由がわからなかった。〈門〉の修復作業が、成功の寸前で中断されることになるのに。でも彼はクローディアの先生で、先生の特権をめったに行使しないだけに、いまの言葉には重みがあった。それに、ジェアドなりの理由があるのだろうという気がした。〈知者〉は毎年〈大学〉に戻るものだ。もしかしたら、先輩たちが彼を呼んだのかもしれない。

「さみしいわ」

彼は顔を上げ、一瞬、その緑の目に暗澹としたものが広がったように思った。だが彼が微笑すると、それは消えた。「クローディア、わたしもですよ」

三人はゆっくりと広大な宮殿の中庭と四角い敷地を抜けていった。しもべたちが水を汲んだり、たきぎを積んだ荷車をひっぱったりしながら、それを見つめた。つまりフィンを。彼は王子らしく見えるよう、堂々とした姿勢をとった。洗濯室の外でシーツをふるっていた女中も手を止めて、視線を向けた。公証人の事務所の角に来ると、ちょうどメドリコートが出てきた。クローディアの馬が通りすぎると、彼はうやうやしいお辞儀をした。

ジェアドが片眉を上げた。「あれは意味深ですね」

「彼のことは、わたしにまかせておいて」

「クローディア、あなたにあの問題を残していきたくはないのですが」

「先生、だれも何にもしかけてきたりしないわ。あの候補者が候補者でいるかぎりはね」

ジェアドがうなずくと、そよ風が黒髪を乱した。「フィン、アッティアが言っていた〈手袋〉とは何ですか」

フィンは肩をすくめた。「サフィークはかつて、〈監獄〉と賭けをした。骰子《さいころ》を振ったという説もある。でもギルダスは、謎かけ合戦だと言った。どっちにせよ、〈監獄〉は負けた」

「で、どうなったの?」とクローディア。

「〈囚人〉だったら、だれにでもわかることだ。〈監獄〉は一度も負けたことがない。それで、自分の鉤爪から皮膚をはぎとって、姿を消した。そこでサフィークはその皮膚をひろいあげ、手袋を造って、指の足りない手を隠した。話では、サフィークはそれをはめた瞬間に、〈監獄〉のすべての秘密がわかったんだそうだ」

「〈外〉への道も?」

「おそらく」

「じゃ、なぜアッティアはその話を？」

「というより、なぜ、ケイロはその口をふさごうとしたのか、ですね」ジェアドは思案するような声を出した。フィンにちらと目を向けた。「ケイロのかんしゃくがこたえましたか」

「あいつなんか大嫌いだ」

「それは一時的な感情ですよ」

「わたしは、通信がいきなり切れたわけのほうが心配だわ」クローディアに目を向けられ、ジェアドはうなずいた。

砂利を敷いた出口に近づくと、馬蹄の音で、話し声が聞こえなくなった。三つの門を抜け、吊し格子と発砲穴のある幅の広い物見やぐらを通りすぎた。中世ふうの矢来は〈時代〉様式から外れているが、女王はそれが絵になると考えたのだ。〈管理人〉はいつもこの場所を見て舌打ちをしたものだ。

そのさきには、〈領国〉の緑の沃野が朝日を浴びて美しく広がっていた。クローディアはほっと安堵の息をついた。フィンに笑いかけた。「早駆けしましょう」

　彼はうなずいた。「丘のてっぺんまで競走だ」

馬を飛ばすのも〈宮廷〉から自由になるのも楽しかった。彼女は馬に拍車を入れ、そよ風が帽子を後ろになびかせ、空は青くさんさんと陽が照っていた。まわりじゅうの黄金の小麦畑では鳥たちが歌っていた。あちこちに小径が走り、薄く幅の広い生け垣が両側に立ち上がり、轍の跡が深くえぐられている。この風景のどれだけの部分が本物なのか、クローディアにはわからなかった。鳥の一部、蝶の群れの一部は……たぶん本物だろう。はっきり言って、もしそうでなくても、知りたいとは思わなかった。一日くらい、幻覚を受け入れたっていいじゃないの。

三人は小高い丘のてっぺんで馬の足をゆるめ、〈宮廷〉のほうをふりかえった。塔や尖塔が陽を浴びて輝いている。鐘が鳴りわたり、ガラスの屋根はダイヤモンドさながらに光っていた。

ジェアドがため息をついた。「幻覚がこれほど魅力的だというのもふしぎですね」

「先生はいつも、幻覚には気をつけろとおっしゃっていたのに」

「それはそうですよ。わたしたちの社会は本物とまがいものを見分ける力を失ってしまいました。少なくとも〈宮廷〉人の大半は、どっちでもいいと思っています。しかし〈知者〉にとっては大問題です」

「〈監獄〉に入ってみればいい。区別がつかないなんてことはなかったからな」フィンがつぶやいた。

ジェアドはちらとクローディアに目をやり、懐中時計のことを考えた。いまはクローディアの服の一番深いポケットの底におさまっているあの時計。

〈森〉のへりまでは二リーグで、そこにたどりついたのは真昼近くだった。

ここまでの道は幅もあり、よく踏み固められていた──〈宮廷〉と西側の村々のあいだにはよく行き来があり、ひからびた泥には、轍の痕が深く刻まれていた。

けれど緑の樹冠の下に入ると、徐々に木々がせまってきて、鹿にかじられた太いオークの枝が、徐々に、からみあった低い原生林に変わっていった。頭上には枝が低く垂れこめ、網目状に重なりあった葉にさえぎられ、空はほとんど見えない。

ようやく十字路があらわれ、〈大学〉に向かって枝分かれしてゆく小径が見えた。小径は緑の空き地を突っきって丘をくだり、素朴な石橋で小川を越えると、向こう岸でまた森に入ってゆく。

ジェアドが足を止めた。「ここからはひとりで行きます、クローディア」

「先生……」

「あなたがたは戻ってください。フィンは査問会の場にいなければ」

「それがなぜ重要なんだ」フィンは文句を言った。

「非常に重要です。あなたには記憶がない。だからあなたの存在そのものでみなを説得しなければなりません。フィン、あなたの力強さで」

フィンは彼をじっと見た。「自分に力があるなんて思えない」

「ありますとも」ジェアドは穏やかに微笑した。「わたしのいないあいだ、クローディアを守ってください」

フィンは片眉を上げ、クローディアがぴしりと言った。「自分で自分の面倒くらい見られるわ」

「あなたも、彼を守ってあげてください。わたしは、あなたがたふたりに賭けているんです」

「先生、わたしたちのことは心配しないで」クローディアは身をのりだして、彼にキスした。彼はにっこりして、馬首をめぐらしたが、クローディアはその平静さの下にひそんでいる彼の緊張を感じ、自分が思う以上にこの別れには大きな意味があるのではないかと危ぶんだ。

「申し訳ありません」ジェアドは言った。

「申し訳?」

「行かねばならないことがです」

クローディアはかぶりを振った。「ほんの数日でしょ」

「わたしはできるだけのことをしました」ジェアドの目は森の影の下で、暗く見えた。「クローディア、どうかわたしを悪く思わないでください」

クローディアは突然、言葉を失った。ぞっと寒気が走り、彼を引き留めたい、呼び止めたいと思ったが、彼は馬を駆って早くも小径をくだっていってしまった。

馬が橋を渡りかけたとき、クローディアはあぶみに両足をつっぱって叫んだ。「お手紙をください！」

「遠くて聞こえないよ」フィンはつぶやいたが、ジェアドはふりかえって、手を振った。

「すごく耳がいいのよ」クローディアは妙なところで得意になった。

ふたりは、黒い馬とほっそりした乗り手の姿が、森かげに消えるまで見送っていた。それからフィンが低く言った。「行こう。戻らなきゃ」

無言でゆっくりと、ふたりは馬を走らせた。クローディアは沈みこんでいる。フィンもめったに口をきかない。どちらも、あのもうひとりの候補者のことは考えたくなかった。あるいは〈御前会議〉の下す決定についても。最後にフィンが顔を上げた。「なんだか暗くなってきたんじゃないか」

さきほどまで〈森〉に斜めにさしこんでいた日差しがなくなっている。雲がわだかまって、風が強くなり、高い枝をばさばさと鳴らした。

「嵐なんて設定されていないはずよ。水曜日は女王が矢場に行かれる日だもの」

「とにかく、嵐が来そうだな。本物の嵐かもしれない」

「フィン、ここには本物の天気なんてないのよ。〈領国〉だから」

しかし十分もしないうちに、雨が降ってきた。最初はぽつぽつ、それからざあざあ降りになり、すさまじい音が葉むらをたたきつけてきた。クローディアはジェアドのことを考えた。「先生、ずぶぬれになっちゃうわ」

「こっちもだよ」フィンはあたりを見まわした。「さ、行こう」

ふたりは馬を飛ばした。地面はすでにぐずぐずになっている。馬蹄が小径にあふれる軟泥をはねあげる。クローディアの顔に枝がぶつかる。髪で目の前がふさがれ、ほおにも貼りついた。寒さと冷たさに、ぶるっと体がふるえた。

「これ、絶対おかしいわ。いったいどうなっているんだろ」

稲妻がはじけた。頭上では、重苦しいごろごろという雷鳴が空を渡っていった。フィンは一瞬、いま聞こえているのは〈監獄〉の声、恐ろしく残酷な嘲弄の声ではないかという気がした。おまえは〈脱出〉したつもりで、じつはしていないのだ、と。彼はふりむいて、叫んだ。「木の下にいたら危ない。急ごう」

ふたりは馬に鞭を入れて飛ばした。クローディアは雨が胸をなぐりつけるのを感じた。フィンが先に出たので、待って、馬をゆるめて、と声をしぼった。

答えたのは彼の馬だけだった。甲高くいなないて竿立ちになり、蹄が宙を掻いた。次の瞬間、恐ろしいことに馬はどっと横ざまに倒れ、フィンは転がり落ちて、地面にたたきつけられた。

「フィン！」

何かがクローディアのそばをかすめて、森にひゅっと飛びこんでゆき、木にぶつかった。

そのとき、それが雨でも稲妻でもないのがわかった。

降りそそぐ矢だった。

第3部　月面のように荒れはてて

15

どんな男も女も、それぞれに所を得て、満足するであろう。なぜなら、変化がなければ、われわれの平和な生活を乱すものはないからだ。

『エンダー王の法令』

「クローディア！」

火縄銃が火を噴いたとき、フィンは転がってよけた。すぐそばの木が斜めの熱線に焼けこげた。

「下りろ！」

襲撃されたときどうするか、クローディアは知らないのだろうか。彼女の馬はあばれまわっていた。彼は深呼吸して、身を隠していた場所から飛び出し、馬のはみをつかんだ。「下りろ！」

クローディアは身を躍らせ、ふたりして倒れた。それから藪に駆けこんで、息を殺してうつぶせになった。森は豪雨にとどろいている。

「怪我した？」

「いいえ。あなたは？」

「打ち身だけ。だいじょうぶだ」

クローディアはぬれそぼった髪の毛を、目からかきのけた。「信じられない！　シア女王が命令したはずがないわ。あいつら、どこにいるの？」

フィンはじっと木々を見つめている。「あそこの茂みの裏だ、たぶん。または高い枝の上か」

クローディアはぎょっとした。体をねじって見ようとしたが、雨で視界がきかない。両手をがさがさと葉につっこんで、体をひねりながら下がった。腐りかけた葉の匂いが、まともに顔面にくる。

「じゃ、どうするの？」

「態勢の立てなおしだ」フィンの声はおちついている。「武器はあるか？　ぼくは剣とナイフだ」

「鞍袋にピストルがあるわ」だが、馬はとっくにどこかへ暴走していった。クローディアはちらとフィンを見た。「あなた、ちょっと楽しんでる？」

彼は笑った。めったにないことだ。「ぞくぞくするな。でも〈監獄〉じゃ、襲撃するのはこっちだった」

稲妻がひらめいた。閃光が森を照らし、さらに激しさを増した雨がわらびの間をざあざあと流れくだる。

「あのオークまで這っていってみる」フィンがクローディアの耳もとにささやいた。「そこをまわって……」

「一連隊がいるかもしれないわ」

「ひとりだけさ。ひょっとしたらふたりかもしれないが、それ以上はいない」彼は体をひねってあとずさり、茂みをざわつかせた。突然、矢が二本、ふたりの上の木の幹にぐさっと突き立った。クローディアが息を呑む。

フィンも動けなくなった。「まずい、もっといるかも」

「〈鋼の狼〉だわ」

フィンは一瞬口をつぐんだ。それから言った。「そんなはずはない。ぼくを殺すのなら、昨日の晩やれていたはずだ」

クローディアは激しい雨足ごしに、彼を見つめた。「え？」

「枕のそばにこれがあった」彼がさしあげた短剣の柄は、牙をむいた狼の頭の形をしており、つかんでいる指の間から、ぽたぽたと水を滴らせていた。

次の瞬間、ふたりは同時にふりかえった。ざわめく森の奥から、いくつもの声が近づいてくる。

「見えたか」

「まだ」クローディアは前に身をのりだした。

「敵には見られたな」フィンは枝の細かな動きを見つめている。「わざとじらしてるんだ」

「見て」荷車が小径を走ってきた。危なかしくまぐさを盛り上げたうえに、ゆるいおおいが風にはためいている。たくましい男がひとりそばを歩き、もうひとりが手綱をとっているが、ふたりとも麻布のフードをかぶっていて顔は見えず、長靴には泥が厚くこびりついていた。

「農民かしら。他にチャンスはないわ」

「弓兵がそこらにまだ――」

「行くわよ」フィンが止めるまもなく、クローディアは外に這い出した。「ちょっと！　待ってちょうだい、お願い」

ふたりの男が目をみはった。フィンが彼女の後ろにあらわれたのを見て、大きいほうの男が重い棍棒をふりあげ、もう片手に剣をつかんだ。

「馬がおびえて逃げてしまったの。稲妻のせいで」クローディアは雨の中でふるえながら、外套を体に巻きつけた。

大男がにやりとした。「で、お互いぴったりくっついてたってわけか」

彼女はすっと背をのばした。全身ずぶぬれで、髪はざんばらだと気がついたので、冷たく居丈高な声を出してしまった。「だれかにわたしたちの馬を探してきてほしいの。それから……」

「お金持ちはいつだって、してほしい、ばっかりだ」男が荒れた赤い両手の中で、棍棒をゆるくひねりまわす。「で、おらたちはいつも苦労ばっかりだが、いつまでもそうは行かねえぞ。いまに……」

「もういい、レイフ」荷車から声がし、クローディアが見ると、御者がフードを後ろにはねのけていた。顔はしわだらけで、背中は曲がっている。老人のようだが、声は力強かった。「わしらについてきなされ。うちまでつれてってやるから、そのあとで、馬を探しに行くのがよかろう」

低いビシッという音で鞭を入れると、巨大な牡牛が少し先へ進んだ。クローディアとフィンは山のようにそびえるまぐさのかげに、くっつきあって身をひそめた。まぐさのいくらかが外れてすべり落ち、ふたりの上に降ってきた。木々の上で空が明るくなってきて、いきなり雨が上がった。ひとすじの陽光がさしこんで、かなたの森を縫う何本もの小径を照らしだした。嵐は来たときと同様、あっというまに去っていった。

フィンがちらと目をやった。泥をかぶった径には人影がない。黒鶫《くろつぐみ》がしずけさをやぶって歌いだす。

「行っちゃったわ」クローディアがつぶやいた。

「まだつけてきているかも」フィンはふりかえった。「その小屋までどのくらいあるの？」

「ついそこさ。ほんの目と鼻の先よ。心配ねえ。たとえあんたらが〈宮廷〉のおひとだとしても、レイフに身ぐるみはがさせたりはしねえ。あんたら、女王陛下の側近だろ」

クローディアは憤然と口を開きかけたが、フィンがさきにこう言った。「この娘は、ハーケン伯爵夫人のおつきなんだ。小間使いをしてる」

あきれたという目つきで、クローディアはフィンをにらみつけたが、しなびた御者はうなずいて言った。「で、あんたは？」

フィンは肩をすくめた。「厩で馬丁をしてる。お天気がいいもんだから、馬を借りてさ……このまじゃ、大変なことになる。ひどくぶたれるかも」

クローディアはじっと彼を見た。自分でもその話を信じこんでいるような、情けない顔をしている。一瞬にして、彼のどこかが変化し、一張羅のお仕着せを雨と泥で汚してしまって不安そうな使用人そのものになっている。

「わかった。若いころはみんなそんなもんだ」老人はクローディアに片目をつぶってみせた。「わしももういっぺん、若返りたいよ」

レイフがげらげら笑った。

クローディアはきつく唇を結んで、身のおきどころがなさそうな顔をつくろった。ずぶぬれで寒かったので、それは難しくなかった。

荷車がこわれた門を入ったとき、クローディアは静かにフィンに言った。「どういうつもりなの？」

「この人たちをこっちの味方につけとくんだ。もしも正体が知れたら……」

「二つ返事で助けてくれるわ。だってたんまりお礼を……」

彼は奇妙な目でクローディアを見つめていた。「クローディア、きみはまったく何もわかっていないと思うことがあるよ」

「どういう意味？」

彼は前方を顎でさした。「この人たちの暮らしさ。見ろよ」

小屋は小屋という言葉にすら値しないようなものだった。傾いたみすぼらしい小屋が二軒、径のはずれに低く建っている。草葺きの屋根は穴だらけ、枝を組みあわせて土を塗った壁はあちこち内部が透けている。ぼろ着の子どもが数人飛び出してきて、無言で目をまるくした。近づいたクローディアは、子どもたちがひどくやせていて、一番年下の子どもが咳をし、年上の子どもはくる病で足が曲がっていることに気づいた。

荷車は建物の風下のほうに入っていった。レイフが、馬を探してこいとどなりつけると、子どもたちはわあっと散ってゆき、それからレイフは小さな戸口のひとつに入っていった。クローディアとフィンは、老人が馬車から降りるのを待っていた。地面に降り立つと、その背の曲がりぐあいがいっそう目立った。背丈はフィンの肩までしかない。

「こっちだ。馬丁どんに小間使いさん。たいしたものはねえが、火はあるからな」

クローディアは眉をひそめた。彼のあとについて、木のアーチの下の階段を下っていった。最初は火しか目に入らなかった。中は真っ暗だった。それから悪臭がのぼってきて、彼女を打ちのめした。あまりにすさまじくて、息もできずに立ちすくんだが、フィンに背中をおされて、ようやくふらりと前へ進んだ。〈宮廷〉にも臭いはないわけではないが、これほどではない。動物の糞と尿とすっぱいミルクと、足の下の藁の中でぐしゃりと砕けた、蠅のたかった骨の残骸の臭いだ。そして何よりも、湿気の甘たるい臭いがした。この小屋ぜんたいが地中にはまりこんで、傾きながら溶けかかっているかのようで、木の柱は腐って、虫食いの穴だらけだった。

目が暗がりに慣れ、ごくわずかしかない家具が見えてきた――テーブル、折りたたみ椅子、壁にはめこまれた箱型寝台。小さな木の鎧戸のついた窓が二つあり、一つからは蔦の枝が忍びこんできていた。

老人は椅子を一脚引きずってきて、クローディアに勧めた。「座って、体を乾かすがええだよ。あんたもだ、お若いの。わしはトム。トムじいさんだ」

クローディアは座りたくなかった。藁には絶対に蚤がいそうだった。この場所のあまりにもみじめなさまに、胸が悪くなった。それでも腰を下ろし、小さな火に向かって両手をさしのべた。

「少し木っ端を足してくれ」トムじいさんはよたよたとテーブルに近づいた。

「おひとりですか」乾いた枝をくべながら、フィンがきいた。

「かみさんは五年前に亡くなった。レイフの下の子どもらがここで寝とるよ。あいつにゃ子どもが六人いて、病気の母親の世話もあるからの……」

クローディアは薄暗い戸口に気配を感じた。やがてそれは、豚が続きの部屋の藁をつついているのだとわかった。そこに家畜を飼っているのだろう。クローディアは身震いした。「窓にガラスを入れないと。すきま風がひどいわ」

老人は薄いエール酒を注ぎながら、からからと笑った。「そんなの、〈規定書〉にないじゃないかね。〈規定書〉は、たとえそのために死んだって、守らにゃならん、そうだろ」

「抜け道はありますよ」フィンが低い声で言った。

「わしらにはない」彼は焼き物のカップをふたりのほうに押しやった。「女王様にはあるだろうよ。規則を作るものは、規則を破ることができる。でも貧乏人には無理だ。〈時代〉はわしらには『ふり』じゃない。過去をちょっとしのぎやすくした『ごっこ遊び』なんかじゃない。現実なんだ。わしらにはスキンワンドもない。貴重な電気も、合成ガラスもない。女王様が乗馬を楽しむ、絵みたいにひなびた田舎が、わしらの世界なんだ。あんたがたは歴史で遊んでる。わしらはそれを生きとるんだ」

クローディアはすっぱいビールをすすった。昔からそのことはわかっていた、と思った。ジェアドがそれを教えてくれたし、父の厳格な支配に甘んじる〈管理人領〉の貧しい家々を訪れたこともある。一度、雪のふった一月のこと、馬車の窓から物乞いたちを見かけたので、父に、なんとかしてやれないのかと尋ねたことがある。父はいつものうつろな笑みを浮かべ、黒い手袋をなでつけた。「クローディア、あれは平和のためにわしらが払う値なのだ。われらの時代が波風立たぬためのな」

それを思い出し、小さく冷たい怒りの炎が、いまクローディアの中に燃え上がった。でも何も言わなかった。尋ねたのはフィンだ。「腹が立たないのですか」

「立つとも」老人は飲んで、パイプでテーブルをたたいた。「さてと、たいして食べ物はないが
……」

「おなかはすいていません」フィンは老人が言葉を濁したのを聞きのがさなかったが、クローディアの声がそれをさえぎった。

「聞いてもいいですか。あれは何ですか？」

クローディアが見つめているのは、部屋の一番奥まったすみにある小さな像だった。ななめに日差しがさしこんでそれを照らしている。顔はよく見えないが黒髪の人物の、素朴な木彫りだ。

トムじいさんは黙っていた。困っているようだった。一瞬、フィンは、老人があのたくましい隣人を呼びたてるのではないかと思った。だが、老人はパイプをとんとんとたたいて、灰を落としつづけた。「あれは〈九本指のお方〉じゃ、お嬢さん」

クローディアは湯飲みを置いた。「別の名前もあるわ」

「大声では言われぬ名前じゃ」

クローディアは老人の目を見つめた。「サフィークね」

老人は彼女を、それから、フィンを見た。「ではその名は〈宮廷〉にも知られとるのか。こいつは驚いた、小間使いのお嬢さん」

「使用人のあいだだけです」フィンがすばやく口を入れる。「それに、実際のことはほとんど知らないんです。彼が〈監獄〉から〈脱出〉した、ということしか」彼の手は湯飲みの上でふるえた。自分

フィンが、そのサフィークと、ヴィジョンの中で話したと知ったら、この老人は何と言うだろう。

「〈脱出〉したと?」老人は首をふった。「そのことは知らん。サフィークは、いきなり、目もくらむような閃光とともにあらわれた。大いなる魔力の持ち主で――石を菓子に変え、子どもらといっしょに踊ったそうじゃ。月を新しくして、〈囚人〉たちを解き放つと約束された」

クローディアはフィンに目をやった。もっと知りたくてうずうずしていたが、尋ねすぎると、老人が話をやめてしまうような気がした。「そのサフィークは、いったいどこに現れたんですか」

「〈森〉という説もあるの。ずっと北にある洞窟だという説もある。山腹のその場所では、いまだに焦げた部分が輪をなして燃えておるとか。しかし、そんな奇跡がどこで起きたか、だれにもわかりはせんよ」

「いまサフィークはどこに?」フィンがきいた。

老人は目をむいた。「知らぬのか? もちろんお偉方はサフィークを黙らせようとした。それでサフィークは白鳥に身を変えた。最後の歌を歌って、星空の彼方へ飛び去ったのよ。いつか戻ってきて、この〈時代〉を終わらせてくれるとのことじゃ」

悪臭の漂う部屋はしんとなった。火だけがぱちぱちとはぜた。クローディアはフィンに目を向けようとしなかった。だが、彼が発した問いはぎょっとするようなものだった。「ご老人、では〈鋼の狼〉について何をご存じですか」

トムじいさんは青ざめた。「そんなやからは聞いたこともない」

「ほんとうに?」

「そんな話はしたくない」

「口の軽いあのお隣さんのように、彼らも革命をもくろんでいたからじゃないですか。女王と王子を殺して、〈規定書〉を廃棄しようとしていたのでは？」フィンはうなずきながら、「では黙っておれるほうが賢明だ。革命が起きたら、〈監獄〉が開かれ、もはや飢えることもなくなる。〈鋼の狼〉はそう言ったのでしょう？　その言葉を信じますか」

背の曲がった老人はテーブルごしに、ひたと彼を見返した。「あんたは信じとるのか」とささやいた。

張りつめた沈黙。それを破ったのは、馬蹄の響きと、子どもの叫び声だった。

トムがのろのろと立ち上がる。「レイフの子どもらが、あんたがたの馬を見つけたようじゃ」彼はクローディアに目をやり、フィンに戻してから言った。「わしはどうもしゃべりすぎたようだ。あんたはただの馬丁ではないな、お若いの。あんたはどこぞの公子か」

フィンは悲しげな笑みを浮かべた。「ぼくは〈囚人〉ですよ。あなたと同じだ」

フィンとクローディアは馬に乗り、急いでその場をあとにした。クローディアは手持ちの小銭をすべて、子どもたちに与えていた。ふたりはお互い黙りこくっていた。フィンは次の襲撃にそなえ、クローディアのほうは〈時代〉のもたらす不正と、何も思わず富を享受していた自分について、考えこんでいた。わたしが豊かになっていいはずがない。わたしは〈監獄〉生まれだ。〈管理人〉の野望がなければ、いまでも〈監獄〉にいたはずだ。

「クローディア」フィンが声をかけた。

彼は木立の間を透かし見ており、その声の鋭さにはっと顔をあげたクローディアは、前方に煙がたちのぼっているのを見た。

「火事みたい」

不安になって、クローディアは馬に拍車を入れた。森を抜け出て、やぐらの下を通りすぎると、鼻を刺すような臭いが強くなった。〈宮殿〉の内庭に煙が充満し、駆けこむと、風がぱちぱちと音を立てた。馬丁や下男たちが狂おしくかけずりまわり、馬や、鳴きたてる鷹を連れ出し、ポンプをひっぱったり、水の桶を運んだりしていた。

「火元はどこ?」クローディアは飛び降りた。

すでに、どこかはわかっていた。〈東翼〉の一階全体が燃え上がり、家具やタペストリーが窓から放り出され、鐘ががんがん鳴りわたり、あわてふためいた鳩の群れが暑い空中を舞っていた。

だれかがそばにきたと思ったら、カスパーの声がした。「クローディア、大変だ。ジェアドがせっかく精魂こめて取り組んでいたのに」

地下室だ。〈門〉。クローディアは息を呑み、フィンのあとについて走った。彼は早くもひとつの入り口にたどりついていた。黒煙が顔に吹きつけ、炎が建物の奥深くにひらめく。クローディアは彼をつかんだが、その手をふりはらわれた。もう一度つかんで、彼をひきずりもどすと、彼は衝撃に真っ青な顔でふりむいた。「ケイロ!　ケイロに通じる唯一の道が」

「おしまいよ。わからないの?　あの襲撃はわたしたちを足止めするためだったのよ。これが目的だったんだわ」

クローディアの視線を追って、彼はふりかえった。シア女王が白いレースのハンカチを顔にあて、バルコニーに立っていた。その後ろに立って、平然とおちつきはらって、崩れおちる炎と石を眺めやっていたのは、あの王位請求者だった。

「〈門〉が封鎖されたわ」クローディアは呆然となった。「ケイロだけじゃない。父さまも〈内〉に閉じこめられてしまった」

16

途方もない〈恐怖の冬〉が世界を閉ざすであろう。

闇と寒気が〈翼棟〉から〈翼棟〉へと広がる。

〈知らざるもの〉がはるか彼方から、〈外〉から訪れ来たるであろう。

その者は〈監獄〉とともに謀り、企みをめぐらす。

そうしてともに〈翼ある者〉となる……


『世界の果てでのサフィークの予言』


馬上のケイロにしがみつきながら、アッティアはその肩越しに目を放っていた。

ふたりはようやく、棘だらけの密林のはずれとおぼしきところにたどりついていた。はずれというのは、そこからさき、道は開けたところに出て、坂を下っていたからだ。馬は真っ白な鼻息をつきながら、疲れたように立ちつくしていた。

行く手の道にかぶさるのは、黒いアーチ屋根だ。アーチも棘だらけで、てっぺんに首の長い鳥がとまっている。

ケイロが顔をしかめる。「気に食わねえな。〈監獄〉め、おれたちをひっぱりまわしてやがる」

「食べ物のあるところへ連れてってくれるんじゃない？　あたしたち、ほとんど何も食べてないもん」

ケイロは馬腹を蹴った。

近づくにつれ、通路の黒いアーチはぐんと巨大化するように思われた。そのごつい影がこちらへのびてきて、その中へ足を踏みこむことになった。道路には霜が下りて光り、馬の蹄が鉄の舗道に、澄んだ金属の響きをたてた。アッティアは目を上げた。アーチのいただきの鳥はたいそう大きく、黒い翼を広げ、その下を通りすぎるとき、それが本物ではなく彫像であることがわかった。しかもそれは鳥ではなく、いまにも身を躍らせ、飛び立とうとする翼ある男だった。

「サフィークだ」アッティアはつぶやいた。

「なんだって？」

「あの像……サフィークだよ」

ケイロは鼻を鳴らした。「そいつは驚きだ」声は深いこだまをもたらした。そこはアーチ天井の真下で、小便と湿気の臭いがし、壁面には緑色のどろどろが垂れている。アッティアは体がこわばったので、ここで馬を止め、下りて歩きたいと思ったが、ケイロはぐずぐずするつもりはなかった。フィンと言葉をかわして以来、彼はむっつりと言葉少なで、アッティアに対する答えもひどく辛辣だった。というか、まともに相手にしていなかった。

だが、アッティアのほうもおしゃべりをしたい気分ではなかった。フィンの声を聞けたのは突然の喜びだったが、それもすぐにしぼんだ。昔の彼とはまったく違う、ひどく沈みこんだ声だったからだ。あんたたちを見捨てたりしない。いつでもずっとあんたたちのことを考えてるさ。

あれは、本当だろうか。新しい生活は、彼の思い描いていたような〈楽園〉ではなかったんだろうか。

アーチ天井の下の闇の中で、アッティアは怒りをたたきつけた。「あたしに〈手袋〉の話をさせてくれればよかったのに。あの〈知者〉先生は、何か知ってたよ。役に立つかもしれなかったのに……」

「〈手袋〉はおれのだ。忘れるな」

「あたしたちのだよ」

「おれをこれ以上怒らすな、アッティア」ケイロは一瞬口をつぐんでから、こうささやいた。「ジェアドは〈管理人〉を探せって言ってたな。おれたちは今まさにそれをやってるんだ。フィンがおれたちを見捨てた以上、自分で自分の面倒をみなきゃな」

「じゃ、あのとき、打ちあけるのがこわかったわけじゃないんだ」アッティアはつけつけと言った。

ケイロが肩をこわばらせる。「違う。〈手袋〉は、フィンには関係ねえからだ」

「へえ、〈誓いの兄弟〉は何でも分かちあうんだと思ってた」

「フィンには自由がある。そいつをおれとは分かちあってないだろ」

ふいにアーチ通路が尽きて、馬が驚いたように足を止めた。

この〈翼棟〉の明かりは鈍い赤色だった。ふたりの下には、アッティアが見たことがないほど広い通りがあり、その奥のほうは無数の通路や渡り廊下と交わっていた。ふたりがいるのはその天井近くで、足もとからのびる道が、カーブした陸橋にそって宙をまたいでおり、行く手の無数のアーチと先が細くなった柱が霧の中に消えているのが、アッティアには見てとれた。通りの地面には、いくつもの小さな〈目〉を思わせる火が燃えていた。

「体がこちこちだよ」

「なら、下りろ」

馬からすべり下りると、足もとが定まらない感じがした。さびた手すりのところまで行き、下をのぞいて見た。

何千という人の群れだ。手押し車や荷馬車を押し、子どもを抱いて、移動する大集団だった。羊の群れ、わずかな山羊、貴重な牛もいて、持ち主の鎧が銅色に輝いている。

「見て。いったい、どこへ行くんだろう」

「おれたちと反対方向だな」ケイロは馬から下りなかった。背筋をのばして、見下ろしていた。「〈監獄〉の人間は、いつだって移動してる。今よりましな場所があると、いつでも思うんだ。次の〈翼棟〉ならましだろう、次の階層ならいい、と。ばかなやつらだ」

ケイロの言うとおりだ。〈領国〉とは違い、〈監獄〉はいつも変化の途上にある。いくつもの〈翼棟〉が再吸収され、扉や門がひとりでに閉まり、トンネルにいきなり鋼鉄のバーが出現した。しかしアッティアは、これだけの人数が旅をするなんて、いったいどんな大変動があったのか、どんなやむにやまれぬ事情があったのか、といぶかった。光が薄れかけてきたから、こうなったのか。寒気がつのってきたからなのか。

「行くぜ。この群れを突っきらなきゃならない。だから、流れに逆らわないように」

アッティアは気乗りがしなかった。陸橋は荷馬車一台がぎりぎり通れる幅しかない。胸壁もなく、表面には錆だらけの穴が開き、両側を風が吹きぬけてゆく。はるか上には、雲の小片がぴたりと静止したままだ。

「馬は下りて引いていかないと。あばれだすかもしれないし……」

ケイロは肩をすくめて下りた。「わかった。おれが引くから、おまえは後ろからついてこい。気をつけてな」

「ここじゃあ、だれも襲ってこないよ」

「そんなことを言ってるから、おまえは犬奴隷になったんだ。おれはもうひといきで……〈翼の主〉になれるところだったんだぞ。ここに轍があるだろ」

「うん……」

「てことは、ここはだれかの道だってことだ。いつでもだれか持ち主がいる。うまくすりゃ、突きあたりで通行税を払えばすむ」

「うまくいかなかったら？」

危険が愉快でならないように、彼は声をあげて笑った。「すぐ下りる。だけど危険はないだろう。いまは〈監獄〉がこっちの味方なんだ。おれたちを守る理由があるんだからな」

アッティアは、彼が陸橋へ馬を引いてゆくのを見つめ、それから静かに言った。「〈監獄〉は〈手袋〉がほしいんだよ。だれが持ってくるかは、どうでもいいんだと思う」

ケイロには聞こえたはずだ。だが、彼はふりかえらなかった。

錆びた構造物を渡ってゆくのはこわかった。馬もおびえている。いなないて、一度わきへそれようとしたので、ケイロは悪態と慰めが分かちがたくいりまじった不機嫌そうな低い声をかけながら、たえず馬をなだめていた。アッティアは両側を見ないようにした。強風が危なかしく吹きつけてくる。体を固くして進んだ。〈監獄〉は一陣の風を吹かせるだけで、あたしをへりから落とせるのだ。つかまるものは何もない。一足一足、こわごわ進んだ。

表面は腐食している。瓦礫や金属片。廃棄されたゴミ、それに風に飛ばされてきた服の切れ端がぼろぼろの旗のようにひるがえっている。アッティアの両足が、鳥のかぼそい骨をぱりっと踏みくだいた。

ほとんど頭をあげず、ひたすら歩くことに専念した。しだいにがらんとした空間が開け、めまいがしそうになった。小さな黒い蔓のようなものが、轍の間を這いはじめた。

「あれ、なに？」

「蔦だよ」ケイロのつぶやく声もこわばっている。「下から伸びてきたんだな」

こんな高いところまで？　アッティアはちらと右を見、目がくらんで冷や汗をかいた。蟻のような人々が下を動いている。車輪の音や話し声が、かすかに風にのってくる。外套がばたばたと体を打ちつける。

蔦の茂り方がぶあつくなった。つややかな葉が入り組んでからみあっている。ところどころは通れないほどで、ケイロはおびえた馬を陸橋の端ぎりぎりにそって歩かせた。蹄が金属の床に鳴る。低くささやくようにケイロが言った。「この骨皮野郎、駄馬野郎、歩きやがれ」

それから足を止めた。

その声を風がさらっていった。「ここに大きな穴があいてる。気をつけろ」

近づいたアッティアの目にまず飛びこんできたのは、焦げたへりとそこにこびりついた錆だった。風がひゅうっとそこを通りぬける。その下の鉄の桁は腐食しており、接合部分には古い鳥の巣がついていた。太い鎖が空中に輪をなしている。

ほどなく、穴が増えてきた。小径は悪夢のような綱わたりの場所と化し、馬が踏みつけたところは不気味にきいきいと鳴った。数分後、ケイロが足を止めたことに、アッティアは気づいた。

「ふさがってるの?」

「も、同然だな」彼の声は息づまったように固い。ふりかえった息が白い。「引っ返そう。ここは渡れん」

「こんなところまで来たのに」

「馬が発狂寸前だ」

ケイロはおびえているのだろうか。声は低く、顔はこわばっている。一瞬、弱気になったのかと思った次の瞬間、押し殺した怒りの声がした。「アッティア、後ろだ」

アッティアはふりかえった。

信じられない。

陸橋の両側を仮面の人々がわらわらと乗り越えてくる。穴から出てくるものあり、鎖や蔦をつたいのぼってくるものありだ。馬は恐怖の声をあげ、竿立ちになった。ケイロが手綱を放し、飛びのいた。もうおしまいだ。馬が走りだした。下へ落ちたら、飢えた人々がその肉を食らおうとむらがってくるだろう。

そのとき、仮面のひとりが馬をつかまえ、自分の外套をその目にかぶせると、手際よく闇の中へひいていった。

相手は十人あまり。小柄でやせており、真っ黒で右目の上にだけ稲妻のかたちが入った羽つき兜をかぶっている。ケイロを取り囲み、火縄銃で狙いをつけた。だがだれひとりアッティアには近づいてこない。

彼女は動かずに、油断なくナイフをかまえた。

ケイロがすっと背をのばし、青い目をすさまじく光らせた。手が剣の柄に行く。

「それに触るな」一番背の高い者が武器を奪い、アッティアのほうを向いた。「こいつはおまえの奴隷か」

その声は少女のものだった。仮面の中の目は不揃いで――かたほうが灰色の目、片方は黄金だが、そちらは石のようで見えてはいないらしい。

とっさにアッティアは言った。「そうです。殺さないで。あたしの奴隷です」

ケイロが鼻を鳴らしたが、動きはしない。この場は口をつぐんでいるだけの気転をきかせてほしい。

仮面の娘たち――アッティアは全員、少女だと思った――が、目くばせしあう。すると首領が合図をした。火縄銃の列の銃口が下がる。

ケイロがアッティアに目をやった。その意味はすぐにわかった。〈手袋〉は彼の上着の内ポケットに入っている。体をあらためられたら、見つかってしまう。

彼は腕を組んでにやりとした。「女どもに囲まれたか。こいつは面白くなってきた」

アッティアがにらんだ。「お黙り、奴隷」

黄金の目の娘が彼のまわりをぐるりとまわった。「この男、奴隷らしくはないな。偉そうにしているし、男だし、わたしたちをなめている」と、短くうなずいてみせた。「投げ落とせ」

「やめて」アッティアは進み出た。「やめて。この男はあたしの奴隷。殺そうというなら、あたしは体を張って戦うよ」

仮面の娘がじっとケイロを見る。黄金の目が輝き、アッティアは、その目が見えていないのではなく、何かをとらえていることを悟った。彼女もハーフマンなのだ。

「武器を持っていないか探せ」

二人の娘が体をあらためた。彼はそれを楽しんでいるそぶりだったが、ふたりがポケットから〈手袋〉をひっぱりだしたときには、飛びかかりたいのを全身でこらえているのが、アッティアにはわかった。

「これは何だ?」首領が〈手袋〉をさしあげた。手の中で、鉤爪がついて重たいドラゴンの皮は、薄暗がりの中、虹色に輝いた。

「おれのだ」「あたしの」ケイロとアッティアが同時に言った。

「なに？」

「おれがあずかってるんだ」ケイロはとっておきの愛想のよい笑みを浮かべた。「おれは〈手袋の奴隷〉なんだ」

娘は、不揃いの目でドラゴンの鉤爪を見つめた。それから顔を上げた。「ふたりともついてくるがいい。この〈スカイウォーク〉で長年税を取り立ててきたが、こんなに凄い力のある物は見たことがない。紫と金色がさざなみうっている。琥珀色の歌を歌っている」

アッティアはそろそろと前に出た。「それが見えるの？」

「目で音が聞こえるのさ」彼女は顔をそむけた。アッティアはケイロに不機嫌な一瞥をくれた。口をつぐんで、お芝居を続けるべきだったのに。

ふたりの仮面の娘が、彼を押した。「歩け」

首領がアッティアの隣に来た。「おまえの名前は？」

「アッティア。あなたは？」

「ロー・シグニ。生まれたときの名前は捨ててしまった」

床にあいた大きな穴を、娘たちは器用にするすると下りてゆく。

「ここを下りるの？」アッティアはしいて平気な声を出そうとしたが、ローが仮面の後ろで笑っているのがわかった。

「地面まで落ちるわけじゃない。下りればわかる」

アッティアは腰をおろし、足を穴の中に入れて垂らした。だれかがその足をつかみ、支えてくれた。

ずるずるとすべり落ち、錆びた鎖をつかんだ。それは陸橋のすぐ下に造られた危なかしい歩廊で、なかば蔦におおわれてしまっている。トンネルのように暗く、歩くとキイキイきしむが、突きあたりからは、もっと細かく迷路のような小径や縄ばしごに分かれている。そこに小部屋や檻がぶらさがっていた。

ローが影のように音も立てずに、ぴたりとあとについてくる。突きあたりで、右手の部屋に入るよううながしたが、そこは床の下が空中なのか、わずかに揺れていた。アッティアはごくりと息を呑んだ。壁は柳を編んで造られ、床は厚くつもった羽毛におおわれている。しかしなにより驚いたのは天井だ。驚くほど深い青色に塗ってあり、そこには、ローの目にはめこまれたのと同じ黄金の石が、さまざまな模様をなして輝いていた。

「星だ！」

「サフィークが書いたとおりだよ」娘はそばに立って見上げた。「〈外〉では、星は空を渡ってゆきながら歌うんだ。〈牡牛座〉〈狩人座〉、それに〈つながれた姫君座〉。全天の星座の中でも、わたしたちは〈白鳥座《シグニ》〉さ」羽根のついた兜をさっとぬぐと、青白い顔と、短く切った黒い髪があらわれた。「〈白鳥の巣〉へようこそ、アッティア」

そこはむっとするほど温かく、小さなランプがあちこちにともっていた。影のような人影が鎧や仮面を脱ぐと、それはさまざまな年齢層の女たちだった。がっしりしたものもいれば、若くてしなやかなものもいた。鍋からは食べ物の匂いがしていた。羽毛を詰めたふかふかの長いすが、部屋のあちこちに置いてある。

ローがその一つのほうへ、アッティアを押しやる。「お座りよ。疲れてるみたいだし」

不安になって、アッティアは問いかけた。「あたしの……しもべは？」

「檻に入れてある。餓えさせはしないから。でも、ここは男のいるところじゃない」

アッティアは腰を下ろした。ふいに耐えがたいほどの疲れがきたが、気を抜くわけにはいかない。

ケイロが怒り狂っているだろうと思うと、少し楽しくなった。

「おあがりよ。食事はたんとあるから」

熱いスープの鉢が、目の前に置かれた。急いですすっている彼女を、ローがほおづえをついて見守っている。

「おなかがすいていたんだね」しばらくして言った。

「何日も旅をしてきたから」

「その旅もおしまいだね。ここなら安全だ」

どういう意味だろうと思いながら、アッティアは薄いスープをむさぼりのんだ。ここのひとたちは優しそうだが、油断は禁物だ。ケイロをとらえられているし、〈手袋〉も取られているのだ。

「あんたのことを待っていたんだよ」ローが静かに言った。

アッティアは息が詰まりそうになった。「あたしを？」

「あんたみたいな人が来ることをさ。こんなようなもののことと」ローが上着から〈手袋〉を取り出して、うやうやしく膝にのせた。「アッティア、ふしぎなことが起きているんだよ。すばらしいことがね。部族がことごとく移住してゆくところを見たね。わたしたちは何週間もそれを見てきた。食べ物や暖かさを求めて、〈監獄〉の中心部のざわざわから、たえまなく流出していっている」

「ロー、ざわざわって？」

「聞いたんだよ」娘が奇妙な目を、アッティアに向けた。「わたしたち、みんな聞いた。夜遅く、夢の奥深くで。天井と床の間に浮かんだような状態で、その波動を感じた。鎖の中、壁の中、体の中にそれを感じる。〈監獄〉の心臓の鼓動さ。日々、それが強くなっている。わたしたちがそれに力を与えている。みんな、わかっている」

アッティアはさじを置いて、黒いパンをちぎった。「〈監獄〉の機能が低下している。そういうこと？」

「集中しているんだ。焦点をしぼっているというか。どの〈翼棟〉も暗くしんと静かになっている。〈恐怖の冬〉が始まった。予言どおりだよ。しかも〈非知者〉が要求を送ってよこしている」

「〈非知者〉？」

「わたしたちはそう呼んでいる。〈監獄〉が〈外〉から彼を呼びよせたんだ……彼は〈監獄〉の心臓部にある部屋にいて、何か恐ろしいものを造っている。人間を造っているという噂だ。ぼろ布と夢と花と金属を材料にしてね。そうやって造られた人間が、わたしたちみんなを星々のところへ連れてってくれる。それはもうすぐ起きるんだ、アッティア」

輝いているその顔を見ても、アッティアは疲労感を覚えるばかりだった。皿をわきに押しやり、悲しそうな声で言った。「あなたはどうなの？　あなたの話をしてよ」

ローはにっこりした。「その話は明日だ。あんたは眠ったほうがいい」と、ぶあついふとんをアッティアの上に、ふんわりとかけてくれた。それは、やわらかく暖かく、吸いこまれそうだった。アッティアはその中にもぐりこんだ。

「〈手袋〉をなくさないでね」眠そうに言った。

「ああ。ぐっすりお休み。アッティア・シグニ、あんたはわたしたちのところに来たんだ」

アッティアは目を閉じた。どこか遠いところから、ローの声がした。「奴隷に食べ物をやった？」

「ええ。でもあの男、ひたすら、わたしをたらしこもうとしていたわ」別の娘の声が笑った。

アッティアは転がって、ひそかに笑った。

何時間もたち、深い眠りの底で、呼吸と呼吸の合間に、歯にもまつげにも神経にも、あの鼓動が感じられた。自分の鼓動。ケイロの鼓動。〈監獄〉の鼓動。

17

マダム、世界は、われらが駆け引きをし、失敗をするチェス盤のようなものです。もちろんあなたが、女王の駒です。あなたの動きが最強です。わたしはただ、ひねくれた動きをするナイトであればよいのです。しかしわたしたちは自分で動いているとお思いですか。それとも大きな手袋の手が、われらをこの市松格子の上に置くのでしょうか。

「〈監獄〉の〈管理人〉から女王への私信」

「おまえがやったの？」クローディアは生け垣のかげから姿をあらわし、メドリコートがぎょっとふりむくのを見て楽しんだ。

彼がおじぎをすると、半月形の眼鏡が朝日に輝いた。「嵐のことでしょうか、お嬢様。それとも火事のほうで？」

「しらじらしい」クローディアはわざと高飛車に言った。「わたしたちは〈森〉で襲撃されたわ――ジャイルズ王子とわたしがよ。おまえの指図なの？」

「まさか」インクのしみのある指先が持ち上がる。「めっそうもない。クローディア様、さようなことは」

むっとして、クローディアは沈黙を守っていた。

芝生の向こうから、彼はこっちを見つめている。鳴きながら歩きまわっているのは孔雀たちだけだ。オレンジの温室には廷臣たちの一団がいた。かすかな笑声が、香り高い庭園をわたってくる。

「襲撃などいたしません」メドリコートは静かに言った。「お考えください。もしもわれわれが手を下していたら、ジャイルズ王子は――その方が王子だとすればですが――命がなかったでしょう。〈鋼の狼〉の名声はだてではありません」

「おまえは何度も女王暗殺に失敗したじゃない」クローディアはずばりと言った。「そして次には、フィンに短剣を……」

「あれは、われわれの存在をお忘れなきようにと、したことです。でも〈森〉の一件は違いますよ。申し上げてよろしければ、護衛もつけずに遠乗りに出かけられたのは不用意でしたね。〈領国〉には不満の種がうずまいています。貧乏人は不正を被っていますが、それに甘んじているわけではありません。追いはぎになるのも、そのあらわれのひとつです」

クローディアは、女王の陰謀だと考えていた。ただ、メドリコートにそれを知らせるつもりはなかった。それで薔薇の茂みから、蕾をひとつ、ぷちんと折って言った。「では火事は？」

彼はひきつった。「あれは災難でした。だれがやったかはおわかりでしょう。女王陛下は二度と〈門〉を開くおつもりはありません」

「で、もう勝ったおつもりなのね」孔雀が見事な尾羽根をシャッと開いたのを見て、クローディアは飛び上がった。百もの目がこっちを見ていた。「これで父上は孤立した、とお考えなのね」

「〈門〉が開かなければ、つまりそういうことです」

「メドリコート、おまえは父上のことをよくわかっているでしょう？」

メドリコートは眉をひそめた。「十年間、秘書をつとめさせていただきました。でも、わかりやすい方ではありませんでした」

「秘密はぜったいもらさない人だし」

「ぜったいに」

「〈監獄〉のことも？」

「わたしは〈監獄〉のことは何も存じません」

クローディアはうなずいて、ポケットから手を出した。「これ、知っているわね」

メドリコートはふしぎそうにそれを見た。「〈管理人〉どのの懐中時計ですね。いつも身につけておられましたな」

相手が何か感づいたそぶりを見せないかと、クローディアはじっと見つめていた。眼鏡のガラスに、開いた懐中時計と、鎖の先で回転する銀の立方体が映っている。

「わたしに置いていってくださったの。では、おまえは〈監獄〉がどこにあるのか知らないのね」

「まったく。わたくしはお手紙を代筆し、ご命令に従って指示を出しました。けれど〈監獄〉へご一緒したことはありません」

クローディアはぱちんと蓋をしめた。メドリコートはけげんな顔で、自分がいま目にしているものが何なのか、まったく見当がつかないようだった。

「父上はどうやって〈監獄〉に行かれたの？」

「それはまったくわかりませんでした。一日あるいは一週間ほど、お姿が見えなくなります。わたくしども――〈鋼の狼〉としては、〈監獄〉は、〈宮廷〉のどこかの地下にある迷宮なのだろうと信じております。もちろん〈門〉を通ってゆくのでしょう」彼は好奇心の目で彼女を見た。「お嬢様はわたくし以上にご存じのようですね。〈管理人領〉の父上の書斎に何か手がかりがあったのかもしれません。わたくしは一度もそこに入れていただいたことがありませんから」

父上の書斎。

クローディアは、彼の言葉がたたきだした火花の衝撃を、つとめてあらわすまいとした。「ありがとう。お世話さま」

自分が何を言ったかもわからぬまま、彼女はきびすを返したが、メドリコートの声がそれを止めた。

「クローディア様。もうひとつ。にせの王子が処刑されるときは、あなたさまも同じ運命をたどるときいております」

「なんですって？」

「な、な、なんですって？」

彼は眼鏡を両手に持ち、くすんだ色のコートの両肩は落ちこんでいた。陽を浴びた姿は、ふいに、とほうにくれて取り乱したもののようだった。

「でも、女王は……」

「断行なさいます。ご注意を、お嬢様。あなたは脱出した〈囚人〉です。女王は、いかなる法律をも破るおつもりはありません」

クローディアはぞっとなった。信じられない。「それは確かなの？」

「〈御前会議〉のひとりが愛人を持っています。その女は、わたくしどもの手先です。その方は女に、女王の意志が固いと告げたそうです」

「女王は、他にも何か聞いたのかしら。あの二番目の男を手配したのは、女王様なの？」

彼はじっとクローディアを見た。「ご自身の死ぬことより、そちらに興味がおありなのですか」

「教えて！」

「残念ながら、違いますね。女王はどちらが自分の継子であるか、まったくわからないと公言しておられます。〈御前会議〉では何ともおっしゃらなかった」

クローディアは薔薇のつぼみをちぎりながら、歩きまわった。「そりゃ、わたしも処刑されたくはないわ。女王にであろうと、あなたがた〈狼〉にであろうと、他のだれに、であろうとね。教えてくれてありがとう」クローディアが薔薇のアーチをくぐったとき、メドリコートが一歩追ってきて、低い声をかけた。「ジェアド先生は買収されて、〈門〉の修復を中止することになりました。それはご存じでしたか」

クローディアはふりかえることもできずに、凝然と立ちすくんだ。咲き誇る薔薇は真っ白で、このうえもなくかぐわしい香りを立てている。太った蜂が花弁の中を動きまわっていた。クローディアが手にしているつぼみには棘があり、指に刺さったので、ぽとんとそれを落とした。

メドリコートはそれ以上近づかなかった。平静な声で言った。「女王様はその見返りとして……」

「そんなはずないわ」クローディアはふりかえり、吐き出すように言った。「先生が受けとるような見返りなんてありえないわ。ぜったいに！」

　鐘がひとつ鳴り。ついで〈象牙の塔〉から次の鐘が鳴りわたった。〈査問会〉の始まりの合図だ。

メドリコートはじっとクローディアを見つめている。それから眼鏡をかけ、ぎごちなくお辞儀をした。

「ならば、わたくしの勘違いだったようです、お嬢様」

　クローディアは彼の後ろ姿を見送った。体がふるえて止まらない。怒りのせいなのか、それとも恐怖のせいなのか、自分でもわからなかった。

　ジェアドはうっすらと笑みを浮かべて、手にした本を見下ろした。ここの学生だったころのお気に入りの一冊だ。読まれぬまま棚で朽ちてゆこうとしていた赤い小さな本で、謎めいたふしぎな詩集だった。ページを開くと、むかし自分がはさんだオークの葉が見つかった。それは四七ページで、〈怒りの時代〉の荒廃を癒してくれるであろう、嘴に咲きかけの薔薇をくわえた鳩を歌った詩だった。行を追いながら、彼は当時に思いをはせていった。それほど昔のことではない。彼は〈規定書〉制定以来、もっとも年少の〈大学〉の卒業生で、英才と目され、輝かしい将来を嘱望されていた。

　オークの葉は蜘蛛の巣のようにもろくなり、葉脈がほとんど透けていた。

　ジェアドはかすかにふるえる指で、本を閉じ、棚に戻した。いまさら自己憐憫に浸るつもりはなかった。

〈大学〉の図書館は、無数の静かな部屋の集まりだった。大きなオークの本棚のいくつかは鎖につながれ、通廊ともなっている広間に、何列にも並んでいた。〈知者〉たちが手稿や彩色本の上にかがみこみ、鵞ペンをかりかりと動かしている。どの仕切りにもともっているのは、蠟燭のように見えるが、じつは、地下の秘密の発電機から送電された高精度の二極管だ。ジェアドは〈領国〉の貴重な残留資源の少なくとも三分の一が、ここで消費されているのだろうと思った。もちろん図書館だけではない。鵞ペンの形をしたものは、月面観測所と、付属の医療棟をも管理している中央コンピュータにつながっている。憎い相手だが、女王は正しい。もしも、自分の症状の治療法がかつてあったとしたら、それはここで再発見するしかない。

「先生?」司書が女王の書簡を手に、戻ってきた。「書類に不備はございません。どうぞこちらへ」

〈秘儀書庫〉は図書館の中心にある。そこは開かずの間で、入ることができるのは〈知者〉の長老と〈管理人〉だけだと言われている。もちろんジェアドが立ち入ったことはない。興奮で、胸が高鳴る。

ふたりは三つの部屋、地図の広間を通りぬけ、螺旋階段をのぼって、埃をかぶったコーニスの下、読書室をとりまく小さな回廊に出た。奥のすみに、うすぐらいアルコーブがあり、机と椅子がひとつずつ置いてあった。椅子の腕木には、身をくねらせる蛇が彫りこまれている。

司書が一礼した。「何かお入り用なものがありましたら、助手のだれかにお声をおかけください」

ジェアドはうなずいて、腰を下ろした。驚きと失望を顔にあらわすまいとした。もっと秘密めいておどろおどろしいものを予想していたのだが、愚かだった。

あたりを見まわした。

監視装置はとりあえず見あたらないが、それがあることは感じられた。上着の中に手をつっこんで、かねて用意のディスクを取り出した。それを机の下にすべりこませると、ぴたりと貼りついた。机は見かけとは違って、金属製だった。触れてみると、羽目板の一部がスクリーンになり、ひかえめに光が入った。「**ここは〈秘儀書庫〉です**」という文字が浮かびあがる。

ジェアドは迅速に仕事を進めた。ほどなくリンパと神経の図が波打ちながら、スクリーン上にあらわれた。それを熱心に調べながら、いまだにシステムに保持されている医療関係の検索の断片的結果と照らしあわせていった。下の部屋はしんと静まりかえり、古えの〈知者〉たちの型にはまった胸像が、大理石の台上から、いかめしいまなざしを送っている。外では、遠くの張り出し窓で、数羽の鳩が鳴いていた。

司書がひとり羊皮紙の山をかかえて、そっと通りすぎる。ジェアドはおだやかにほほえんだ。自分はちゃんと監視されているのだ。

午後の夕立の時間である三時が来たときには、準備万端整っていた。照明が弱まり、部屋が薄暗くなると、彼は机の下に手をすべりこませて、ディスクに触れた。

たちまち、神経系統の図の下に、文字があらわれた。〈監獄〉についての極秘ファイルを見つけるには長い時間がかかり、目は疲れ、喉はいがらっぽくなっていた。だが、最初の雷鳴がとどろいたとき、それが開いた。

図の下に透けている文書を読むわざは、大昔に身につけていた。集中力が必要で、いつでも頭痛が起きるが、耐えられないほどではない。十分間で、彼は他のファイルを解除する一つのシンボルを発見し、昔学んだことのある、〈知者〉の言葉の古代語版を見つけた。

解読してゆくうちに、奇妙な象形文字の塊の中から言葉がたちあらわれてきた。

最初の〈囚人〉の名簿
判決と司法文書
犯罪記録：画像
〈管理人〉の義務

最後の行に手をふれた。スクリーンが切り替わり、網の目のような神経の図の下に、短い言葉があらわれる。

この内容は機密文書である。パスワードを発語せよ。


ジェアドは低く、悪態をついた。

「不正解」とスクリーンに出た。「あと二回で正答しなければ、警報機が作動します」

ジェアドは目を閉じ、うめくまいとした。あたりを見まわす。雨が窓をたたきつけ、下の階の机の列にともる小さな明かりが微妙に明るくなった。

彼はゆっくりと深呼吸し、背中に汗がにじむのを感じた。

それから「〈監獄〉《インカースロン》」とつぶやいた。

「不正解。あと一回で正答しなければ、警報機が作動します」

ここで引き下がり、考えてみるべきだ。見とがめられたら、二度とここまでは踏みこめない。しかし残された時間は短い。〈領国〉が奪われた〈時間〉が、その復讐を遂げようとしている。

文字の下でページがめくられる。彼は身をのりだし、スクリーンに映るおのれの青ざめた顔と、おちくぼんだ黒い目を見た。心にひとつ言葉が浮かんだが、それが正しいかどうかはまったくわからない。だがその顔はジェアドのものであるとともに、ほそおもてで黒い髪をした別のものの顔でもあった。彼は口を開いて、その名をささやいた。

「サフィーク？」

リスト。名簿。データ。

それらが、ページの上にウィルスのように広がり、図にかぶさり、すべてをおおいつくした。この情報の力強さと速度に、彼は驚いた。ディスクを軽くたたいて、めまぐるしくあらわれては消えるそれを記録させた。

「先生？」

ジェアドは飛び上がるところだった。

〈大学〉のポーターのひとりがそこに立っていた。古ぼけててかった黒い上着を着た大男で、杖の先には白い真珠がついている。「お仕事中申し訳ありませんが、これが参りました。〈宮廷〉からです」

それは羊皮紙の手紙で、封蠟にはクローディアの黒鳥の紋章があった。
「ご苦労」ジェアドは受けとって、男に小銭をやり、おだやかな笑みを浮かべた。彼の背後のスクリーンには医学関連の図がつぎつぎに映し出されている。〈知者〉の寡黙さに慣れているポーターは一礼して、下がっていった。
赤い封蠟をぴりっと裂いて、ジェアドは中を開けた。しかし、それが前もって女王の間者に読まれたであろうこともわかってはいた。

ジェアド先生、
大変なことが起きてしまいました。〈東翼〉の地下室から出火して、一階とその上の階のほとんどが焼け崩れてしまったのです。怪我人は出ませんでしたが、〈門〉への入り口は瓦礫の山に埋もれてしまいました。女王陛下は、最善の手を尽くすとおっしゃっていますが、わたしは打ちのめされて立ちなおれません。父上とはもう会えないし、ジャイルズは友だちの運命を嘆いています。本日は〈査問会〉の日です。どうかがんばってください。わたしたちに残された道は、静寂と秘密の中にしかありません。

先生を敬愛する従順なる弟子
クローディア・アレクサ

彼は〈規定書〉のことを思い、悲しげな笑みを浮かべた。クローディア、もっと他のやりようがなかったのですか。だが、この手紙はジェアドあてであるだけでなく、女王に見られるものでもある。出火！　シア女王は決して危ない橋は渡らない――まずジェアドを排除し、それから〈監獄〉への入り口を封じる。しかし、女王はおそらく知らないだろうが、自分とクローディアだけが知っていることがある。それは故郷〈管理人領〉の眠ったような荘園屋敷の〈管理人〉の書斎にも、〈門〉に通じる入り口があるということだ。わたしたちに残された道は、**静寂と秘密の中にしかありません**。この部分を読めば、ジェアドが理解すると、クローディアはわかっていて書いたのだろう。

ポーターはひかえめな距離でもじもじしていたが、こう言った。「お使者は、あと一時間で〈宮廷〉に戻ります。先生、何かお返事をなさいますか」

「する。インクと紙を持ってきてくれないか」

男が去ると、ジェアドは小さなスキャナーを取り出し、羊皮紙の上にかざした。きっちり書かれた行を横切るように、赤い文字で「**もしフィンが失敗したら、わたしも一緒に殺されます。わたしたちの居場所はおわかりでしょう。先生が頼りです**」とあった。

彼は鋭く息を吸いこんだ。不安げに、ポーターがインクつぼを机の上に置く。「先生、お具合がよろしくないのですか」

彼は座ったまま蒼白になっていた。「ああ」と言い、紙をくしゃくしゃにした。

まさかクローディアが殺されるとは、ゆめにも思ったことはなかった。それに「**先生が頼りです**」とはどういう意味なのか。

＊　＊　＊

女王が立ち上がると、同じ食卓についていたもの全員があたふたと立ち上がった。まだ口を動かしているものもいる。冷肉と鹿肉のペースト、ラヴェンダーのクリームとラムミルクという、夏のメニューの皿が、テーブルの白いクロスの上に散らばっている。

「では」彼女はハンカチで唇をぬぐった。「候補者以外は、みな下がるがよい」

クローディアが小さく腰をかがめた。「陛下、わたくしも査問に立ち会わせていただけませんか」

女王の赤い唇が、まるく完璧な形に突き出された。「クローディア、残念ながら今回はならぬ」

「わたしも?」カスパーが飲みながら言った。

「そなたもじゃ。どこかへ遊びに行って、獲物でも撃っておいで」だが、女王はじっとクローディアを見つめており、突然、冗談のようなしぐさで、その腕をつかんだ。「ああ、クローディア。〈門〉のことはわらわも残念であった。新たな〈管理人〉を任命せねばならないとは。そなたの父上は、たいそう……有能でおられたのに」

クローディアは顔に笑みを貼りつけたままでいた。「陛下のお心のままに」と言うだけにとどめた。泣きついて頼めば、シアは何より喜んだだろう。

「そなたがカスパーと結婚しておれば!　いや、実際いまからでも遅くは……」

これにはがまんがならなかった。身を引くことはできなかったので、身を固くして立ちつくして言った。「選択はもう終わっております、陛下」

「そのとおりだ」カスパーがつぶやく。「クローディア、きみには機会があった。今はもうこっちからは……」

「持参金が二倍でもかえ？」と女王。

カスパーは目をむいた。「ほんとう？　まさか」

シアの唇がねじれた。「そなたはからかいやすいの、カスパー」

部屋の奥の両開きの扉が開いた。その向こうが〈査問会〉の部屋だ。

女王の玉座は大きな鷲のかたちで、広げた翼が背もたれとなり、もたげた嘴はかっと開いて、しわがれた叫びを吐き出していた。ハヴァーナ王朝の王冠がその首もとをかざっている。

〈御前会議〉の席がそのまわりに並んでいたが、玉座の両側のふたつは空席で、ひとつは白く、ひとつは黒かった。出席の面々が一列に並んで入ってゆくと、壁に小さな扉が開き、人影がふたつあらわれた。フィンとジャイルズだろうとクローディアは思っていた。だが、実際に出てきたのは、〈陽〉と〈影〉の審問官だった。

〈影の長〉は黒貂《くろてん》のふちどりのついた黒ビロードをまとい、服と同じく髪も髭も真っ黒だった。顔はいかつく、表情を読ませない。白ずくめのもうひとりは、にこやかで立ち居振る舞いも品がよく、ふちに真珠を縫いつけたサテンのローブをまとっている。

クローディアがはじめて見るふたりだった。

「〈影の長〉どの」女王が玉座に近づいて、作法どおりくるりとこちらを向いた。「そして、〈陽の長〉どの。そなたらの仕事は、査問によって真実を引き出し、われらと〈御前会議〉を評決に導くことじゃ。公明正大な審問を行うことを誓いますか」

ふたりともひざまずいて、女王の手にキスした。それから立ち上がると、ひとりは黒い椅子へ、ひとりは白い椅子へと歩いてゆき、着席した。女王はドレスをなでつけ、袖口から小さなレースの扇を取り出した。

「よろしい。では始めましょう。扉を閉めよ」

銅鑼が鳴りひびいた。

フィンと〈候補者〉が入ってくる。

クローディアは顔をしかめた。フィンは装飾品もつけず、いつもの黒っぽい服装だ。挑むような、しかし不安そうな顔つきだ。一方相手は、このうえもなく値の張りそうな、目にもあざやかな黄色の絹の上着を着ていた。ふたりはタイルを敷いた床の上で立ち止まり、お互いに向かいあった。

「名前は？」〈影の長〉がぴしりと言った。

扉を鼻先でたてきられる直前、クローディアはふたりが異口同音にこう答えるのを聞いた。「ハヴァーナ朝のジャイルズ・フェルディナンド・アレクサンダー」

彼女は彫り物のある扉を見つめていたが、やがて身をひるがえし、人垣の間をすみやかに抜けていった。耳もとに、冷たい興味をたたえた父の声がささやくのが聞こえるような気がした。「わかるか、クローディア。だれもかれもチェス盤上の駒なのだ。だが残念ながら、ゲームに勝つのはただひとりだ」

18

王子を作るものとは何か？
晴れた空と戸外の暮らしだ
囚人を作るものとは何か？
答えのない問いだ
『サフィークの歌』

「出してくれ、アッティア」

「まだだめだよ」彼女は檻の木の格子の前にうずくまっていた。「もう少しがまんして」

「新しいお仲間とのお楽しみで手一杯ってわけか」ケイロは奥の壁にだらりともたれかかり、腕を組んで、両足を投げ出していた。冷静で皮肉な顔つきだが、じつは内心怒りに煮えたぎっているのが、彼を知りつくしているアッティアにはよくわかった。

「あの人たちに合わせなきゃ。わかるでしょ」

「で、あいつら、いったい何者なんだ」

「女の人ばかり。たいがいは男を嫌ってる感じ——たぶんひどい目にあわされたことがあるんだよ。自分たちは〈シグニ〉だと称してる。名前の代わりに番号を持ってる。星の番号だよ」

「そりゃ詩的なこった」ケイロは頭をそびやかした。「で、いったいいつおれを殺すつもりなんだ」

「考えてるみたい。あたしは、やめてって頼んでるけど」

「それに〈手袋〉は?」

「ローが持ってる」

「取り返せよ」

「やってみてるとこ」アッティアは油断なく、戸口に目をやった。「この巣は空中にぶらさがってるんだよ。部屋とか廊下とかもいっしょに織りあわさってる。広間の階に下りるみちがあると思うんだけど、まだ見つからない」

ケイロはしばらく黙っていた。「馬は?」

「さあ、わからない」

「そうか。おれたちの荷物は?」

「あんたの荷物でしょ」アッティアはくしゃくしゃの髪を後ろにはらった。「他にもあるわ。ここの人たちは〈管理人〉のために動いてる。彼を〈非知者〉と言ってる」

彼の青い目がまじまじと彼女を見た。「そいつに〈手袋〉を渡そうってのか」

いつもながら、なんて頭がまわるんだろう。アッティアは思った。「そうだよ。でも——」

「アッティア、取り戻すんだ」彼はさっと立ち上がり、格子をつかんでいた。「〈手袋〉は〈監獄〉

につながる、たったひとつの方法なんだ」

「でもどうやって？　相手の数が多すぎる」

彼はすさまじい勢いで格子を蹴りつけた。「アッティア、おれを出してくれ。やつらには何とでも嘘を言えばいい。陸橋からこいつを突き落として、と言えばいいんだ。とにかく出してくれ」

身をひるがえしたアッティアを、彼は手をのばしてつかまえた。「あいつら、みんなハーフマンなんだろ？」

「何人かはね。ローとかゼータとか。オメガという女の人は両手がペンチになってる」アッティアは彼を見た。「それを知ったら、もっとあの人たちが憎くなった？」

ケイロは冷たく笑うと、指の爪で格子をたたいた。金属と金属がぶつかる音がした。「そうしたら、おれは偽善者そのものだな」

アッティアは一歩退いた。「きいて。あたしたちは間違ってるよ」彼が爆発する前に、こう続けた。「〈監獄〉に〈手袋〉をやったら、あいつはあのとんでもない〈脱出〉計画を実行するよ。ここにいるものはみんな死ぬ。ケイロ、それはできないよ。あたしにはできない」

彼はいつもアッティアをおびえさせる、冷たく激しい目つきを向けてきた。

アッティアは下がった。「〈手袋〉を手に入れて、逃げちゃおうかな。あんたをほっぽって」

戸口に来たとき、彼のささやくような声が聞こえた。脅しに満ちた冷たい声。「そうしたら、おまえもフィンと同じだ。嘘つきの裏切り者だ。アッティア、おまえはそんな真似をしないだろう？」

彼女はふりかえらなかった。

＊　＊　＊

「もう一度、あの日に何があったか思い出して話しなさい。狩りの日です」〈影の長〉は厳しい目つきで、彼を見下ろすようにした。

フィンは部屋の中央のがらんとした場所に立っていた。歩きまわりたかった。だが、こう答えた。

「馬に乗っていて……」

「ひとりですか」

「いや……ほかのものがいたはずだ。最初は」

「敵ですか、味方ですか」

彼は顔をこすった。「わからない。何度も思い出そうとした。けれど……」

「あなたは十五歳だった」

「十六だ。十六歳」相手は自分を引っかけようとしている。

「馬は栗毛でしたか」

「灰色だ」彼は怒りの目をぎらぎらと女王に向けた。女王は目を半眼にし、膝に小犬をのせて座っている。その指は、規則正しく背中をなでてやっている。

「馬が跳ねた。前にも言った。足がちくりと痛んだ。それで馬から落ちた」

「供のものがいっしょでしたか」

「いや。ひとりだった」

「さっきは……」

「わかってる。たぶん、自分ひとりがはぐれたんだ」彼は首をふった。目の裏で、いつもの前触れのちかちかが始まった。「道をまちがえたのかもしれない。覚えていない」

動転するな。注意をとぎすませていなければ。〈候補者〉は腰かけにゆったり座って、じれったそうな顔で耳を傾けている。

〈影の長〉が近づいてきた。黒くおちつきはらった目。「それはあなたのでっちあげでしょう。襲撃などなかった。あなたはジャイルズではない。〈監獄〉の〈滓〉だ」

「ぼくはジャイルズ王子だ」だが彼の声は弱々しかった。自分の耳にもたよりなく響いた。

「あなたは〈囚人〉だ。盗みをしたことがある。そうではないか」

「そうだ。でも、みんな、事情がわかっていない。〈監獄〉では……」

「人を殺した」

「違う。殺したことはない」

「ほんとうですか」審問官は蛇のような動きで身をひいた。「マエストラなる女性も？」

フィンがはじかれたように頭を上げた。「どうしてマエストラのことを知っている？」

室内にざわりと不穏な空気がたちこめた。〈御前会議〉の幾人かがささやきをかわす。〈候補者〉がきっと身を起こす。

「どうして知ったかは、重要ではありません。マエストラは〈監獄〉の中の奈落に落ちた。立っていた橋に仕掛けがされていた。あなたはそれにかかわっていた」

「違う！」彼は相手とまっこうから向きあって叫んでいた。審問官は一歩も下がらない。

「違わない。あなたは〈脱出〉のための道具を彼女から盗んだ。あなたの言葉は嘘八百だ。ヴィジョンを見た？　幽霊と話をしたですと？」

「ぼくは殺していない」彼は剣に手をのばしたが、剣はなかった。「たしかにぼくは〈囚人〉だった。〈管理人〉に一服盛られて地獄に落とされた。そして記憶を奪われた。ぼくがジャイルズだ」

「〈監獄〉は地獄ではない。壮大な実験だった」

「あそこは地獄だ。ぼくにはわかっている」

「嘘つき」

「違う……」

「あなたは嘘つきだ。ずっとそうだった。そうだったでしょう？　そうだ、った、く、せ、に」

「違う。そんなこと知らない」もう耐えられなかった。喉は灰のようにジャリジャリになり、発作がどうしようもなくせまってきていた。もし、ここで発作が起きたら、おしまいだ。

気配を感じて、彼はむりやり頭をあげた。〈陽の長〉が立っており、手招きで、椅子を持ってこさせようとしていた。〈影の長〉は自分の席に戻っていた。

「どうぞ、座ってください。おちついて」男は白髪で、言葉は優しくいたわるようだった。「水を」

従僕が盆を運んできた。ひんやりした杯が手に押しこまれ、フィンはこぼすまいとしながら飲んだ。体がふるえ、視界は一面に、点やむずがゆいぎざぎざでゆがんでいた。フィンは腰を下ろし、ふっくらした腕木を握りしめた。背中がじっとり汗に濡れていた。〈御前会議〉の面々の目が、ひたと彼を見すえている。その不信の目を、堂々と見返すことができなかった。女王の指は、絹のような犬の毛なみを愛撫している。平然とこの場を見守っていた。

「では、あなたは〈管理人〉に幽閉されたと言われるのですか」〈陽の長〉が静かに言った。

「そのはずだ」

男は温かい笑みを見せた。フィンは身を固くした。甘い言葉をかけるものほど、じつは一番恐ろしい相手だ。

「しかし……もしも〈管理人〉がそうしたのだとしたら、単独犯ではありえない。王子を誘拐することも含めて。〈御前会議〉がこれにかかわっていた、と言われるつもりですか」

「それは違う」

「〈知者〉会議ですか」

彼は疲れたように肩をすくめた。「薬物に詳しいもののはずだ」

「では〈知者〉会議を告発されますか」

「告発は……」

「では女王陛下か」

部屋はしんとなった。フィンはむっつりとこぶしを作った。自分は大変な災厄の淵をのぞきこんでいる。それはわかった。だが、かまうものか。「女王はご存じだったと思う」

だれも動かない。女王の手は止まっていた。〈陽の長〉は悲しそうに首を振った。「ここははっきりさせねばなりませんな。あなたは女王陛下を、ご自分の拉致の件で告発なさいますか。拉致と監禁の件で」

フィンは顔をあげなかった。みじめな打ちひしがれた声しか出せない。自分はみんなにはめられたのだ。クローディアは自分の愚かさをあざ笑うだろう。

だが、それでもいい。

「はい。女王を告発します」

「あそこをごらん」ローは陸橋の上に立って、指さした。アッティアは目を細め、うすぐらい広間の向こうを見ようとした。黒っぽい鳥の群れがこちらに飛んでくる。翼がきしむ。たちまち鳥の群れに囲まれてしまったアッティアは、きゃっと言って、羽毛とくちばしの雲の下で身をすくめた。やがて、鳥たちはいっせいに東のほうへ飛び去っていった。

「鳥も、コウモリも、人も」ローは金色の目を光らせて、ふりむいた。「アッティア、わたしたちも、他のみんなと同じように、生きなきゃならない。でも盗んだり殺したりはしない。もっと高い目的があるんだ。〈非知者〉に必要なものを頼まれたら、それを調達する。ここ三ヶ月のあいだに、わたしたちはあの方に――」

「どうやって?」

「どうやってとは?」

アッティアは相手の手首をつかんだ。「どうやってってことよ。その……〈非知者〉様は、どうやって、必要なものをあなたたちに知らせたの?」

ローは手をふりほどき、目をむいた。「わたしたちにお話しになる」

そのとき、世界が鳴動した。はるか下から、いくつか恐怖の悲鳴が上がった。アッティアは倒れて、錆びた桁をつかんだ。もう一度震動が体を突きぬけ、指先まで走りぬけた。すぐそばで鋲がはじけとび、蔦がずるずると、へりからすべり落ちてゆく。

ふたりは〈監獄地震〉がおさまるのを待った。ローは隣に這いつくばり、ふたりとも恐怖で息もできなかった。やっと声が出るようになったアッティアは言った。「下りましょうよ。ね」

穴からのぞくと、複雑な〈巣〉の組織は無傷のようだった。

「だんだん地震がひどくなってきた」ローが蔦のトンネルの中に這いこむ。

「〈非知者〉様はどうやって話しかけてこられるの？　ロー、お願いだから教えて。知りたいの」

「そこの下へ。教えてあげる」

ふたりは急ぎ足に羽毛の部屋を通りぬけた。女が三人そこにいて、大きな鍋でシチューを煮ていた。ひとりが地震でこぼれた汁を拭きとっている。肉の匂いに、アッティアはごくりと唾を呑んだ。やがてローは戸口をくぐって、小さなまるい場所に入った。半球のかたちの部屋だ。そこにあるのは、たったひとつの〈目〉だけだった。

アッティアはぎょっと立ち止まった。

小さな赤い光がぐるりとこちらを向く。アッティアはつかのま動けなくなった。たったひとつの赤い光、〈監獄〉の無言の好奇心に満ちたまなざししかない小房《セル》で目を覚ました、というフィンの話が思い出された。

だが、それからゆっくりと歩いていって、〈目〉の下に立った。「〈非知者〉様、って言わなかった?」

「ご自分でそう名のられた。この〈監獄〉の計画の中心なのだと」

「そうなの?」アッティアは息を吸い、腕を組んだ。それから、ローが驚くほどの大声で、決めつけるように言った。「〈管理人〉さん、あたしの声が聞こえる?」


クローディアは羽目板の廊下をゆきつもどりつしていた。

扉が開いて、従僕がひとり、盆にからの杯をのせてすべり出てきたとき、彼女はその腕をつかんだ。

「何があったの?」

「ジャイルズ王子が……」彼は目をそらし、一礼して、こそこそと逃げ去った。

「クローディア、召使いを脅しちゃいけないな」カスパーが庭への出口のところから、ささやいた。

怒り狂ったクローディアはふりむいたが、彼の護衛のファックスが、たくましい両脇にアーチェリーの的をかかえているのが目に入った。カスパーは派手な緑の上着に、白いふわふわの羽のついた三角帽子をかぶっている。「まだ何時間もかかるな。いっしょに鴉狩《からすが》りに行こうよ」

「わたしは終わるまで待ってます」クローディアは壁ぎわの椅子に座り、両足で、その木の脚を蹴った。

一時間後、彼女はまだそこにいた。

「では、あなたはいっさいを自分で考えて行動したのですか」

「女王はご存じではなかった。それを聞きたいのだろう？」〈候補者〉は腕をだらりと垂らして、椅子に深くもたれなおした。おだやかで愛想のよい声。「わたしが考えた――完全に姿を消すと。このような企みに、女王陛下を巻きこむつもりはなかった」

「そうですか」〈陽の長〉はもったいぶってうなずく。「しかし、遺体があったのではありませんか。だれもがジャイルズ王子と信じた遺体が、国葬のため、大広間に三日間安置されていました。あれもあなたが手を打ったのですか」

ジャイルズは肩をすくめた。「そうです。〈森〉の農民がひとり心臓発作で亡くなったのでね。都合がよかった。で、わたしは行方をくらました」

フィンは耳を傾けながら、顔をしかめた。それは本当かもしれない。ふいに、トム老人のことが思い浮かんだ。老人は、せがれについて、何か言っていなかったろうか。だが〈陽の長〉はやさしい口調で尋ねた。

「では、あなたはまことのジャイルズ王子ですか」

「もちろん、そうだ」

「もしもあなたを詐欺師だと申し上げるとしたら……」

「いいか」彼はゆっくりと身を起こした。「いいか。まさか女王陛下が、わたしを訓練したり、言い含めたりして、この役を演じさせた、とでも言いたいのではないだろうね」澄んだ茶色の目が、審問官の目をまっこうから見すえた。「そんな犯罪のことを言っているのではないだろうな」

フィンは内心、舌打ちをした。女王の口がねじれて、ひそかに小さな笑みを浮かべるのが見えた。

「そんなつもりはありません」〈陽の長〉は一礼した。「そうとは申しません」

あいつはうまくやっている。もしもいまのような論が持ち出されたら、それは女王を告発することになる。だからそんな議論はぜったいに出ない。フィンは相手の利発さと、まことしやかな口ぶり、いかにも優雅な身ごなしをののしった。そして自分の愚直な不器用さをも。

〈候補者〉は〈陽の長〉が座り、〈影の長〉が立ち上がるのを見ている。内心、不安があったとしても、そんなことはまったく気どらせない。無造作に後ろにもたれかかると、水を、と手で求めた。

〈影の長〉は彼が飲むのを見つめていた。杯が盆に戻されるとすぐ、こう言った。「十一歳のときに、〈大学〉を離れられましたな」

「知っていると思うが、九歳だ。皇太子には家庭教師をつけたほうがよいと、父上がお考えになったのだ」

「何人もの優秀な〈知者〉がご進講に上がりましたが」

「そうだ。残念ながら、全員がもはや亡くなっている」

「あなたの侍従バートリーどのは……」

「バートレットだ」

「ああ、そう、バートレットですな。彼も亡くなっています」

「それは聞いた。〈鋼の狼〉に殺されたとか。わたしも宮廷にとどまっていたら、やつらに殺されただろう」表情がやわらいだ。「なつかしいバートレット。わたしはほんとうになついていたのだ」

フィンは歯をくいしばった。〈御前会議〉の数人が、顔を見あわせる。

「七つの外国語がご堪能だそうですが?」

「そのとおり」

次の問いは、フィンには何語であるかもわからないような、外国語で発せられた。彼の答えは静かで嘲笑的だった。

自分は外国語も全部忘れてしまったのか。そんなことがありうるのか。フィンは顔をこすりながら、目の裏のちかちかがおさまってくれるよう願った。

「そして楽器もよくお弾きになれると?」

「ヴィオールかハープシコードを持ってきてくれ」〈候補者〉はあきあきした口調だった。「歌でもいい。何か歌おうか、諸君?」彼はにっこりするなり、テノールの声をゆたかに張りあげて、何かのアリアを歌い出した。

〈御前会議〉がざわついた。女王がくすりと笑う。

「やめろ」フィンは立ち上がった。

〈候補者〉は歌いやめた。フィンの目を見つめ、低い声で言った。「では、きみも歌ったらどうかな。あるいは楽器を聞かせてくれ。外国語を話してみせろよ。アリシーンとカストラの詩を朗唱してくれ。きみの無粋なアクセントに、ぴったりの詩だよ」

フィンは動けなかった。「そういうことが王子の資格じゃない」とつぶやいた。

「それに関しては議論してもいい」相手は立ち上がった。「でも、きみには筋のとおった反論ができないようだ。きみにあるのは怒りと暴力だけだな、〈囚人〉よ」

「どうかお座りを」〈影の長〉が言った。

フィンはあたりを見まわした。会議の面々が自分を見つめている。彼らが判事なのだ。彼らの判決しだいで、拷問と死か、玉座かが決まる。だれの顔も読みとりがたかったが、敵意と困惑は感じとれた。ああ、クローディアさえここにいてくれたら。ジェアドでもいい。そして何よりも、あのケイロの横柄で荒々しいユーモアが聞きたかった。

「ぼくの挑戦はまだ宙に浮いたままだ」

〈候補者〉はちらと女王に目をやった。低い声で言った。「わたしの受諾もだ」

フィンはかっとなりながら、壁ぎわに行って座った。

〈影の長〉はジャイルズのほうに向いた。「証人がいます。〈大学〉でのご学友たちです。それと馬丁に、小間使い、〈宮廷〉の貴婦人たちです」

「それはいい。全員に会いたいものだ」〈候補者〉は気楽そうに後ろにもたれかかった。「入れてほしい。彼とわたしを見比べてもらいたい。どちらが王子で、どちらが〈囚人〉かを言ってもらおうではないか」

〈影の長〉はけわしい目で彼を見た。それから片手をあげた。「証人をこれへ」切りつけるように言った。

19

〈秘儀文書〉はわれらの知識の不完全な断片である。〈知者〉がこの空白を埋めてゆくには何世代もかかるだろう。多くの部分は決して復元できまい。

〈知者〉マートル『プロジェクト・レポート』

「おまえに罰を与えたい。クローディアがわしの娘でないことを、おまえがあれに告げたのだな」

それは〈監獄〉の金属的な冷笑の調子ではなかった。アッティアは、自分をとがめる赤い〈目〉を見上げた。

「あたしが言った。だってあの人も、知らなきゃならなかったから」

「残酷なまねをした」〈管理人〉の声は重々しく、疲れを感じさせた。突然、部屋の壁が波打ち、彼の姿があらわれた。

ローが悲鳴をあげかけた。アッティアは仰天して、目をみはった。

目の前に顕ちあらわれているのは三次元映像だが、輪郭は淡くて波打っている。ところどころ向こうが透けて見えた。男の灰色の目は冷たく、アッティアはローと同じようにふるえながら、ひざまずくまいと、必死に自分を叱咤しつづけた。

今までに彼を見たのはたった一度、それもブレイズとしてだった。いまの彼は〈管理人〉だ。黒い絹の上着に黒い膝丈のズボンをはき、長靴は極上の革製、銀髪をうしろでビロードのリボンで結わえている。最初、そのいかめしさにもかかわらず、これほど威風堂々たる人物には会ったこともないような気がしたが、彼が近寄ってくると、袖はすりきれ、上着にはしみがあり、顎鬚は微妙に不揃いなことに気がついた。

彼は苦々しげにうなずいた。「そうだ。〈監獄〉の衰えが、わしにも影響をおよぼしはじめた」

「気の毒に思え、と言うつもりなんですか」

「犬奴隷のくせに、少々図々しくなりおったな。で、サフィークの〈手袋〉はどこにある？」

アッティアの顔がほころびかけた。「あたしをつかまえた人たちにきいて」

「わたしたち、あんたを捕虜にしたわけじゃないよ」ローがとぎれがちに言いはじめた。「あんたはいつでも出ていける」彼女は灰色と黄金の目で、〈管理人〉をうかがうように見上げている。威圧されると同時に、魅入られているようでもあった。

「〈手袋〉だ」〈管理人〉が叫ぶ。

ローはお辞儀をし、あわてて立ち上がると、飛び出していった。

すぐにアッティアは言った。「ここの人たちはケイロをつかまえてる。放してやってほしいの」

「なぜだ？」〈管理人〉の笑みは辛辣だ。〈巣〉のまわりを面白そうに見まわす。「あいつがおまえに同じだけのものを返してくれるかどうかは、疑問だな」

「あなたは、ケイロを知らないんだ」

「とんでもない。逆だ。わしはあいつの記録とおまえの記録を調べた。ケイロは野心家で、情け容赦がない。やましさなど感じず、わがまま勝手に行動する」管理人はにやりとした。「わしはな、それを逆手にとってやろうと思っている」と、目に見えないコントロール・パネルを調整した。映像がゆらいだと思うと、よりはっきりした。手をのばしたら、触れそうなほど、近くに映っている。彼は横を向き、アッティアを斜めに見た。「おまえはいつだって〈手袋〉を自分のものにし、あいつを置いてゆくことができるのだぞ」

一瞬、アッティアは心の中を読まれたかと思った。でもこう言った。「あなたがほしいのなら、この女たちに彼を放してやるよう頼んで」

彼が答えるよりさきに、ローが息を切らして戻ってきた。背後の戸口には物見高い娘たちがひしめきあっている。ローはそうっと〈手袋〉を、〈管理人〉の映像の前に置いた。

彼は身をかがめた。〈手袋〉に手をのばしたが、手はそこをすりぬけた。ドラゴンの皮の鱗が光る。

「なるほど！　実在したのか！　なんたる奇跡だ！」

しばし、彼は恍惚とした目をそれに注いでいた。その背後に、にぶい赤色をした暗い場所が広がってゆくのを、アッティアは見てとった。夢の中でもきいた、脈動のような音がしはじめた。

「あなたが〈外〉に出たいのなら、みんなにフィンの話をしてやって。彼の証人になってやって。あなたなら、自分がフィンの記憶を奪って、ここへ閉じこめたって言ってやれるでしょ」

彼はゆっくりと立ち上がり、自分の手袋から錆のようなものをはらい落とした。

「〈囚人〉よ、おまえは高望みしすぎだ」鋼のように冷たいまなざしが、アッティアに向けられた。

「わしはフィンにも、女王にも、ハヴァーナ朝のだれにも関心はない」

「でも、クローディアを大事に思ってるでしょ。クローディアの身も危なくなるんだよ」

彼の灰色の目がまたたいた。一瞬、彼に衝撃を与えたかと思ったが、そのけわしい表情からは何も読みとれない。「クローディアはたしかに大事だ。そしてわしは本気で〈領国〉の次の支配者になるつもりでいる。だから、〈手袋〉を持ってこい」

「ケイロがいなくちゃだめだ」

ジョン・アーレックスは動かなかった。「アッティア、わしと取引しようとするな」

「ケイロを殺させるわけにはいかないんだよ」息が切れて、しゃべると喉が痛い。すさまじい怒りが返ってくるのを覚悟した。

だが驚いたことに、彼はあたかも何か考えるようにわきを向き、それから肩をすくめた。「よかろう。あの泥棒を解放してやれ。急げ。〈監獄〉は自分が早く自由になりたくてやきもきしている。それに――」

バリッという音がして、火花が噴き出した。

いままで彼がいたところには、かすかな焦げた臭いが残っているばかりで、アッティアの目には残像のみが残った。

ぎょっとしたものの、とっさに身を曲げて〈手袋〉をひろいあげ、またしてもその重さ、暖かさ、わずかにぬらりとした皮の手ざわりを感じた。彼女はローのほうに向きなおった。

「だれかにケイロを連れてこさせて。それから下へ下りるみちを教えて」

ほんの一瞬の変化だったので、クローディアは現実ではなく、想像したものを見ているのかと思ったほどだ。一分前には、護衛つきの扉のそばの椅子にがっくりとうなだれて、金ぴかの廊下の向こうをながめていたのに、次の瞬間、廊下は廃墟と化していた。

クローディアはまばたいた。

青い花瓶がひびわれている。大理石の台は色をぬった木製になっている。壁には電線がもつれあい、塗料は剥げおちている。天井には大きなしみが何ヶ所もでき、ひとつのすみでは漆喰が剥がれて、ぽたぽた滴が落ちている。

クローディアは仰天して立ち上がった。

すると、神経がかすかに波打ったような感じとともに、さきほどまでの壮麗な内装が戻ってきた。

クローディアは首をめぐらして、扉を守っているふたりの兵士を見つめた。このふたりがかりに何かを感じていたとしても、その顔は完全に無表情で、何も気どらせなかった。

「見なかった?」

「失礼ですが、お嬢様」左手にいるひとりはまっすぐ前を見つめたままだ。「見たとは何をですか」

クローディアはもうひとりのほうを向いた。「おまえは?」

彼は青ざめているようだ。鉾槍を握っている手が汗ばんでいる。「いや……わたしの気のせいです。何も見ませんでした」

クローディアはふたりに背を向けて、廊下を歩いていった。大理石の床に靴がかたかたと鳴る。花瓶に触れてみたが、傷ひとつない。壁は金めっきの羽目板でできており、キューピッドの顔と木製の花づなで美しく飾られている。もちろん、ここの〈時代〉装置の多くがにせの作りものだということは知っていたが、あの一瞬、彼女は、それが本物であった時代をかいま見たのだ。息ができない。あたかもあの瞬間、空気までもがどこかへ吸い出されてしまったかのようだった。

あのとき、動力が、不安定になったのだ。

バシンという音がしてクローディアが飛び上がると、背後で両開きの扉が開き、〈御前会議〉の面々が吐き出されてきた。重々しく言葉をかわしながら、三々五々歩み出てくる。クローディアは近くの男をつかまえた。「アルト卿。何があったんですか」

彼は、クローディアの手をやんわりひきはがした。「終わりましたよ。これから別室で、判決について協議します。明日には発表されます。わたし自身も、まず確信をもって……」そこで、クローディアの運命もそれに絡んでいるのに気づいたのか、笑みを浮かべ、一礼して去っていった。

女王が出てきた。侍女たち、それに金色の上着を着た、一番新しい愛人と目されている気障な若者をまじえて話しこんでいる。若者はカスパーとほとんど同じ年頃に見えた。犬は、彼の腕の中に押しこまれていた。シア女王が手をたたくと、みながふりかえった。

「皆の者、判決が出るまでにはあきあきするほどの時間がかかるであろう。わらわは待たされるのが嫌いじゃ。今宵は、〈貝殻の洞窟〉で仮面舞踏会を催すゆえ、皆も出席を。ひとり残らずじゃ。わかったかえ」色の薄い目がクローディアの目をとらえると、女王はこのうえもない笑みを浮かべた。

「皆がそろわぬと困る」

男たちは頭を下げ、女たちは裾をつまんで腰をかがめた。側近たちが通りすぎ、流行の服の若者たちに囲まれた〈候補者〉がそれに続くのを見て、クローディアはほうっと息を吐き出した。どうやら、すでに取り巻きができあがっているようだ。

彼は優雅に一礼した。「クローディア、判決はもう決まったようなものだよ」

「あなたが言い勝ったの？」

「さっきの場面を見てほしかったな」

「わたしを言い負かすことはできないわよ」

彼は少し哀しげな笑みを浮かべた。そして、彼女をわきへひっぱっていった。「わたしの申し出はまだ生きている。クローディア、結婚してくれ。大昔に婚約したじゃないか。だから、双方の父上の望んだとおりにしたい。そうしたら、民に仁政を敷いてやれる」

クローディアは彼の真剣な顔と、完璧な自信を、気遣わしげな目色を見て、さきほど、ほんのわずかな一瞬、まわりの世界がゆらいだことを思い出した。

いまや、どれだけが嘘で、どれだけが偽物なのかはわからなくなっていた。

彼女は男の腕をふりほどいて、お辞儀をした。「判決を待ちましょう」

彼は後ずさりかけ、それから同じく、冷ややかに頭を下げた。「クローディア、わたしを敵にまわすと痛い目にあうよ」

それは疑う余地がなかった。彼がだれであれ、女王がどこで彼を見つけたのであれ、その泰然自若ぶりは本物だ。見ていると、彼は廷臣の間に戻っていった。張り出し窓からさしこむ光に、彼らの絹服がまばゆい。やがてクローディアは背を返して、からの〈御前会議室〉に入っていった。

フィンが中央の椅子に座っていた。

彼が顔をあげたのを見て、大きな葛藤があったことがひと目でわかった。精も根も尽き果てたという、苦しげな面持ちだった。

クローディアは腰かけに座った。

「終わったよ」彼は言った。

「まだわからないわ」

「あいつには証人がいた。何人も――召使い、廷臣、学友だ。みんな、ぼくらを見て、あいつのほうがジャイルズだと言った。あいつはどんな質問にも答えた。このしるしまで、同じだった」フィンは袖をまくりあげ、手首の鷲の刺青を示した。「ぼくには、何もなかった、クローディア」

何と言ってやればよいのか、わからなかった。クローディアはこんな情けない彼を見たくなかった。

「でも、わかるか」フィンは薄れかけた刺青を、指でそっとなぞった。「だれひとり――そうたぶんきみでさえ――信じてくれない今になって、はじめてぼくは、自分が本物のジャイルズだと感じるんだ」

クローディアは口を開きかけ、何も言わずに閉じた。

「このしるしだ。〈監獄〉にいたとき、これのおかげで前へ進んでこれた。夜、眠れずに横になって、〈外〉はどんなだろう、ぼくはほんとうは何者なんだろう、と考えていた。父や母のこと、暖かい家庭のこと、食べ物が十分にあって、ケイロに好きなだけ派手な服を手に入れてやれること。このしるしを見ると、きっと何かをあらわしているのだと思えた。冠をいただいて、翼を広げた鷲だもの。これと同じように、いつかは遠くへ飛びたてるのだと思っていた」

クローディアは叱りつけざるをえなかった。「ばかげた判決を待つまでもないわ。わたしに計画があるの。二時間で支度をして、こっそり馬に鞍をおいて、〈森〉はずれで、真夜中に待ちあわせましょう。〈管理人領〉に向かうの。そしてそこにある〈門〉を使って、父上に連絡をとるの」

彼は聞いていなかった。「〈森〉にいた老人は、サフィークは最後に飛んでいった、と言った。星々のところへね」

「おまけに女王は仮面舞踏会を開くとおおせだわ。うまい隠れ蓑になる」

彼が目をあげたとき、クローディアは、ジェアドが警告していた発作の前兆を見てとった。唇が白くなり、目は奇妙にうつろになっている。彼女は駆けよった。「おちついて、フィン。まだ何も終わってはいないわ。ケイロは父上を見つけてきっと――」

部屋が消え失せた。

そこは埃と蜘蛛の巣と電線だらけの場所になっていた。一瞬、フィンは〈監獄〉の灰色の世界に戻ったのだと思った。

それから、〈御前会議〉の部屋がまわりに明るく輝いた。

フィンはじっとクローディアを見た。「い、いまのは何だったんだ」

クローディアは荒っぽく彼をひきずり起こして、立たせた。「いまのは、現実に起きたことだと思うわ」

ケイロは最後の濡れた繊維をぺっと吐き出して、息を吸おうとあえいだ。息ができて、ほんとうにありがたい。彼はついでに、いくつか口汚い悪態をついた。しゃべれないように猿ぐつわを噛まされていたのだ。こうすれば手も足も出ないと思われていたらしい。彼はすばやく、鎖をかけられた両手首を体の下に引きこみ、両足をそこに通した。両腕の筋肉が盛り上がる。打ち身が痛んだが、うめき声を押し殺した。よし、少なくともこれで両腕が前にきた。

独房が足の下で揺れている。この部屋がほんとうに柳細工でできているなら、ぶちやぶれるはずだ。だが道具はないし、下は何もない空中だという可能性はつねにある。

彼は鎖をふって、強度を試してみた。

鎖は極上の鋼で、きっちり組みあわさっている。結び目をほどくには何時間もかかりそうだし、金属音が聞こえてしまう。

ケイロは顔をしかめた。さっさとここから出なければ。アッティアの言葉は冗談ごとではない。あの娘は頭がおかしいから、星に目のくらんだ狂信者の巣といっしょに、置き去りにしてゆこう。また も〈誓いの兄弟〉の誓いを破ることになるが。ケイロには、錠のこじあけ方がわかっていた。

一番弱そうな輪の継ぎ目を選んで、両手をねじり、右の人差し指の金属の爪を、その細い隙間にすべりこませた。そして、ぐっと力をこめた。

金属と金属が押しあい、細い継ぎ目がのびる。痛みは感じなかった。それが恐ろしかった。金属は体内のどこで終わり、どこからが神経なのか。手の途中か。心臓の中までか。

そう思うとひどい怒りがこみあげたが、継ぎ目はうっすら開いた。すぐさま彼はそこを大きく曲げて、次の輪をはずした。鎖が手首のまわりにだらりと垂れた。

だが立ち上がるより早く、足音がした。檻が揺れて、ひとりの娘がやってくるのがわかった。とっさに彼は鎖をゆるく手に巻きつけ、座りなおした。

ふたりの娘を従えたオメガが、火縄銃を突きつけながら、戸口から入ってきたときには、にやりと笑みを浮かべてみせた。「やあ、べっぴんさん。やっぱり、おれをひとりにしておけなかったんだな」

ジェアドは〈第七塔〉のてっぺんに部屋を与えられていた。階段を上るのは大変だが、〈森〉が一望でき、深緑の木々が何マイルにもわたって黄昏の丘陵地帯をおおっているのはすばらしい眺めだった。彼は両手を砂粒のたまった敷居について、張り出し窓から身をのりだし、暖かな夕方の空気を吸いこんだ。

星が見える。まばゆく、決して手の届かない星々が。

一瞬、星々を波のようなものがかすめ、その光がくもったような気がした。一瞬、近くの木々が枯れはて、白く、幽霊じみた姿に見えた。それから、そのめまいの感覚は消え去った。彼は両手で目をこすった。いまのは病気の症状か？

ランタンのまわりで蛾が何匹か舞い踊っている。

背後の部屋は殺風景だった。寝台に椅子、テーブル、鏡がひとつずつあるが、鏡は下ろして、壁のほうに向けてしまった。部屋にものがなければないほど、盗聴される可能性も小さくなる。

身をのりだし、ポケットからハンカチをひっぱりだすと、ディスクを取り出し、窓敷居に置いて、作動させた。

スクリーンは極小だったが、彼の視力ならいまのところ支障はない。

〈管理人の義務〉。さっきのリストが次々に映し出される。何十もの副題がついている。食料供給、教育の便宜、健康管理——ジェアドはその上に手をかざしながら、スクリーンを早く動かした——社会福祉、構造の維持。これだけの情報を読むには何週間もかかる。何人の〈管理人〉がそのすべてを読んだのだろうか。もしかしたら読んだのは、初代の〈知者〉マートル、設計者である彼だけなのかもしれない。

マートル。

彼は設計の項目を探し、構造へとたどってゆき、最後のファイルに二重に暗号化された入り口を見つけた。それが何かはわからなかったが、開いてみた。

星空のもと、スクリーンにうつった形の上に身をのりだした彼はほほえんだ。それはクリスタルの〈鍵〉だった。

「わたしたちの仲間になってよ」ローが頼んだ。「あの男に〈手袋〉を渡して、あんたはわたしたちのところに残れば」

陸橋の上で、アッティアは〈手袋〉を手に、背には食料の袋を背負い、三人の武装した女がケイロを追い立てて穴から出てくるのを見守っていた。

彼の上着は汚れ、明るい色の髪は垢でくすんでいた。

一瞬、アッティアは迷った。問いかけるようなケイロの視線を見たとき、一瞬だけ、彼の狂おしい執着なぞうっちゃって、自分だけはぬくもりと安全の場所を見つけられたら、と夢見た。もしかしたら兄弟姉妹と再会できるかもしれない。〈兵団〉に引きずり出されて犬奴隷にされる前に住んでいた、〈翼棟〉のずっと奥に行けば。

だがそのとき、ケイロがずばりと言った。「そこに一日突っ立ってるつもりかよ。おれの鎖をはずせ」そのとき、何かが彼女の中で波打った。冷たい現実のおののきのようなものだったのかもしれない。アッティアの心は冷え、決意は固まった。もし〈監獄〉が〈手袋〉を手に入れたら、野望も成就する。みずからからも自由になり、〈監獄〉を、暗く生命のない抜け殻にしてしまうだろう。ケイロは〈脱出〉できるかもしれないが、それ以外のものに望みはなくなる。

彼女は〈手袋〉を取って、手をさしのばした。

「ごめん、ケイロ。あんたの思いどおりにさせるわけにはいかない」

彼の両手が鎖をつかんだ。「アッティアー！」

だが、彼女は〈手袋〉を何もない宙に放りなげた。


一時間、根を詰めて作業した。蛾が窓敷居のランプのまわりを飛びまわり、暗号文は文字列を波打たせて解除され、〈出口〉の文字がスクリーンに浮かびあがった。ジェアドの疲労は消え失せた。身を起こしてむさぼるように読んだ。

1　〈鍵〉はただひとつとし、それはつねに〈管理人〉のもとに置かれるものとする。

2　〈鍵〉は〈門〉を開くのに必ずしも必要ではないが、〈監獄〉からの帰還は〈鍵〉なくしては不可能である。

3　ただし〈非常口〉がある。

ジェアドは息を吸いこんだ。ちらと部屋を見まわす。しんと静かでほの暗く、動くものは、壁に映った自分の大きな影と、光の中、つまり小さなスクリーンの上を飛びまわる黒い蛾たちだけだ。

〈鍵〉をなくした場合だが、秘密の扉がある。〈監獄の心臓部〉には、いかなる大災厄にも環境の激変にも耐えうる、ひとつの部屋が作られている。緊急時以外は、決してこの通路を用いてはならない。その安定性は保証できないからだ。この出口を使うために、手にはめられる携帯用神経ネットが作られた。それは強烈な感情によってのみ作動し、それゆえ真の緊急時にのみ使用が可能となる。われわれはこの扉に、コードネームを与え、そなたにのみそれを告げる。それはサフィークである。

ジェアドは最後の文章を読んだ。もう一度読んだ。椅子に深くかけなおし、スクリーンに止まった蛾は無視し、夜闇の中に白い息を吐いていた。重苦しい足音が階段をのぼってくる。

外では星々が永遠の空にちらちらまたたいていた。

20

ただひとり、静かに、彼が生まれたとき、その心は空白であった。過去も現在もなかった。そこは暗黒と孤独のもっとも深い底であった。

「名前を与えてくれ」彼は願った。

〈監獄〉は言った。「〈囚人〉よ、おまえにこの運命を課そう。わしが与えるまで、おまえに名前はない。わしは決して名を与えるつもりはない」

彼はうめいた。指をのばし、扉にもりあがった文字に触れた。鋲で打ちとめられた大きな鉄の文字。

何時間もかけて、彼はそのかたちの全体を把握した。

「サフィーク、か。これがわが名になろう」

『サフィークの伝説』

ケイロは跳んだ。

息を呑んで、アッティアは彼が鎖をなびかせて、高々と飛び上がるのを見た。その手が〈手袋〉をつかんだ。

そして姿が消えた。

アッティアは彼をつかまえようとしたが、ローが引き留めた。ケイロは落ちながら、手を突き出し、蔦をつかんで、身体を振り出し、陸橋の向こう側にぶつかり、脳震盪を起こしかけながらも、かろうじてもちこたえ、つややかな葉の中でもがくように回転していた。

「ばか！」アッティアは叫んだ。

ケイロは蔦をつかんだ。ちらとアッティアを見上げたが、その目には大きな青あざができていた。

「で、どうする、犬奴隷」彼は吠えた。「おれをひっぱりあげるか、落ちるにまかせるか」

アッティアが答えるより早く、あたりがゆれ動いた。彼女の足の下で陸橋がブーンとうなりをたてた。高くかすかな振動が桁と網のあいだをふるわす。「いまの何？」アッティアはささやいた。

ローがふりかえった。左右の色の違う目が、じっと闇をにらんでいる。大きく息を吸った。顔は蒼白だった。「やつらが来る」

「何のこと？　また移住者？　ここまで来るの？」

「そこだ」ケイロが叫ぶ。

アッティアは闇の中を見つめたが、ふたりをおびえさせたものが何であれ、何も見えなかった。陸橋は、大軍が上を行進してゆくかのようにふるえていた。大人数が踏みしめる振動数に共振して、全体がふるえ、はじけるように信じられない波を起こしている。

そのとき、アッティアにも見えた。

こぶしほどの黒くて丸いものがいくつも、蔦の葉の間を見え隠れしながら、網と電線の上を這うようにして近づいてくる。一瞬、それが何だかわからなかった。それから皮膚がざわりと総毛立った。〈カブトムシ〉だ。何百万もの〈カブトムシ〉、〈監獄〉ですべてを食らいつくす掃除屋だ。すでに陸橋はびっしりと彼らにおおわれて光っている。さらに恐ろしい新たな音がした。耳ざわりなバリッという音、金属が溶け、甲殻がかさかさこすれあい、小さなハサミが鋼と電線を切断してゆく音。

アッティアは近くの娘の手から火縄銃をひったくった。「仲間を連れて、下へ下りなよ」と叫んだが、〈シグニ〉たちはすでに行動を起こしていた。梯子をほどいて下へ垂らすと、その横木が激しく揺れた。

「いっしょにおいでよ」ローが言った。

「ケイロを放ってはいけないよ」

「来るんだよ」

火縄銃がいっせいに火を噴いた。下を見下ろすと、ケイロが体を持ちあげながら、自分にせまった〈カブトムシ〉の一匹をむちゃくちゃに蹴りつけているのが見えた。そいつはいきなり甲高い声をあげて、落ちていった。

さらに二匹が、アッティアの足もとの蔦の中から出てきた。ぎょっとして飛びのくと、その下の金属が煙をあげ、表面を鈍く黒ずませながら、腐食していくのが見えた。それはやがて細かな塵となって崩れた。

ローが彼らに向けて発砲し、隙間を跳び越えた。「アッティア！　こっちへ」

ついていってもよかった。だが、もしもついていったら、フィンには二度と会えない。星空だって見られない。

「さよなら、ロー。ほかのみんなにも、お礼を言って」

ふたりのあいだに煙がわき起こり、何も見えなくなった。ローの声がした。「アッティア、あんたには暗いものと金色のものが見える。サフィークがあんたに秘密の扉を開けてくれるのが見えるよ」

と一歩下がった。「気をつけて」

アッティアは何か言いたかったが、言葉が喉につかえた。それで武器を上げて、こちらに押しよせてくる〈カブトムシ〉たちに一斉掃射を浴びせた。彼らは青と紫の炎を上げ、配線が溶けて爆発した。

「おれの見たかった光景だ」ケイロは蔦をよじのぼってきて、陸橋のわきから体を引きずり上げた。

〈手袋〉はベルトにはさんでいる。アッティアの武器に手をのばす。

アッティアが激しく飛びすさった。「今度はいやだよ」

「どうするつもりだ？　おれを殺すのか」

「あたしがやるまでもない。あの虫たちがやってくれる」

彼は、てかてか光る虫たちが情け容赦なく陸橋をむさぼるのを見つめた。表情は張りつめ、顔は輝いていた。すでに陸橋は切断されている。鉄の塊がいくつも、底知れぬ奈落へと落ちてゆく。ローの梯子までの亀裂は、もう広すぎて跳び越えられない。

ケイロはふりかえった。

網の部分が大きくふるえる。振動で、桁にすさまじいひびが入る。銃声に似た音を立て、ボルトと鋲がはじけた。

「出られないな」

「下しかないよ」アッティアは目をやった。「もしかして……上にのぼったら……？」

「とちゅうで梯子が壊れるだろうな」ケイロは唇を噛み、上空に向かってどなった。「〈監獄〉よ、聞いてるか」

聞いていたとしても、答えはなかった。アッティアの足もとで、網が裂けはじめる。

「見ろよ」ケイロはドラゴンの手袋をひっぱりだした。「ほしけりゃ、これを守るんだな。受けとめろ。おれたちふたりをだ」

道が真二つに割れた。アッティアの両足が違う方向にひっぱられる。桁からは、霜が雨のように降りそいだ。ぎりっという音がして、構造物全体にこらえるような咆哮が走る。金属の圧縮材が飛び散った。

ケイロがアッティアの腕をつかむ。「いちかばちかだぜ」と耳もとに叫んだ。

アッティアが悲鳴をあげるより早く、ケイロは彼女をかかえて陸橋から身を躍らせた。


クローディアは、どの仮面を選ぼうかと迷っていた。ひとつはコロンビーナの、顔の上半分だけの仮面で、青いサファイヤがちりばめられ、上には青い羽毛がついていた。別のひとつは、優雅につりあがった目と、銀の針金のひげをもつ猫の白い絹の仮面だ。へりは毛皮にふちどられている。クローディアは寝台の上から赤い悪魔の仮面を取り上げてみたが、それは棒つきで、いつも手で支えていなければならないから問題外だ。今夜は可能なかぎり、人目につかぬように行動するのだ。

では、猫の面か。

足を組んでクッションの上に座った姿勢で、アリスに声をかけた。「必要なものを荷造りしてくれた？」

乳母は服をたたみながら顔をしかめた。「クローディア様、ほんとうによろしいんですか」

「よろしいかよろしくないかはともかく、行くのよ」

「でも、もし〈御前会議〉が、フィンこそ王子だと認定したら……」

彼女は顔を上げた。「ありえないわ。わかってるでしょ」

ずっと下、宮殿の廊下や部屋が密集したところでは、楽師たちが調弦をしている。かすかに弦をひっかく音、こする音、さざなみのような音が、廊下をつたわってのぼってくる。

アリスはため息をついた。「かわいそうなフィン。わたしゃ、あの人が好きになってましたよ、クローディア。お嬢様と同じくらいものすごく気分の変わる方ですがね」

「わたしは変わらないわよ。わたしは実際的なの。フィンはまだ過去にとらわれてるから」

「ケイロとかいうお人に会いたいようですね。いつでしたか、おふたりの昔の冒険のことを全部話してくださいましたよ。〈監獄〉ってとこは何ともおっかないところのようで……それなのに、そう、悲しそうな顔で思い出していらした。惜しむような、というか。まるで……」

「あそこのほうが幸せだったとでも？」

「いいえ。そうは申しませんよ。ただ、あそこでの生活のほうが、生きてる感じがした。そんなふうなお顔でした」

　クローディアは鼻を鳴らした。「フィンは、おまえには山ほど嘘をならべてみせたのよ。彼の話は聞くたびに違ってるもの。生き延びるために身につけた習性だろうって、ジェアド先生は言っておられた」

　ジェアドの名が出て、ふたりとも口をつぐんでしまった。ようやくアリスがおそるおそる言った。

「ジェアド先生から何かご連絡は？」

「お忙しすぎて、わたしの手紙に返事もくださらないのよ」その言葉は自分の耳にさえ、言い訳がましく響いた。

　アリスは革袋の紐を閉め、ほつれ髪をかきあげた。「先生もお体に気をつけていただきたいですね。〈大学〉はすきま風だらけの納屋みたいな、だだっぴろい場所だとか」

「いつも先生のことが心配なのね」クローディアはとげとげしく言った。

「もちろん。わたしたちはみんなそうですよ」

　クローディアは立ち上がった。いまはそんな心配に心を向けたくないし、ジェアドの不在をかみしめたくなかった。メドリコートの言ったことが、心の中で焼けつくようだ。ジェアド先生が買収されるなんてありえない。そんなことは信じられない。「真夜中に舞踏会から逃げ出すの。サイモンに馬を用意させておいて。〈牧原〉の向こうの小川のそばの廃墟仕立ての建物の後ろよ」

「わかってますよ。でも、もしも見られたら？」

「馬の調教中と言えばいい」

「真夜中にですか。クローディアさま……」

彼女は渋面を作った。「いざとなったら、〈森〉に隠れればすむことじゃない？」アリスの不安な目を見て、彼女は手をあげた。「話はもうこれでおしまい」

猫の仮面をつけると、必然的に白い絹服を着ることになり、あれはまったくごてごてと動きにくい代物だが、その下に黒いズボンをはこう。暑くてもがまんしなくちゃ。長靴と胴着は荷物の中だ。アリスが大騒ぎしながらドレスを着付けてくれているあいだに、クローディアは父のことを考えた。父だったら、黒いビロードのごく単純な仮面を着けて、灰色の目にかすかな侮蔑を漂わせるだろう。父は踊ったことはないが、暖炉ぎわに優雅に立って話したりお辞儀をしたりしながら、メヌエットやガボットを踊る自分を見つめていたっけ。クローディアは顔をしかめた。父さまが恋しいの？　ばかばかしい。

だが、いま父のことを思い出したのには、何かきっかけがあったはずだ。アリスが最後のレースをきゅっと締めているとき、クローディアはそれが、壁から自分を見つめている父の肖像画だということに気づいた。

父上の肖像画？

「できましたよ」アリスが汗をかきながら、一歩下がった。「これで精一杯ですよ。クローディアさま、とってもおきれいですよ。白はよくお似合いで……」

扉をたたく音がした。

「どうぞ」クローディアが声をかけると、フィンが入ってきて、ふたりはお互いに目をむいた。

一瞬、クローディアには相手がフィンだとさえわからなかった。銀糸をほどこした黒いビロード服、仮面も黒く、髪も黒っぽいリボンで後ろで結わえてある。もうひとりのジャイルズのほうかもしれない、と思ったが、声はフィンの声だった。

「ばかげたかっこうだろ」

「すてきよ」

彼は椅子に軽くかけた。「ケイロなら、こういうところは好きだったろうな。ここでならあいつは映えるし、人気者になるよ。自分こそ堂々たる王侯貴族になれるってずっと言ってたんだ」

「でも、一年以内に戦争を始めるわね」クローディアは乳母に目をやった。「アリス、ちょっとはずしてちょうだい」

アリスは戸口へ行った。「おふたりとも、ご無事で」低い声で言った。「また〈管理人領〉でお会いいたします」

アリスが出てゆくと、ふたりはフィドルの調弦に耳を傾けた。やっとフィンが言った。「もう、行ったの?」

「馬車ですぐ出発したわ。おとりとして」

「クローディア……」

「待って」

クローディアが壁の小さな肖像画のところに行くのを、フィンは驚いて見守った。それは黒いダブレットの男の肖像だった。

「それ、父上では？」

「そう。でも、昨日はここになかったの」

フィンは立ち上がって、彼女のそばに歩いていった。「それ、確かかい」

「確かよ」

〈管理人〉はふたりを見つめている。フィンには見覚えのある、あの冷たくおちつきはらった自信に満ちた目。それに、クローディアもしばしば見せる、どこかひとを見くだした風情《ふぜい》。

「きみは似てるよ」

「似てるわけがないでしょ」彼女の語気の激しさに、フィンは驚いた。「ほんとうは父親じゃないのよ。忘れたの？」

「そういう意味じゃなくて……」だが、いまはこれ以上何も言わないほうがいいだろう。「どうしてここにあらわれたんだろう」

「わからないわ」クローディアは近づいて、肖像画を外した。それはキャンヴァスに描かれた油絵のようで、額縁は虫に食われているが、ひっくりかえして見ると、額はプラスティックで、絵は精巧な複製だった。

そして額縁の裏には、紙片がはさみこまれていた。

ジェアドの部屋の扉が音もなく開いて、大男が入ってきた。階段をのぼってきたので息を切らしており、鋭くとがった大剣を帯びているくせに、そんなものは必要ではない、という顔をしていた。

〈知者〉はまだ彼に気づかない。一瞬、刺客は罪悪感を覚えた。〈知者〉としては、こんなに若く、こんなに温厚な人柄なのに。だが、ジェアドはいつのまにかこちらを向いており、あらかじめ危険を予知していたかのように、さっと立ち上がった。

「何の用ですか。ノックは？」

「死に神はノックなどしないのだ、先生。死に神は入りたいところに、ただ入るだけだ」

ジェアドはゆっくりとうなずいた。ディスクをポケットにすべりこませた。「なるほど。では、あなたが処刑者ですか」

「そうだ」

「前に会ったことは？」

「あるとも。今日の午後、図書館で手紙を届けた」

「ああ、あのポーターですね」ジェアドは窓から離れ、古い机をはさんで相手と向かいあった。「では、〈宮廷〉からの手紙は、あれだけではなかったということか」

「察しがいいね、先生。さすが学者だ」ポーターは気さくなようすで、剣にもたれかかった。「おれへの指示は、女王様から直接来た。女王に……内密に雇われてる」彼はあたりを見まわした。「女王様は、あんたが、知ってはならないことに首をつっこんでかぎまわってるとお思いだ。これをあんたにと」

と、紙片をさしだした。

ジェアドは手をのばして、机上でそれを受けとった。男を避けて戸口までゆくのは無理だし、窓から飛び降りるのは自殺行為だ。彼は紙片を開いてみた。

ジェアド先生、わらわはたいそう失望しております。先生には治療の機会を提供したつもりでしたのに、熱心にお調べになっていたのは違うことのようですね。わらわをあざむきおおせると思っていらしたのですか。少し裏切られた気持ちです。それに、クローディアがどれほど悲しむことでしょうね。

署名はなかったが、女王の手跡にはもう見覚えがあった。ジェアドはそれをくしゃくしゃとまるめた。

「それは持ち帰らねばならんのだ。証拠を残すわけにはいかないからね」

ジェアドは紙片を机上に落とした。

「それにそこの精密な機械も、出してもらえるかね」

ジェアドはディスクを取り出し、繊細な指で調節しながら、悲しげにそれを眺めた。「ああ、わかった。あの蛾たちでしたか。どうもうるさくつきまといすぎると思っていました。わたしのもくろみを嗅ぎまわっていたんですね」

「ご無礼を」男は剣をふりかぶった。「おれ個人はなんの恨みもないんでね。あんたのことはたいそう立派な紳士だと思っていたし」

「すでに過去形というわけですね」

「おれは過去形なんてわからないし、学もありやしない」男は淡々としゃべっていたが、いまやその口調にはとげがあった。「宿屋のせがれにゃ、学問は縁がなかった」

「わたしの父は鷹匠でしたよ」ジェアドはおだやかに言った。

「じゃ、あんたは神童と認められてたんだな」

「でしょうね」ジェアドは指先でテーブルに触れた。「お金でなんとかならないですか。考えなおしてもらうわけには？　ジャイルズ王子の大義のほうに与《くみ》してもらえませんか」

「どっちのジャイルズが本物かわかるまではだめだね」男はきっぱり言った。「とはいえ、さっきも言ったが、こいつは個人的な恨みじゃないんだ」

ジェアドは自分でも驚いたことに、笑みを浮かべていた。「なるほど」心は平静で、軽やかだった。

「剣というのは……少し目立ちすぎませんか」

「そいつはだいじょうぶだ。こいつは使わん。あんたが抵抗すれば別だが。あんたの病状からすれば、塔から飛び降りてもらうだけでだいじょうぶだと、女王はお考えだ。学のある〈知者〉先生たちが中庭に飛び出してきて、遺体を見つけてくれる。気の毒なジェアド先生。思いあまって死に急いだ」

じつによくわかる」

ジェアドはうなずいた。ディスクを自分の前の机の上に置き、小さなカチリという音を聞いた。目をあげた。緑色の悲しげな目を。「残念ながら、あなたと争うお手間をかけることになりそうだ。わたしは飛び降りるつもりはない」

「ああ、それなら」ポーターは嘆息した。「それでかまわん。だれにも譲れないものはあるからな」

「そうですよ」言いながら、ジェアドはすっとわきに寄った。

大男は哄笑した。「おれを出し抜くことはできないぜ」

ジェアドは机の前にまわりこんで、彼に真正面から向かいあった。「では片をつけたらどうですか」

男は両手で剣を握ってふりかぶり、打ちかかった。ジェアドは持てるかぎりの敏捷さで飛びのき、剣はうなりをあげて、彼の顔のすぐそばをかすめすぎ、机に斬りこんだ。だが、悲鳴も、肉が青く感電するじりじりという音も、ほとんど聞こえなかった。いまの一撃で室内の空気が残らず吸い出されたかのように、体が壁にたたきつけられたからだ。

いま感じられるのは、焦げた臭いと、聴力が失われたかのような、わんわんという耳鳴りばかりだった。

石の突起にすがって、ジェアドはかろうじて立ち上がった。

男は体をまるめて床に倒れていた。何も言わないが、まだ息はあった。

ジェアドは彼を見おろした。ぼんやりと後悔とやましさを感じた。そしてその下に、すさまじい驚くばかりのエネルギーが湧くのを感じた。ひきつった笑い声が口から出た。ではこれが、人殺しといわれるものなのだ。だが、もちろん、これは個人的な恨みでもなんでもない。

注意深く、ジェアドはディスクを金属の机から剥がし、電界をオフにして、ポケットに落としこんだ。ポーターの上にかがみこむと、脈が手に触れたので、そっと横向きにしてやった。男は感電のショックで気絶し、両手は火傷していたが、命は助かるだろう。ジェアドは剣を寝台の下に蹴りこみ、自分の荷物をつかんで、階段を駆け下りた。薄暗い柱廊の、ステンドグラスの窓ごしに陽光がさしこみ、侍女がひとり、〈主席知者〉の書斎から洗濯物の籠をひっぱりだしていた。ジェアドは足を止めた。「ちょっと失礼、すまない。部屋を散らかしてしまってね。てっぺんの五十六号室だ。だれかにかたづけてもらってもいいかな」

彼女はジェアドを見て、うなずいた。「先生、だれかをやります」

籠は見るからに重そうだったので、彼は急がなくてもいいと言いたかったが、あの男を助けてやらねばならない。「ありがとう」と言って、背を向けた。用心しなければ。女王がここにもどんな盗聴システムを仕掛けているか、知れたものではない。

厩では馬たちが眠そうに飼い葉袋を嗅いでいた。ジェアドは急いで自分の馬に鞍を置き、またがる前に、細い注射器を出して、腕に注射しながら呼吸に意識を集中し、胸の痛みがひいていくのを感じた。

注射器をしまい、一瞬ふらりとして、馬のあたたかな横腹にもたれかかった。馬が長い鼻面をまわしてきて、彼にすりつけた。

ひとつだけ確かなことがある。もう、これで治療法はなくなった。

たった一つの機会だったが、それもふいになってしまった。

「読んで」フィンは言った。

クローディアはひきつる声で読みあげた。

「愛するクローディア、ただひとことだけ……」

　読んでいるうちに声がふるえ、とぎれた。というのはクローディアが作動させたかのように、肖像画が生命を持って動きはじめたからだ。父の顔がこちらに向き、ほんとうにこちらを見ているかのようになまなましいまなざしを向け、こう告げた……

　これが、おまえと連絡がとれる最後の機会になるだろう。〈監獄〉は己の野望をますますつのらせている。〈鍵〉の力のほとんどすべてを吸いつくし、あとは〈サフィークの手袋〉を手に入れるのを待つばかり。

「〈手袋〉か」フィンがつぶやいた。「父上……」とクローディアが言いかけたが、声はおだやかに、意味ありげに、そして淡々と続けた……

　おまえの友だちのケイロがそれを持っている。それがおそらくパズルの最後の一片だ。わしの使命は終わったという気がしてきた。〈監獄〉はもはやみずからが〈管理人〉を必要とせぬことに気づきはじめた。まことに皮肉なことだ。古えの〈知者〉たちと同じように、わしは怪物を創り出してしまった。なんの忠誠心ももたぬ怪物をな。

　言葉がとぎれ、笑みが失せ、顔はやつれたように見えた。そして言った。

　クローディア、〈門〉を守るのだ。〈監獄〉のおそるべき残忍さに〈領国〉を侵させてはならぬ。何かが、あるいはだれかが、またはいかなる存在であろうと、通路を通りぬけるものがあれば、それを破壊せよ。〈監獄〉はしたたかな策士だ。わしにはもはやそのもくろみは読めぬ。

彼は老いた笑い声を放った。

どうやら、やはりおまえがわしの跡継ぎになりそうだな。

その顔が動かなくなった。

クローディアはフィンを見上げた。

はるか下で、ヴィオールとフルートとフィドルが〈舞踏会〉の最初の華やかな音色をかなではじめた。

21

「おまえのせいだ」そう魔術師は言った。「〈監獄〉は、ひとえにおまえの夢を通じて〈脱出〉のことを知ったのだ。だから〈手袋〉をやってしまえ」

サフィークは首を振った。「遅すぎる。これはわたしの一部になってしまった。これなしで、どうして自分の歌が歌えよう？」


『サフィークと〈闇黒の魔術師〉』


ふたりが腕を組んでテラスを歩いてゆくと、ひしめきあう廷臣たちが頭をさげながらささやきあった。扇がいくつもひらめく。魔物、狼、人魚、コウノトリの顔の仮面ごしに、目がこちらをうかがっている。

「〈サフィークの手袋〉か」フィンはつぶやいた。「ケイロが〈サフィークの手袋〉を持っているんだな」

彼の腕から、クローディアの腕に興奮が伝わってくる。まるで突然の衝撃が、新たな希望につながったかのようだ。

階段を下りると、夕日を浴びた花壇がうねうねと連なっていた。整形庭園の向こうには、はや何列ものランタンが、〈貝殻洞窟〉の精緻な塔群の根もとまで続く芝生を照らしているのが見てとれる。急いでクローディアは彼をひっぱって、騒々しくごぼごぼと水があふれている瓶の後ろに連れこんだ。

「ケイロはどうやって、それを手に入れたのかしら」

「さあ。でもそれが本物なら、何でもできる。ガセの小道具でないとしたらだが」

「違うわ」クローディアはランタンの下につどう人々を見つめた。「アッティアは手袋の話をしていた。それから突然、言葉を切った。まるでケイロが言わせまいとしたみたいだった」

「つまり本物なんだな」フィンは、甘くねっとりした香りを放つクサキョウチクトウをはらいのけながら、小径を歩いていった。「ほんとうにあったんだ」と叫んだ。

「人が見てるわ」

「かまうもんか。ギルダスが生きていたら、さぞふるえあがったろうな。ケイロのことは全然信用してなかったから」

「でも、あなたはしてる」

「前から言ってるだろ。ずっと言ってきた。あいつ、どうやって手に入れたんだろう。どういうふうに使うつもりなんだろう」

クローディアは何百人もの宮廷人が、孔雀のように着飾り、サテンの上着を輝かせ、亜麻色の髪をもりあげた精巧なかつらをかぶっているのを見つめた。みな、天幕と〈洞窟〉の中へ、にぎやかに笑いさざめきながら、流れこんでゆく。

「もしかしたらあの〈手袋〉、ジェアド先生が言っていた力の源だったのかもしれない」

「そうだとも」彼が瓶にもたれかかると、上着に苔がついた。仮面の後ろの目は希望に輝いていた。だが、クローディアは不安しか感じなかった。

「フィン、その〈手袋〉があれば、〈監獄〉の〈脱出〉計画が実現する、と、父上は思っておられるようなの。そんなことになったら大変。ケイロもきっと……」

「ケイロがどうするか、きみには絶対わからないよ」

「でも、〈監獄〉に〈手袋〉を渡すつもりじゃない？〈監獄〉に内部のもの全員を滅ぼす手段を与えてしまうかもしれないわ。ケイロは自分さえ〈脱出〉できれば」クローディアは、フィンがまっすぐ自分を見るよう、正面にまわりこんだ。

「それは違う」

「確信がある？」

「もちろんさ」彼の声は低く、憤りに満ちている。「ケイロのことならわかっている」

「だってさっき……」

「そう……だが、彼はそんなことはしない」

フィンの愚かしい盲目的な信頼がふいに耐えられなくなり、クローディアはかぶりをふった。「信じられない。あなただって、ケイロならやるかもしれないと少し思ってる。アッティアはそれを恐れているのよ。父上が何と言われたか、きいたでしょ。なにものも――だれであっても――〈門〉を通しちゃだめって」

「父上！　あいつだって、ぼく同様、きみとは他人だろ」

「お黙り！」

「それにいつから、きみはあいつに服従するようになったんだ？」

お互いかっとなって、黒い仮面と猫の仮面がにらみあった。

「わたしはしたいようにするの」

「ケイロよりあいつを信用するのか」

「そうよ」クローディアは断言した。「信用するわ。もっと言えば、あなたよりもね」

一瞬、彼の目に傷ついた色が浮かんだが、やがて目色がすっと冷えた。「ケイロを殺すつもりか」

「〈監獄〉の手先になるのならね。必要とあれば、わたしはやる」

彼は黙りこくった。やがて低く激しく言った。「クローディア、きみは違うと思っていた。だけどきみも、ここのみんなと同じく、残酷で不実で、愚かなんだ」彼は人垣の中へ入ってゆき、抵抗する男ふたりを押しのけ、洞窟の中へずかずかと進んでいった。

クローディアは全身の筋肉を怒りに焼けつかせながら、それを見送った。よくもわたしにあんな口をきけたものだわ。彼がジャイルズでなかったら、ただの〈監獄〉の〈滓〉野郎のくせに。そしてわたしは、真実はともあれ、〈管理人〉の息女なのよ。

クローディアは両手を握りあわせ、怒りをしずめようとした。ひとつ深呼吸して、ようやく動悸がおさまった。わめいて、ものをたたきこわしたかったが、とりあえず顔に笑みを貼りつけ、真夜中を待たねばならない。

でもそれからは？

いまさら、フィンがわたしといっしょに来るだろうか。

人だかりの中をさざなみが走り、丁寧なおじぎが広がってゆき、見ると、シア女王が透けそうに繊細な純白のドレスをまとい、てっぺんに小さな金色の艦隊が傾いて沈没しかけている、華麗な盛り上げ髪をいただいて、通ってゆく。

「クローディア？」

〈候補者〉がそばに来ていた。「きみの野蛮なお相手が逃げ出していったようだが」

クローディアは袖から扇を取り出して開いた。「ちょっとした口喧嘩よ。それだけ」

ジャイルズの仮面は、本物の羽根で作られた見事な鷲の頭で、嘴は誇り高くぐいと曲がっていた。これまでのすべての行動と同じように、それも皇太子としての自分のイメージを強調するものだった。仮面というものがそうであるように、よそよそしい感じがした。が、彼の目は笑っていた。

「痴話喧嘩かい？」

「とんでもない」

「それなら、わたしにエスコートをさせてくれ」彼は腕をさしだし、一瞬のためらいののち、クローディアはその腕をとった。「クローディア、フィンのことなら心配は要らないよ。もう過去のことだ」

ふたりは芝生を歩いて、舞踏会場へ向かっていった。

＊　＊　＊

アッティアは落ちた。

サフィークが落ちたように落ちていった。ばたばたともがきつつ、両腕をふりまわし、息もつけず、目も見えず、耳も聞こえない、恐ろしい落下だった。ごうごうと鳴る渦巻きを抜け、口に飛びこみ、喉の奥に呑みこまれた。服も髪も、皮膚でさえ、さざなみうち、引き剥かれるようで、彼女は悲鳴をあげる魂のみの存在となって、まっさかさまに奈落に落ちていった。

だがそのとき、こんな世界はありえない、自分を翻弄しているのは何かの生き物だ、とわかった。空気が濃くなり、雲の網が下に生まれ――密度の濃いふわふわとした雲が、彼女を次から次へと投げわたしてゆく――そしてどこかにケイロのものか、〈管理人〉のものかわからない哄笑が響いていた。アッティアは今ではこのふたりを分けて考えることができなくなっていた。

荒い息の合間に、世界が再構成されてゆくのが、ちらと見えた。広間の床が痙攣し、裂け、消え去ってゆく。陸橋の下を行く川が、黒い奔流が、いきなりアッティアのほうに盛り上がってきたので、ひと息吸いこむまもなく、その中に投げ出され、泡立つ暗黒の中に、深く、深く落ちこんでいった。

水の膜が、アッティアの大きく開けた口をおおった。

それから頭が爆発し、息が切れ、流速が落ちて、黒い桁の下を押し流され、洞窟へ、暗い地下世界へと運ばれていった。死んだ〈カブトムシ〉がそばを何匹も流されてゆく。流れは血のように赤いさびた水で、けわしい金属の崖の間を走り、水の表面は浮き沈みする瓦礫と油におおわれて臭く、世界の排水溝を思わせた。あたかもバクテリアに侵され、決して癒えることのない、巨大生物の大動脈のようだった。

この管の中を押し流されてゆくうち、堰に打ち上げられ、アッティアは砂利石の上にぐったり横たわり、そばではケイロが両手足をついたかっこうで、黒い砂の上に嘔吐していた。

ぬれそぼって冷えきり、信じられないほどの打ち身を負いながらも、アッティアは身を起こして座ろうとしたが、できなかった。だが、ケイロの喉につまったような声には、勝ちほこった響きがあった。

「あいつはおれたちを必要としてるんだ、アッティア。おれたちは勝った。やったぜ」

アッティアは答えなかった。

ただ〈目〉を見つめていた。


〈貝殻洞窟〉とはよく名づけたものだ。

そこはかなりの広さの洞窟で、壁とゆるやかに湾曲した天井には真珠母とクリスタルがきらめき、貝殻がうずまきや螺旋を描くようにはめこまれている。作り物の鍾乳石のつららが、百万もの小粒のクリスタルをちりばめながら、天井のあちこちからぶらさがっている。

目もくらむようにまばゆい眺めだ。

クローディアはジャイルズと踊っていた。まわりでは狐面や騎士の兜、追いはぎや道化師が踊っている。ひどく冷ややかな気分で、フィンがどこにいるかはまるでわからなかったが、彼のほうからは見えているだろう。見てほしいものだ、と思った。おしゃべりをし、扇を使い、仮面のつりあがった穴から、あらゆる人々を観察しながら、わたしは楽しんでるわ、と自分に言い聞かせた。無数の小さなツルニチニチソウの花におおわれた時計が十一時を打つと、クローディアは薔薇色のグラスから冷たいお茶をすすり、ニンフのかっこうをした小間使いたちがさしだしてくれる菓子やシャーベットをかじった。

そのとき、彼らが目に入った。

仮面をつけているが、〈御前会議〉の面子であることはわかった。突然、ローブ姿もまじえて、派手やかな服装の男たちががやがやとなだれこんできた。論争を戦わせたのか声がかれているが、そのざらついた声には安堵感もあった。

クローディアは仮面で顔が見えないのを幸い、一番近くの男に近づいた。「あの評決はもう出たのでしょうか」

男は梟《ふくろう》の仮面の奥でウィンクし、グラスをあげて乾杯した。「かわいい仔猫さん、出ましたよ」臭い息を吐きながら、近寄ってきた。「天幕の裏に来ていただければ、教えてあげますよ」

クローディアは頭を下げ、扇を使いながら、後ずさった。

作り笑いを浮かべた、ばかな人たち。でも、これで事情ががらりと変わる。女王は明日まで待つつもりはないだろう。ふいに、クローディアは悟った。わたしたちは罠にかけられたのだ。この場で今夜、評決が披露されて、敗者はその場で逮捕だ。シアはそこまで見越していた。ああ、フィンを探さなければ。

＊　＊　＊

外の湖畔の暗い芝生で、フィンは遠くの洞窟に背を向けて立ち、一度目は、そのなめらかな声が聞こえないふりをした。だが、もう一度声がし、こんどは肩胛骨の間を切り裂かれるような気がした。

「評決が出た。どう出たかは、ふたりともわかっているはずだ」

鷲の仮面が、手にした鏡の中に、不気味にふくれあがるように映った。フィンは言った。「なら、ここでけりをつけよう。ここでだ」

芝生にひとけはなく、湖には小舟と松明がゆらめいている。

ジャイルズは、面白そうに低い声で笑った。「望むところだ」

フィンはうなずいた。大きな安堵感がこみあげてきた。葡萄酒の杯を投げすて、ふりかえって剣を抜いた。

だがジャイルズが合図をすると、物陰から小さな皮の入れ物をもった召使いが出てきた。

「誤解するな」ジャイルズは低い声で、「とにもかくにも挑戦してきたのはそちらだ。ということは、公正の観点からすれば、武器を選ぶのはこちらだ、ということになる」

ぱちんと蓋を開けた。

星の光が、二挺の、長い象牙の柄のピストルにきらめいた。

人波をかきわけて、まばゆい部屋のあちこちを探しているうち、クローディアは踊りの渦に巻きこまれ、そこからなんとか抜け出したあと、カーテンの下にもぐって、キスをしている恋人たちに突きあたったり、ぶらぶらしている楽師たちをかわしたりしながら、急いだ。舞踏会はグロテスクな顔、顔の悪夢と化している。フィンはいったいどこなの？

アーチ型の出入り口のそばで、いきなり、鈴つき帽子をかぶった道化師が、クローディアの真ん前に飛び出してきた。「ああ、クローディア、きみかい。おれと踊ってくれよ。ここの女たちときたら、みんな野暮ったくてね」

「カスパー！　フィンを見なかった？」

道化師の赤くぬった唇が笑みのかたちにつりあがる。それが耳もとに近づいてきて、ささやいた。「見たさ。でも踊ってくれなきゃ、どこだか教えないよ」

「カスパー、ばかなこと言わないで……」

「あいつを見つけるには、それしかないよ」

「時間がないのよ……」クローディアは彼をひっぱりだし、輝く壁ぎわに押しつけた。「フィンがどこにいるか言わないと、急所に膝蹴りを喰わせるわよ。本気だから」

彼は顔をしかめ、不愉快そうに鈴がゆれた。「あいつに関しちゃ、きみはどうしようもないな。だけど、忘れろよ」ずるそうな目つきになった。「母上がぜんぶ種明かしをしてくれたんだ。あっちが選ばれたら、フィンは殺され、数週間たったあとで、あっちもにせものだってばらして、それでおれが即位するって段どりさ」

「あいつもにせものなの？」

「もちろんだよ」

クローディアがあまりにすさまじい顔でにらみつけるので、彼は言った。「へんな顔するなよ。まさか知らなかったわけじゃないだろ」

「フィンが死ぬときは、わたしも殺されるんだって知ってた？」

彼は答えなかった。ややあって言った。「母上はそんなことはしないよ。おれがさせない」

「カスパー、あんたなんか女王様に丸呑みにされちゃうわ。で、フィンは、どこなの？」

道化師の顔から楽しそうな表情が消えた。「もうひとりのやつと一緒さ。ふたりで湖畔へ出ていった」

クローディアは一瞬、カスパーを見つめたが、心に湧いたのは冷たい恐怖だけだった。

彼女はいっさんに走りだした。

フィンは闇の中に立って、持ちあがる銃口を見つめていた。ジャイルズは腕をいっぱいに伸ばしている。暗い芝生の上での互いの距離は十歩。彼はおちつきはらってピストルをかまえ、やがて火を噴くはずのその銃口は完璧な黒い円をなしていた。死の黒い目。

フィンはその奥に目を凝らした。

びくついたりしなかった。

動こうともしなかった。

すべての筋肉が裂けるほど固く張りつめ、体が木でできているような気がした。銃口が火を噴いたら、自分は木っ端微塵になる。

　だが、フィンは動こうとはしなかった。

　あたかも、いまこそ運命の裁定がくだる時だというようなおちつきが、心に生まれていた。もしここで死ねば、自分はいまも昔もジャイルズではなかったことになる。生きられる運命なら、生きられるだろう。阿呆め、とケイロなら言いそうだ。

　だが、そう思うと、力がみなぎってきた。

　相手の指が撃鉄をカチッと起こしたとき、フィンは心の奥深くで、答えを知った。無数の映像が、滝のなだれるごとくあふれ、ほぐれ出てきた。

「ジャイルズ！　だめ！」

　クローディアの叫びがどちらに向けられたものか、フィンにはわからなかった。だが、ジャイルズが発砲したとき、ふたりともクローディアには目もくれなかった。


　それは巨大な〈目〉で、輝かしい真っ赤な色をしていた。

　一瞬、アッティアは、古い伝説のドラゴンが、頭を低くして、自分を見すえているのかと思ったが、次の瞬間、それは洞窟の入り口で、その前に火のような光が燃えているのだとわかった。

　アッティアは気を取りなおして、ケイロを見つめた。

　自分もえらそうなことは言えないが、ケイロは惨憺たる姿だった。ぬれそぼち、ぼろぼろで、傷だらけだ。だが水に洗われて、髪はまた黄色に戻っていた。彼はそれを後ろになでつけた。「おまえを連れてきたなんて、おれは狂ってたんだ」

アッティアは足をひきずりながら、彼のそばを通りすぎた。へとへとで、もう何もかもがどうでもよくなっていた。

洞窟は赤いビロードの部屋で、完全な円形をなし、そこから七つのトンネルがのびていた。中央には小さな明るい火があり、こちらに背を向けて座った男が、そこで何かを料理していた。髪は長く、黒いローブをまとい、こちらをふりかえらなかった。

肉のはぜる音がし、えもいわれぬ匂いがした。

ケイロは、いかにもぞんざいに張られた天幕に、その派手な縞模様に、サイバー牛が緑のべっとりしたものを噛んでいるわきにある小さな荷馬車に、目を走らせた。「うそだ。ありえねえ」

ケイロが一歩出たところで、男が言った。「まだ、ハンサムなお仲間と一緒なのかね、アッティア」

アッティアはぎょっとして目をむいた。

「まさか……リックス？」

「そのまさかだ。わがはいがどうやってここに来たと思う？　魔法の力だよ、アッティアちゃん」

ふりかえって、彼は隙間だらけの歯を見せて笑った。「わがはいを、そこらの安っぽい香具師《やし》と同列に思っていたのかい」彼はまばたきし、身をのりだすと、なにやら黒い粉を火の上にまきちらした。

ケイロは腰を下ろした。「信じられん」

「信じてもらわんとな」リックスが立ち上がる。「なぜなら、わがはいこそが〈闇黒の魔術師〉、いまこそおまえたちふたりを魔法の眠りにつかせてやろう」煙がもくもくとわき上がる。甘く満ち足りた香り。ケイロが飛び上がったが、よろめいて、ばたりと倒れた。闇がアッティアの鼻に、喉に、目に忍びこんできた。

そして彼女の手をとり、沈黙の中へと連れていった。

フィンは弾丸が、稲妻のひらめくように胸のそばを通りすぎるのを感じた。

その瞬間、自分のピストルをあげ、ジャイルズの頭部に狙いをつけた。かしいだ鷲の仮面に。時計塔から真夜中の鐘が鳴りはじめた。クローディアは息もつけず、動くこともできなかった。女王がいまこそ評決を公表するだろうとわかっているのに。「フィン、お願い」やっとささやいた。

「きみは一度もぼくを信じてなかった」

「いまは信じてるわ。その人を撃たないで」

彼はにやりとした。黒い仮面の下の目が暗くなる。指がカチリと撥鉄を起こした。

ジャイルズがふらりと下がろうとした。

「動くな」フィンは叱咤した。

「頼む」相手は両手を広げた。「取引をしよう」

「シア女王の選択眼はなかなかだ。だが、おまえは王子じゃない」

「見逃してくれ。みんなにほんとうのことを話す。全部説明する」

「そんなの、信じられるか」引き金がふるえた。

「誓う……」

「もう遅い」フィンは発砲した。

ジャイルズが草の上にふっとんだ速度に、クローディアは悲鳴をあげた。かけよって、上にかがみこんだ。フィンが近づいて、見下ろした。「殺すべきだったか」

弾丸は彼の腕を貫いていた。腕はだらりと垂れ、その衝撃で、彼は失神していた。クローディアはふりかえった。灯火の入った洞窟から、大きな声がいっせいにあがり、踊っていたものたちが仮面をかなぐりすて、抜刀しながら、飛び出してきた。

「その上着を」クローディアは叫んだ。

フィンは彼を引きずり起こし、絹の上着をはぎとった。自分のを脱ぎすて、それを急いで着こんだ。フィンが鷲の仮面で顔をおおったとき、クローディアは黒い上着を〈候補者〉に着せ、黒い仮面を着けさせた。「ピストルはそのまま」兵士たちが駆けよってくるのを見て、クローディアはささやいた。

フィンは彼女をつかまえ、その背にピストルを押しつけた。彼女はもがきながら、罵声をあげた。

衛兵が片膝をついた。「殿下、評決が出ました」

「どうなったの？」クローディアがかすれ声を出す。

衛兵は彼女に目もくれない。「あなたさまがジャイルズ王子です」

フィンは荒々しく笑い声をあげ、クローディアはぎょっとして彼を見つめた。「そんなことはわかっていた」鷲のくちばしの奥から、激しく息がほとばしる。「そこの〈監獄〉の〈滓〉めは怪我をした。どこかの独房へぶちこんでおけ。女王陛下はどこにおられる？」

「舞踏会場に……」

「のけ」クローディアを楯にしながら、彼は光のほうへ大股に歩いていった。聞こえないところまで来ると、ささやいた。「馬はどこ?」

「シェアの〈廃墟〉に」

彼はクローディアの腕を放し、ピストルを草に投げすて、自分から奪われた魔法の宮殿をいま一度ふりかえった。そして「行こう」と言った。

第4部　心を開く〈鍵〉とは？

22

……深い森にほの暗い小径。魔術と美の〈領国〉。伝説の国さながらの。

『エンダー王の法令』


稲妻がひらめいた。

音もなく空を渡って、不気味な雲の下側を照らしだす。ジェアドはおちつきのない馬の手綱をひいて止めた。

秒数を勘定しながら、待つ。緊張の重みが耐えられなくなったとき、雷鳴が弾け、〈森〉の上をとどろき過ぎた。とてつもない怒りが梢をなぎはらってゆくように。

湿気が濃く、夜も近い。両手に握った手綱はきしみ、やわらかな革も汗でぬるぬるしていた。ジェアドは馬首に身を伏せ、全身の骨の痛みをこらえながら、苦しい息をついていた。

最初は追跡を恐れて、無我夢中に馬を跳ばし、街道をはずれて、目につきにくい森の小径に入り、ともかくも西の〈管理人領〉をめざした。だが何時間かたったいま、小径はほそい獣道となり、下草がびっしりと生い茂って、膝と馬の横腹をこするほどだ。踏みしだかれた雑草と何世紀もかけて積もった朽ち葉が悪臭をたてていた。

〈森〉のふところ深く入っているので、星も見えず、完全に方角を失ったわけではない――いつもの小さな方向器があるから――が、ここから先は径がない。地面は小川や斜面で、足下が悪く、闇が濃くなった。おまけに嵐が来そうだ。

ジェアドは馬のたてがみをこすった。小川のところまで戻るか。だが、疲労は極致に達し、持病の痛みがいつのまにか出て、全身をおおっていた。奥まで踏みこみすぎたと思わぬわけにはいかなかった。この茨は〈森〉特有のものだ。喉が渇いて、体が熱っぽい。小川まで戻って、水を飲みたかった。

なだめようとすると、馬がいなないた。雷鳴がまたとどろき、馬の耳がふるえた。ジェアドは馬に勝手に歩かせることにした。自分のまぶたが落ち、手綱が指からすべり落ち、馬の長い首が前に垂れたとき、静かなひたひたという水音が聞こえた。

「いい子だ」彼は馬にささやいた。

鞍の前弓につかまりながら、そろそろとすべり下りた。足が地面につくやいなや、膝がくずれた。もう立つ力もなかった。鞍にすがって、身を起こしているのがやっとだ。

毒人参のぞっとするような花が、彼の背よりも高く、そこらじゅうに立ち上がっていて、いやな臭いをさせていた。ジェアドは深い息をついた。それから膝をつき、闇の中を手探りしているうちに、指先が水に触れた。

凍るように冷たい水が、茎や石の間を流れていた。

手ですくって飲むと、冷たさにむせて咳が出たが、葡萄酒よりはましだ。さらに飲み、顔と髪とうなじに水をはねかけ、ぞくりとした。それから荷物から注射器を出し、いつもの薬を注射した。睡眠が必要だ。心に霧がかかり、麻痺したような感じがするのがこわい。〈知者〉の外套を体に巻きつけ、がさがさと体に刺さるイラクサの中で身を丸めた。

だが、いまは目を閉じることができなかった。

恐ろしいのは〈森〉ではない。ここで死ぬかもしれない、二度と目が覚めないかもしれないという思いだった。馬がどこかへさまよっていってしまい、落ち葉にこの体がおおわれ、骨になるまでだれにも発見されないのではないか、という恐れ。そしてクローディアは二度と……

やめろ、と自分に言い聞かせた。だが痛みは彼をあざ笑うようだった。痛みはいまや彼の暗黒の双子となり、きつく彼を抱きしめてともに眠る仲になっていた。

身をふるわせて、彼は起きなおり、ぬれた髪をかきあげた。これは気鬱の病だ。自分はここで死ぬわけにはいかない。なぜなら、フィンとクローディアにとって必要な情報、〈監獄〉の心臓部の扉と、〈手袋〉に対する情報を握っているからだ。

それに、これほどたやすく死が訪れてきてくれるわけはない。

そのとき、星がひとつ見えた。

赤くて小さい。彼を見張っている。ふるえを止め、目を凝らそうとしたが、ちらちらしてよく見えない。熱で幻が見えているのか、湿地のガスが地上を這いまわっているのか。枝をつかんで、彼はなんとか膝をついた。

赤い〈目〉がまたたいた。

ジェアドは手をのばし、手綱をつかんで、草を食んでいた馬を光のほうへひっぱってきた。体は燃えるように熱く、闇に引き戻されそうになって、ひと足ごとに痛みが襲い、汗が噴き出た。イラクサが痛い。彼は低い枝の中を、金属の蛾の群れの中をけんめいに押し進んだ。天空を千もの星がすべり、流れてゆく。大きなオークの木の下で、息を切らして足を止めた。前に空き地があった。たき火が燃え、それにそだをくべているのは、やせた黒髪の男で、火明かりがその顔に躍っていた。

男がふりかえる。

「ジェアド先生」静かに声をかけた。「火のほうへどうぞ」

ジェアドはオークの枝をつかんだままくずおれ、樹皮が爪の下でざらついた。

すると男の腕が彼にまわされた。「つかまえた」声が言った。「やっとつかまえた」

アッティアは起きだそうとしたが、起きられなかった。眠りが石のようにまぶたを押さえつけている。両腕が後ろにまわされ、一瞬、家族が昔、家と呼んでいた小さな部屋の箱形寝台に戻ったような気がした。あれは狭苦しい廊下に、盗んだ電線と網でまにあわせのように作られたシェルターで、そこに六家族が暮らしていたっけ。

湿気くさかったので、寝返りを打とうとしたが、まだ体が動かない。

自分は身を起こして座っており、蛇が手首に巻きついているのだった。

ぱっと、目が開いた。

リックスが火のそばにしゃがみこんでいる。小さなケットの塊をもっており、それを頬の内側にすべりこませて噛みはじめると、目がうつろになった。

アッティアはぐいと体を動かした。蛇などいない。両手は後ろで縛られ、体は、なにか暖かいぐったりしたものにもたれかかっていた。ケイロだ。リックスはふたりを背中合わせに縛ったのだ。

「やあ、アッティア」リックスの声は冷たい。「少しばかり、居心地が悪いかね」

綱が手首と足首にくいこんでいる。ケイロの体重が肩にのしかかっている。だが、アッティアは笑みを浮かべてみせた。「リックスはどうやってここに来たの？　どうやってあたしたちを見つけたの」

彼は魔術師らしい指を広げた。「〈闇黒の魔術師〉に不可能はない。〈手袋〉の魔力がわがはいを引き寄せた。何マイルもの廊下とこだまに満ちた回廊を越えてな」

彼は赤く染まった歯で、ケットを噛んだ。

アッティアはうなずいた。リックスは前よりやせてひょろりとした感じで、顔はぶつぶつやかさぶただらけ、洗っていないようだし、ぼさぼさの髪は汚れていた。その目にはまたもや狂ったような光がともっている。

すでに〈手袋〉を手に入れたのだろう。

ケイロは、ふたりの話し声で目が覚めたのか、うしろでもぞもぞ動きだしていた。彼が身じろいだとき、アッティアはちらとふりかえり、洞窟から出る、何本もの黒い溝穴のようなトンネルを見た。だが、馬車の通れる幅ではない。リックスは隙間のあいた歯で笑った。「アッティア、心配はない。わがはいに考えがある。もう手はずはついている」

声が固くなり、彼は身をのりだして、ケイロを蹴飛ばした。「わかったか、追いはぎよ。近頃は盗みなんぞ割に合わんのだ」

ケイロは声に出さずに悪態をついた。彼が、リックスをもっとよく見ようと体をねじったりひねったりするので、アッティアの体はひどくひっぱられた。馬車の上の銅製の鍋に、彼の青い目と、額の血のしみが、グロテスクにゆがんで映っている。だが、さすがにケイロで、声は氷のように冷たかった。

「あんたがこうまで恨んでるとは思わなかったぜ、リックス」

「恨みほどけちくさいものはない」リックスは目を光らせてふりかえった。「これは復讐だ。あくまで冷酷な仕返しだ。わがはいは誓った。だからやる」

ケイロの手が汗ばんで熱くなった。その指でアッティアの指を探しながら、こう言った。「取引しようじゃないか」

「何とだ？」リックスは身をのりだし、外套から何か暗く光るものを抜き出した。「これとか？」

アッティアはケイロが黙ったのを感じた。彼は狼狽している。

リックスはドラゴンの皮をはめた指をひろげ、ひびわれた古い爪をなでつけた。「こいつがわがはいを引き寄せた。呼びかけてきた。〈渡り道〉のかなた、大気のうなりのかなたから、それが聞こえた。ほれ、皮膚の上でびりびりしているわ」

なるほど、彼の腕の毛が立っている。

彼は手袋に頬をすりよせ、そうすると細かな鱗が波立った。「これはわがはいのものだ。わがはいの皮膚、わがはいの感覚だ。わがはいの魔術師のわざだ」とドラゴンの皮ごしに、狡猾な目をふたりに走らせた。「どんな芸術家もおのれの手のわざを失うことはできん。こいつがわがはいに呼びかけた。わがはいはまた見つけ出したのだ」

アッティアはケイロの指をつかみ、綱をたどってゆき、結び目を見つけた。あいつ、頭がおかしいのよ。そう言いたかった。何をするかわかりゃしない。気をつけて。だが、ケイロの答えは静かで傲慢だった。

「それはよかったな。だが〈監獄〉とおれは取り決めをしてる。まさかそれを……」

「ずっと昔、わがはいも〈監獄〉と取り決めをした。賭けだ。謎かけ試合をした」

「それはサフィークじゃねえのか」

リックスはにやりとした。「そしてわがはいが勝った。だが〈監獄〉はずるい真似をする。わかってるだろう。あいつはわがはいに〈手袋〉をくれて、〈脱出〉を約束してくれたが、おのれの心の迷路にとらわれているやつらには、どんな〈脱出〉のみちがある？　そんなやつらに、どんな秘密のはねあげ戸がある？　〈外〉へのどんなトンネルがある？　わがはいは〈外〉を見た。見たんだ。あそこはおまえが夢にも思わぬほど、広大だ」

アッティアは恐怖に体が冷えた。

リックスがにやりとしてみせた。「アッティアは、おれを狂ってると思っているだろう」

「そんなことは……」アッティアは嘘を言った。

「いや、そうだ。かわいいアッティア。そして、それは正しいかもしれん」彼はひょろ長い身体をのばし、ため息をついた。「そしていま、おまえたちふたりの命はわがはいの手の中だ。昔読んだ説話本の中に出てきた、森の中の赤ん坊と同じだ」

アッティアは笑った。何でもいい。彼にしゃべらせつづけることだ。「もう一冊のほうじゃないのね」

「よこしまなまま母がふたりを暗い森に捨てた。でもそこで、ジンジャーブレッドでできた家を見つける。そこに住んでいた魔女は、ふたりを白鳥に変えてしまった。金の鎖でつながれたふたりはそのまま飛んでいった」彼は、〈手袋〉にとめてある小さな白鳥たちに目をやった。

「そのとおりだな」ケイロは苦々しく、「で、それからどうなった？」

「魔術師の住む大きな塔にたどりついた」リックスは〈手袋〉を丁寧にしまい、馬車のところへ行って、中をひっかきまわした。

アッティアは手首が綱でひりひりするのを感じた。ケイロが猛然とひっぱったのだ。「で、魔術師はふたりを解放してやったのか」

「違うと思うな」リックスはふりかえった。いつも舞台で使うのよりも長い剣を手にしており、それは真剣らしかった。「アッティア、この話はハッピーエンドにはならないぞ。ふたりは魔術師をあざむいて、持ち物を盗んで逃げた。魔術師はかんかんになった。そしてふたりを殺すことにした」

〈宮廷〉から三リーグほど離れたとき、クローディアは疲れた馬を止め、ふりかえった。重なりあうように立ちならぶ塔には、もれなく灯が入り、〈硝子の宮殿〉は燦然と輝いていた。フィンの馬がそばで、足を止めた。馬具がガランと鳴る。彼は無言で目を放っていた。

「ジェアドはぼくらがどこへ行ったかわかるかな」

「手紙を出しておいたわ」

彼女の声が固い。フィンはちらと目をやった。「じゃ、何が問題なんだ」

彼女はしばらくためらったが、答えた。「メドリコートが言ったの。女王がジェアド先生を買収したって」

「ありえない。まちがってもそんなことは……」

「でも先生の持病のことがある。それを楯にとったかも」

フィンは眉をひそめた。完璧な星々の下で、〈宮廷〉は、ダイヤモンドをまき散らしたように、冷たく残酷にきらめいていた。「その病気は、死につながるようなものなのか」

「たぶんね。先生は深刻な言い方はしていなかったけれど。でも、そうなのよ」その声の見捨てられたような暗さに、フィンはぞっとしたが、クローディアはきちんと身を起こして座った。風がその髪を後ろにあおったが、目に涙はなかった。

遠くで雷鳴がとどろいた。

彼はなにか慰めの言葉をかけようとしたが、馬がおちつかなげに足を踏みならした。〈監獄〉では、あれほど死が日常身近だったのに、今は違う。彼は馬をしずめて、クローディアのほうへ引いてきた。

「ジェアドは天才だ、クローディア。女王にもだれにも操られるようなばかじゃない。心配はないよ。先生を信じよう」

「信じてるって書いたわ」

それでもクローディアは動かない。彼は手をのばして、その腕をつかんだ。「行こう。急がないと」クローディアは首をめぐらして、彼を見た。「あなたは、ジャイルズを殺せたのに」

「たしかに殺すべきだった。ケイロならあきれかえるだろう。でも、あいつはジャイルズじゃない。ジャイルズはぼくだ」彼はクローディアの目を見つめた。「あいつがピストルでぼくを狙ったとき、わかったんだ。思い出したよ、クローディア、思い出したんだ」

クローディアはびっくりして、彼を見つめた。

そのとき馬がいななき、〈宮廷〉の、何百という蠟燭とランタンと窓の灯火が、いっせいにふっとゆらいで消えるのが見えた。あっというまに、〈宮殿〉は星空の下の暗黒と化した。クローディアは息を呑んだ。もしも動力が戻らなかったら、もしもこれでおしまいだったら……

そのとき、ふたたび〈宮殿〉に灯が入った。

フィンが手をさしだす。「ぼくに〈監獄〉を渡してくれないか」

クローディアはためらった。それから父の時計を取り出し、手渡した。彼が銀の立方体をつまみあげると、時計が鎖の先で回転した。「壊さないでちょうだい」

「〈監獄〉は、自分自身のシステムから動力を引き出している」彼は〈宮殿〉に目をやった。ふたたび鐘が鳴りわたり、叫喚が響きはじめていた。

「そしてわたしたちのシステムからもね」クローディアはささやいた。

「だめよ、リックス。だめ」アッティアは低く真剣な声を出した。とにかく相手をおちつかせるのだ。「ばかなまねはやめて。あたし、あんたの手助けをしたじゃない――いっしょに山賊と戦ったよね。あの疫病の村の群衆とも。あたしのこと、気に入ってたじゃない。いっしょにうまくやってきた。あたしに手を出さないで」

「アッティア、おまえは少々秘密を知りすぎたんだよ」

「ちゃちな手品の種のこと？　ばか。そんなのだれでも知ってるよ」今あるのは折れ曲がるおもちゃではなく、本物の剣だった。アッティアは唇に浮かんだ汗をなめた。

「かもしれん」彼は考えるようなふりをしながら、にやりとした。「だが、問題は〈手袋〉だ。これを盗んだのは、許しがたい。〈手袋〉がわがはいに殺《や》れと言ってる。だからまずはおまえからだ。そうしたら、そこにいる連れにも見える。一瞬ですむ。アッティア、わがはいは情け深いからな」

ケイロはアッティアにすべてをまかせるつもりか、黙っている。結び目をほどくのは諦めてしまったようだ。まにあうようにほどくのは無理だ。

「リックス、あんたは疲れてるよ。頭がおかしくなってる。自分でもわかってるくせに」

「わがはいは野蛮な〈翼棟〉をいくつも渡り歩いてきた」彼は試すように、剣で宙を薙《な》いだ。「狂った廊下も這って通ってきた」

「そういえば」ケイロがふいに言った。「あんたの旅仲間のフリークたちはどこだね」

「休んでる」リックスはしだいに神経を高ぶらせてきた。「わがはいひとりが早く動かねばならんのだ」彼の剣が、ふたたびびゅっと宙を薙いだ。その目の狡猾な光り方に、アッティアはぞっとした。ケットで朦朧ともつれるような声。「ごらんあれ」とささやいた。「諸君は〈外〉への道を教えてくれる〈知者〉を探している。それがわがはいだ」

それは舞台で彼が使うセリフだった。アッティアはもがいて、足を蹴り出し、ケイロに体あたりした。「こいつ、やる気だわ。完全に頭のねじが飛んでる」

リックスは想像上の観衆を見渡した。「サフィークが取った道は〈死の扉〉を抜けるみちだ。この娘をそこへ連れてゆき、また連れ戻してみせよう」

火がぱちぱちはぜた。彼は拍手喝采する幻の群衆の列に一礼してこたえた。それから剣をふりあげた。「われわれは〈死〉を恐れる。なんとしてでもそれを避けようとする。諸君の目の前で、死者がよみがえるのを」

「やめて」アッティアはかすれ声を出した。「ケイロ……」

ケイロは身動きもしない。「もうだめだ。観念しろ」

リックスの顔は赤い光に紅潮し、目は熱にうかされたようだった。「この娘を解き放つ！　そして連れ戻す！」

ひゅっという音を立てて、剣がふりあげられ、その瞬間、からかうような、そしていかにもなれなれしいケイロの声が、アッティアの後ろの闇から響いてきた。

「ではリックス、あんたはサフィークだそうだから、教えてくれよ。あんたがドラゴンにかけた謎の答えとは何だったんだ。心を開く〈鍵〉とは何だ？」

23

彼は昼も夜も働いた。変身できる上着をこしらえた。ただの人間以上のものになろうとした。翼あるもの、光のように美しい生き物に。あらゆる鳥が彼に羽根を持ってきてくれた。鷲さえも。白鳥でさえも。

『サフィークの伝説』

自分はまだ幻覚を見ているのに違いない、とジェアドは思った。なぜなら廃墟の厩で倒れたはずなのに、静かな夜の中には、ぱちぱちと炎がはぜていたからだ。

頭上のたるきは穴だらけで、その一ヶ所からは、メンフクロウが丸い目を驚いたようにみはって彼を見下ろしていた。どこかで水がぽたぽた落ちる音がする。顔のすぐそばで、リズミカルにぽちゃんぽちゃんと水がはねている。大雨のあとのようだ。小さな水たまりができ、藁にしみこんでいる。だれかの手が半分、毛布から出ていた。朦朧とした意識でそれを動かそうとすると、長い指がふるえてからのびた。では自分の手なのだ。

ぼうっとして、意識がはっきりしない。まるで身体から抜け出し、長い疲れる旅をしてきたかのようだ。体に戻ってみたら、そこは冷たく居心地が悪かった、とでもいうような。

喉を意識してみると、がさがさだった。目がかゆい。身体を動かすと痛んだ。

星空がない、ということは、やはりまだ幻覚を見ているのだ。建物の破れた屋根ごしに、たったひとつの赤い〈目〉だけが中空にかかっていた。不気味な月食を起こした月のように。

ジェアドはじっとそれを見つめた。〈目〉は見返してきたが、彼を見ているのではない。ほかの男を見ている。

男は忙しく動いていた。膝の上に、古い上着――おそらく〈知者〉のローブだ――をかけ、両側には山のように羽根が積み上げてある。ジェアドが〈門〉から送り出したのと同じような青い羽根もあった。黒鳥のそれのように、長くて黒いものもあった。鷲のそれのように茶色のものもあった。

「この青いのはとても役に立つな」男はふりむかずに言った。「持ってきてくれてありがとう」

「どういたしまして」ジェアドはつぶやいた。言葉は全部かすれている。

厩には、昔〈宮廷〉で使われていたような小さな金色のランタンが、いくつか下がっている。もしかしたらあれは、取り下ろされて、針金でここにつるされた星なのかもしれない。男の両手がすばやく動く。彼はつぎはぎの上着に、じかに羽根を縫いつけている。最初は松かさの匂いのする黒い脂で留めるので、その脂が藁の上にぽたぽた落ちていた。青、黒、茶色。羽根の上着。翼のように広がった形の。

ジェアドはなんとか起きなおろうとし、やっとのことで壁にもたれて座った。体に力が入らず、ふるえがきた。

男が上着をわきにおいて、やってきた。「あせることはない。水もある」

彼は水差しとコップをとってきて、注いでくれた。さしだされたとき、その手の右の人差し指が欠けているのが、わかった。関節の上になめらかに閉じた傷痕があった。

「少しだけにして。とても冷たいから」

ジェアドは喉への衝撃をほとんど感じなかった。飲みながら、黒髪の男を見ると、彼もものがなしげな、しんみりした笑みを浮かべて見つめ返してきた。

「ありがとう」

「すぐそばに泉がある。〈領国〉で一番うまい水が湧く」

「わたしはどのくらいここに？」

「ここには時間というものがない。〈領国〉では、時間は存在を禁じられているようだな」彼が後ろにもたれかかると、羽根が体のあちこちにくっついているのがわかったが、その目は鷹のそれのように、おちついてゆるぎなかった。

「あなたはサフィークですか」ジェアドは静かに言った。

「〈監獄〉ではそう呼ばれた」

「では、ここは〈監獄〉？」

サフィークは髪から羽根をひきぬいた。「先生、ここは牢獄だ。〈内〉であろうと、〈外〉であろうと、そんなことはたいしたことではない。ようやく、わたしにもそれがわかった。どちらも同じかもしれないのだ」

ジェアドはなんとか頭を働かせようとした。自分は〈森〉の中を、馬を駆っていた。〈森〉にはたくさんの無法者や山賊や狂人がいる。〈時代〉の沈滞に耐えられず、物乞いのようにさまよい歩くほうを選んだものたち。この男もそのひとりなのか？

サフィークは両足をのばして、深くもたれかかった。火明かりに照らされた彼は若く青白く、髪は森の湿気でくしゃくしゃだった。

「でもあなたは〈脱出〉された。フィンが、あそこ、〈監獄〉でのあなたの伝説をいくつか話してくれた」彼は顔をこすり、少し髭が出て、ざらざらしているのを感じた。ここにはどのくらいいたのだろう。

「伝説はいつでも作られるものだ」

「では、ほんとうのことではない、と？」

サフィークはにっこりした。「ジェアド、あなたは学者だ。ほんとうという言葉は、あの〈鍵〉と同じくクリスタルでできているのがおわかりだろう。それは透明だが、いくつもの面がある。いろいろな色の光、赤や金色、青色が、その深みにひらめく。だが、それが扉を開くのだ」

「扉……あなたは秘密の扉を見つけた、と言われているが」

サフィークはさらに水を注いでくれた。「どれほどその扉を探し求めたことか。わたしは一生涯探しつづけたよ。家族も故郷も忘れはてた。血を流し、涙を流し、指を一本失った。自分に翼を作ってやり、高く飛んだが、空がわたしをたたきおとした。闇の奥底に落ち、奈落には底がないように思われた。だが、最終的に、底はあったのだ。〈監獄〉の心臓部にある、小さな簡素な扉だ。緊急避難口だ。いつでもずっとそこにあったのだ」

　ジェアドは冷たい水をすすった。これは、フィンが発作のときに見るのと同じようなヴィジョンに違いない。自分はおそらく雨の降る暗い森の中に倒れて、幻覚を見ているのだ。だが、それにしてはなまなましい。

「サフィーク……尋ねたいことが……」

「尋ねるがいい」

「扉のことです。〈囚人〉はだれでもそこから出られるのですか。それは可能ですか」

だがサフィークは羽毛の上着を引き寄せ、あちこちの穴を調べていた。「だれでも、そのやり方は自分で見つけなければならない。わたしのように」

　ジェアドは身を倒した。毛布を、疲れてふるえる体にまきつけた。〈知者〉の言語で低く言った。

「師匠、あなたは〈監獄〉がごく小さいことをご存じでしたか」

「そうなのか」サフィークも同じ言葉で返した。あげた緑の目には、深い炎の点がきらめいていた。

「おそらくあなたにとってはそうなのだ。でもそこにいる〈囚人〉にとっては違う。どんな牢獄も、中にいるものにとっては、宇宙そのものだ。それに〈知者〉ジェアドよ、考えてみてほしい。〈領国〉もまた、これより大きな世界の存在の懐中時計からぶらさがっている小さな世界ではないのだろうか。〈脱出〉するだけでは足りない。それだけでは答えにならない。それは〈自由〉とは違う。だから、わたしは自分の翼を直して、星空まで飛んでゆこうと思っている。星が見えるか」

　彼は指さし、ジェアドははっと驚愕の息を呑んだ。あたり一面の星々に囲まれていたのだ。銀河、星雲、何千もの星座。塔の巨大な望遠鏡で何度ものぞいたことのある、宇宙の輝かしい光のかずかず。

「星の歌が聞こえるか」サフィークはつぶやいた。

だが〈森〉の沈黙のみがせまってきて、サフィークはため息をついた。「遠すぎるな。だが、星は歌っているよ。わたしはその歌を聞くだろう」

ジェアドは首をふった。疲労が忍びよっていた。そして昔の恐怖も。「もしかしたら〈死〉こそ〈脱出〉なのかもしれませんね」

「たしかに〈死〉は扉だ」サフィークは青い羽根を縫いつける手を休め、彼を見た。「ジェアド、死を恐れているか」

「そこにいたるまでの道を」

ほそおもての顔は、火明かりの中で骨格が目立った。その顔が言った。「〈監獄〉に、わたしの〈手袋〉をはめさせないでくれ。わたしの手を使わせ、わたしの顔で語らせないでくれ。きみが何をするとしても、それだけはしないでくれ」

ジェアドには尋ねたいことが山ほどあった。だが、それらは鼠が穴に逃げこむように消え失せてしまい、彼は目を閉じて、仰向きになった。あたかも彼の影のように、サフィークがそばに身をかがめてきた。

「〈監獄〉は決して眠らない。夢を見る。そしてその夢は恐ろしいものだ。だが決して眠らない」

ジェアドはほとんど聞いていなかった。望遠鏡の太い筒の中を、いくつもの凸面レンズの中を通りぬけて、銀河に満ちた宇宙へと落ちていった。

リックスはまばたいた。

ほんの一瞬、動きを止めた。

それから剣を振りおろした。アッティアはびくりとして悲鳴をあげたが、剣はそばをかすめすぎ、ケイロと自分を結んでいる綱を断ち切った。手首を少しかすって血が出た。「いったい、どういうつもりなの」あたふたと逃げ出しながら、アッティアは叫んだ。

魔術師は彼女を見ようともしない。ふるえる刃でケイロをさした。「おまえ、何と言った？」

ケイロは驚いていたとしても、それをおもてにはあらわさなかった。まっすぐに相手を見返し、その声はひややかで周到だった。「おれが言ったのは、心を開く〈鍵〉とは何か、だ。どうしたんだ、リックス。自分で出した謎に答えられんのか」

リックスは真っ青だった。身をひるがえして、せかせかとそこを一巡して戻ってきた。「そうか。おまえだったのか。おまえなのか？」

「おれが、どうしたって？」

「なぜおまえなんだ。おまえであってほしくなかった。しばらくのあいだ、わがはいは、この娘こそそれだと思っていた」彼は剣をぐいとアッティアに向けた。「だが、こいつは一度も言わなかった。それに近いことさえ言わなかった」

もう一度、彼は狂おしげに、ぐるりとこちらへまわってきた。

いてるんだ」

ケイロは自分のナイフを抜いていた。足首をしばった綱に切りつけながらつぶやいた。「何をほざ

「違う、待って」アッティアは目を大きく見開いて、リックスを見つめていた。「あの〈問い〉のことを言ってるんだね。あんたの〈跡継ぎ〉だけがいつか口にするはずの〈問い〉。そうなんだね。ケイロがそれを口にしたんだ」

「そうだ」リックスはじっとしていられないようだった。体はふるえ、長い指は剣の柄を握ったり放したりしている。「こいつだ。おまえだ」彼は剣を投げすて、自分の体を抱くようにした。「〈滓〉の盗人が、わがはいの〈跡継ぎ〉だとはな」

「おれたちはみんな〈滓〉だ。あんたがもしも……」とケイロ。

アッティアはひとにらみで彼を黙らせた。ここで不用意な言葉を出してはならない。

ケイロは綱をほどいて、しかめつらで両足をのばした。それから後ろにもたれかかったので、アッティアは自分の意図が伝わったのだとわかった。彼はとっておきの魅力的な笑みを浮かべた。「リックス。どうか座ってくれないか」

やせた魔術師は蜘蛛のようにくたくたとくずおれ、うずくまった。その落胆ぶりに、アッティアは思わず笑いだしそうになったが、同時に気の毒にも思った。長年、自分を動かしてきた夢がかなったのに、失望のあまり打ちひしがれているとは。

「これですべてが変わる」

「そうあってもらいたいもんだ」ケイロは、ナイフをぽいとアッティアに投げやった。「じゃ、おれ

は魔術師の弟子か。まあ、ちょいと便利かもしれん」

アッティアは彼をにらんだ。こんなときに冗談口をたたくなんて。これを利用しない手はないのに。

「すべてが変わるってどういう意味だ？」ケイロが身をのりだすと、洞窟の壁に影が大きく広がった。

「復讐を忘れるってことさ」リックスはうつろな目で炎を見ている。「〈まことの魔法〉には掟がある。わがはいの持つわざのすべてを伝授する。すりかえ、複製、そして幻を操るわざだ。読心術、手相、書物占い。姿を消したり、あらわしたり」

「人間をまっぷたつにするやり方も？」

「それもだ」

「そりゃいい」

「それから秘密の文字、隠された秘術、錬金術、大いなる存在たちの名前。いかにして死者を起こし、不死を得るか。ロバの耳の中から黄金をざくざく出すか」

ふたりは、リックスの陰気な恍惚感に満ちた顔を見つめた。ケイロはアッティアに、片方の眉を上げてみせた。ふたりとも、これがいかに危ない賭けかわかっていた。リックスはいつまたふと思いついて、ふたりを殺しにかかるかもしれない。ふたりの命は彼の気まぐれにかかっている。おまけに〈手袋〉を持っているのだ。

おだやかにアッティアは言った。「じゃ、あたしたちはまた仲間ってこと？」

「おまえは別だ」リックスは彼女を睨《ね》めつけた。「おまえは」

「なあ、リックスよ」ケイロが彼に向かいあった。「アッティアはおれの奴隷だ。おれの言うことをきく」

彼女はこみあげた怒りを呑みくだし、ぷいと横を向いた。ケイロは楽しんでいるらしい。リックスをからかって狂気のふちに追いやり、それから笑顔と愛想でもって、危険を回避しようとしている。アッティアはふたりのあいだから逃げられない。でも〈手袋〉のことがある以上、ここに残らねばならない。ケイロより先に〈手袋〉を手に入れなければならないから。

リックスは判断停止状態に陥ったようだ。だが少しすると、うなずいて、ひとりごとを言い、馬車のほうへ行くと、あれやこれやとものを引きずり出した。

「食い物かな」ケイロが希望をこめて言った。

アッティアはささやいた。「そこまでは虫がよすぎるよ」

「少なくともいい虫はついてるんだ。おれは〈跡継ぎ〉さまで、やわな針金のようにあいつを指に巻きつけられるんだ」

だがリックスがパンとチーズを持って戻ってくると、ケイロはアッティア同様、ありがたくそれを口にした。リックスはケットを噛みながらそれを見つめ、歯の欠けた口で、いつもの笑いを浮かべた。

「近頃は盗みなんぞ割に合わんだろ?」

ケイロが肩をすくめる。

「持ちきれないほどの宝石。略奪品の袋の山。豪盛な服、どころか」リックスがあざ笑った。

ケイロは冷たい目で彼を見た。「で、どのトンネルから出ていくんですかね?」

リックスは七つのトンネルを見た。「あそこに七つの狭いアーチ道がある。闇に続く七つの入り口だ。ひとつが〈監獄〉の心臓部に続いている。だが、いまはまず寝よう。〈点灯〉のときに、おまえを未知の世界に連れていってやる」

ケイロは自分の指を吸った。「師匠のおおせのとおりに」

フィンとクローディアは一晩じゅう馬を駆った。〈領国〉の暗い小径を駆け、蹄をとどろかせて橋を渡り、眠そうな鴨がグワッグワッと芦辺から舞い上がる浅瀬を抜けた。泥に埋もれたような村を、犬に吠えられながら走りぬけたときには、上がった鎧戸のへりから子どもがひとり外をのぞいているだけだった。

自分たちは幽霊か影になってしまったようだ、とクローディアは思った。無法者のように黒い外套をまとい、〈宮廷〉から逃亡したいま、背後では大騒ぎが起き、女王は怒り狂い、〈候補者〉は恨みに燃え、召使いたちは半狂乱になり、いよいよ軍隊の出動、となるだろう。

これは叛乱だ。これからはいっさいが変わるだろう。

自分たちは〈規定書〉を拒否したのだ。クローディアは黒いズボンと上着姿だし、フィンは〈候補者〉の派手な服を生け垣の中に投げこんできた。夜が明けるころには、ふたりは丘をのぼりきって、黄金の田園地帯を見下ろしていた。綺麗な農家の庭で鶏が鳴き、絵のような小屋のかずかずが朝日に浮かびあがる。

「きょうも完璧な一日、ってわけか」フィンがつぶやいた。

「もう長続きはしないわよ。〈監獄〉が動きだしたらね」

苦い顔で、クローディアは先に立って小径を下ってゆく。

正午には疲労で動けなくなった。馬の足も疲れにもつれている。楡《にれ》の影に牛小屋が一軒、ぽつねんと建っており、陽光が斜めにさしこむ屋根裏には、藁がこんもりと積まれていた。蠅がものうげにブンブンとうなりを立て、たるきでは鳩が鳴いている。

食べるものはなかった。

クローディアは体をまるめて、眠った。何かしゃべったとしても、覚えていなかった。


だれかがしつこく扉をたたいている、という夢から目がさめた。アリスが「クローディア様。お父様がお見えですよ。お着替えなさいませ、クローディア様」と叫んでいる。

それから耳もとで低くジェアドの声がした。「クローディア、わたしを信じてくれますか」

はっと、彼女は身を起こした。

もう暗くなりかけていた。鳩たちはどこかに行き、牛小屋はしんと静まりかえり、奥のすみでごそごそしているのは鼠だろうか。

彼女はゆっくりと、ふたたび片肘をついてもたれかかった。

フィンはこちらに背を向けている。藁の中で、剣をつかんだまま、身をまるめて眠っていた。

しばらく彼を見つめていたが、そのうちに彼の息遣いが変わり、体を動かしたわけではないが、目が覚めたのがわかった。「どのくらい思い出したの？」クローディアは言った。

「いっさいを」

「たとえば？」

「父上だ。亡くなられたときのこと。それからバートレット。きみとの婚約。〈監獄〉以前の〈宮廷〉での生活すべて。断片的な映像もあって……霧がかかっているけど、でもわかった。たったひとつわからないのは、〈森〉での襲撃から、〈監獄〉の〈小房《セル》〉で目がさめるまでの間に何があったかってことだ。これは絶対思い出せないかもしれない」

クローディアは両膝を引き上げ、そこにくっついた藁をとった。ほんとうの話なのだろうか。それとも、彼にとっては、自分を納得させるために、なんとしてもそう思いこまなければならなくなったのだろうか。

彼女の沈黙から、疑いをかぎとったのだろう。フィンはごろりと寝返りを打った。「あの日のきみの服は銀色だった。とても小さくて――真珠の首飾りをしていて、ぼくは白い薔薇の束を渡されて、きみにあげるように言われた。きみは、銀色のフレームに入った肖像画をくれた」

あれは、銀色だったかしら。自分の記憶の中では、金色だった。

「きみがこわかった」

「なんで？」

「きみと結婚するんだと言われた。でもきみはあまりにぴかぴかで完璧で、声も華やかで。ぼくは外に出ていって、新しい犬と遊びたかったたな」

クローディアはじっと彼を見た。それから言った。「行きましょ。数時間もすれば追っ手が来るわ」

〈宮廷〉と〈管理人領〉の間は、ふだんなら三日かかるが、それは馬車で、旅籠に泊まりながら旅をする場合だ。でも、いまはがむしゃらに駆けどおし、疲れて体も痛み、馬から下りるのは、朽ちかけた小屋から走り出てくる娘から、固いパンやエール酒を買うときだけだ。ふたりは水車や教会を通りすぎ、羊が点々と散らばる広い低地を渡り、羊毛のからまった生け垣を越え、溝を渡り、草の生えた昔の戦場跡を横切った。フィンはクローディアを先に立たせた。ここはもう知らない場所だったし、全身の骨が慣れない乗馬で痛んだ。しかし心は晴れやかで、これまでにないほど澄みきって楽しかった。鮮やかで輝かしい土地、踏みしだかれた草の匂い、鳥の歌、大地からたちのぼるうっすらした霧、すべてが初めてのように思えた。発作がもう起きなくなったとまではいえないだろう。だが、おそらく、よみがえった記憶が昔の力、昔の自信のいくぶんかをよみがえらせてくれたのだろう。

ゆっくりと風景が変化してゆく。丘が多くなり、平地が小さくなって、生け垣はぶあつくなり、オークや樺やさんざしの伸び放題の群生となった。ふたりはその中を一晩中、馬を駆り、小径や乗馬径をくだり、秘密の道を通り、クローディアはしだいに土地勘のある場所に近づいていった。

やがて、フィンがほとんど鞍上で眠りかけていたとき、彼の馬が足をゆるめて止まり、目を開けると、目の下には古めかしい荘園屋敷が、欠けた月の光に青白く浮かび上がっていた。濠はうっすらと銀色に輝き、窓には蠟燭の灯りが入り、幻めいた薔薇の香りが夜気に甘くくゆっていた。

クローディアがほっと笑顔になった。「〈管理人領〉にようこそ」と言い、わびしい笑い声を上げた。「結婚式に出かけるときは、馬車いっぱいのぜいたく品を積んでいったのに。帰り道は惨憺たるものだわ」

フィンはうなずいた。「でも、ちゃんと王子といっしょだよ」

24

自分が何を恐れているかを話せば、ひとはあなたに親しみをいだくだろう。

「〈夢の鏡〉からサフィークへの言葉」

「どの通路?」

リックスはにやりとした。香具師《やし》らしいはったりをきかせたしぐさで、左から三番目のトンネルをさした。

ケイロはそこに行って、奥をのぞいてみた。ほかの穴と同じように暗くて臭い。「どうしてわかる?」

「〈監獄〉の鼓動が聞こえるんだ」

それぞれのトンネルの中には、ひとつずつ小さな赤い〈目〉がともっている。そのすべてが、ケイロを見つめていた。

「あんたがそう言うのなら」

「わがはいを信じるのかね」

ケイロはふりかえった。「さっきも言ったが、あんたが師匠だからな。師匠といや、いつ訓練を始めるんだ？」

「いますぐだ」リックスはもう失意から立ちなおったようだった。今朝はいかにも尊大な雰囲気を漂わせ、ケイロの目の前の空中から、ひょいと貨幣を取り出し、くるくるまわしてから、さしだした。「指のあいだでこうやってまわせるように練習しろ。それから、こうだ。わかったか」

貨幣が、骨張った節のあいだで見え隠れした。

ケイロは貨幣をとった。「できると思うぜ」

「つまり、それくらい、巾着切りに励んできたってことだな」

ケイロはにやりとした。貨幣を掌の中に隠し、また出現させてみせた。それからいかにも楽々と指のあいだをくぐらせた。リックスほどではないが、アッティアにはおよびもつかない器用さだ。

「まだうまくなる余地はあるな」リックスは見下したふうに言った。「だが、わがはいの〈跡継ぎ〉には見込みがある」

彼はアッティアには目もくれずに、背を向け、トンネルの中に入っていった。

アッティアは少々落ちこみ、ねたましい気持ちであとを追った。ケイロが貨幣をチリンと落っことして、ちくしょう、と言うのが聞こえた。

トンネルの天井は高く、なめらかな壁は完璧な球面の内側のかたちだ。灯りといえば〈目〉のみで、天井に一定の間隔で並んでいるので、次の〈目〉が自分たちの影を床にうつすまでには、かなり長く歩くことになる。

「あたしたちをこうやってじいっと見張ってるの？」アッティアは尋ねてみたかった。ここにいると、〈監獄〉の、好奇心と渇望に満ちた存在が感じられ、あたかも第四の人物がいるかのように、耳もとで息遣いとなって響く。

リックスははるか先を、背負い袋と剣をもって歩いており、体のどこかに〈手袋〉を隠し持っているのが感じられた。アッティアは武器もなく、荷物もなかった。いままで知っていたこと、やらねばと思っていたことのすべてを置き去りにしてきたような身軽さを感じた。過去は心からすべり落ちてしまったのだ。ただ、フィンのことだけは別だ。アッティアはいまでもフィンの言葉を、宝物のように両手につかんでいた。「あんたたちを見捨てたりしない」という言葉を。

しんがりはケイロだ。濃い赤の上着はぼろぼろになっているが、ベルトには馬車からもってきたナイフを二本さし、手と顔を洗い、髪をうしろでゆわえていた。歩きながら、指の中で貨幣をいじり、投げ上げては受けとめていたが、そのあいだも青い目はぴったりと、リックスの背中に吸いついている。アッティアには理由がわかっていた。いまだに〈手袋〉を失ったのが痛手なのだ。リックスはもう仕返しをしないだろうが、ケイロのほうはきっとする。

何時間かたつうち、トンネルが細くなっていることに、アッティアは気づいた。壁はあきらかにせばまり、色は深い赤色になっている。一度足をすべらせて、下を見ると、金属の床は錆びまじりの液体でぬれており、それが前方の薄暗がりから流れてきていた。

彼らが最初の死体を見つけたのは、その直後だった。

男だった。洪水にでも襲われたかのように、トンネルの壁にはりつくかっこうで、ずたずたになった胴体部分は、襤褸《ぼろ》をまとった骨と化していた。

リックスが見下ろすようにし、ため息をついた。「気の毒に流されたな。一番奥まで来たわけだ」

「なぜ、死体が、まだここにあるの。リサイクルされないの？」

「〈監獄〉はそれどころじゃない大仕事に気をとられている。システムが停止しかけてるんだ」リックスは、もうアッティアには話しかけないつもりでいたのを忘れてしまったようだ。

歩きだすとすぐ、ケイロがささやいた。「おまえはおれの味方か、違うのか」

アッティアは顔をしかめた。「あたしが〈手袋〉のことをどう思ってるか知ってるくせに」

「じゃ、敵だな」

彼女は肩をすくめた。

「好きにしろ。おまえはまた犬奴隷に戻ったみたいだな。それがおれとおまえの違いだ」

彼はアッティアを追いぬいてゆき、その背を彼女はにらみつけた。

「あたしたちの違いは、あんたが思い上がった〈滓〉で、あたしは違うってことだよ」

彼はからからと笑い、貨幣を投げ上げた。

やがてあたりは瓦礫だらけになった。骨、動物の死骸、〈掃除機〉の残骸、ぐちゃぐちゃになった電線や部品の山。錆くさい水がその上を流れ、いまではずいぶん水深も増して、〈監獄〉の〈目〉という〈目〉がすべてを見つめていた。旅人たちはその中を、膝までの流れの速い水をかきわけながら、歩いていった。

「あんたは感じないのか」あたかも心中の考えが堰を突き破って噴き出したかのように、リックスが叫んだ。彼は、水中から金属の顔で見上げているハーフマンらしきものを見下ろしていた。

「あんたの血管の中に、生き物がぞわぞわ這いこんでくるのがわからないか」

ケイロの手が剣にかかったが、その言葉は彼に向けられたものではなかった。〈監獄〉は笑い声で答えを返した。深いとどろきとともに、床がふるえ、灯りがちらついた。

リックスが青ざめた。「本気じゃない。あんたを怒らせるつもりじゃなかった」

ケイロが近づいていって、彼をつかんだ。「ばかめ。あいつ、洪水を起こして、おれたちを押し流すぞ」

「そんなことはありえない」リックスの声はふるえてはいたが、挑戦的だった。「こっちは、あいつが一番ほしいものを握ってるんだ」

「それはそうだが、あんたが死んだら、そいつを手放すわけだ。〈監獄〉は平然とそうするぞ。大口をたたくな」

リックスがじっと彼を見た。「わがはいが主人だ。おまえではない」

ケイロはそのわきを通りすぎ、先へ歩いていった。「いまのうちはな」

リックスはアッティアに目をやった。だがアッティアが何か言いかける前に、急ぎ足でまた、先へ歩いていった。

一日のあいだに、トンネルはせばまっていった。三時間ほどたつと、天井が下がってきて、リックスが背伸びをすれば、手が届くほどになった。水はいまや川のように流れ、小さな〈カブトムシ〉や金属のからまったものなどが、浮き沈みしつつ流されてゆく。ケイロが松明をつけろとうながし、リックスは不承不承、火をともした。その臭い煙の中に浮かぶトンネルの壁はびっしりと〈滓〉におおわれ、もう何世紀もそこにあったかのように思われる絵や文字――名前、日付、のろいの言葉、祈禱文――などをあいまいにしていた。しかも、何時間も低い、タン、タンという音が続いているのに、アッティアはやがて気づいた。深くゆるがすような振動で、〈白鳥の巣〉で見た夢の中で感じたものに似ていた。

そこで、じっと聞き耳を立てているケイロのところへ近づいた。ふたりの前で、トンネルは闇の中に消えている。

「〈監獄〉の鼓動だよ」アッティアは言った。

「シッ……」

「あんたも聞こえるよね」

「それだけじゃない。他の音もする」

アッティアは黙ったが、聞こえるのは、重い荷物を背負ったリックスが、後ろからばしゃばしゃ水中を歩いてくる音だけだった。そのときケイロが、ちくしょう、と言い、アッティアにもその音が聞こえた。不気味なけたたましい声をあげながら、血のように赤い小鳥の群れがトンネルの奥から飛び出してきたのだ。鳥たちは狂ったようにちりぢりに飛び乱れ、リックスは頭をさげて、それをかわした。

鳥の後ろから、何か大きなものが近づいてくる。まだ視野には入らないが、音は聞こえた。両側の壁をずるずるとこすってくる音だ。角のとがった金属の集積が、流れに押されるようにしながら近づいてくる。ケイロは松明を大きくふって火花を散らしながら、天井と壁を、ざっと眺めた。「下がれ、踏みつぶされるぞ」

リックスは気分が悪そうだった。「どこへ下がるんだ」

「下がる場所はないよ。先へ行かなきゃ」アッティアは言った。

それは難しい選択だった。だが、ケイロは躊躇しなかった。深い水に足をとられながらも、闇の中に駆けこんだ。松明が燃えるピッチを、星のように、川の流れにふりとばす。せまってくるものの咆哮がトンネルをわんわんと満たした。前方の闇の中に、そいつが見えた。電線がからまりあった巨大な球体が、四方八方に赤い光をまきちらしながら、転がってくる。

アッティアはリックスをつかんで、そいつの来るほうにと急がせた。巨大な死の物体だ。ものすごい圧力波が、耳と喉を満たしてゆく。

ケイロがわめいた。

そして、次の瞬間、その姿が消えた。

まるで魔術のトリックのように一瞬のできごとだったので、リックスは怒りに吠え、アッティアは転びかけたが、それから手足をばたつかせながら、そちらへ走っていった。金属のからまりあった球体がごろごろと、上からのしかかり……

一本の手が突き出された。

アッティアは横にひっぱられて、水中にドボンと倒れ、リックスが上からのしかかってきた。それから腕がアッティアの腰にまわって、彼女をわきに引き寄せ、三人は、その物体がぎざぎざの部分を壁にこすりつけて火花を飛ばしながら、そばを猛烈な勢いで通りすぎてゆくときの、焼けるような熱さを感じた。球体の中には溺死した無数の顔があった。鋲、兜、巻いた電線、そして蠟燭。それは鉱石と桁をぎゅっと押したわめた球体で、その突起には千もの色のぼろ布が刺さっており、球体が通りすぎたあとには剥がれおちた百万もの鋼のかけらが残された。

それが通りすぎると、圧縮された空気のすさまじい摩擦が鼓膜を直撃した。球体はトンネルのぎりぎり一杯の大きさだった。球体は百万もの悲鳴を上げながら、ぎりぎりと音を立てて転がってゆき、闇には焦げた臭いがたちこめた。

やがて球体は闇の中にはさまって止まり、世界をふさいだ。アッティアの膝は痛み、ケイロは体を引きずり上げ、自分の上着がひどいことになった、と大声で文句を言った。

アッティアはのろのろと立ち上がった。

耳も聞こえず、茫然と立ちつくした。リックスは失神しかけている。

松明は消えて腿までの深さの水に浮いており、ここには〈目〉はなかったものの、それでも少しずつアッティアの目には、それのおかげで命拾いできた、トンネルの二叉の部分の輪郭が見えてきた。

前方に赤く光るものがある。

ケイロが髪をなでつけた。

そして、ぐちゃぐちゃにもつれあった球体の表面を見上げた。ふるえているのは、流水の力でせばまった両側の壁にぶつかっているからだった。

もう引き返すすべはない。轟音に負けじと、彼は何かを叫んだ。アッティアには聞こえなかったが、何を言おうとしたかはわかった。ケイロは前方をさし、ばしゃばしゃと歩きつづけた。

アッティアがふりむくと、リックスは手をのばして、金属の中で光を放っている何かに触れようとしていた。それは口だった。どこかから流されてきたらしい影像の、大きな狼のかっと開いた顎で、リックスはそれをひっぱりだそうとしていた。

アッティアは彼の腕をひっぱった。リックスは不快そうにふりかえった。


「はね橋を上げてちょうだい」クローディアは上着と手袋を脱ぎ散らかしながら廊下に入っていった。「弓兵を門番小屋と屋根の上と、〈知者〉の塔に配置して」

「ジェアド先生の実験が……」老人がつぶやいた。

「壊れそうなものはまとめて、地下室に下ろすの。ラルフ、この方《かた》が、フィ、じゃなくてジャイルズ王子です。こちらはわたしの家令のラルフ」

老人は深々と頭を下げた。両腕いっぱいにクローディアがまき散らした衣類を抱えている。「殿下、〈管理人領〉へお越しいただき、このうえない光栄に存じます。ただ……」

「時間がないわ」クローディアは背を向けた。「アリスはどこ?」

「お嬢様、二階におります。昨日、お嬢様のお手紙をもって戻ってまいりました。すべて用意は整っております。〈管理人〉様の私兵に招集がかけられました。現在厩の区画に二百、このあともぞくぞく到着の予定です」

クローディアはうなずいた。扉を開けはなって、羽目板を貼りめぐらした大きな部屋に入った。彼女のあとについて、部屋に踏みこんだフィンは、張り出し窓の外に薔薇が香るのを感じた。「よろしい。武器は？」

「ソームズ隊長とご相談を、お嬢様。おそらく厨房におります」

「呼んできて。それからラルフ」彼女は向きなおった。「二十分以内に家中の全員を、下の広間に集めて」

彼はかつらをわずかにかしがせて、うなずいた。「さように手配いたします」

戸口で、お辞儀をして出てゆく前に、こう言った。「お帰りなさいませ、お嬢様。お会いしとうございました」

クローディアは驚いて笑みを浮かべた。「ありがとう」

扉が閉まると、フィンはすぐさまテーブルに並べられている冷肉と果物のところへ行った。「女王の軍勢が地平線を越えてやってくるのを見たら、喜んでばかりもいられないだろうな」

クローディアはうなずいて、疲れたように椅子に腰を落とした。「そのチキンを少しまわしてちょうだい」

しばらく、ふたりは何も言わずに食べていた。フィンは部屋を見まわした。白い漆喰の天井には渦巻きや菱形がきざまれており、大きな暖炉には黒鳥の紋章がついていた。屋敷内は、蜂のうなりと薔薇のあまい燻《いぶ》りに満ちて、静かでものうげだった。

「では、ここが〈管理人領〉なんだな」

「そうよ」クローディアは葡萄酒を注いだ。「わたしのもの。これからもずっと」

「きれいなところだね」彼は皿を置いた。「でも、ここを守る方法がない」

彼女は顔をしかめた。「濠とはね橋があるわ。まわりの所領もある。兵力は二百はあるし」

「女王には大砲がある」フィンは立ち上がって、窓に近づいて、それを開いた。「おじいさまは、ぼくらにとって間違った〈時代〉を選んでしまった。もっと原始的な世界のほうが、みんな平等でいられたのに」彼はさっとふりかえった。「相手も、この〈時代〉に見あった武器を使うんだろ？　でも、ぼくらの知らない……むかしの戦争の遺物みたいな兵器を持ってるのかな」

クローディアの背筋が冷えた。〈怒りの時代〉には、文明をまるごとひとつ破壊する大災厄が起きた。そのエネルギーは潮流を止め、月に穴をえぐった。「こっちが、それに値する敵ではないと思ってもらいたいわ」

クローディアはしばし、皿のチーズを砕いていた。それから言った。「行きましょう」

召使いの広間は不安にざわめく声でいっぱいだった。クローディアと並んでフィンが入ってゆくと、声はわずかに遅れて静まった。馬丁や小間使いたちがふりかえる。かつらに粉をふった従僕たちが、凝ったお仕着せ姿でひかえていた。

中央に長い木のテーブルがあった。クローディアは腰かけの上にのぼり、それからテーブルの上に立った。

「みなさん」

いまはもう、外で鳴く鳩の声しかしなかった。

「戻ってこられて、わたしはほんとうに嬉しいの」顔をほころばせたが、フィンには彼女の緊張が感じとれた。「事態が変わったのよ。〈宮廷〉から聞こえてきたいろいろな噂は聞いていていると思うけれど――王位継承者を僭称する男がもうひとりあらわれたの。それで、つまりわたしたち――わたしは、どちらに着くかを選ばなければならなくなった」クローディアに手をさしのべられ、フィンはそのかたわらにのぼった。

「こちらがジャイルズ王子。次代の国王です。そしてわたしのいいなずけ」

最後の言葉にフィンは驚いたが、それは顔に出すまいとした。重々しくみなにうなずいてみせ、彼らのほうもフィンを見上げた。道中でぼろぼろになった服と顔を、なめるように眺めまわす。フィンは自分が堂々と立っており、この探るような視線にも少しもひるまずにいられることに気づいた。何か言わねばなるまい。口を開いた。「諸君の後押しに感謝する」だが、彼らは身じろぎひとつしない。アリスは扉のそばに立ち、両手をきつく握りあわせていた。テーブルのそばのラルフが、大胆に口を開いた。「殿下に神のお恵みあれ」

クローディアはこれに対する反応を待ってはいなかった。「女王は、僭称者のほうをお世継ぎと宣言されたの。つまり、内戦が起きることになります。露骨な言い方で申し訳ないけれど、つまりはそういうことなのよ。何世代にもわたって、みなさんは〈管理人領〉に暮らしてきた。父上に仕えてくれた。〈管理人〉はもうここにはいないけれど、わたしは父上と話をすることができて……」

ざわめきが走った。

「殿さまは、この王子様を立てなさると？」だれかがきいた。

「そうです。でも、父上は、みなさんの意見を尊重したいとのこと。だから言っておくわ」クローディアは腕組みをし、みんなに目をやった。「若い女性と子どもたちはすぐにここを出て。念のため、武装した兵に村まで送らせます。男と、それから年のいったものは、それぞれの選択にまかせます。去りたいものは止めないわ。ここにはもう〈規定書〉はなくて――みなさんもわたしも対等です。自分で決めてほしいの」ひと息いれたが、だれも口をきかないので、その沈黙の中に、さらに言葉をさしこんだ。「出てゆくものは、正午の鐘が鳴ったら、中庭に集まって。ソームズの率いる隊がみなさんの面倒をみます。気をつけて行って」

「でも、お嬢様。お嬢様はどうなさいますか」だれかが言った。

それは後ろのほうにいる少年だった。

クローディアは彼に笑いかけた。「ジョブね。わたしたちはここに残ります。フィンとわたしは……父上の書斎にある機械を使って、〈監獄〉内の父上に連絡をとってみるつもり。少し時間はかかるけれど……」

「でもジェアド先生は」小間使いのひとりが不安そうに言った。「先生はどちらに？　先生ならやり方がおわかりになるでしょうに」

そうだ、そうだ、という同意の声があがった。クローディアはフィンに目をやった。それから鋭い声で言った。「ジェアド先生も、こちらへ向かわれています。まことの王が見つかったいま、かつてこの方を廃そうとした者どもに、二度と成功させてはなりません」

クローディアは自制力を失ってはいなかったが、まだみなを説得できなかった。フィンにはそれが感じられた。無言の不満、口に出さない疑いが漂っている。クローディアのことは子どものころから知り抜いている者たちだ。高飛車なお嬢様として君臨していたものの、慕われてはいなかったのだろう。みなの心の奥にまで言葉を届かせることはできなかった。

それでフィンは手をさしだして、彼女の手をとった。「諸君、クローディアが諸君に選択権を与えたのはもっともだ。わたしが今日あるのは、すべてクローディアのおかげだ。彼女がいなければ、わたしは死んでいたか、あるいはもっと恐ろしいことだが、ふたたび〈監獄〉の地獄に送りかえされていただろう。クローディアが何をしてくれたか、どうかわかってもらいたい。しかしそのためには、〈監獄〉の説明をしなくてはならない。それはしたくない。なぜなら、いまだにあそこのことを考えるだけで、胸が苦しくなるのだ」

彼らに熱がみなぎってきた。〈監獄〉という言葉は呪文のようだった。フィンは声がひび割れるのもかまわなかった。

「わたしは子どもだった。美しく平和な世界から拉致されて、苦痛と飢餓にさいなまれる世界、人がお互いを平然と殺しあい、女や子どもは生きるために身を売る、そんな地獄に追いやられた。わたしは死について知っている。貧しいものの苦しみをも味わった。孤独も味わった。ひとりであることのみじめさを知り、がらんとした廊下と恐ろしい闇の迷路におびえた。それが〈監獄〉のくれた知識だ。わたしは王になったあかつきには、この知識を活用しようと思う。〈規定書〉も恐怖も撤廃する。閉じこめられることもない。わたしは――誓って――全力を尽くし、この〈領国〉をまことの楽園にし、みなが自由に暮らせるところにしたい。そして〈監獄〉のほうもだ。わたしがいま言えるのはそれだけだ。約束できるのはそれだけだ。だが、もしもこちらが負けたら、〈監獄〉に戻るよりは、わたしは死を選ぶ」

今度の沈黙は違っていた。みんなの喉もとに重くつかえる沈黙だった。やがてひとりの兵がうなるように言った。「お味方します、殿下」するとすぐに別の声が、そして次の声がそれに和し、やがて広間じゅうがその声に満たされ、最後にラルフが甲高い声で「ジャイルズ王子に神のお恵みあれ」と叫ぶと、みんなはいっせいに賛同の声をとどろかせた。

フィンは弱々しくほほえんだ。

クローディアは彼を見つめていた。そして目が合ったとき、フィンの目に、静かだが誇り高い勝利の色が浮かんでいるのを見てとった。

ケイロは正しかった、と思う。フィンは言葉でもって、王冠への道を切り開くことができる。

クローディアはふりかえった。従僕がひとり、蒼白な顔で目を大きく見開いて、人混みをかきわけ、近づいてきた。クローディアは身をかがめた。すると細くおびえた声が、ざわめきを一瞬に断った。

「来ました、お嬢様。女王の軍勢です」

25

ひとは〈監獄〉の心臓部には、巨大なふりこが揺れているか、あるいは星の中心部のようにエネルギーの白熱している部屋がある、という。わたしの考えでは、〈監獄〉に心臓があるとすれば、それは氷のように冷たく、何者もその中では生きられない、と思うのだ。

「カリストン卿の日記」

トンネルはみるみるうちにせばまった。ほどなくケイロは浅い水の中を四つん這いになって進むことになり、松明を消さずにいるだけでもひと苦労だった。アッティアの後ろからは、リックスが腹に袋をくくりつけ、背中で岩屋根をこすり、ぜいぜいいいながら這ってくる音が聞こえた。それにもしかしたら気のせいかもしれないが、空気が暖かくなってきたように感じる。

「もしも、もっと狭くなったらどうしよう」

「阿呆な質問だな。死ぬだけさ。引っ返せないんだから」ケイロがつぶやく。

たしかに暑くなってきていた。おまけに埃っぽい。アッティアは唇も膚もざらつくのを感じた。這い進むのは大変だ。膝も両手もすりきれて痛い。トンネルはいまや赤く脈打つ管のようになり、そこを必死に這い進んでゆくのだ。

いきなりリックスの動きが止まった。「火山だ」

ケイロがくるりとふりかえった。「何、だ、と？」

「想像してみろ。もしも、〈監獄〉の心臓が巨大なマグマの部屋だとしたら。〈監獄〉という存在の中心に、恐ろしい圧力でもって封じこめられているとしたら」

「まさか、そんな……」

「もし、われわれがそこにたどりついたとしたら、その心臓が針みたいなものに貫かれるってことになるかも……」

「リックス」アッティアがすさまじい見幕で叫んだ。「それ、冗談にならないよ」

リックスは荒い息をついている。「だけど、そうかもしれないぞ。こっちに何がわかる？　だけど今にわかる。一瞬にしてすべてがわかるんだ」

アッティアはもがくようにしながら、ふりかえった。リックスは水中にべったりとうつぶせになっていた。手に〈手袋〉をつかんで。

「や、め、て」彼女は叫んだ。

彼は顔をあげた。そこにはアッティアが恐れるようになっていた、あの狡猾な歓喜の表情が輝いていた。やがて彼はわめきだした。狭い場所に、わんわんとその声が響く。

「**〈手袋〉をはめる！　すべてを知るんだ**」

ケイロがナイフを手に、そばにやってきた。「今度こそやつを仕留める。ぜったい、やってやる」

「庭にいたあの男のようにだ」

「リックス、庭ってなに？」アッティアは静かにきいた。「どんな庭よ」

「〈監獄〉の庭だ。どこかにある。わかってるだろ」

「わかんない」アッティアはケイロの手首をつかみ、彼の動きを封じようとした。「教えて」

リックスは〈手袋〉をなでた。「庭園があって、そこには金の林檎のなる木が生えてた。ひとつ食べれば、すべてのことがわかる。あのとき、サフィークは塀を乗り越えていって、頭がたくさんある怪物を殺して、林檎を取った。知りたかったからだ、アッティア。〈脱出〉の仕方を」

「そうね」アッティアはもがきながら後ずさりしてきていた。リックスのあばた面がすぐそばにあった。

「そしたら蛇が草の中から出てきて言った。『そうだ、そのまま林檎を食え。やってみろ』するとサフィークは林檎を口にもっていきかけて、その手を止めた。蛇こそ〈監獄〉だとわかったからだ」

ケイロはうめいた。「アッティア、おれに……」

「〈手袋〉をおいてよ、リックス。あたしにちょうだい」

リックスの指が黒い鱗をなでさすっている。「もしもサフィークが林檎を食べていたら、自分の小ささがわかったろうよ。無にもひとしいちっぽけな自分だということが。〈監獄〉の広さの中では、ほんのしみにもすぎないってことが」

「だから、食べなかったってわけ？」

リックスはじっと彼女を見た。「ん？」

「説話本にそう書いてあった。食べなかったって」

沈黙が落ちた。リックスの顔を何かがよぎった。それから不快そうにアッティアに顔をしかめてみせ、〈手袋〉を外套の内側に押しこんだ。「アッティア、おまえが何を言ってるのか、わからん。説話本とは何だ。先へ行こうじゃないか」

彼女はつかのま、リックスを見つめてから、ケイロを片足で押しやった。ぶつぶつ言いながら、彼はもとの位置へ戻っていった。危険な瞬間は過ぎ去ったが、あまりにもひやりとさせられた。とにかく、リックスがばかなことをしでかす前に、〈手袋〉を取り戻さねばならない。

だが、ぬらぬらの泥をつかみながら、ケイロのあとについて進もうとしたとき、アッティアは彼の長靴にぶつかり、彼が動きを止めたことに気づいた。

顔をあげると、トンネルの出口に松明が輝いている。

そこはコーベルアーチにささえられた丸天井で、ガーゴイルが一匹、不作法に舌を突き出しながら見下ろしていた。その口から水が滴りおち、緑のねばねばとなって壁面をつたっている。

「ここ？　これが出口？」アッティアは額を水につっこみそうになった。「向きだって変えられやしない」

「トンネルの出口だ。だが道の終わりというわけじゃない」ケイロはあおむけに体を返して、上を見上げていた。髪からぼたぼた滴が落ちる。「見ろよ」

すぐ上の天井にシャフトが開いていた。まるいそのまわりには、アッティアにわからない言語の、記号めいた文字が書かれている。

「〈知者〉の文字だな」松明から顔に火花が降ってきて、ケイロはびくりとした。「ギルダスはいつもこいつを使ってた。ここを見ろ」

鷲のしるしだ。翼を広げ、首に王冠をかけた姿は、フィンの手首にあったのと同じだと見てとって、アッティアはどきりとした。

穴の中心からは、鎖梯子が下りてきており、その端っこの輪がケイロの手のすぐ上にあった。見ていると、梯子は、上からの振動につれてゆるくふるえた。

アッティアの背後の暗闇から、リックスのおちついた声がした。「では、のぼるがよい、わがはいの〈跡継ぎ〉よ」

厩はなかった。

ジェアドは空き地の中央に立って、とほうにくれた顔であたりを見まわした。

そこには厩もなければ、羽根もない。空き地の中央には、たき火のあとらしい焼けこげた輪がひとつあるだけだ。彼はまわりをまわってみた。わらびが高く茂り、朝日を浴びた先がくるくるとまるまっている。露をちりばめた毛糸のゆりかごのような蜘蛛の巣が、茎や枝の間のあらゆる空隙をうずめていた。

彼は乾いた唇をなめてから、手を額からうなじへと走らせた。

たしかに以前に、そう二日前に、自分はここにいて、朦朧としながら毛布にくるまっていた。馬が鼻を鳴らしながら草の葉を食べ、そこらをあてもなく歩きまわっていたっけ。

服は湿気と汗に濡れ、髪はくしゃくしゃ、両手は虫に刺され、いまだにふるえが止まらない。だが、ジェアドは自分の中で何かの扉が開かれ、いずこかへの橋がかけわたされたのを感じていた。

馬のところへ戻ると、薬の小袋を取り出し、しゃがみこんで一回分の量を確かめた。それから静脈に注射針を刺したとき、いつも同様、歯をくいしばるほどの痛みを感じた。針を抜き、きれいにして、しまった。それから自分で脈を診て、露にハンカチを浸して顔をぬぐい、ふと、露で顔を拭くと血色がよくなりますかと尋ねた〈管理人領〉の小間使いのひとりのことが思い出されて、頬がゆるんだ。

露はたしかにみずみずしいし、冷たい。

彼は手綱をつかみ、馬の背にまたがった。

あの夜、ぬくもりがなければ、発熱で命を落としていただろう。そして水がなかったら。渇きで、ひからびていたはずなのに、そうはならなかった。だのにここにはだれもいない。

馬の足を速めながら、ヴィジョンの力について考えた。サフィークは自分の心の別の面なのか、それとも確固とした実在なのか。単純に答えの出る問題ではない。〈図書館〉の書棚には、視覚的想像力や記憶、夢の力について論じた書物がぎっしりと、何段にもわたって詰まっていた。

ジェアドは森の木々に、うっすらと笑みを向けた。

自分にとって、あれは実際に起きたことだ。大事なのはそのことだ。

馬を飛ばした。お昼には、〈管理人領〉の中に入り、疲れは感じたものの、自分の耐久力に驚いた。農園のところで、こわばった体で馬を下り、農民からミルクとチーズをもらった。汗まみれのがっしりした男で、たえず地平線に目を走らせながら、そわそわしていた。

ジェアドが金を払うと、男は押しもどした。「先生、けっこうで。前に、ある〈知者〉の先生が、ただで女房を診てくだすって、それが忘れられねえんで。でもひとことご忠告しておきますだ。どこへ行かれるにしても、急がれたほうがいい。ここらへんは大騒ぎになるはずだもんで」

「大騒ぎ？」ジェアドは彼を見た。

「クローディアお嬢様が告発されたとか。それに一緒に来られたお若い方、王子とか称しておられた方も」

「あれは本物の王子だ」

農民は顔をしかめた。「先生のお言葉ですがね。わしにはお偉方の政治はわからねえ。わかってるのはただひとつ。女王様が軍勢を出して、もう今ごろは〈管理人領〉に到着してるんじゃないかってことで。きのう、やつらに納屋を三つ焼かれちまって、羊も捕られましたよ。こそ泥みてえなやつらだ」

ジェアドはぞっとなって、彼を見つめた。馬にしがみつきながら言った。「わたしを見なかったことにしてもらえないか。意味がわかるか」

農民はうなずいた。「こんなご時世だ。口はつぐんどくのが一番だで」

ジェアドは不安になってきた。用心のために、なるべく散歩径や乗馬径を選び、また、高い生け垣の間に隠れた小径を通るようにした。一度、街道を渡ろうとして、蹄や馬車の轍の跡を見つけた。荷馬車がなにか重たい鉄の機械をひっぱったような跡もある。ジェアドは馬のごわついたてがみをなでた。

クローディアはどこだろう？〈宮廷〉で何があったのか。

陽も傾くころになって、小径をたどり、小高い丘の上のこぢんまりとした山毛欅《ぶな》の林に行き着いた。木々はしんとたたずみ、微風が葉を揺らすなか、目には見えない鳥たちの細かなさえずりが満ちていた。

ジェアドは馬を下り、立ったまま背中と足のこわばりをゆるめようとした。それから馬をつないで、足首の深さまで積もってぱりぱりと音を立てるブロンズ色の葉の中を、用心深く歩いていった。

山毛欅の下には何も生えていない。ぎごちない足どりで、木から木へと歩いていったが、出くわしたのは狐一匹だ。

「狐くん」ジェアドはささやいた。

狐は一瞬動きを止めた。それから背を向けて、駆け去っていった。

ほっとして、ジェアドは木立のはずれにゆき、太い幹の後ろにしゃがみこんだ。そろそろと、あたりを見わたす。

軍勢が広やかな丘の中腹に陣を敷いていた。〈管理人領〉の古めかしい屋敷をぐるりととりまくように、天幕があり、荷馬車が並び、甲冑が光っていた。騎兵隊がいかにも威圧的に馬をうたせている。広い芝生の中に、兵士たちが大きな塹壕を掘っている。

ジェアドは失望の息を吸いこんだ。

芝生にさらに人が詰めかけてくる。鼓手と横笛吹きに先導された槍兵隊が近づき、甲高いその音はここまで伝わってくる。いたるところに旗がはためき、左手では、白薔薇のまばゆい軍旗の下、男たちが汗水垂らして、巨大な天幕を張ろうとしていた。

女王の天幕だ。

ジェアドは館のほうを見た。窓は鎧戸が下ろされ、はね橋がきっちり上がっている。門番小屋の屋根の上に金属がきらめく。男たちがそこにのぼっているらしい。おそらくそこにしまってあった軽量の大砲を出して、すでに胸壁まで運び上げたのだろう。ジェアド自身の塔の胸墻《きょうしょう》にも人が出ていた。

ジェアドは息を吐いて、背を向け、膝を抱えて枯れ葉の中に座った。

災厄がふりかかった。〈管理人領〉には、長期の包囲戦に耐えられる仕組みはない。城壁はぶあついが、しょせん砦ふうの荘園屋敷であって、城ではない。

クローディアはひたすら時間稼ぎを狙うしかない。その間に〈門〉を作動させるつもりなのか。そう思うと、いてもたってもいられなくなった。立ち上がり、歩きまわった。あの装置の危険を、クローディアはまったくわかっていない。ばかなことをしでかす前に、屋敷内に入って止めなければ。

馬がいななないた。

背後に足音がして、ジェアドはぎょっと凍りついた。かさかさと落ち葉を踏んで近づいてくる音。やがて、かすかに嘲りを含んだ声がした。「これは、ジェアド先生。亡くなられたと思っていたが」

「何台だ」フィンはきいた。

クローディアは拡大ヴァイザーを装着した。それで外を眺めながら、勘定している。「七、八。女王の天幕の左手の器械の上で何が起きているのか、わからないけど」

「そんなことはどうでもよろしいのでは」ごましお頭でずんぐりしたソームズ隊長が、陰気な声を響かせた。「砲車が八台もあれば、われわれは木っ端微塵です」

「こっちには何がある?」フィンは静かにきいた。

「大砲が二基です。ひとつは〈時代〉に見あったもの、もう一台は、卑金属のよせ集めで――発砲しようとしたら、爆発しかねません。あと石弓隊、火縄銃隊、槍兵、弓兵です。マスケット銃をもったものが十人。それに騎馬隊が八十騎」

「多勢に無勢なら、もっとひどいケースも知っている」フィンは〈兵団〉がかつてかけた攻撃のひとつを思いかえしていた。

「そうでしょうね」クローディアは辛辣に、「で、負傷者は?」

彼は肩をすくめた。「〈監獄〉では、だれも数なんて数えない」

下で喇叭《ラッパ》が、一度、二度、三度と鳴りわたった。ぎりぎりとすさまじい音を立てて、はね橋が下りはじめた。

ソームズ隊長が回り階段のほうに行った。「そろそろとな。わしが命令したら、すぐ引き上げろ」

クローディアはヴァイザーを下げた。「こっちを見てる。まったく動こうとはしていないわ」

「女王がまだ到着していないのです。昨夜来た男によれば、女王と〈御前会議〉は〈新王子〉を披露するためのお練り行列をしながら来るそうで。いまはメイフィールドだから、まだ何時間かかかるでしょう」

ガタン、と音を立てて、はね橋が下りた。濠にいた黒鳥の群れが草かげにあわただしくすべってゆき、ばさばさはばたいた。

クローディアは胸壁から身をのりだした。

女たちが背に荷物を負って、ゆっくりと出てゆく。子どもを抱いた女もいる。年上の少女たちは弟妹の手をひいている。みな、ふりかえって、窓のほうに手をふった。後ろに続く、大柄な輓馬にひかれた大きな荷車の上には、年の入った召使いたちが端然と座り、木のはね橋のガタゴトという振動に耐えていた。

フィンは二十二人まで数えた。「ラルフも出ていくのか」

クローディアは笑った。「わたしはそうするように命じたの。なのに、『お嬢様、しかし今夜のお献立はどうなりますでしょう』ですって。自分がいなければ、ここはおしまいだと思っているのよ」

「われわれみなもそうですが、あの男も〈管理人領〉に仕えておるのです」ソームズ隊長が言った。「お嬢様をないがしろにするわけではありませんが、われらのご主人は〈管理人〉様です。ここにおられぬとなれば、そのお屋敷をお守りするまで」

クローディアは顔をしかめた。「父上は、あなたたちの忠誠に値しないわ」だが、それはフィンにしか聞こえない小声でささやいたのだった。

ソームズ隊長がはね橋を引き上げるのを監督しに行ったあと、フィンはクローディアのそばに来て、娘たちが女王の野営地に入ってゆくのを見守った。

「尋問されるだろうな。屋敷にだれがいるか、とか、どういうつもりかとか」

「わかってる。でも、あの人たちの死の責任まで背負いこみたくないの」

「じゃ、ここを枕に討ち死に、のつもりか」

クローディアは彼に目を走らせた。「うわさ話をまくのよ。時間をかせぐ。その間に〈門〉を作動させる」

フィンはうなずいた。クローディアはそばを通りすぎて、階段に向かい、肩越しに言った。「来て。そこに突っ立っていても仕方がないわ。敵陣から矢が飛んできたら、それでおしまいよ」

彼はクローディアを見、彼女が階段に足をかけたところで言った。「クローディア、ぼくを信じてくれているんだろう。ぼくが思い出したことを信じてほしい」

「もちろん、信じているわ。だから、来て」

だがクローディアは背を向けたまま、一度もふりかえろうとはしなかった。


「暗いな。松明をもっと上に」

ケイロの声がいらいらとシャフトの中を降ってきて、奇妙にうつろなこだまがかえった。アッティアはできるだけ背伸びをしたが、松明の光は、彼まではとどかない。アッティアの下から、リックスが叫んだ。「何も見えない。ただのぼるだけだ」

「何が見える？」

ギリギリ、ガランという音しかしない。押し殺した悪態はシャフトが吸いこんで、小さくこだまをくりかえす。不安になってアッティアは声を放った。「気をつけて」

ケイロは答えさえしない。鎖梯子がねじれ、曲がるのを、アッティアは必死に押さえていた。リックスがやってきて、全体重をかけてぶらさがったので、梯子は安定した。「ねえ、リックス。二人だけの話があるんだけど。あたしの話をきいて。ケイロはあんたから〈手袋〉を盗むつもりだよ。ケイロに何かしかけてやったら？」

リックスはにやりとした。「つまりあんたにあずけて、わがはいは偽物を持ってろってことか。ああ、気の毒なアッティア。おまえの頭はそこまでしかまわらんのか。子どもだってもっとましなことを思いつく」

アッティアは相手をにらみつけた。「少なくともあたしなら、それを〈監獄〉に渡したりしない。少なくとも、三人まとめて死ぬってことにはならない」

リックスは片目をつぶった。「〈監獄〉はわがはいの父親だ、アッティア。わがはいはその〈小房《セル》〉から生まれた。父親はわがはいを裏切ったりしない」

ぞっとして、アッティアは梯子を握りしめた。

そして、梯子が動かなくなっていることに気づいた。

「ケイロ？」

答えを待っていると、どくん、どくん、という〈監獄〉の鼓動の音が聞こえた。

「ケイロ？　答えて」

梯子はゆらゆら揺れていた。だれも上にのっていない。

「ケイロ！」

音がしたが、どこか遠くから聞こえるくぐもった音だ。アッティアはあわてて、松明をリックスの手に押しこんだ。「ケイロが何か見つけたんだ。あたし、上へ行く」

アッティアがよいしょ、と最初のぬらぬらした段に足をかけたとき、リックスが言った。「なにか問題があったら、〈問題〉と言え。それで了解する」

アッティアはあばたの跡の残る顔を見つめ、その前歯の欠けた笑みを見た。それから飛び降りて、彼の顔に顔を近づけた。「リックス、あんたってどれだけおかしいの。完全に狂ってる？　それともまったく正気？　あたしにはもう全然わからなくなってきた」

彼は片方の眉をあげた。「わがはいは〈闇黒の魔術師〉だぞ、アッティア。はかりしれぬ人物なのだ」

梯子は生き物のように、アッティアの足の下で、ねじれ、すべった。アッティアは彼に背を向け、急いでのぼっていったが、ほどなく体重を引き上げるのに息が切れてきた。ケイロの長靴が残していった泥で手がすべり、のぼるにつれて暑くなり、あたりにむっとする硫黄臭がたちこめてきた。リックスが言ったマグマ溜まりという言葉が思い出されて不安になった。

両腕が痛んだ。一段一段がつらく、はるか下の松明は、闇の中の火花にしか見えない。もう一段体を引きずり上げ、ふらふらとぶら下がった。

そのとき、目の前にシャフトの壁がないことに気づいた。そこは、ぼんやり明るい空間だった。

そして長靴が一足。

それは黒くてひどくいたんで、片方には銀の留め金がつき、片方の縫い目は破れていた。それをはいている男は身をかがめていた。影がアッティアにおおいかぶさり、そしてこう言った。「アッティア、また会えたとはありがたい」

そして手をのばし、彼女の顎をつかんで、顔を仰向かせた。アッティアには冷たい笑みが見えた。

26

よく見て、沈黙を守り、その時が来たときにのみ動くがよい。

〈鋼の狼〉


書斎の扉は以前と寸分の違いもなかった。黒檀のように黒く、黒鳥が威嚇するように見下ろし、その目はダイヤモンドのようにきらきらしている。

「前にはこれで開いたのよ」ディスクがブーンと音を立てているあいだ、クローディアはおちつかない顔で待っていた。フィンはうしろの長い廊下に立って、花瓶や甲冑の列を眺めていた。

「〈宮廷〉の地下室よりは少しましだな。だけど、これが同じ〈門〉だというのは確かなのか。どうしてそんなことがありえるんだ」

ディスクがカチッと音を立てた。「きかないでよ」クローディアは上に手をのばし、ディスクをはぎとった。「ジェアド先生の理論では、〈門〉は、ここと〈監獄〉のあいだの中間地点なんですって」

「向こうに入ったら、サイズが変わるんだろうか」

「わかんないってば」扉の錠前がじりじりと音を立てると、クローディアは取っ手をまわした。扉が開く。

クローディアのあとについて、一瞬めまいを起こさせる入り口を越えて中に入ると、フィンはあたりを見まわした。そしてうなずいた。「これはすごい」

〈門〉は彼が〈宮殿〉で見慣れたあの部屋だった。ジェアドが残していった配線や器械が、いまもコントロール・パネルからのび、巨大な羽根がすみに丸まっていたのが、微風でふわりと浮き上がった。ほぼ静かといえる部屋の中に、かすかな振動音が響き、唯一のデスクと椅子はいつものように謎めいて見えた。

クローディアは部屋を横切ってゆき、「〈監獄《インカースロン》〉」と言った。

小さな引き出しがするすると出てきた。中には、鍵の形にくぼんだ黒いクッションがあった。「わたしは、ここから鍵を盗ったの。ずいぶん昔のことみたいな気がする。あの日は、ほんとにこわかった。さてと。どこから始める？」

フィンは肩をすくめた。「ジェアドから教わっていたのはきみだろう？」

「先生の仕事はあまりに早くて、わたしに説明しているひまがなかったみたい」

「でも、メモか何かあるんじゃないか。図表とか……」

「あるわ」デスクの上には、ジェアドの細かな字でびっしり書きこまれた書類が積み重なっている。図がたくさん入った本、数式がずらりとならんだ紙。クローディアは一枚を取り上げ、ため息をついた。「すぐ始めたほうがいいわね。一晩じゅうかかりそう」

フィンが答えないので、クローディアは顔をあげて彼の顔を見た。ぱっと立ち上がった。「フィン」彼の顔は蒼白になり、唇のまわりが青みを帯びていた。クローディアは彼をつかんで、配線を足でどかして、床に座らせた。「おちついて。ゆっくり呼吸して。ジェアド先生が作ってくれた錠剤、持ってないの？」

彼はかぶりをふった。ちくちくする痛みが侵入してきて、目の前が暗くなり、恥辱と純粋な怒りがあふれ出るのを感じた。「だいじょうぶだ」自分がそうつぶやくのが聞こえた。「すぐよくなる」闇のほうがいまは望ましかった。両手で目をおおい、灰色の壁に背をあずけて座り、ぼうっとなりながら、呼吸をし、数を数えた。

しばらくすると、クローディアは出ていった。叫び声、足音が聞こえる。口もとにコップが押しつけられた。「お水。ラルフがそばについていてくれる。わたしは行かなきゃ。女王が来たの」

彼は立ち上がろうとしたが、立てなかった。そばにいてほしかったが、彼女は行ってしまった。ラルフの手が肩に置かれた。ふるえる声が耳に響いた。「おそばにおりますから」

発作など起こるはずがない。ほんとうに思い出したのなら、自分は癒されたのだ。いい、いい、いや、癒されたはずなのだ。

アッティアは梯子のてっぺんを乗り越えて、まっすぐに立ち上がった。

〈管理人〉がその手を放した。「〈監獄〉の中心へようこそ」

ふたりはじっと見つめあった。彼はまだ黒の上下を着ていたが、その皮膚は〈監獄〉の埃でざらつき、髪は乱れ、白いものが目立っていた。ベルトには火縄銃がさしこんである。

その背後の部屋には、怒りを抑えかねた表情のケイロが立っていた。三人の男が彼に武器を突きつけている。

「この〈盗人〉氏は〈手袋〉を持っておらぬようだ。だからおまえが持っているのだろう？」

アッティアは肩をすくめた。「はずれだよ」上着をぬいで、投げすてた。「自分で探してみたら」

〈管理人〉は片方の眉をあげた。上着を、ひとりの〈囚人〉のほうに蹴りやり、その男は手早くそれを調べた。「何もありません」

「では、わしがおまえをよっく調べてやる」

〈管理人〉は手荒に容赦なく体を探りまわしたので、アッティアは怒りに体が焦げつきそうになったが、そのときくぐもった叫びがシャフトをのぼってきて、〈管理人〉はいきなり手を止めた。「あのいかさま師のリックスがおるのか」

彼が知らなかったことに、アッティアは驚いた。「そうだよ」

「ここに上げろ。すぐだ」

アッティアはシャフトのへりに行って、しゃがみこんだ。「リックス。上がってきて。だいじょうぶ。安全だから」

〈管理人〉は彼女を引き戻し、部下に合図をした。リックスが揺れる梯子を騒々しくのぼってくると、その男は膝をついて、火縄銃をまっすぐ穴に向けた。頭を突き出したリックスは、もろに銃口をのぞきこんでしまった。

「ゆっくり動け、魔術師」〈管理人〉は灰色の死んだような目でしゃがみこんだ。「頭を吹っ飛ばされたくなかったら、そろそろとだ」

アッティアはちらとケイロを見た。彼は眉をあげてみせ、アッティアはごくかすかな動きで首をふった。みなはリックスを見つめている。

彼はシャフトをのぼりきって、両手を大きく広げた。

「〈手袋〉は？」〈管理人〉がきいた。

「隠してある。秘密の場所で、そいつは〈監獄〉にしか明かせん」

〈管理人〉はため息をつくと、まだほとんど白いままのハンカチを取り出し、両手を拭いた。ものうげに言った。「体を調べろ」

リックスに対して彼らは手荒だった。黙らせるために何発かなぐり、荷物を引き裂き、体を徹底的に探った。

隠してあった貨幣、色つきのハンカチが何枚か、鼠が二匹、折りたたみの鳩の籠が出てきた。隠しポケット、偽の袖、ひっくりかえせる裏地が見つかった。だが、〈手袋〉はない。

〈管理人〉は座ったまま見守り、ケイロは傾いた床に、だらしなく横柄なようすで座っていた。

アッティアは、この隙にあたりを見まわした。

そこは黒と白のタイルを敷きつめた広い廊下だった。ずっと遠くまでのび、壁には赤いサテンがかかり、そのあちこちが大きくたわんでいた。ほとんど見えない向こう端には、長いテーブルがあり、火のともった枝つき燭台が立ちならんでいた。

ようやく囚人たちがもとの位置にもどった。「他には何も見つかりません。こいつは持ってないようです」

アッティアは後ろでケイロがゆっくりと身を起こすのを感じた。

「なるほど」〈管理人〉の笑みは冬のようだった。「リックス、おまえにはがっかりだ。しかしおまえが〈監獄〉に話をしたいのなら、話すがいい。おまえの言葉は聞こえている」

リックスは一礼した。ぼろぼろの外套のボタンをかけ、威厳をとりつくろった。「ならば、〈監獄〉陛下に、お願いいたします。お話は顔と顔を合わせて、じかに申し上げたい。サフィークがなしたように」

低い笑い声が聞こえた。

それは壁や床や天井から発せられ、武器をもった男たちがおびえてあたりを見まわした。

「どう答える？」〈管理人〉がたずねた。

この〈囚人〉めは身の程をわきまえておらぬ。わしはこいつをむさぼりくらって、脳神経をくまなく調べ、あり場所を探り出してやる。

リックスはうやうやしくひざまずいた。「わたくしめは一生、陛下のことを夢見てまいりました。陛下の〈手袋〉をお守りし、お戻しすることを願っておりました。しもべにそのことをお許しくださいませ」

ケイロがふん、と鼻を鳴らした。

リックスはアッティアに目をやった。

彼の目がシャフトに一瞬飛び、戻った。一瞬のことだったのでアッティアも見過ごすところだったが、シャフトを見ると、糸が見えた。

それは、ほとんど目に見えないような細く透明な糸で、リックスがものを空中浮揚させるのに使っていたものだ。それが梯子の横木の一本に巻きついて、シャフトの中へと垂れていた。

なるほど。シャフトの中には〈目〉はなかった。

アッティアはわずかにそちらへ近づいた。

〈監獄〉の声は金属的で冷ややかだった。それは殊勝な心がけだ、リックス。〈管理人〉がおまえをわしのもとへ連れてくるであろう。そのときは、顔と顔と合わせてわしと会うことになるのだ。〈手袋〉のありかを告げれば、そのほうびとして、じわじわとゆっくり、何世紀もの時間をかけて、原子のひとつにいたるまでおまえを破壊しつくしてやろう。おまえは、説話本の中の囚人どもと同じように泣きわめく。日々、鷲に内臓を食らわれるプロメテウスのように、毒を顔に滴らされるロキのように。わしが〈脱出〉し、すべての者が死に絶えたあとも、おまえの痙攣が〈監獄〉をふるわせるであろう。

リックスは蒼白な顔で一礼した。

ジョン・アーレックス。

〈管理人〉は皮肉な声で言った。「で、何が望みだ?」

そこにいるものどもをわしのもとへ連れてこい。

アッティアが動いた。ケイロに一声発してから、シャフトに飛びこみ、するすると下りていった。

糸が揺れる。それをつかみ、ひっぱり上げ、先についているひからびた鱗状のものをつかんで、肌着の奥へ押しこんだ。

何本もの腕がつかみかかった。アッティアは蹴りつけ、噛みついたが、〈管理人〉の部下に引きずりあげられ、見ると、ケイロは大の字にのびており、武器を手にした〈管理人〉が見下ろすように立ちはだかっていた。

クローディアの父親は嘲りの色をにじませて、あきれたように彼女を見た。「アッティア、逃げるつもりだったのか。〈脱出〉の道などどこにもない。だれひとり逃げられぬ」

陰鬱に見つめる〈管理人〉の目は、冷ややかだった。やがて彼は背を向け、長い廊下を下っていった。「こいつらを連れてこい」

ケイロは鼻から血をぬぐった。アッティアに一瞥をくれた。リックスも同じようにした。

今度は、アッティアはうなずいてみせた。


ジェアドはゆっくりふりかえった。

「スティーン殿」

カスパーが木の幹によりかかっていた。目に痛いほどまばゆい胸甲をまとい、ズボンと長靴は最高級の革製だった。

「そのお姿を見ると、参戦なされるようですね」ジェアドはつぶやいた。

「めずらしく皮肉な口をきくんだな、先生」

「すみません。わたしもいろいろと経験することがあったものですから」

カスパーはにやりとした。「あなたが生き延びたのを見たら、母上は驚くと思うよ。〈大学〉から知らせが来るのを何日も待っていたのに、来なかったから」彼は一歩出た。「あなたは〈知者〉の薬で、あの男を殺したのかな。それともじつは秘密の武術に長けていた、とか？」

ジェアドは自分の繊細な両手を見下ろした。「わたし自身、驚いていますよ。ところで女王陛下はここに？」

カスパーが指さした。「あそこだ。何があっても、この会戦には立ち会いたいだろうからな」

白馬が一頭。最上級の白い革の馬具をつけたその馬上の横鞍には、シアが重々しい濃灰色のドレス姿で座っていた。彼女も胸甲をつけ、羽根飾りの帽子をかぶり、槍をかかげた槍兵がその前後を整然と固めつつ行進していた。

ジェアドは伯爵のそばに行った。「あれは？」

「会談だな。双方ともしゃべり倒すぞ。ほら、あっちにクローディアが」

彼女を見て、ジェアドは息が詰まった。ソームズ隊長とアリスを従え、門番小屋の屋根の上に立っている。

「フィンは？」ジェアドはひとりごとを言ったが、カスパーは耳ざとく聞きつけ、鼻を鳴らした。「疲労困憊だろうよ」彼はにやりと横目を流してよこした。「〈知者〉先生。どうやらクローディアは両方をふってしまったようだ。おれはたしかに、少しクローディアに興味を持っていたが、結婚というのは――母上の計画だった。あの娘はすさまじく獰猛な奥方になっただろうよ。だから、いまさらなんとも思わん。しかしあなたには辛いだろうな。クローディアとあなたはずっと近しい仲だった。みんなそう言ってる。あいつが来るまではな」

ジェアドは微笑した。「カスパー殿は、たいそう辛辣なもの言いをなさる」

「ああ。こたえるだろう？」彼は投げやりな身のこなしで背を向けた。「下りていって、ふたりの話し合いを聞くとするか。あなたをひきずって、軍勢の中を抜けていって、母上の前に投げ出したら、さぞ喜ばれるだろう。それにクローディアの顔も見たいし」

ジェアドは一歩下がった。「武器は持っておられないのでは？」

「ああ、そうだよ」カスパーは愛想のよい笑みを浮かべた。「だが、ファックスが持っている」

がさりという音。ジェアドはゆっくりと左手に顔を向け、自由がついえたと悟りながら、それを見た。

木の幹に座っていたのは、膝のあいだに斧をはさんだ王子の護衛で、巨軀に鎖帷子を波打たせながら、にこりともせずにうなずいた。


「父上が戻られるまでは」

クローディアの声は、だれの耳にもりんと届いた。

女王は品のよいため息をついた。馬を下りており、門番小屋の前の柳細工の椅子に腰を下ろしている。子どもでさえ、撃てる距離だ。その豪胆さには、さすがのクローディアも感服した。

「で、何をお望みなのかしら、クローディア？　こちらには〈管理人領〉を粉々にできるだけの軍と武器がある。そなたの父上は策を練ってわらわを亡き者にしようとしたけれど、二度と帰ってこれぬことは、ご承知のはずね。本来の居場所、〈監獄〉におられるのだし。さて、冷静になったらいかが？　囚人のフィンを引き渡してくれれば、わらわとそなたで話し合いがつけられる。わらわの決定は少しばかり性急だったかもしれませぬ。たとえば〈管理人領〉をそなたの手に残してもいいのですよ。可能性として」

クローディアは腕組みをした。「それについては少し考えさせてください」

「クローディア、わらわとそなたはよい友人になれたはず」シアは片手で蜂を追いはらった。「そなたとわらわは似たもの同士、と前にも言いましたが、あれは本心。そなたは次の女王になれたはず。いいえ、今でもその道はあります」

クローディアは姿勢をただした。「わたしは、次の女王になります。なぜなら、フィンが正当な王子、本物のジャイルズだからです。あなたのそばの嘘つきこそ偽物よ」

偽物はにっと笑って、帽子を取って一礼した。右腕を黒い帯でつっており、サッシュにはピストルをさしていたが、それ以外はあいかわらず好感のもてる自信ありげなようすだった。声をあげて言った。「クローディア、それを信じてるわけじゃないだろ。本心では？」

「そう思う？」

「きみは、前科持ちの言葉なぞにまどわされて、使用人たちの命を危険にさらすつもりはないだろう。クローディア、きみのことはわかっている。出てきてくれ。話をしよう。事態を収拾しようじゃないか」

クローディアは彼をじっと見た。冷ややかな風に、体がふるえた。ぽつぽつと雨が顔に落ちてきた。

「フィンは、あなたの命を助けたわ」

「わたしが本物だと知っているからさ。きみだってそうだろ」

追いつめられて一瞬、何と言えばよいのかわからなくなった。ひとの弱みを突くのにたけたシアが言った。「クローディア、まさかジェアド先生を待っているのではないでしょうね」

クローディアがさっと頭を上げた。「なぜ？　先生はどこ？」

シアは立ち上がって、小柄な肩をすくめた。「〈大学〉でしょう。でも、たいそう具合が悪いとの噂を聞いているの」氷のような笑みが浮かんだ。「たいそう、ね」

クローディアは前に出て、胸壁の冷たい石をつかんだ。「もし、ジェアドに何かあったら、もしあなたが指一本でもあの人に触れたら、〈鋼の狼〉がせまるより早く、わたしがあなたを殺してやるわ」と叫んだ。

背後で動く気配があった。ソームズ隊長が彼女を引き戻した。フィンが階段のてっぺんに立っていた。青白い顔は警戒心に張りつめていた。ラルフがその後ろでぜいぜいと息を切らしていた。

「そなたの謀反の証拠をこちらが求めていたとしたら、いまの言葉で十分じゃ」女王はあわただしく、馬を、と合図した。〈鋼の狼〉という言葉に危機を感じたかのようだった。「ジェアドの命が危ないということは、覚えておおき。この屋敷のみなの命も同じこと。ここを焼きはらわねばならないとなったら、わらわはやりますよ」兵のかがめた背中に足をかけ、女王は優雅に鞍に身をのせた。「〈脱出〉した囚人を引き渡すのに、明日の午前七時までの猶予を与える。そのときまでに渡さないと、砲撃を始めます」

クローディアは女王が去ってゆくのを見送った。偽物が嘲るようにフィンを見上げた。「おまえがほんとうに〈滓〉王子でないのなら、出てくるがいい。娘の後ろに隠れたりせずにな」

ジェアドは静かに言った。「ひとりの刺客から逃れても、また別のに出会うとは情けない」

カスパーがうなずく。「そうだな。だがこれが戦争というものだ」

ファックスが威勢よく立ち上がる。「殿下？」

「こいつを縛りあげよう。それからおれが連れていく。ファックス、言っておくが、陣地に入ったら、おまえは手を出すなよ」それから、ジェアドに笑みを向けた。「母上はおれを可愛がってはいるが、それほど信用しているわけじゃない。このさい、母上に点をかせいでおくよ。手をそろえて出せ」

ジェアドは嘆息した。両手をあげると、顔が青白くなった。よろめいて倒れかけた。

「すみませんが」とつぶやいた。

カスパーはファックスに笑いかけた。「演技派だな、先生……」

「違う。ほんとうです。薬が鞍袋に……」

くずおれるように、体をひきつらせて、ジェアドは落ち葉の中に座りこんだ。

カスパーは渋面をつくったが、いらだたしげに手を振り、ファックスは馬のほうへ向かった。男が動くなり、ジェアドは飛び上がって、走りだした。木々の間をぎりぎりで通りぬけ、広がった根を躍りこえたが、息が苦しくなるより先に、重い足音がどんどんとせまってくるのが聞こえた。やがてうなるような笑い声が聞こえたとたん、彼はつまずいて、転倒し、木の幹に激突した。

起きなおって見まわした。ファックスが斧を振りまわして、立ちはだかっている。背後のカスパーは勝ち誇った笑みを浮かべていた。「ああ、遠慮なくやれよ、ファックス、一撃だ」

巨人が斧をふりかぶった。

ジェアドは木につかまった。なめらかな幹が感じられた。

ファックスが動いた。びくりとし、笑みがうつろになり、口が苦笑いのまま、その感覚が全身に広がっていくかのごとく、腕と斧ががくりと落ち、刃はやわらかな大地に突き刺さった。

凍りついたような一瞬のあと、目を開いたまま、ファックスがどうと倒れた。

ジェアドは驚愕の息を吐いた。

男の背には、矢羽根ぎりぎりまで矢が埋まっていた。

カスパーが怒りと恐怖にわめいた。斧をひっつかんだが、左手から静かな声がした。「伯爵、武器を捨てるがいい、さあ」

「おまえはだれだ？　よくも……」

声はいかめしく響いた。「われらは〈鋼の狼〉。伯爵もご存じであろう」

27

　かつて彼は剣の橋を渡って、卓上に美味佳肴のならんだ宴の部屋に入った。腰を下ろして、パンをとりあげたが、〈手袋〉の力で、それは灰になってしまった。水をとりあげようとすると、コップが割れてしまった。それで彼は旅を続けた。扉が近いことがわかったからである。

『サフィークのさすらい』

「今こそ、ここはわしの王国となった」〈管理人〉はテーブルに軽く手をふった。「わしが裁定者だ。そしてここがわしの私室だ」と、扉を押し開け、中に入っていった。三人の〈囚人〉がリックス、アッティア、ケイロを前に押しやるようにして、続いた。

　一歩踏みこんだアッティアは目をみはった。

　そこはタペストリーをめぐらせた小部屋だった。壁には細長い窓があったが、薄暗いのでステンドグラスの絵柄はよく見えない。暖炉にあかあかとおこった火の明るさに、いくつかの手と顔が浮かびあがる。

　暖かさは圧倒的で、心地よかった。〈管理人〉がふりかえる。「座りたまえ」

首をからめあう黒鳥の形の背もたれがついて、彫刻をほどこした黒檀の椅子が何脚かあった。天井の太い梁は複雑な形に組みあわさり、シャンデリアがタイルの床に蠟を滴らせている。どこか近くで、どくんどくんという振動が響いている。

「諸君はむちゃな旅を続けて、さぞお疲れだろう。食べ物を出してやれ」〈管理人〉が言った。

アッティアは腰を下ろした。疲れていたし、体も汚れて気持ちが悪かった。トンネル内の粘液で髪がべっとりしている。それに〈手袋〉！　その鉤爪が膚にじかにあたっていたが、〈管理人〉に気づかれるのがいやで、位置は直さなかった。彼の鋭い灰色の目は、油断なくあたりに注がれている。もってこられた食べ物は、パンと水ののったトレイで、それが床にどさりと置かれた。ケイロは無視したが、リックスは平気で、膝をつくとパンを口に押しこみ、飢えたようにがつがつと食べた。アッティアは手をのばして、パンのかけらをとりあげた。ゆっくりとそれを咀嚼したが、固くてひからびていた。

「〈監獄〉の食事ね」

「ここは〈監獄〉だからな」〈管理人〉はコートの裾をひらめかせて、腰を下ろした。

「で、あんたの塔はどうなったんだ」ケイロはきいた。

「〈監獄〉に通じる抜け道はいくつか持っている。あの塔は図書室として使っている。ここは実験室だ」

「試験管も見あたらないが」

ジョン・アーレックスは微笑した。「いまに見せてやろう。狂った男の計画に参加したいならな」

ケイロが肩をすくめる。「もう乗りかかった舟だぜ」

「そうだな」〈管理人〉は両手の指先を合わせた。「ハーフマン、犬奴隷、そして頭のねじのゆるんだやつの三人」

ケイロは微塵も感情を見せなかった。

「で、おまえは〈脱出〉するつもりなのかな」〈管理人〉は水差しを取り上げ、自分の杯に水を注いだ。

「いいや」ケイロはあたりを見まわした。

「おまえは賢い。もう知っているだろうが、おまえの体はここを出てゆけない。〈監獄〉の成分が入っているからな」

「ああ。だがよ、〈監獄〉めが己のためにこしらえた体は、どこからどこまでもここの成分でできているんだろ」ケイロは後ろに身を倒し、〈管理人〉のしぐさをまねて、両手の指先を合わせた。「あいつは出てゆく気まんまんだ。〈手袋〉さえ手に入れば、だ。だから、〈手袋〉には成分うんぬんをチャラにする力があるはずだ。だったら、おれにも効くだろうよ」

〈管理人〉は彼を見つめ、彼も見返した。

背後で、リックスが食べるのと飲むのをいっしょにしようとして、咳きこんだ。

「おまえは、魔術師の弟子にはもったいない」〈管理人〉は静かに言った。「わしの部下にならんか」

ケイロは大声で笑った。

「少しくらいは考えてみるものだ。おまえは残虐なことが大好きだ。〈監獄〉こそおまえにふさわしい。〈外〉に出たら、がっかりするぞ」

おたがいの視線がからみあう沈黙の中へ、アッティアが割って入った。「あなたも娘さんに会いたいはずだよ」

〈管理人〉の灰色の目がこちらへすべってきた。怒りの言葉を予想したのに、彼から出たのは、「そうだな」というひとことだった。

アッティアの驚く顔を見て、彼はほほえんだ。「〈収監者〉のおまえたちには、わしのことがまったくわかっておらんな。わしは跡継ぎが必要だった。だからこの場所から、赤ん坊だったクローディアを盗んだ。いまやクローディアとわしは、お互いから決して〈脱出〉できない。娘に会いたい。きっと向こうもそう思っている」彼はきちょうめんにほんの少し杯をすすった。「わしらの愛情はねじくれている。愛情の中に憎しみも、尊敬も、恐れも含まれているのだ。だが、それでも愛情だ」

リックスがげっぷをした。手で口をぬぐって言った。「覚悟はできた」

「覚悟とは？」

「対面の覚悟だ。〈監獄〉との」

〈管理人〉は大笑いした。「愚かな！　おまえは何もわかっておらん。おまえはこれまでみじめな屍肉あさりの香具師《やし》の生涯を送ってきて、毎日〈監獄〉と対面していたのに気づかないのか。おまえは〈監獄〉を呼吸し、〈監獄〉を食らい、夢見、身にまとっていた。〈監獄〉内のすべての目に宿る侮蔑、すべての口から出る言葉、それが〈監獄〉だ。それから〈脱出〉することはできん」

「死ぬまではな」とリックス。

「そうだ。そして、そうしてやるのは簡単だ。だが、〈監獄〉がおまえらをいっしょに〈外〉へ連れてゆくという狂った計画を持っている、なぞと思っているのなら……」〈管理人〉は首をふった。「あんたは連れていってもらうつもりだろ」ケイロがつぶやく。

〈管理人〉の笑みは凍てつくようなものだった。「娘がわしを求めている」

「なぜさっさと出ていかなかったのか、合点が行かないね。あんたは〈鍵〉を二つとも持ってる……」

笑みが消えた。ジョン・アーレックスは立ち上がった。大きく威圧的な姿だった。「持っていた、ということだ。今にわかる。〈監獄〉は準備ができたら、われわれに呼びかけてくる。それまでは、ここにいるといい。わしの部下が外に集まってくる」

彼はからっぽの皿をわきに蹴りのけて、扉のほうへ歩いていった。ケイロは身動きもせず、目を上げもしなかったが、声は冷たく傲岸だった。

「あんたはここじゃ、おれたちとおんなじ〈囚人〉だ。おんなじ立場だ」

〈管理人〉は一瞬だけ動きを止めた。それから扉を開けて、出ていった。背中がこわばっている。

ケイロが低く笑った。

リックスが、同感、というようにうなずいた。「よくぞ言った、〈跡継ぎ〉よ」

「あなたが殺したんですか」ジェアドは死体から身を起こし、メドリコートを直視した。「殺す必要はなかったのに……」

「いや、大ありです。先生があの斧に襲われて、命があったとは思えません。そして、われわれの求めている知識は、すべて先生がお持ちですから」

秘書が火縄銃をかかえているのは、いかにもそぐわない姿だった。彼はいつものようにくすんだ色のコートを着て、半月型の眼鏡には夕日が光っていた。カスパーに目隠しをしている男たちを見まわした。「残念ながら、王子殿下にも死んでいただかなくては。われわれを見られた以上」

「ああ、見たさ」カスパーの声はおびえていると同時に、怒りに燃えてもいた。「メドリコート、そして、おまえ、グラハム、それから、ハル・キーン。みんな裏切り者だったんだ。女王がこれを知ったら……」

「そのとおりです」メドリコートの声は重かった。「だから、先生はこれに関わらないでください。あなたは関わらなくていい」

ジェアドは動かなかった。夕闇の中で、メドリコートを見つめた。「本気で、武器も持たない若者を殺すつもりですか」

「彼らは、ジャイルズ王子を殺したんです」

「フィンが、ジャイルズですよ」

メドリコートはため息をついた。「先生、〈鋼の狼〉はジャイルズがほんとうに亡くなったのを知っています。〈監獄〉の〈管理人〉がわれらの指導者でした。王子が〈監獄〉に幽閉されていたのなら、そのことを話してくれたはずです」

ジェアドは衝撃におののいた。なんとか気を取りなおそうとした。「〈管理人〉どのは、底知れぬお方です。あの方なりの計画がおありです。あなたがたの目をもくらませようとしたかもしれません」

秘書はうなずいた。「先生、あの方のことなら、わたしのほうがよく知っておりますよ。でも今はそんなことはどうでもいい。どうぞ、そこをのいて、邪魔をしないでください」

「だめだ、ジェアド」カスパーの声はつんざくようだった。「おれを見捨てないでくれ。何かしてくれよ！　先生、おれは決してあんたを殺すつもりはなかった。誓うよ」

ジェアドは顔をこすった。ひどい疲れで、体が痛み、冷えきっていた。クローディアのことが死ぬほど心配だった。それでこう言った。「メドリコート、きいてください。この人を殺してしまったら、なんの役にも立たない。でも、生かしておいたら、人質として、かなり役に立つでしょう。月が沈んで、十分に暗くなったら、わたしは秘密の道を通って〈管理人領〉に入るつもりです」

「どんな道です？」

ジェアドは、耳を澄ませている男たちに向かって、ぐいと頭をふりあげた。「それは言えません。このお仲間の中にさえ、間諜がいるかもしれませんから。でも、その道はあるのです。カスパーはわたしが連れていきます。女王だって、ご子息が胸壁におられるのを見たら、すぐ砲撃を中止されるでしょう。そこの道理はおわかりだと思いますが」

メドリコートは眼鏡越しにじっと彼を見た。そして言った。「同志に話してみます」

彼らはわきに寄って、山毛欅《ぶな》の木立の下で小さな輪を作った。

目隠しをされ、縛られたカスパーがささやく。「〈知者〉先生、どこにいるんだ？」

「まだここに」

「おれを助けてくれ。ほどいてくれよ。母上はあんたにいくらでもお礼をする。ほしいものは何でもやる。この怪物どもの手に、おれを残していかないでくれよ」

ジェアドは山毛欅《ぶな》の落ち葉の上にけだるく腰を下ろし、怪物たちを見つめた。いかめしく苦々しい顔の男たちを。何人かには見覚えがあった。王の官房づきの役人がひとり、〈御前会議〉のメンバーもひとり。見てしまった自分も、カスパー同様、命が危ないのかもしれない。いったいどうして、こんな殺人だの陰謀だのに巻きこまれてしまったのだろう。わたしはただ、古文書と星を研究したいだけだったのに。

「やつらが戻ってくるよ。ジェアド、この手をほどいてくれ。ファックスみたいにおれを殺させないでくれ」

ジェアドは立ち上がった。「殿下。わたしは今、できるだけのことをしています」

男たちが黄昏の光の中、近づいてきた。太陽は沈み、〈女王〉の陣地から喇叭《ラッパ》がひとつ響きわたった。笑い声とさざなみのようなヴィオールの音が、王室の天幕から響いてきた。カスパーがうめいた。

「決まりました」メドリコートが火縄銃を下ろし、蛾の飛びかう夕闇を透かして、ジェアドを見つめた。「あなたの計画に賛同します」

カスパーが息を吐き、ほっと力を抜いた。ジェアドはうなずいた。

「しかし、条件があります。あなたが〈大学〉で何を調べようとしておられたか、こちらは知っています。ファイルを解凍されたのでしょう。そこで〈監獄〉についての秘密を知った。〈管理人〉が出てこられる方法も見つかったのですか」

「それは見つかると信じています」ジェアドは用心深く答えた。

「それなら誓ってください、先生。あの方をこちらに返していただくために、全力を尽くすと。もし〈監獄〉がわれらの思っていたような楽園でないのなら、あの方は、ご自分の意志に反して、あそこにとどめられているのです。みずから進んで、われわれを見捨てられるはずはありません。〈管理人〉は〈一族〉に忠実な方です」

この人たちはまったくだまされている、とジェアドは思った。だが、うなずいておいた。「わたしは全力を尽くします」

「念のために、わたしがあなたに同行して〈管理人領〉に入ります」

「いやだ！」カスパーが見えない目でふりかえる。「こいつは、そこでおれを殺すかもしれないよ」

ジェアドはメドリコートをじっと見た。「だいじょうぶです、殿下。クローディアがそんなことはさせません」

「クローディアか」カスパーは、ほっとしたようにうなずいた。「そう、そうだね。クローディアとおれはずっといい関係だった。一度は婚約者でもあったし。またそうなるかもしれないし」

〈鋼の狼〉たちは苦い沈黙の中で、彼を見下ろした。ひとりがつぶやいた。「これがハヴァーナ王朝の末裔か。この先どんな未来になることやら」

「われわれはすべてを覆します。〈規定書〉もです」メドリコートはふりかえった。「月はあと二、三時間で沈む。それまで待ちます」

「そうですね」ジェアドは座って、濡れた髪を顔からかきあげた。「だとしたら、あわれな〈知者〉

に食べられるようなものを少しいただければ、ありがたいのですが。それから少し寝ますから、起こしてください」彼は枝ごしに空を見上げた。「星空の下で眠ってみますよ」

クローディアとフィンはテーブルについて向かいあっていた。

召使いたちが葡萄酒を注ぐ。ラルフが、ふたつきスープ鍋をもった三人の従僕の後ろから部屋に入ってきて、配膳の監督をした。おおいを取って、食器類をクローディアのそばに置いた。

クローディアは席について、皿のメロンを見下ろした。蠟燭と果物鉢の向こうでは、フィンが黙って酒を飲んでいた。

「他に何かお持ちしましょうか」

クローディアは顔をあげた。「ラルフ、要らないわ。ありがとう。とてもおいしそう。みんなにありがとうと言って」

彼は一礼したが、一瞬驚いた顔をしたのが見え、クローディアは思わず笑みを浮かべかけた。たぶん自分は変わったのだろう。もう、いばった小さなお嬢様ではない。

ラルフが出てゆき、ふたりだけになったが、どちらも口をきかなかった。フィンは皿に食べ物を積み上げ、気のない顔でそれをつついた。クローディアにも覇気がなかった。

「変ね。わたしは何ヶ月も、ここへ帰りたかった。うるさいラルフに世話を焼かれるこのうちへ」見慣れた黒い羽目板の部屋を見まわした。「でも、ここはもう前とは違う」

「外に軍勢がいるせいじゃないのか」

クローディアは彼をにらみつけた。それから言った。「あなたを追いかけてきたのよ。あの候補者がなんて言ったか」

「娘のスカートの後ろに隠れるって?」彼は鼻を鳴らした。「ぼくは、もっとひどい言われようをしたこともある。〈監獄〉のジョーマンリックは、どんなうすのろでも血が凍りつくような侮辱を投げつけるんだ」

彼女は葡萄をつついた。「あの男がいるせいで、軍があなたを追ってきたのよ」

フィンはがらんとスプーンを投げ出し、勢いよく立ち上がった。怒りにまかせて部屋を歩きまわった。

「ああ、わかったよ、クローディア。そう、そのとおりだ。あのときチャンスがあったのに、あいつを殺さなかったのが間違いだった。替え玉がいなければ、向こうもどうしようもなかったんだ。あいつの言ったことも、ひとつだけは正しい。〈門〉が七時までに開かなかったら、ぼくがひとりで出ていくさ。きみの一族郎党をぼくのために死なせるわけにはいかないからね。むかし、ぼくが自分の〈脱出〉にこだわったばっかりに、女がひとり死んだ。悲鳴をあげながら真っ暗な奈落に落ちていった。あれはぼくのせいだ。二度とあんなことは起こさせない」

クローディアは皿のふちに葡萄の種を押しつけた。「フィン、それこそあいつの思うつぼよ。ご立派な態度で、身を捨てて降参すること。そしてのめのめと殺されること」クローディアはふりかえった。「考えてもみて! 女王はここに〈門〉があることを知らないのよ——知っていたら、ここはとうに廃墟にされているわ。あなたが過去を思い出して……本物のジャイルズだと自覚した以上、自分を犠牲にするなんて、ぜったいだめよ。あなたは国王だもの」

彼は足をとめ、クローディアを見た。「きみのその言い方が気に入らない」

「どの言い方？」

「思い出して、という言葉だ。思い出して、と言ったね。つまりクローディア、きみはぼくを信じていないんだ」

「信じてるに決まってるじゃない」

「ぼくが嘘をついていると思っている。自分自身に対してさえ、だ」

「フィン……」クローディアは立ち上がったが、フィンはふりはらうようなしぐさをした。

「それにあの発作……あれは起きなかったけれど、来そうだった。あるはずがないものだ。もう起きるわけがなかったのに」

「完全に治るまでには時間がかかるのよ。ジェアドがそう言ったでしょ」憤激したクローディアは彼をにらみつけた。「フィン、お願いだから、たまには自分のことばかり考えるのをやめて。ジェアドは行方不明なのよ――だれにも行方がわからない。それにケイロも……」

「ぼくにケイロの話をするな！」

こちらを向いた彼の顔はおそろしいほど蒼白だった。なまなましい傷口に触れてしまった、と悟ったクローディアは黙り、むりやり怒りをおさえこんだ。

フィンはじっと彼女を見つめた。それから、やや平静な声音で言った。「ケイロのことはいっときも忘れられない。ぼくさえここへ来なかったら、と思わないときはない」

クローディアは辛辣な笑い声を響かせた。「〈監獄〉のほうがよかったっていうの？」

「ぼくはケイロを裏切った。それにアッティアも。戻ることができたら……」

クローディアは背を向けて、グラスを取り上げて飲んだ。その繊細なふちにかけた指がふるえていた。その背後では、薪とプラスティック炭の上で、暖炉の火がはぜていた。

「フィン、何がほんとうの願いなのか、よく考えたほうがいいわ。それを引き寄せてしまうかもしれないから」

彼は暖炉によりかかって、見下ろした。そばではいくつもの彫刻像がこちらを見ていた。黒鳥の目がダイヤモンドのように光っている。

暖かくなった室内に動くものは炎しかなかった。重厚な家具類をちらちら輝かせ、クリスタルの多面を、油断おこたりない星々のようにきらめかせている。

外の廊下でがやがやと声がした。天井裏からは、砲弾の積み重ねられてゆく音が聞こえる。クローディアがよくよく耳を澄ませれば、女王の陣地の浮かれさわぐ声が聞こえたかもしれない。

ふいに息苦しくなって、クローディアは窓辺に行き、張り出し窓を開けた。

外は暗く、月が低く、地平線近くにかかっていた。芝生の向こうに木立をいただいた丘陵がつらなっているのを見て、ふと、女王はどれだけの大砲をあの後ろにもちこんだのだろう、と思った。ふいにこみあげた恐怖で胸が悪くなった。「あなたはケイロに会いたいし、わたしは父さまに会いたいわ」彼がふりむくのを感じて、クローディアはうなずいた。「そうよ、そんな気持ちになるとは思ってもいなかったけれど、でもそうなの……わたしは自分で思っていた以上に、父の影響を受けているんだわ」

　彼は何も言わない。

　クローディアは窓を閉め、戸口に向かった。「なんとか少しでも食べて。ラルフががっかりするから。わたしはまた上に行ってくる」

　フィンは動かなかった。さっきは書斎の大量の書類と図面をひっくりかえして調べたが、どれもさっぱりわけがわからなかった。望みはない。ふたりとも、自分たちが何を探しているのかわからないからだ。だが、彼にはそれを口に出すことはできなかった。

　戸口でクローディアは足を止めた。「きいて、フィン。うまくゆかなくて、あなたが英雄のようにここから出ていったとしても、女王はどのみちこの屋敷を破壊するわ。武力を見せつけて威嚇するだけでは、もう満足しない。秘密の抜け道があるの——厩の下を通るトンネル。厩で働いてるジョブって子が見つけて、ジェアドとわたしに教えてくれたの。古くて〈時代〉より前のもので、濠の向こうにつながってるの。敵が侵入してきたら、ぜったい、それを思い出して。そこを使ってもらいたいの。あなたは国王よ。〈監獄〉をわかっているのはあなただけ。あなたを失うわけにはいかない。あなたの命は、わたしたち全員の命よりも大事なの」

　しばらく、フィンは言葉を返せなかったが、扉に顔を向けたときには、クローディアはいなくなっていた。

　扉がゆっくり、カチリと閉まった。

　彼はその木の羽目板をじっと見つめた。

28

大いなる〈破滅〉がせまったときを、どのようにして知ればよいのか。そのときは夜の中に、涙と苦しみと奇怪な悲鳴が聞こえるであろう。〈白鳥〉が歌い、〈蛾〉が〈虎〉を襲う。鎖の輪が開く。光が消える。明け方の夢のようにひとつずつ消えてゆく。

この混沌の中でも、たったひとつだけ確かなことがある。

〈監獄〉は子らの苦しみにも目をつぶるだろう。


「カリストン卿の日記」


星々。

ジェアドは星々の下、さらさら鳴る枯葉の中でおちつかぬ夢を結んだ。

胸壁からフィンは星を見上げ、銀河と星雲のあいだの信じられない距離を見つめて、それさえも人と人とのあいだの隔たりほどではない、と思った。

書斎ではクローディアが、スクリーン上の火花とぱちぱち鳴る音のあいまに、星々の存在を感じた。〈監獄〉ではアッティアが星々の夢を見ていた。固い椅子に身をまるめた彼女のそばで、リックスは隠しポケットに、貨幣やガラスのディスク、ハンカチなどを憑かれたように詰めこみなおしていた。

＊　＊　＊

ケイロが投げ上げては受けとめている貨幣の奥深くに、火花がひとつきらめいた。

そして、トンネル、通路、〈小房《セル》〉、海、すなわち〈監獄〉全体にわたって、〈目〉が閉じはじめた。ずらりと並んだ〈目〉がひとつずつ消えてゆくのを、人々は小屋から出てきて見守った。町では、えたいのしれない教団の司祭たちが大声でサフィークに訴え、求めた。遊牧民が何世紀にもわたってさすらってきた遠くの通路で、また、一生、錆びた鋤でもってトンネルを掘りつづける狂った〈囚人〉の上で。〈目〉は天井から、そして小房の蜘蛛の巣だらけのすみから、〈翼の主〉の巣穴から、田舎家のかやぶきの軒から、次々に光を消していった。〈監獄〉はその視線をひっこめ、目覚めてからはじめて〈収監者〉を無視し、みずからのうちに引きこもり、空《から》のセクションを閉じ、莫大な力をたくわえはじめた。

＊　＊　＊

アッティアは眠りながら輾転とし、目を覚ました。何かが変わったという不安な気持ちがしたが、何だかはわからなかった。広間は暗く、暖炉の火はほとんど消えかかっていた。ケイロは椅子に身を投げだし、片足を肘掛けからぶらさげて、浅い眠りについていた。リックスは考えこんでいた。その目がじっとアッティアを見つめている。

ぎょっとして彼女は〈手袋〉を探り、がさりとした感触に安堵した。

「合言葉を口にしたのがおまえじゃなくて、残念だよ、アッティア」リックスはささやくように言った。「いっしょに仕事をするなら、おまえのほうがよかったのに」

〈手袋〉をちゃんと持っているか、とはきかれなかったが、アッティアにはその理由がわかった。〈監獄〉の耳に入るからだ。

アッティアは攣《つ》った首すじをさすり、同じように静かに答えた。「リックス、何をしようとしてるの」

「何を、だと?」彼はにやりとした。「いまだかつて何人も達成したことのない、大技をやってのけるつもりさ。アッティア、どれほどみなが驚くだろうな。何世代にもわたって語りつがれる偉業だ」

「この先も、世代ってものがあればだな」ケイロがすでに目を開けていた。聞き耳を立てていたが、それはリックスの言葉にではなかった。「聞こえるか」

鼓動の音が変化していた。

早くなり、倍速で、音も大きくなった。アッティアが耳をすますと、頭上のシャンデリアのクリスタルがちりちりと鳴り、座っている椅子がかすかに振動するのが感じられた。

やがて、飛び上がるほどの音で、ベルが鳴った。

高く澄んだ音が闇をつらぬいた。アッティアは顔をしかめ、両手で耳をおおった。一度、二度、三度、ベルは鳴った。四度、五度。六度。

銀のように透きとおった、痛いほどの最後の響きが消えると、扉が開いて、〈管理人〉が入ってきた。黒いフロックコートにベルトをしめ、そこに火縄銃を二丁さしていた。剣も持ち、目は灰色の水の滴のようだった。

「立て」

ケイロがのっそり立ち上がる。「今度は子分はなしかよ」

「いまはな。〈監獄〉の〈心臓部〉に入れるのはわしだけだ。おまえたちは〈監獄〉の子でありながら、〈監獄〉自身の顔を見る、最初で最後の者になるだろう」

アッティアはリックスがぎゅっと手を握ってくるのを感じた。「それはこの身にあまる光栄ですな」

魔術師はつぶやいて頭を下げた。

この瞬間、彼が自分から〈手袋〉を受け取りたがっているのがわかった。アッティアは〈管理人〉のほうに一歩進んだ。この決定をするのは、だれでもない自分だ。

ケイロがこちらを見た。冷たいその笑みにアッティアは迷った。

〈管理人〉は何か感づいたとしても、そぶりには出さなかった。そのかわりに部屋のすみに近づき、森の木々と牡鹿を描いたタペストリーをわきにひきのけた。

その後ろには、古く錆びた吊し格子があった。ジョン・アーレックスは身を曲げて、両手で古い巻き上げ機をまわした。一度、二度、まわして持ち上げると、錆が剥がれおちながら、吊し格子がキイキイと上がり、その向こうには、虫食いだらけの小さな扉があった。〈管理人〉はそれを押し開けた。暖かい空気がむっと噴き出してきた。その向こうには蒸気と熱に脈打つ闇があった。

ジョン・アーレックスは剣を抜いた。「リックス、あれだ。おまえがずっと夢見てきたものは」


フィンが書斎に入ってくると、クローディアは顔を上げた。

目のふちが赤くなっている。泣いていたのか、と彼は思った。おそらくいらだちで気も狂わんばかりなのだろう。

「見てよ」と叫んだ。「何時間もがんばったのに、まだわからない。どうつついてみても、ちんぷんかんぷんよ」

ジェアドの書類もごちゃごちゃになっていた。フィンは、ラルフに持ってゆけと押しつけられたトレイを下ろし、あたりを見まわした。「休憩したほうがいい。少しは進んでいるんだろ」

クローディアは荒々しく笑った。それから勢いよく立ち上がったので、大きな青い羽根がすみからふわりと舞い上がった。「わからない！〈門〉はちらちらしたり、ぱちぱち鳴ったり、音は聞こえてくるんだけど」

「どんな音？」

「悲鳴。話し声。でもぜんぶあいまい」クローディアがスイッチをひねると、フィンにもそれが聞こえた。遠くでかすかにざわめくような不安な声。

「なんだか大勢がおびえているようだな。どこか広い場所で」フィンは彼女を見た。「おびえているというより、完全に恐れおののいているな」

「あんなの、聞いたことある？」

彼は苦い笑いを放った。「クローディア、〈監獄〉はおびえきった人間でいっぱいの場所だ」

「なら、ここが〈監獄〉のどのあたりかはわからないわね……」

「待って」彼は一歩近づいた。

「どうしたの」

「別の音がする。背後で……」

彼女はフィンを見つめてから、コントロール・パネルに近づいて、調整を始めた。しだいに、シューシュー、バチバチという雑音の中から、深いバスの声が二音節のモチーフをくりかえしているのが聞こえはじめた。

フィンは無言で耳をすませた。

「前にも聞こえたわ。父上が話しかけてこられたときよ」

「今度のほうが音が大きいな」

「何か思いあたる……？」

彼は首を振った。「〈内〉にいたあいだに、あんな音を聞いたことは一度もない」

一瞬、室内に響くのは鼓動の音ばかりになった。それからフィンのポケットの中から、ピッというう音がして、ふたりともぎょっとなった。彼はそこから、クローディアの父の時計を取り出した。

クローディアはびくりとした。「そんな音がしたの、初めてよ」

フィンは金色の蓋をぱちんと開けた。針は六時をさしており、小さな非常ベルのような音が鳴りひびいている。あたかもそれに応えるかのように、〈門〉ががたがたといい、やがて静かになった。

クローディアは近寄った。「アラームがついているなんて知らなかった。だれがセットしたの？なぜ今鳴ったの？」

フィンは答えなかった。暗い目でその時刻を見つめていた。やがて言った。「最終通告の時間まで、あと一時間しかない、ということを知らせるためかもしれないな」

〈監獄〉である銀の立方体がゆっくりと、その鎖の先でまわっていた。


「ふたりともここではよく気をつけて」ジェアドは落ちた屋根の上にのぼった。ふりかえって、ランタンをかかげ、カスパーに道を示した。「手をほどいてあげたほうがよいのでは？」

「わたしは賛成しませんが」メドリコートは火縄銃で伯爵をつついた。「早く行きなさい」

「落ちたら、首が折れるよ」カスパーの声には不安よりも怒りがあった。ジェアドが手を貸して、石の山をのぼらせているあいだも、足をすべらせて、悪態をついた。「母上に、おまえたちふたりの首をちょんぎってもらうぞ。覚えておけ」

「重々承知ですよ」ジェアドは前方をじっと見た。トンネルの状態がどうだったのかは、すっかり忘れていた。クローディアとはじめてここを探検したときも、トンネルはすでに荒れはてていたし、それはもう何年も前のことだ。クローディアはつねづねここを直さなければと考えていたが、そこまではまだ手がまわらなかったのだ。まさに時代ものなのか、頻繁に壁が剥落したのか。のしかかるような丸天井からは、ねばつく緑の液がしたたり、大量の蛾が発生して、ランタンのまわりをぶんぶん飛びまわっている。

「あとどのくらいですか？」メドリコートがきいた。不安そうだ。

「いま濠の下を通っているはずです」

行く手のどこかで、ぽちゃんぽちゃんという音がし、天井にひびがあるのがわかった。

「この天井が落ちたら……」メドリコートがつぶやいた。そのさきを言わずにこう続けた。「やっぱり引っ返しましょう」

「いつでもご自由に」ジェアドは垂れ下がった蜘蛛の巣の下をくぐって、闇の中へ踏みこんだ。「わたしはクローディアを探します。砲撃が始まる前に、ここを通りぬけた方がいい」

しかし悪臭を放つ闇の中に踏みこんでゆきながら、ジェアドは、いま聞こえているのが砲撃の音なのか、自分の鼓動の音なのかを、考えあぐねていた。

アッティアは小さな扉を通りぬけたところで、よろめいた。世界が傾いていたのだ。足の下で床はふたたびまっすぐになり、つんのめりそうになってリックスにしがみついた。

だが、上を見上げていたリックスは気づきもしなかった。

「おい、こりゃ〈外〉だぞ」

そこには天井も壁もなかった。はてしなく朦朧と霧が広がっていた。

その瞬間、アッティアは、宇宙を前にしては、自分がどれだけちっぽけな存在なのかを悟った。恐ろしかった。リックスにすりよると、彼もまたふいにめまいに襲われたかのように、アッティアの手を握りかえしてきた。

霧が、頭上何マイルもの高さに雲のようにうずまいている。床は何かかたい鉱物でできており、それはどこまでもはてしなく広がっていた。〈管理人〉のあとについてゆく彼らの足音が、ぴかぴかの黒い表面に高く響いた。アッティアは勘定した。次の白い平面にたどりつくまで十三歩かかった。

「チェス盤の上の駒だな」ケイロがアッティアの思いを代弁してくれた。

「〈外〉に成るごとく、〈内〉にも成る」〈管理人〉がおもしろそうにつぶやいた。

それから沈黙が訪れた。アッティアには、それがなにより恐ろしかった。扉を入ったとたんに鼓動めいた音は止んでいた。まるでその心室の中に入って、その最奥の、なんの音もしないところにもぐりこんだかのようだった。

雲の上をひとつの形がよぎった。

ケイロがさっとふりかえった。「あれは何だ」

手。巨大な手だった。やがてひとすじの光が羽根の山の上をさまよった。ひとの背丈よりも大きな羽根だ。

リックスがけげんそうに見上げた。「サフィーク。そこにおいでですか」

それは蜃気楼であり、幻影だった。それが雲間の巨像のように空に立ち上がってゆく。真っ白な光と蒸気が、巨大な鼻、目、そして世界を抱きとれるほどの翼を形作る。

ケイロでさえ畏怖に打たれていた。アッティアは動けなかった。リックスが声にならぬつぶやきをもらした。

だが背後の〈管理人〉の声はおちつきはらっていた。「感動したか。だが、あれも幻術なのだ、リックス。おまえには種が読めなかったろう？」豊かな声にはたっぷりと嘲弄が含まれていた。「なぜ大きさだけに感動するのだ。すべては相対的だ。〈監獄〉全体でさえも、巨人の宇宙では角砂糖よりも小さい、と教えてやったら、どう思う？」

リックスは幻影から視線をひきはがした。「〈管理人〉どの、あなたは頭がおかしい」

「かもしれない。そら、この幻がどうやって引き起こされているか、見ろ」

ケイロはアッティアをひっぱった。最初は視線をはずすことはできなかった。雲の上の影は、後ずさりするほど大きくなり、波打って薄れたかと思うと、またふわりとあらわれるのだ。だがリックスは、たったいまの驚きを忘れてしまったかのように、早足で〈管理人〉のあとを追った。「どのくらい小さいって？」

「おまえが想像できないほど小さいな」ジョン・アーレックスがちらと目をくれた。

「でも、わがはいの想像の中では、わがはいは無限大だ。わがはいが宇宙だ。わがはいしか存在しない」

「それじゃ、〈監獄〉と同じだな」とケイロ。

行く手の霧が晴れた。大理石の床の中央、光の輪の真芯に、ひとりの男がいた。五段をのぼった先の台の上に立っていた。最初は黒鳥に似た黒い翼があるように見えた。だがそれから、それは黒い光沢を放つ〈知者〉のローブに羽根がちりばめられているのだとわかった。顔はほそおもてで美しく、光り輝いていた。両眼は完璧なかたちで、唇は慈悲の笑みを浮かべ、髪は黒い。片手をあげ、片手はわきに垂らしている。身動きもせず、語りもせず、呼吸もしていない。

リックスが一番下の段に足をかけ、見上げた。「サフィークか。〈監獄〉の顔とは、サフィークの顔だった」

「ただの像だろ」ケイロがにべもなく言った。

彼らを取りかこむように、頬にふれてくる愛撫のように、〈監獄〉がささやいた。いや、違う。**あれはわしの身体だ。**

〈門〉が何か言った。

フィンはふりかえって、じっと画面を見た。雲の触手のような灰色のものが、表面を動きまわっている。部屋に満ちたブーンという音が調整され、変化した。すべての照明が点いたり消えたりした。

「下がって」クローディアはすでにコントロール・パネルをいじっていた。「中で何かが起きてる」

「父上は……何かが通り抜けてくるとき、それを殺せ、と警告されていた」

「その意味はわかるわ」クローディアはふりかえらず、指をパネルに走らせていた。「武器を持ってる？」

彼はゆっくりと剣を抜いた。

部屋がすうっと暗くなる。

「出てくるのがケイロだったら？　ケイロは殺せない」

「〈監獄〉はずるがしこいから、だれにでも化けられるわ」

「クローディア、それはできない」彼は近寄ってきた。

いきなり、なんの前触れもなく、部屋が傾いた。口をきいた。わしの身体……

フィンはよろめいて、デスクにぶつかった。剣ががらんと手から落ち、彼はクローディアにすがろうとしたが、彼女は足をすべらせ、あとずさるようにして、椅子にぶつかり、体が座面に沈みこんだ。

そして立ち上がる前に、その姿は消えていた。


リックスが動いた。〈管理人〉のベルトから剣をひったくり、アッティアの首にぐいと突きつけた。

「わがはいの〈手袋〉を返してもらおうか」

「リックス……」アッティアのそばには、像の右手があった。その指先には細く赤い血脈が波打っている。

息子よ、おまえがなすべきことをせよ。〈監獄〉がたたみかける。

リックスはうなずいた。「聞こえていますよ」彼はアッティアのコートの前を開き、〈手袋〉をひっぱりだした。勝ち誇ったようにそれをさしあげると、四方八方から光線がせまってきて、それを照らしだし、像の影だけでなく、四人の影を巨大にひきのばし、ケイロやアッティアの影を雲に映しだした。

「見るがいい」リックスがつぶやいた。「〈監獄〉はじまって以来の、最大の幻術だ」

剣先がアッティアの喉から、ふいとそれた。彼女は動いたが、ケイロのほうが早かった。身をおどらせて剣をはじきとばすと、リックスの胸のまんなかをなぐりつけた。

しかし悲鳴をあげたのは、ケイロのほうだった。衝撃にひきつるように、後ろに飛ばされ、リックスが歯のかけた口で大笑いした。

「魔法さ。〈跡継ぎ〉よ、その威力を思い知ったか。魔法はそのあるじを守るのだ」

彼は像のほうに向いて、火花の飛ぶ指先に〈手袋〉をかかげてみせた。

「だめだよ」アッティアは叫んだ。「そんなことしちゃ」と〈管理人〉のほうに向いた。「あの人を止めて」

〈管理人〉は静かに答えた。「わしにできることは何もない。今までもなかったのだ」

彼女はリックスにつかみかかったが、触れた瞬間、衝撃が神経を焼きこがし、感電したかのように、ぐえっと声がほとばしった。アッティアは床に倒れ、ケイロがその上に立ちはだかっていた。「だいじょうぶか」

彼女は、火傷した指先を守るように身を曲げた。「あいつ、いかれちゃったよ。あたしたちに手向かうなんて」

リックス。〈監獄〉の命令は有無を言わせなかった。わしに〈手袋〉をよこせ。自由をよこせ。早く、だ。

リックスはふりかえり、アッティアは床の上で体を返した。片脚をえいと蹴り出し、魔術師がつまずいて、白い床にひっくりかえると、〈手袋〉が手から落ち、ぴかぴかの大理石の上をすべってきた。

ケイロがそれを追って身を躍らせ、歓声をあげてひっつかんだ。

届かぬところへ、大急ぎで逃げた。「さあ、〈監獄〉よ。おまえは自由だ。だがおれからは自由にはなれん。約束を果たすまではな。おまえといっしょに〈脱出〉するのはおれだ。そう約束しろ」

〈監獄〉は不吉な笑いを響かせた。わしがさような約束を守ると、本気で思っておるのか。

ケイロはぐるりとまわって戻ってくると、リックスの怒りの声もものかは、像を見あげた。顔に失望はなかった。「おれを連れていかなければ、〈手袋〉をはめるぞ」

そんなまねをするつもりか。

「ああ、見てろ」

〈手袋〉をはめたら死ぬぞ。

「この地獄で生きるよりましだ」

どちらも頑固さではひけをとらない、とアッティアは思った。ケイロはゆっくりとまた一まわりした。金属の指の爪を〈手袋〉の口にさしいれた。

おまえを責めさいなんでやる。〈監獄〉の声は金属的に甲高く響いた。殺してくれと頼むほどの目にあわせてやる。

「ケイロ、やめて」アッティアはささやいた。

一瞬、彼はためらった。すると、アッティアの背後から、〈管理人〉の冷たい声が空気を切り裂いた。「はめてみろ。手を入れろ」

「なんだと？」

「はめろと言ったのだ。〈監獄〉には、自分の脱出の唯一の可能性をつぶす勇気はあるまい。びっくりするような結果になるぞ」

ケイロは驚いた顔で彼を見つめ、彼も視線を返した。そこでケイロはさらに深く指をさしこんだ。

待て。〈監獄〉の声がとどろいた。雲に目に見えない稲妻がひらめいた。**そんなことは許さぬ。やめろ。待て。頼む。**

「おれを止めてみろ」ケイロがかすれ声で言った。金属の爪と〈手袋〉のあいだに火花が飛んだ。

彼は苦痛に喉を鳴らした。次の瞬間、その姿は消えた。


何かが光ったり、目もくらむように輝いたわけではなかった。フィンがただクローディアを見つめているうち、その姿が忽然と消えたのだ。彼女の中身がからっぽになり、影になり、輪郭だけになった。だが見つめていると、その闇の中から、映像が画素ひとつずつ、原子ひとつずつという感じで、寄り集まってゆき、やがて思念と手足と夢と顔とが、ふたたびひとつにまとまっていった。それはクローディアではなく、他のだれかだった。

目がかすんだのは涙のせいかもしれなかったが、フィンは剣に手をのばし、宙を切って勢いよく突きつけた。こちらを見つめている顔、驚いたような青い眼、汚れた金髪に。

長いあいだ、フィンは黙りこくっていた。顔を見合わせたふたりとも無言だった。それからケイロが手をのばし、フィンの刀身をさげ、地に切っ先をつけた。

勢いよく扉が開いた。ジェアドは〈門〉のまわりを見まわし、石になったように立ちすくんだ。息もつけないほど心臓がとどろいて、壁にもたれかかった。

背後で、メドリコートがカスパーを中に押し入れ、こちらのふたりも目をみはった。

フィンに向かいあっているのは、薄汚れた紅い外套を着た見知らぬ男で、勝ち誇った青い眼をし、たくましい手は鋭い剣の柄を握りしめていた。室内には他にだれもいなかった。

「おまえはだれだ」カスパーが叫んだ。

ケイロはふりかえり、彼のまばゆい胸甲と華麗な服装を見た。

剣を、カスパーの目から一インチのところにぴたりとつけた。

「おまえの最大の悪夢だ」

第5部　翼ある者

29

彼は〈脱出〉できたのだろうか。闇の中にささやかれる噂では、彼は〈監獄〉の心臓部深くにとらわれており、その身体は石になり、聞こえる叫びは彼の悲鳴、彼の苦悩が世界をふるわすのだという。

けれどもわれわれは知っている。真実を。

『鋼の狼の物語』

ジェアドは一歩踏み出し、ケイロの手から〈手袋〉をとり、あたかも生き物のように床にたたきつけた。「これの見た夢を聞いたのか。これに操られたのか」

ケイロは声をあげて笑った。「そんなふうに見えるか」

「はめていただろう」

「いいや」ケイロのほうは驚喜のあまり、〈手袋〉のことを考えるどころではなかった。カスパーの外套の衿を剣先でつついた。「いい生地だな。サイズもおれにぴったりだ」

彼は喜びにあふれていた。室内の白い光に目がくらんだり胸が悪くなったりしていたとしても、それを顔にあらわすことはなかった。彼はすべて——四人の姿、壊れた〈門〉、巨大な羽根——を熱い一瞥でみてとった。「ここが〈外〉なんだな」

フィンはごくりと息を呑んだ。口の中がからからだ。ジェアドに目をやり、〈知者〉の狼狽をわがことのように感じとった。

ケイロはカスパーの胸甲を剣でたたいた。「こいつもほしいね」

フィンは言った。「ここはまったく違う世界だ。服でいっぱいのワードローブがあちこちにあるんだ」

「こいつのがほしい」

カスパーはおびえきっていた。「おれがだれだか知ってるのか」たどたどしく言った。

ケイロはにやりとした。「知るもんか」

「ク、ク、ク、クローディアはどこです？」ジェアドの苦悩に満ちた問いが、張りつめた空気を切り裂いた。

ケイロは肩をすくめた。「どうしておれにわかる？」

「ふたりが入れ替わったんだ」フィンは〈誓いの兄弟〉にじっと目を据えていた。「クローディアはその椅子に座っていて、突然……消えた。そしてケイロがあらわれた。〈手袋〉のせいなのか。それの力なのか？　ぼくがそれをはめたら……」

「わたしがよしというまで、だれもはめてはなりません」ジェアドは彼のわきを通りすぎた。椅子のところに行って、それをつかんで背もたれに身をあずけるようにした。顔は疲労に青ざめ、フィンが見たこともないほど不安な表情を浮かべていた。フィンはすぐに言った。「メドリコート、ワインを少々頼む」

かぐわしい香りが空気を満たした。ケイロが鼻をふんふんやった。「こいつはなんだ」

「〈監獄〉の泥水よりはるかにうまいぞ」フィンは彼を見つめた。「飲んでみろよ。それに、先生もどうぞ」

飲み物が注がれているあいだに、〈誓いの兄弟〉が部屋をぐるりとめぐり歩いて、ありとあらゆるものを調べているのを、フィンは見ていた。おかしい。自分は大喜びしているはずだ。ケイロがこっちに来たことで、天にも昇る心地になっているはずだ。だのに、彼の中には深い恐れ、おののき、胸の悪くなるような恐怖がある。これは、起きてはいけないやりかたで起きたのだ、という感じ。クローディアが消えてしまったいま、世界にはぽっかりと穴が空いたようだ。

「だれといっしょにいたんだ？」フィンは尋ねた。

ケイロは赤い液体をすすり、眉をあげた。「アッティア、〈管理人〉、それからリックスだ」

「リックスって？」フィンは言ったが、ジェアドがやにわにスクリーンのところからふりかえった。

「〈管理人〉といっしょだったのですか」

「あいつがこうしろと言った。〈手袋〉をはめてみろ、とね。おそらくわかってたんだ……」ケイロははたと言葉を切った。「そうか！　もちろんあいつは知ってたんだ。〈手袋〉を〈監獄〉の手の届かないところに持っていかせようとしたんだ」

ジェアドはスクリーンのほうに目を戻した。そこに指をあて、何も映らない暗闇の奥を、悲しげに見つめた。「少なくとも、クローディアは父上といっしょというわけだ」

「みんなが、もしまだ生きていればな」ケイロはカスパーの縛られた手首に目をやった。「こっちじゃ何が起きてるんだ？　ここはみんなが自由に生きられる場所だと思ってたんだが」そこでふりかえり、全員が自分を見つめているのに気づいた。メドリコートが小声できいた。「みんなが、もしまだ生きていれば、というのはどういうことですか」

「頭を使えよ」ケイロは剣を鞘におさめ、戸口に行った。「〈監獄〉のやつ、これで猛烈に腹を立てるはずだ。残ってるやつを皆殺しにしたかもしれん」

ジェアドは彼を見つめた。「そうなるかもしれないとわかっていて、それでもやったのですか……」

「それが〈監獄〉の生き方だ。だれでも可愛いのは自分だけだ。この弟にきいてみろ」彼はふりかえって、フィンを見た。「さてと。おれたちの王国を見せてくれるか。それともならずものの兄貴のことが恥ずかしいか。ま、おれたちがまだ〈誓いの兄弟〉だとしてだが」

フィンは静かに言った。「まだ兄弟だとも」

「おれに会えて、あまり嬉しそうじゃないな」

彼は肩をすくめた。「衝撃が大きすぎて。それにクローディアが……まだあっちにいると思うと」

ケイロは片方の眉をあげた。「そういうことか。なるほど、あの娘は金持ちで、したたかで、りっぱな王妃になれそうだぜ」

「あいかわらずだな。あんたの勘のよさが嬉しいよ」

「打てば響く才気と、目がさめるような男ぶりも、だろ」

ふたりは向かいあった。「ケイロ……」

いきなりみなの頭上にすさまじい爆発音がはじけた。部屋が揺れ、皿が一枚、床に落ちて砕けた。

フィンがジェアドに飛びついた。「砲撃が始まった」

「では、あなたが、女王の大事なご子息を胸壁に連れていってください」ジェアドは静かに言った。

「わたしはここでやることがあります」

彼と一瞬目をかわしたフィンは、うち捨てられた〈手袋〉が彼の手にあるのを見てとった。「先生、気をつけて」

「砲撃をやめさせてください。それにフィン」ジェアドは近づいていって、彼の手首をつかんだ。

「どんなことがあっても、この館を出ないでください。ここにいてください。わたしの言っていることがわかりますか」

一瞬おいて、フィンは言った。「わかった」

ふたたびの爆音。ケイロが言った。「まさか大砲じゃねえだろうな」

「砲兵隊が来てるんだよ」カスパーがほくそえむ。

フィンは彼を押しのけ、ケイロに向きなおった。「この館は包囲されてるんだ。外に軍隊が来ていて、武器も人数も圧倒的な差だ。まずいことになってる。あんたのきた場所は楽園じゃない。戦場なんだ」

ケイロにはいつでもすぐに事態を把握できる力があった。いまでは好奇心まんまんに、華麗な廊下をながめやった。「きょうだい、そういうことなら、おれにまさる味方はないぜ」

＊　＊　＊

クローディアは体がばらばらになって、またひとつひとつ重苦しく組みあわせられていくような気がした。なにか網状の障壁というか、崩れてゆく次元の格子の中を、むりやりに通りぬけてゆくような感覚があった。

気がつくと、黒と白のタイルが織りなす、がらんとした広い床の上に、立っていた。

目の前に父親がいた。

動転しきった顔だった。「まさか！」とつぶやいた。それから苦痛の叫びにも似た響きでもう一度、「まさか」と言った。

床が波打った。クローディアは両腕をのばしてバランスをとり、息を吸いこんだところで、〈監獄〉の悪臭、無限回リサイクルしつづけた空気と人間の恐怖がかもし出す悪臭に打ちのめされそうになった。喉を鳴らして、両手で顔をおおった。

〈管理人〉が近づいた。一瞬、父が冷たい指で自分の両手をとり、頬に氷のようなキスをするつもりかと思った。だがそうではなく、父はただ言った。「こんなはずではなかった。どうしてこんなことが！」

「教えて」あたりを見まわすと、アッティアが自分を見つめているのがわかった。それから、みすぼらしい身なりのひょろ長い男が、全くの驚愕の表情で、両手をくみあわせ、茫然と目を見開いていた。

「魔法だ。まことの魔法だ」とつぶやいた。

口を開いたのはアッティアだった。「ケイロが消えちゃった。彼が消えて、あなたがあらわれた。つまりケイロは〈外〉に行ったってこと?」

「まさか、わたしにわかるわけないわ」

「わかってるはずだよ。あいつは〈手袋〉を持ってたんだもの」

床が波打ち、タイルがばりばりと割れた。

「話しているひまはない」〈管理人〉は火縄銃を取り出して、クローディアに渡した。「持ってゆけ。〈監獄〉が何を送りだしてくるかわからんが、それで防げ」

クローディアは弱々しく武器をかまえたが、そのとき、背後の広い空間にもくもくと雲がうずまき、黒ずみ、火花が飛びはじめるのが見えた。〈管理人〉ははじかれたようにふりかえって見上げた。「きいてくれ、〈監獄〉よ。これはわしらのせいではない」

ではだれのせいだというのだ。〈監獄〉の声には怒りが煮えたぎっている。言葉はばりばりとはじけ、やがて静電気のジーンという音に溶けていった。おまえがあいつをそそのかした。おまえはわしを裏切った。

〈管理人〉は冷たい声で言った。「とんでもない。そう思えるかもしれないが、本心は――」

おまえたちを焼きほろぼして灰にしてやろうか。

「おまえみずからが創り出した、この繊細な像が壊れると思ったからだ」〈管理人〉は像のほうに近づいた。クローディアは父にひっぱられて近づき、その像をぞっとしながら見上げた。「おまえはそんな無謀なことはするまいと思うが」〈管理人〉は微笑した。「〈監獄〉よ、どうやらわれらのあいだの事情は変化したようだ。おまえは長年、好きなように支配してきた。己を自在にコントロールしてきた。わしは名目だけの〈管理人〉だった。だが、いまやおまえの求めることは、おまえの支配力を越えている」

クローディアはアッティアが背後の壇に飛び上がるのを感じた。「聞いてよ」少女はささやきかけた。「この人の持ってる力についての話だよ」

〈監獄〉は皮肉なくつくつ笑いをもらした。そう思うのか。

ジョン・アーレックスは肩をすくめた。クローディアに目をやった。「思うのではなく、知っているのだ。〈手袋は〈外〉に持ちだされた。わしの命令だけが、あれをおまえのもとに戻せる〉

おまえの命令？　まことか。

「そうだ。〈鋼の狼〉の長としてのわしの命令だ」

はったりだわ、とクローディアは思った。声に出していった。「〈監獄〉よ、わたしを覚えている？」

覚えているとも。おまえはかつてわしのものであり、またわしのものになった。しかしわしがわが〈手袋〉を手にせぬかぎり、わしは光と空気と熱をすべてシャットダウンする。何百万人もの人間が闇の中で窒息してゆくのだ。

「そんなことをするつもりはあるまい」〈管理人〉は平静に、「そんなことをしたら、二度と〈手袋〉は手に入らぬ」子どもをきびしく教え諭すような口ぶりだった。「サフィークが用いた秘密の扉のありかを教えてくれ」

ではおまえとその、娘と称するものだけが、ここを出てゆき、わしを置き去りにするのだな。声には火花がまつわっていた。話にならぬ。

〈監獄〉が震撼した。クローディアはよろめいて、リックスの体に倒れかかった。彼は笑顔で、彼女の腕をつかんだ。

「これぞ、わが父の怒りだ」

おまえらをみな滅ぼしてやる。

床の黒い四角の部分がすべて裏返り、穴が開いた。そこから毒液を放つケーブルがのびてきた。強大な蛇のようにのたうち、とぐろを巻き、ぱちぱち、シュウシュウと音を立てた。

「段をのぼれ」〈管理人〉はすばやく翼の男の像の足もとにのぼりつき、リックスはクローディアをそちらへ押しやった。しんがりのアッティアがあたりを見まわす。

白く鮮烈な衝撃が闇を裂いた。

「〈監獄〉もこの像を壊すことはするまい」〈管理人〉はつぶやいた。

アッティアがにらみつけた。「そんなのあやし……」

天井高くにすさまじい轟音が響いて、言葉がとぎれた。雷雲のように真っ黒な雲が湧いた。小さく固い雹が降りそそぐ。たちまちのうちに気温は氷点下になり、さらに降下してゆき、リックスの吐く息が真っ白に見えた。

「〈監獄〉は像を壊さなくてもすむんだ。ただこの足もとであたしたちを氷らせてしまえば」

小さな雹片のひとつひとつが降りそそぎながら、無数の怒りの声でつぶやいていた。

そうだ、
そうだ、
そうだ、と。

＊　＊　＊

最初の砲撃は威嚇にすぎなかった。砲弾は屋根の上を越えて、その向こうの森の中に落ちた。だが次の一撃は狙ってくるだろう、とフィンは思っていた。階段をかけあがって、胸壁に出ると、目を刺すような煙の向こう、女王の砲兵が、芝生上に並べた巨大な五基の大砲の角度を調整しているのが見えた。

背後でケイロが息を呑む。

フィンはふりかえった。〈誓いの兄弟〉は茫然と立ちすくみ、金色と緋色が細く刷《は》かれた淡い夜明けの空を見つめていた。日の出だ。太陽は山毛欅《ぶな》の森の上に、大きな赤い球体のようにかかり、枝からはミヤマガラスがいっせいにそちらへ向かって飛び立っていった。

館の影が芝生と庭園の上に長くのび、濠では、黒鳥たちが目覚めて起こすさざなみに光がきらめいていた。

ケイロは胸壁に歩みより、本物かどうかを確かめるように、石のへりをつかんだ。そして朝の風景の美しさに長いことと見入っていた。彼の手の下、女王の天幕の上にひるがえる緋色と黄金の吹き流し、ラヴェンダーの生け垣、薔薇、そしてすいかずらの花の中でうなりながらとびまわる蜂の群れに。

「驚いた」声にならない声で言った。「驚いたとしか言えねえ」

「まだ何も見てないだろ」フィンはつぶやいた。「太陽がもっと昇ったら、目がくらむよ。それに夜になったら……」彼は言葉を切った。「中に入って。ラルフ、ケイロにお湯と一番いい服をもってきて……」

ケイロは首を振った。「そいつはありがたいが、まだいい。まずはその敵の女王が相手だ」

メドリコートがわずかに息を切らして、背後から近づいてきた。その後ろから、兵士たちが、顔を真っ赤にして怒りくるっているカスパーを追い立ててくる。

「フィン、この綱をほどけ。ほどけよ」

フィンがうなずくと、そばにいた衛兵が手早く結び目を切った。カスパーは大げさに、すり傷のできた手首をこすり、いかにも尊大にみなを眺めわたしたが、たったひとりケイロだけは別だった。その目は恐ろしすぎて、見つめることができなかったのだ。

ソームズ隊長が信じられないという顔で、カスパーを見つめた。「まさか……」

「奇跡が起きた。さあ、木っ端微塵にされる前に、敵の注意を引きつけよう」

旗がかかげられた。ばたばたと音高くひるがえる。女王の陣地で何人かが指をさした。だれかが大きな天幕の中に飛びこんでゆく。だれも出てこない。

黒い鼻面のように銃口が一列に並んでいた。

「もし発砲されたら……」メドリコートが不安げに言った。

「だれか来る」とケイロ。

廷臣がひとり灰色の馬を跳ばしてきた。そばを通りしなに砲兵たちに声をかけ、用心深く芝生をわたって、濠の端に近づいた。

「いよいよ〈囚人〉を引き渡すつもりになったか」と叫んだ。

「黙れ。こっちの話をきけ」フィンは身をのりだした。「女王に伝えよ。発射したら、令息の命がない、とな。わかったか」

彼はカスパーをつかんで、胸壁までひっぱってきた。廷臣は見上げてぎょっとし、馬がはねおどった。「伯爵？　まさか……」

ケイロがカスパーに近づき、片腕を肩にまわした。「ご本人だ。耳も目も、両手もぶじにそろってる。証拠がいるなら、どれかをちょんぎって、女王に持ってゆくか」

「ばかな！」男は息を呑んだ。

「残念だ」ケイロはナイフを、カスパーの頬に無造作にあてがった。「だがな、伯爵はおれの手の中だと、女王に伝えろ。おれはおまえたちとは違う。これはゲームなんかじゃない」

彼がナイフを握りしめると、カスパーがあえぎ声を押し殺した。

「やめろ」フィンは言った。

ケイロはいつものとっておきの笑みを浮かべた。「とっとと帰れ」

廷臣は馬をまわして、天幕へと駆け去っていった。蹄が土くれを舞いあげる。通りすぎざま、大砲のそばの男たちに何やらわめいていった。彼らはあっけにとられた顔で、後ずさった。

ケイロがふりかえる。ナイフの切っ先をごく軽くカスパーの白い肌に押しあてた。小さな赤い血の点がふくらんでゆく。

「ちょっとした記念だ」とつぶやいた。

「手を放せ」フィンは近寄って、カスパーを引き離し、半分失神しかけた伯爵を、ソームズ隊長のほうに押しやった。「どこか安全なところに閉じこめて、人をつけておけ。食べ物と水も。ほかに必要なものがあれば何でも」

若者が連れ去られると、フィンは憤然とケイロに向きなおった。「ここは〈監獄〉じゃないんだぞ」

「おまえはずっとそう言ってるな」

「そんなに野蛮なまねをしなくてもいいはずだ」

ケイロは肩をすくめた。「遅いぜ。フィン、おれはおれだ。〈監獄〉がこんなおれを作ったんだ。この館とは違う」彼は手で建物をさした。「この小綺麗な世界に、おもちゃの兵隊ども。だがおれは現実だ。そして自由だ。何でもしたいことができる」

そう言って、階段のほうに歩きだした。

「どこへ行く？」

「風呂だよ、そして着替えだ」

フィンはラルフにうなずいてみせた。「そうしてやってくれ」

老人の驚きの顔を見てから、フィンは背を向けた。

忘れていた。この三ヶ月のあいだ、自分はケイロの荒々しさを、その傲慢を、傍若無人を忘れていた。自分はいつも、ケイロが何をしでかすか、恐れていたのではなかったか。

女の怒りの声に、はっと頭をあげた。朝の大気をナイフのように切り裂く声が、女王の天幕から聞こえてきた。

少なくともひとつはこの作戦が効を奏したしるしはあったのだ。

30

〈獣〉として、わしはおまえの指をとった。ドラゴンとして、わしは自分の手をやった。

いまやおまえは這いまわり、わしの心臓に入りこもうとしている。

もはやおまえの姿は見えぬ。

おまえはまだそこにいるのか？


『サフィークに向けた〈夢の鏡〉』


空気そのものが凍りつこうとしていた。

翼あるサフィーク像のそばにうずくまったアッティアは、ふるえが止まらなかった。膝をかかえ、両腕でわが身を抱くようにしながら、痺れるような寒気に耐えていた。両肩も腕も背中も、色をなくしている。うずくまったみじめなかたまりであるリックスを、雪が白子の魔術師に変え、ごわついた髪はなかば溶けた雪に光っている。「みんな死ぬんだ」彼女はしわがれ声で言った。

「いや」〈管理人〉は歩きまわるのをやめない。像の基部のまわりを、完全な円を描いて歩いていた。

「いや、これははったりだ。〈監獄〉は解決策を模索している。あいつの脳の働かせ方ならよくわかっている。ありたけの策と計画をこねくりまわしながら、わしらが〈手袋〉をよこすのを待っているのだ」

「でも、あんたに何ができる?」リックスがうめいた。

「わしが〈外〉の者と連絡がとれないと思うのか」

クローディアは父のすぐ後ろに立っていた。「そんなことができるのですか、父上。それともそれもはったりなの?　父上が一生をかけてこられたゲームの一部なの?」

父は足をとめ、向きなおった。寒さにやられて死人のように白い顔が、立った黒い衿の上に浮かんでいる。「では、まだわしを恨んでいるのか」

「恨んでなんかいません。でも許せません」

彼は微笑した。「おまえを地獄の生活から救い出したことをか?　おまえに望むかぎりのものを与えてやったことをか——金も教育も、たいへんな資産も?　そして王子との婚約もだ」

いつも父はこう言ってきた。わたしを愚かな恩知らずと思わせるのだ。だがそれでもクローディアは言った。「ええ、それはそうです。でも、ほんとうにわたしを愛してくださったことはないわ」

「どうしてそう思うのだ」父の顔が近づいてくる。

「そう感じたことがないんです。もし、そうなら感じたはず……」

「ああ。だがわしはゲームをする人間だ、そうだろう?」父の目は澄んだ灰色をしていた。「女王とのゲーム、〈監獄〉とのゲーム。世間には周到に、どんな顔を向けておくべきか、わしは学んだ」彼はゆっくりと息を吸いこみ、雪が細い顎髭にまつわった。「おそらくおまえが思う以上に、わしはおまえを愛していた。だが、お互いを非難しあうのなら、クローディア、これは言っておこう。おまえはジェアドしか愛さなかった」

「ジェアドのことは関係ないでしょう！　父上は娘を女王にしたかった。どんな娘でもかまわなかった。わたしでなくても、だれでもよかったのに」

〈管理人〉は一歩下がった。彼女の怒りの波に押しもどされたかのようだった。

リックスがくすりと笑った。「操り人形ってわけか」

「なんだと？」

「操り人形。孤独な男が木を彫って、完璧に作りあげた人形さ。なのに人形が命を持ってしまって、そいつを苦しめる」

ジョン・アーレックスは渋面を作った。「魔術師め。おとぎ話は自分の舞台の上だけにしろ」

「**これがわがはいの舞台でね**」一瞬、彼の声が変わった。やわらかなサフィークの声になった。舞い散る雪の中、みなは彼を見つめた。だがリックスはいつもの、歯の欠けた笑みを浮かべた。

〈監獄〉は吠えたけっている。怒りの叫びのように、雪を吹きつけてくる。アッティアはちらと見上げ、像につららがさがっているのを知った。雪がその手のあちこちの亀裂を白くし、外套の羽毛にこびりつく。サフィークの目は凍って輝いていた。見ているうちにも、顔に霜が広がり、結晶した星々が、人間ならざるウィルスのように重なってゆく。もう寒くて耐えられない。飛び上がった。

「これじゃ凍えちゃうよ。ほかの場所もいったいどうなってるんだろう」

クローディアは暗い顔でうなずいた。「ケイロを攻城のまっただなかに送りこんだということは、大災厄の火種をまいたようなものね。ジェアドがどこにいるかさえわかれば」

わしは心を決めた。〈監獄〉の毒々しいささやきが、みなのまわりに広がった。

「けっこうだ」〈管理人〉は降ってくる雪を見上げた。「おまえが正気を取り戻すだろうと思っていた。〈扉〉を教えてくれ。そうしたら、〈手袋〉がおまえのもとに戻るようにはからおう」

沈黙。

やがて、アッティアの背筋に悪寒が走るようなくすくす笑いとともに、〈監獄〉は言った。ジョン、わしは、さような愚か者ではない。まず先に〈手袋〉をよこせ。

「われわれが出るのが先だ」

信用できん。

「賢明だ」リックスがつぶやく。

わしは〈賢者〉によって作られた。

〈管理人〉はひややかな笑みを浮かべた。「わしもおまえを信用できん」

ならばわしがこれからどうするかを知っても驚くまいな。わしが〈手袋〉に手を届かせられないと思っているだろう。だがわしは何世紀もかけて、己の力とその源を調べつくした。驚くべきことがらを発見した。ジョンよ、言っておこう。わしはおまえの小綺麗な〈領国〉から生命を吸い出すことができるのだ。

「どういうこと？　まさか……」とクローディア。

父親にきくがよい。それ、あのように青ざめておるわ。おまえたちみなに、だれがまことの〈領国〉の太守であるかを教えてやろう。

〈管理人〉はふるえを隠せないようだ。「何をするつもりだ。言え」

だが、雪は冷え冷えと、無慈悲に降りつづくばかりだ。

「あんたでもこわいんだ。あいつが」アッティアが言った。

みなは彼の驚愕の表情を見た。「あいつが何を言っているのか、わしにはわからん」ささやくように言った。

クローディアは衝撃に頭をなぐられたような気がした。「でも父上は〈管理人〉では……」

「クローディア、わしはコントロールの力を失った。言ったろう。われらはみな、〈囚人〉となったのだ」

こう言ったのはアッティアだ。「聞いた？」

低いドンドンという音。広間の向こうから聞こえてくる音に、そちらに目をやると、雪が止まっていた。電気の蛇が何匹も音もなく床の黒いタイルの中にすべりこみ、バチバチと音を立てながら向こうへ這ってゆくと、タイルはふたたび固くなった。

「扉をたたいてる」とリックス。

アッティアはかぶりをふった。「それだけじゃないよ」

何かがガンガン扉にぶつかっている。いきなり冷えこんだ大広間のずっと向こうだ。斧と大ハンマーとこぶしが扉をいっせいに打ちたたいている。

〈管理人〉が「〈囚人〉たちだ」と言い、ひと呼吸おいて「暴動だ」とつけくわえた。

＊＊＊

ジェアドが〈大広間〉に入ってゆくと、フィンはほっとしてふりかえった。「何か明るいきざしは見えたか」

「〈門〉は作動しています。でもスクリーンには雪しか映っていない」

「雪！」

ジェアドは腰を下ろし、〈知者〉の外套を体に巻きつけた。「〈監獄〉の中では雪が降っているようですね。気温は零下五度、さらに下がっていきます」

フィンは飛び上がって、いらいらと歩きまわった。「〈監獄〉め、復讐するつもりか」

「そのようです。これを取られたために」ジェアドは〈手袋〉を取り出し、そっとテーブルにのせた。フィンは近づいて、その鱗ある表面にふれた。「これ、ほんとうにサフィークのだろうか」

ジェアドはため息をついた。「可能なかぎりの分析をくわえてみました。どうやら見た目どおりのものらしいです。爬虫類の皮ですね。鉤爪も。大半は再利用された物質のようですが」困ったような苦い顔だった。「フィン、使い道はまったくわかりません」

ふたりは無言になった。鎧戸は開けられ、太陽がさしこんでいた。蜂が窓枠の中で低いうなりを立てている。外が一軍に包囲されているとは信じられない。

「敵に何か動きは?」ジェアドが言った。

「いや。静観しているようだ。しかし突入して、カスパーを救出しようとするかもしれない」

「カスパー殿は?」

「あそこだ」フィンは隣室に通じる扉にあごをしゃくった。「鍵がかかっているし、入り口はここしかない」

彼はからの暖炉にもたれかかった。「クローディアがいないと、ぼくは手も足も出ない。あの人なら、どうすればよいかわかるのに」

「でもケイロがいるじゃないですか。あなたの望んだように」

フィンは弱々しくほほえんだ。「ケイロじゃ代わりにならない。ケイロのことはだんだん……」

「その先は言わないで」ジェアドの緑の目が彼を見ている。「あなたのきょうだいでしょう」

「あいつにとって都合のいいときだけはね」

その言葉が召喚の呪文にでもなったかのように、兵士が扉をひきあけ、ケイロがつかつかと入ってきた。

息を切らし、興奮しきった彼は、どこからどこまでも王侯貴族のようだった。外套は深いミッドナイトブルー、金髪はきらきら輝いている。腰かけに身をのばし、高価な革長靴をほれぼれとながめた。

「ここはすげえところだな。本物だとは信じられん」

「本物じゃありません」ジェアドは静かに言った。「ケイロ、〈内〉がどうなっているのか、教えてください」

ケイロは笑って、葡萄酒を杯に注いだ。「おれにわかるのは、〈監獄〉が怒り狂ってるだろうってことだけだな、〈知者〉先生。あんたの器械をこわして、あっちに通じる扉を釘で打ちつけて、いっさいがっさい忘れてしまうのが一番だと思うぜ。今じゃだれにも〈囚人〉は救えない」

ジェアドはじっと彼を見た。「〈監獄〉を作った者たちと同じような言い方ですね」

「クローディアは?」とフィン。

「ああ、お姫様のことは気の毒だと思うさ。だけどおまえが救いたかったのは、このおれだろ。そしておれはここに来てる。だから、きょうだい、この小競り合いに勝って、おれたちの完璧な王国を楽しむことにしようぜ」

フィンは彼を見下ろすようにした。「ぼくはなんで、おまえに誓いを立てたんだ?」

「生き延びるためだ。おれがいなけりゃ、おまえは生き延びられなかった」ケイロはすっと立ち上がって、フィンを見つめた。「フィン、おまえ、どこか変わったな。すべてというわけじゃないが。中のどっかが変わった」

「思い出したんだ」

「思い出した!」

「自分が何者か。自分が王子で、名前がジャイルズだということを思い出したんだ」

ケイロは一瞬無言になった。ちらとジェアドに目をやり、また戻した。「そうか。で、王子様は馬に乗って、家来をひきつれて、〈監獄〉に乗りこみたいってのか」

「違う」フィンは時計を取り出し、テーブルの〈手袋〉のそばにおいた。「これが〈監獄〉だ。ここからおまえは出てきたんだ。これが、ぼくらみなを瞞着してきた広大無辺な大建築だ」彼はケイロの手をとり、その手に時計をのせると、銀色の立方体を目の高さに近づけてやった。「これが〈監獄〉

だよ」

ジェアドは、相手が茫然とするか、あるいは仰天するかと思った。しかしそうではなかった。ケイロは発作に襲われたように笑い出したのだ。「そんなの、信じてるのかよ?」やっと言葉を押し出した。「あんた、先生も?」

ジェアドが口を開く前に、扉が開いて、ラルフが衛兵を従えて飛びこんできた。

「どうした?」フィンが叫んだ。

「殿下……」ラルフは息を切らして真っ青だった。「殿下……」

兵士が後ろから出てきた。片手に抜き身をさげ、もう片手にピストルを持っていた。

さらにふたりが、扉からまわりこんできた。ひとりがバタンと扉を閉め、そこに背をつけた。

ジェアドがゆっくりと立ち上がった。

ケイロは油断なく目を光らせたまま動かない。

「われわれは伯爵を迎えにきた。だれか、そこの扉を開けて、伯爵を連れてこい。だれも動かないなら、撃つぞ」

ピストルが持ち上がり、フィンの目に狙いをつけた。ラルフがあえぐように、「殿下、すみません。しゃべらされて……」

「いい。ラルフ」フィンは女王の配下たちを見つめた。「ジェアド?」

「わたしがお連れしましょう。撃たないで。戦いの必要はありません」

彼は扉のほうに向かっていってフィンの視界をはずれ、フィンはひとり銃口を見つめていた。弱々しくほほえんだ。「こんな目にあうのは二度目だな」

「おいおい、きょうだい」ケイロの声は軽いが、語気は鋭かった。「〈監獄〉じゃこんなことの起きない日のほうが、めずらしかったぜ」

背後で扉が開いた。ジェアドの低く静かな声がした。それから純粋に嬉しそうな笑い声がした。カスパーに違いない。

「どうやってここに入った？」フィンはきいた。

兵士のかまえた銃口は揺るぎもしない。そのままで言った。「〈鋼の狼〉のひとりを、そこの森でとらえた。そいつが……口を割った。〈知者〉どのの使ったトンネルを教えてくれた」

汗を流しながら、フィンは言った。「同じ道から出られると思うのか」

「いや、〈囚人〉よ。正面玄関から出てゆくつもりだ」

そのとたん、別の男が武器をふりまわした。「動くな」

ケイロが動いたのに違いない。フィンには床上の彼の影しか見えなかった。

フィンはからからの唇をなめた。「玄関からとは、強気すぎるぞ」

「そうは思わん。殿下、どこかお怪我は？」

「おれに手をあげる勇気のあるやつはいなかった」カスパーは堂々と部屋に入ってくると、あたりを見まわした。「なるほど、フィン、形勢逆転だな。こんどはおれが命令する」と腕を組んだ。「こいつらに、耳や手をいくつかちょんぎれと言ってやろうか」

ケイロの低い笑い声には威嚇がこもっていた。「若僧、おまえにそんな度胸はあるまい」

カスパーは目をむいた。「なんだと。この手でやってやろうか」

「殿下。あなたをここへお連れしたのは、攻城戦を止めるためで、あなたを害するつもりはありませんでした。それはご存じのはずです」

「ジェアド、言葉でごまかそうとするな。あの二人の賊めは、本気でおれを殺すつもりだった。どうせおまえも、あとでそうするつもりだったんだろう。ここは叛乱軍の巣だ。クローディアがどこに隠れたかは知らんが、あの娘だって容赦はしないぞ」

彼の目が〈手袋〉に落ち、しげしげとめずらしそうにそれを見た。「そ、それは何だ」

「それに触らないでください」神経質な声でジェアドが言った。

カスパーは一歩テーブルに近づいた。「なぜだ」

ケイロの影がいつのまにか近づいている。フィンは身を固くした。

「それはものすごい魔力のある品物です」不承不承、ジェアドは告げた。「それを使うと〈監獄〉に行けるかもしれない」

カスパーの目に欲の光がともった。「こいつを持って帰ったら、母上は喜ばれるだろうな」

「殿下」衛兵の目が宙を泳ぐ。「そんなことは……」

カスパーは彼を無視して、さらに一歩踏み出したが、その瞬間ジェアドが彼をつかまえ、両腕を後ろにまわし、羽交い締めにした。

ケイロが歓声をあげる。ジェアドは言った。「銃を下ろしてください」

「伯爵を傷つけないでください、先生」兵士が言った。「わたしが命じられたことはただひとつ。

〈囚人〉を殺すこと」

彼の指がぴくりと動き、ケイロに突き飛ばされたフィンはくずおれた。爆音がして体がテーブルの横面にぶつかり、気が遠くなるいっぽう、ラルフとジェアドがテーブルをひっくりかえし、悲鳴とともにカップがいくつも砕けるのにもかまわず、フィンをその後ろにひきずりこんだが、フィンには、自分の頭の中でそれらの物体が砕けたように感じられ、床に滴るワインは自分自身の血のように思われた。

つづいて扉が勢いよく開き、がやがやと人々が飛びこんできたとき、フィンはその血が自分のものではなくケイロのもので、すさまじい怒号のなか、きょうだいがそばに倒れて動かなくなっていることに気づいた。

「フィン、フィン」ジェアドの両手が彼を助け起こした。「フィン、聞こえますか」

「ぼくはだいじょうぶだ」だが、その声は朦朧と重く、彼はジェアドの手をふりきるようにした。

「銃の音が味方に聞こえたんです。これで決着がつきました」

フィンの手がケイロの腕にふれた。心臓は打っている。彼は青いビロードの袖をつかんだ。

「ケイロ?」

一瞬、なんの動きも、なんの答えもなく、フィンは世界のすべての色があせてゆき、生命力がしなびて恐ろしい恐怖に変わってゆくような気がした。

やがてケイロがびくりと動き、体を転がした。傷ついたのは手で、掌に銃弾のかすったあとがあった。彼はあおむけになったまま、体をひきつらせている。

「笑ってるのか」フィンは目をむいた。「何がおかしい?」

「痛いからさ、きょうだい」ケイロが身を起こしたのを見ると、その目には苦悶の涙があった。「痛い。ってことは、これが本物だってことだ」

けがをしたのは右手で、火傷した肉の中で、親指の金属の爪はしっかりともちこたえていた。

フィンは首をふって、自分もしわがれた笑い声をあげた。「あんたは狂ってる」

「まさに」ジェアドが言った。

だがケイロは彼を見上げた。「先生、こいつは知る価値があった。生身の肉と血だ。とにかくこれが始まりだ」

ケイロを立ち上がらせてやりながら、フィンがあたりを見まわすと、カスパーは取り押さえられ、他のものたちは追い出されてゆくところだった。

「トンネルを封印しろ」と言い、ソームズ隊長が一礼した。「ただちに、殿下」だが彼は背を向けかけて、はっと止まった。その瞬間、何か恐ろしいことが世界に起きたのだ。

蜂のうなりが消えた。

テーブルは虫に食われた塵となってくずれ落ちた。

天井が剥がれ落ちてくる。

太陽が消えた。

31

わが〈領国〉は永遠なり
『エンダー王の法令』

フィンはふらふらと張り出し窓に近づいて、外を見た。

もくもくと雲がつみかさなって、陽光をおおいかくし、空が暗くなってゆく。風が出て、昼間なのにおそろしく寒くなってきた。

そして、世界は変わってしまった。

中庭の馬たちは、たちまちのうちに輪郭を失い、ひくひくするサイバーネットワークの四肢だけになり、皮膚も目もしなびて、ずたずたに裂けてしまった。あちこちの壁もくずれて穴に、あるいは何も生えない悪臭を放つ濠と化し、何エーカーにもわたって乾燥した草原が広がった。みるみるうちに花々もしおれてゆき、黒鳥たちが舞い上がって飛び去った。すいかずらとクレマチスの華麗な群落は、からからにひからびた、細長い蔓ばかりとなり、風がわずかに残った花びらを舞い散らす。

すべての扉が一気に開いた。衛兵たちが階段を駆け下りてきたが、その見事なお仕着せはいつのまにか、蛾に食われたみすぼらしい灰色の上下に変わっていた。

フィンのそばに割りこんできたケイロが目をみはる。「いったい何が起きたんだ？　おれたちゃまだ〈監獄〉にいるのか。こいつも〈監獄〉の清掃作業のひとつかよ」

フィンの喉はからからだった。答えられなかった。

まるで魔法が解けたかのようだ。彼のまわりの、クローディアの〈管理人領〉の楽園はばらばらになり、館は廃墟と化し、金色の石細工は見るまに色あせてゆき、厩からも色がなくなってゆく。迷路さえねじくれて、じっとり湿った茨の茂みにすぎなくなった。

ジェアドがつぶやく。「おそらく〈監獄〉はわれわれの中にあるのです」

フィンはふりかえった。部屋は抜け殻のようになっていた。立派なビロードのかけものはぼろになり、白かった天井はひびだらけだ。ジェアドはテーブルの残骸の上にかがみこみ、その塵の中に何かを探していた。

暖炉の火も消え、胸像も肖像画もつぎはぎと化し、醜い修理のあとを見せていた。もっとも悲惨なのは、どの壁にも仕込まれていたホログラム投影器械が停止し、何百本ものケーブルや電線がむきだしの醜い姿をさらしていることだった。

「〈時代〉ももうおしまいか」フィンが赤いカーテンをつかむと、指のあいだでずたずたに裂けた。

「最初からこうだったんです」ジェアドは〈手袋〉を手に、身を起こした。「われわれは映像でもって、自分をだましていた」

「それがどうしてこうなった？」

「動力が切れたのです。完全に」ジェアドは平静にあたりを見まわした。「フィン、ここがほんとうの〈領国〉です。あなたが相続した王国です」

「じゃあ、この場所は全部まやかしだったってことか」ケイロは花瓶を蹴飛ばし、それが砕けるのを見つめた。「リックスのあざとい舞台魔術とおんなじか？　あんたたちは知ってたのか。ずっと昔から？」

「知っていました」

「あんたたち、頭がおかしいのか」

「かもしれません。〈現実〉に耐えるのは難しい。だから、それから身を守るために〈時代〉が発明された。そう、ほとんどの時間はそのことを忘れていられる。なんといっても世界とは、自分が見たり聞いたりするままのものですからね。それがその人にとって唯一の〈現実〉です」

「これじゃ、〈監獄〉に残ってたほうがよかったかもな」ケイロは腹の底からうんざりしたようだった。それからはっと気づいてふりかえった。「この崩壊は、〈監獄〉のしわざか」

「もちろんそうだ」フィンは痛む肩をこすった。「それしかありえない――」

「殿下」衛兵隊長が息を切らして飛びこんできた。「殿下、女王陛下が」

フィンは彼を押しのけ、廊下を走りだした。ケイロがすぐあとに続く。ジェアドは足をとめ、〈手袋〉をローブの中にすべりこませてから、足早に彼らを追った。大階段をできるだけの速さでのぼりつつ、腐った段や鼠に食われた羽目板を踏み越えていったが、ステンドグラスの失せた窓からは風がまともに吹きつけてきた。ジェアドは自分の〈塔〉のことは考えまいとした――が、少なくともあそこにあるすべての化学装置だけは本物だ。

本物だった、と言うべきか。

片手を手すりについて足を止めたジェアドは、それを知るすべがないことに気づいた。これまで疑ってもみなかったことがらのすべてが、もはや信頼できなくなっている。

しかしながらこの剥落と崩壊は、フィンとわがままな義兄ほどには、ジェアドに衝撃を与えなかった。ジェアドは自分の持病が〈領国〉の完璧さに小さな亀裂を入れるものであり、修復も隠蔽もできないものだと、昔から感じていたからだろう。

いまやすべてが、彼と同じように不完全なものとなってしまった。くもってしまった鏡の中に、自分の繊細な顔がななめに映るのを見て、ジェアドはおだやかにそれに向かってほほえんだ。クローディアは〈規定書〉を廃棄したがっていた。〈監獄〉が、彼女にかわってそれをしてくれたのかもしれない。

しかし胸壁からのおそろしい眺めに、ジェアドの笑みは消えた。

〈管理人領〉は荒れ地と化していた。緑の沃野は雑木林になり、豊かだった森は、裸木が灰色の冬空に枝をのばす場所になっていた。

世界は一瞬にして老いてしまった。

だがみなの目を吸いつけたのは、敵陣のようすだった。派手な吹き流し、繊細な天幕のすべてがさんざんに破壊され、柱も折れていた。混乱した馬たちがいななき、兵の甲冑は錆びて剥がれおち、マスケット銃は一瞬にして無用の骨董となり、握った剣はもろくもぼろぼろと裂けていった。

「大砲もだ」フィンの声には歓喜がみなぎっていた。「もう発射できない。大砲自体が自爆するかもしれないからな。こっちに手出しはできない」

ケイロが彼を見た。「きょうだい、この廃墟にゃ大砲を撃ちこむまでもないぜ。ひと押ししたらぶっ倒れる」

喇叭《ラッパ》が一声、鳴りわたった。女王の天幕から女がひとり出てきた。ヴェールを下ろし、あの偽者と思われる派手な外套の若者の腕にすがっている。ふたりは陣地を通りぬけていったが、大混乱の中、それに目をとめるものもほとんどなかった。

「降伏するつもりか?」フィンはつぶやいた。

ケイロが衛兵に向きなおった。「カスパーをここへ連れてこい」

男はためらって、フィンに目をやった。「きょうだいの言うとおりにしろ」

彼は走り去った。ケイロがにやっとした。

女王は濠のふちに来て、ヴェールごしにこちらを見上げた。喉と耳には宝石がきらめいている。少なくともあれは本物なのだろう。

「入れてくれ」偽者が叫んだ。かつての自信まんまんの態度はかけらもなかった。「フィン、女王陛下がお話があると」

式典も、〈規定書〉も、伝令も、家来たちも何もない。とほうにくれた女と若者、ふたりだけだ。

フィンは身をひいた。「はね橋を下ろせ。迎賓室にお通しせよ」

ジェアドはじっと見下ろしていた。「ではどうやら、わたしだけではなかったようですね」とつぶやいた。

「先生？」フィンは彼に目を向けた。〈知者〉は、かぎりない悲しみをたたえた目で、ヴェールを下ろした女王を見下ろしていた。

「フィン、この件はわたしにまかせてください」と低い声で言った。

「外には何百人もいるんだよ」アッティアはきしむ扉のほうに目をやった。

「ここにいろ」〈管理人〉はきびしい声で命じた。「わしが〈管理人〉だ。わしが応対する」

雪のつもった床を歩いてゆき、がんがんとたたかれる扉のほうに、早足で向かっていった。クローディアはそれを見守った。

「〈囚人〉たちだとしたら、大混乱しているはずだよ。ありえない状況だから」

「だれかを血祭りにあげようとして探してるのかも」リックスの目には、アッティアが恐れている、あの狂ったような輝きが宿っていた。

クローディアは憤然とかぶりをふった。「ぜんぶあなたのせいでしょ。なぜ、あのいまわしい〈手袋〉をここへ持ってきたのよ」

「あんたの大事な父上の命令でね。わがはいも〈鋼の狼〉の一員なのさ」

父上。クローディアは身をひるがえし、階段を駆け下り、床を横切って彼を追った。頭のおかしい男や泥棒といっしょにここに閉じこめられたいま、唯一なじみのある相手は父親だけだ。すぐうしろで、アッティアがかすれ声を出した。「あたしも行く。待って」

「弟子なら、師匠の魔術師といっしょに残るんじゃないの？」クローディアははねつけた。

「あたしは弟子じゃない。弟子はケイロ」アッティアはクローディアに追いついた。それから言った。「フィンは無事？」

クローディアは少女の細い顔と、短く刈られた髪をちらと見た。「記憶が戻ったわ」

「ほんと？」

「フィンはそう言ってる」

「発作は？」

クローディアは肩をすくめた。

「フィンは……あたしたちのことを考えてるかな」それはささやくような声だった。

「いつでもケイロのことを考えてたわ」クローディアは手厳しく言った。「だから、いまごろはきっと喜んでるでしょうよ」もうひとつ考えていたことは言わずにおいた。フィンがほとんどアッティアの名前を出さなかったことは。

〈管理人〉は小さな扉にたどりついていた。外の騒音はものすごかった。剣が木と金属に猛烈にぶつかってくる。すさまじい一撃が走り、斧の端が黒檀の扉を破ってちらとのぞいた。扉は下までふるえた。

「おおい、静まれ」〈管理人〉は叫んだ。

だれかがわめいた。女の悲鳴。打撃はさらに激しくなった。

「聞こえないのよ。もし、こっちに乱入してきたら……」とクローディア。

「だれにも耳を貸したくないんだよ」アッティアはまわりこんで、〈管理人〉の目の前に立ちはだかった。「とくに、あなたの話にはね。みんなあなたを非難してる」

騒音の中、彼は冷ややかにふたりに笑いかけた。「いまにわかる。わしはいまだにここの〈管理人〉だ。だがとりあえず、安全のために手を打つか」彼は小さな銀のディスクを取り出した。表面には口をかっと開いた狼の絵があった。そこに触れると、ディスクが光りだす。

「どうするつもり？」扉にもう一撃がくわわり、木っ端が雪の上に飛び散ったので、クローディアは飛びのいた。

「言ったと思うが。〈監獄〉を封じこめるのだ」

クローディアは父の腕をとった。「わたしたちはどうなるの」

「われわれは捨て石になる」父の目は灰色で澄んでいた。ディスクに向かって言った。「わしだ。〈外〉のようすはどうだ」

耳をすませているうち、顔が暗くなっていった。アッティアは扉から離れた。いまにも砕けそうで、蝶番がたわみ、鋲がめりめりいっている。「突入してくるよ」

だがクローディアは、父がしわがれ声でこう告げるのを見つめていた。「では、すぐにやれ。〈手袋〉を破壊せよ。手遅れにならぬうちに」

メドリコートは受信機を切り、ポケットに落としこんで、無残な廊下に目をやった。大広間からはわんわんと声が響いてくる。おびえた従僕の間を抜け、急いでそちらへ向かったが、ラルフのわきをすりぬけようとしたとき、腕をつかまれた。「何があった？　世界の終わりか」

秘書は肩をすくめた。「われわれの世界の終わりですな。そしてもうひとつの世界が始まる。ジェアド先生はそちらにおいでか」

「ああ。女王陛下もいっしょだ。陛下おんみずからだ」

メドリコートはうなずいた。半月形の眼鏡のレンズはなくなり、素通しになっている。彼は扉を開けた。

破壊された部屋の中で、だれかが本物の蠟燭を見つけたらしい。ケイロが火をおこして、すでにその蠟燭をともしていた。

〈監獄〉という場所は少なくとも、生き延びるすべを教えてくれたな、とフィンは思った。あそこで得たわざのすべてが今こそ必要だ。ふりかえって声をかけた。「女王？」

シアは扉のすぐ内側に立っていた。はね橋を渡りおえるまでひとことも口をきかず、その沈黙がフィンには恐ろしかった。

「停戦、のおつもりか」

「それは誤解じゃ」女王の声はつぶやくようだ。「わらわの戦さは終わった」

声はかすかにふるえ、ひびわれていた。ヴェールごしに氷のように冷たい目が、フィンを見つめている。背はまるく、体が折れ曲がったようにさえ見えた。

「終わった？」彼は、偽者に目をやった。ジャイルズを名のった若者はからの暖炉の前にむっつりと立っている。右腕にはまだ包帯をし、見つめているうちにもそのみごとな鎧の輝きは薄れていった。

「どういう意味です？」

「もう戦さは幕引きだとおっしゃっている」ジェアドが進み出て、女王の前に立ったのを見て、フィンは女王が小さくしなびてしまったことに驚いた。ジェアドの声はおだやかだった。「お気の毒ですが、どうやらそれはご自身にもあてはまるようですね」

「気の毒と申すか」シアはつぶやいた。「ジェアドどの、おそらくそなたには、わらわの気持ちがいくらかわかってもらえよう。わらわは以前、そなたの死期の話なぞをして、気持ちをもてあそんだ。いま、そなたも同じことができて、さぞ胸が癒えたであろうな」

彼は首を振った。

「たしかおまえ、女王は若いとか言ってなかったか」ケイロがフィンの耳にささやいた。

「若い」

だがそのとき、ジェアドの袖に女王の指がかかり、それがしみだらけでしわが寄り、皮膚がたるんだ老婆のものであるのを見てとって、フィンはぎょっと息を呑んだ。爪もかさかさでひびわれていた。

「ともかく、わらわとそなたとでは、先に死ぬのはわらわのほうであろう」女王はかつてのコケティッシュなそぶりの残るしぐさで、わきに目を流した。「ジェアドよ、そなたに死のなんたるかを見せよう。ここな若僧どもにではなく。ジェアドどの、そなたにだけは、シアのまことの姿を見てもらいたい」

両手をふるわせながら、シアは彼の前に進み、ヴェールを持ち上げた。その肩越しに見えたジェアドの顔が、恐怖とも憐れみともつかぬ表情を浮かべるのを、フィンは見た。ジェアドは目を伏せることなく、無言で、女王の失われた美を見つめていた。

部屋はしんとなった。ケイロが、つつましく扉の内側に立っていたメドリコートのほうをふりかえった。

シアがヴェールを落とした。そして言った。「わらわが何であったにせよ、わらわは女王であった。女王として死なせておくれ」

ジェアドは一礼した。「ラルフ、赤い寝室に火をおこして。できるだけのことをしてほしい」

家令は心許ない顔でうなずいた。老婆の腕をとり、支えながら外に連れ出した。

32

廃墟の上から鳩が飛びたつ
くちばしに白薔薇をくわえて
風雨を越え
嵐を越え
時と時代を超えて
花びらは雪のように地上に降りしく
『世界の終わりについてのサフィークの予言』

扉が閉まるなり、ケイロが「わけがわからん」と言った。

「女王は若さを保とうとしたのです」ジェアドは、一気に疲れが出たかのように座りこんだ。「みなには魔女と言われていましたが、おそらくスキンワンドや定期的に遺伝子埋め込みのようなことをやっていたのでしょう。その盗みとった歳月が、いまになって女王にのしかかり、押しつぶしたのです」

「リックスのおとぎ話みてえだな」ケイロは平静だった。「で、死ぬのか」

「ほどなく」

「よかった。じゃ、残るはそいつだけだな」ケイロは怪我をした手で、偽者をぐいとさした。

フィンは頭をあげ、偽者とにらみあった。「いまのあんたは、あまりぼくに似てないな」

若者のほうも見かけがかわり、唇が薄くなり、鼻がのび、髪の色が濃くなっていた。まだ似かよってはいるが、もう瓜二つではない。あの細工も〈時代〉とともに失せてしまった。

「でも、これはわたしの思いつきではなかったんです。わたしは女王の手の者に見いだされた。そして王国をやると言われました。そんなことを言われたら、だれだって引き受けるでしょう？　わたしの家族に、六人の兄弟が何年も食べてゆけるだけの金貨を約束してくれました。だから断りようもありませんでした」彼はすっと背筋をのばした。「フィン、それにわたしがうまくやったのは、あなたも認めるんじゃないですか。だれもかれもだまされた。あなたさえだませたのではないかと」彼は手首に目を落とした。鷲の刺青はすでに消えている。「あの一幕だって〈規定書〉の一部といえる」

とつぶやいた。

ケイロは椅子をみつけて、そこにどっかと腰を落とした。「こいつは、おまえが〈監獄〉と呼んでるそのちっこい立方体の中に入れちまうのがいいと思うぜ」

「いや。この男には陳述書を書いてもらい、詐欺だったと公的に認めさせる。女王とカスパーが陰謀の黒幕で、にせのジャイルズを王位につけようと画策していたと。それが終わったら、解放してやりたい」フィンはジェアドに目をやった。「もう、われわれにとって敵にはなるまい」

ジェアドはうなずいた。「そう思います」

ケイロはやや不満のようだったが、フィンは立ち上がった。「この男を連れてゆけ」

だが偽者が戸口に行ったときに、フィンは低い声をかけた。「クローディアは決しておまえを信じなかった」

相手は足をとめ、からからと笑った。「そうでしょうか」とつぶやいた。ふりかえって、フィンを見つめ返した。「あの人がこれまであなたを信じた度合いよりも、わたしのほうを信じた度合いのほうが高かったと思いますよ」

フィンには痛い一撃だった。息がとまるかと思った。すらりと剣を抜くと、突き刺してやろうとせまった。自分が一度もなれなかったものを体現していた、恐ろしく不愉快なこの男を抹殺したかった。だが、ジェアドが立ちふさがり、〈知者〉の緑色の目を見て、フィンは足を止めた。

ふりかえらずに、ジェアドは「早く連れ出して」と言い、衛兵たちはそそくさと偽者を連れて去った。

フィンは惨憺たる床に剣を投げだした。

「じゃあ、これで勝ったわけだな」ケイロは剣をひろいあげ、刃をつくづくと眺めた。「廃墟の王国とはいえ、すみずみまで、おれたちのものだ。きょうだい、おれたちはついに〈翼棟の主〉になったんだ」

「女王よりも大きな敵がいる」フィンはまだ立ち直れぬまま、ジェアドを見つめた。「その敵はずっと前からいた。ぼくら自身とクローディアを、〈監獄〉から救い出さなければならない」

「そしてアッティアもな」ケイロが目を上げる。

「おまえのちっぽけな犬奴隷を忘れるなよ」

「あんたが、あいつを気にかけるようになったのか」

ケイロは肩をすくめた。「しち面倒なやつだがな。だけど、慣れちまったから」

「〈手袋〉はどこだ」フィンがいきなり言った。

ジェアドが外套の内側からそれを取り出した。「でもフィン、前にも言いましたが、わたしにはどうにも理解が……」

フィンは近づいて、〈手袋〉を受けとった。「これには変化がないな」ぎゅっと、やわらかな革を握りしめた。「ぼくらのまわりのすべてが、塵になっても、まるで変化なしだ。こいつがケイロを〈外〉に出したし、〈監獄〉は〈領国〉の何よりもこれをほしがっている。これこそ、いまのぼくらの唯一の希望だ」

「殿下」

フィンはふりかえった。メドリコートがこの場にいたのを忘れていた。このやせた男は扉のすぐ内側に立っていたのだが、色あせたコートが、軽い猫背の姿勢を強調している。「それはわれわれの唯一の危険とも申せます」

「どういう意味だ」

秘書はおずおずと進んできた。「〈監獄〉はこの品を手に入れられなければ、かならずやわれらを滅ぼしにかかります。逆に、もしも渡してしまえば、〈監獄〉はその獄舎と収監者すべてを置き去りにして、死ぬにまかせるでしょう。どちらにしても恐ろしい選択となります」

フィンは顔をしかめた。

「しかし、あなたには何か意見があるのでは?」ジェアドが言った。

「はい。たいへん大胆な案ですが、うまくゆくかもしれません。〈手袋〉を破壊するのです」

「だめだ」フィンとケイロが異口同音に言った。

「みなさまがた、もう少しお聞き下さい」秘書はおびえているようだ、とフィンは思った。ただし目の前の自分たちに対してではない。

「ジェアド先生は、この品がどうにも理解できないとおっしゃいました。もしかしたら、ここにこの〈手袋〉があることによって、〈領国〉の動力が吸いとられているのではないか、と考えられませんか。みなさまは〈監獄〉が悪意でやっている、としか思っておられないようですが。真実のところはわかりません」

フィンは顔をしかめた。〈手袋〉をひっくりかえし、ちらとジェアドに目をやった。「一理あると思うか」

「いえ。〈手袋〉はこちら側に必要です」

「でもさっきは――」

「時間をください」ジェアドは立ち上がって、フィンに近づいた。「それを渡していただければ、調べてみます」

「時間はない」フィンは〈知者〉の繊細な顔を見た。「あなたにもないし、〈監獄〉の中のだれにもない」

「あなたは王だ。だれも――〈御前会議〉でさえ、もうそのことは疑っていません。だから、これを破壊しましょう。〈管理人〉どのが望んでおられるのはまさにそのことです」メドリコートが言った。

ジェアドが鋭く切りこんだ。「どうして、そうだとわかるのです？」

「殿のことはよくわかっています。それに、〈鋼の狼〉が、〈規定書〉のなくなった今、この新たな危険を、手をこまぬいて看過すると思いますか」

蠟燭の炎がゆらぎ、フィンは言った。「おまえは、ぼくを脅迫しているのか」

「まさか、そんなつもりは」メドリコートは片目をケイロから離さなかったが、声は弱々しく不安げだった。「陛下がお決めになることです。〈手袋〉を破壊すれば、〈監獄〉は永遠にみずからの中に閉じこめられます。もし〈監獄〉がサフィークの力に接触したら、〈監獄〉の脅威そのものが、われらの上にふりかかってくるのです。〈監獄〉が自由になったら、どこからやってくるとお思いですか。〈外〉に出たら、どんな暴君になることか。〈監獄〉がわれらみなを奴隷にするのを、みすみす許すおつもりですか」

フィンは黙った。ケイロに目をやると、相手もこちらを見返した。いまほど、扉が開いてクローディアが入ってきたら、と願ったことはなかった。クローディアは父親をよく知っている。彼女なら、父親の意図がわかるだろう。

破壊されつくした室内では、こわれた張り出し窓が風に鳴っている。館のまわりを疾風が吹きまくり、雨がひびわれたガラスをたたきつけはじめた。「ジェアド先生の意見は？」

「破壊しないでください。それは、われわれの最後の武器です」

「でも、メドリコートの言うとおりだとしたら――」

「わたしを信じてください、フィン。わたしに考えがあります」

雷がとどろいた。メドリコートが肩をすくめる。「言いたくはないのですが、陛下。ジェアド先生の言葉に耳を傾けるべきではないかもしれません。先生にはまた別の理由がおありかも」

「どういう意味だ？」

「ジェアド先生はお体が悪い。これほどの霊力のある品なら、癒しに使えるのではないかとお考えでは」

みなはじっとジェアドを見た。

ジェアドは蒼白だった。驚きとともに、混乱しているようでもあった。「フィン……」

フィンは片手をあげた。「先生、ぼくになら申し開きをする必要はありませんよ」

そしてあたかも怒りのはけ口をここに見いだしたとでもいうように、メドリコートに詰めよった。「おまえが百万人の命を助けるために、自分の命を投げ出す人間だとは、ぜ、っ、た、い、に信じられない」

メドリコートは言いすぎたと察した。一歩下がった。「でも、人間にとって命とはなにより大切なものではないですか」

館の中で、すさまじい破壊音が響いた。構造のどこかが崩れおちたかのようだった。「外へ出よう」

ケイロがいらいらと立ち上がった。「ここにいたら死ぬぞ」

ジェアドはフィンから目を離さなかった。「クローディアを探さなければ。そのために〈手袋〉が役に立ちます。〈手袋〉を破壊したら、〈監獄〉にはもうクローディアを生かしておく理由がなくなります」

「まだお二人が生きているとすればですがね」

ジェアドは、メドリコートに目をやって言った。「〈管理人〉どのが生きておられるのは確かでしょう」

フィンはその意味を一瞬考え、そして悟った。ケイロがふりむくほどの速さで、メドリコートを壁に投げとばし、喉の下に片腕を押しつけた。「おまえは、〈管理人〉と話をしたんだな。そうだろ」

「陛下……」

「そうなんだな」

秘書はぜいぜいとあえいだ。それからうなずいた。

「父上、だれに話していらっしゃるの」クローディアはきいた。

「メドリコートだ」父はふりむいて扉を見た。「〈鋼の狼〉の一員だよ。有能だ。あいつなら〈手袋〉を処理してくれるだろう。これで、ここで主導権を握っているのがだれかは明らかだ」

だが怒り狂った〈囚人〉たちの怒号に、その言葉はかき消されそうになった。クローディアは父の尊大さと頑固さに腹を立てて、にらみつけた。それからこう言った。「父上もあの者たちに踏みつぶされておしまいになるわ。でも〈監獄〉をくいとめるにはまだひとつ方法があります。あの像を燃やすのよ」

父が目をみはった。「それは無理だ」

「〈監獄〉はもう、あれにとりついている。父上がそうおっしゃったではないですか」クローディアはアッティアのほうを見た。「来て」

ふたりは広間のがらくたに積もった雪の上を走っていった。壁のかけものはひだをなしたまま凍りついている。クローディアは一番近くのかけものをつかみ、ひっぱった。塵と氷のかけらがざあっと、彼女のまわりに降りそそいだ。「リックス、手伝って」

魔術師は膝とひじを折り曲げて、台座に腰を下ろしていた。ひとりつぶやきながら、両手のあいだでざらざらと硬貨をあやつっていた。「表が多けりゃ、やつらに殺される。裏なら〈脱出〉できるだろう」

「放っとこう」アッティアが飛び上がって、タペストリーを引き下ろした。「あいつ、狂ってる。ふたりともおかしいよ」

ふたりは力をあわせて、すべてのかけものを引きずりおろした。近くで見ると、うっすら表面の凍ったタペストリーは穴だらけのぼろぼろで、そこにサフィークの伝説のすべての場面が描かれているのをアッティアは見てとった——剣の橋をわたり、〈獣〉に指をやり、子どもたちを盗み、〈白鳥の王〉と話しあう。がちゃがちゃと輪の鳴る音とともに、織物はなだれ落ちて、繊維の雲、凍った黴となり、アッティアとクローディアはその残骸を像のほうへ引きずってゆくと、足もとに積み上げた。像の美しい顔は扉の背後の吠えくるう群衆を見つめている。

〈管理人〉はじっと見守っていた。見つめる先で、一枚また一枚と羽目板が砕かれてゆく。蝶番が粉砕された。扉がめりめりと倒れる。

「リックス！」アッティアは叫んだ。「炎が要るよ」

クローディアは駆けもどって、〈管理人〉の手をつかんだ。「父上、こちらへ、早く」

〈管理人〉はこわれた扉を見つめ、おのれの権威ひとつで、彼らを押しかえすかのように、両手を突き出していた。「クローディア、わしは〈管理人〉だ。わしが責任者だ」

「違うわ！」クローディアは彼を引き戻し、ひっぱりはじめたが、そのとき扉が完全に崩壊した。

大量の〈囚人〉の群れだ。前列のものが、後ろのものに押しつぶされ、蹂躙される。こぶしで打ちかかるもの、鎖をふりまわすもの。武器はかせと鉄棒だった。〈監獄〉の何百万もの人々、最初の〈囚人〉の子孫たち、〈滓〉〈市民団〉〈熱血団〉〈カササギ〉をはじめとして、何千もの悪漢や部族、〈翼棟〉のすべて、無法者のすべて。

彼らが広間になだれこんだとき、クローディアは身をひるがえして走りだした。父があとに続き、ふたりは踏みしだかれた雪原と化した床をいっさんに走り、〈監獄〉は嘲るように、強烈なスポットライトでふたりをとらえ、目に見えぬ天井からはいくすじもの光線が発せられて、何度も交差した。

「あったぜ」ケイロがメドリコートのポケットから受信機をひっぱりだし、フィンに投げてよこしたので、フィンはメドリコートを放し、かちっとスイッチを入れた。

「どうやって使うんだ」

メドリコートは半分息を詰まらせて、床にくずおれていた。「ダイヤルに触れる。それから話す」

フィンはジェアドを見た。それから親指を逆さにして、小さなディスクのへりをさした。

「〈管理人〉どの。聞こえますか」

リックスが立ち上がった。

アッティアは木片をつかみとって武器にし、振ってみた。だが、怒りに狂奔する群衆に対しては、なにものも無力であることは、もうわかっていた。

段の上で〈管理人〉がふりかえる。

その外套の中で、小さなビーッという音がした。彼はディスクに手をのばしたが、取り出すより早く、クローディアがそれをひっつかんだが、驚きに見開いた目の前に、怒号する〈囚人〉たちが悪臭を放ちながら、押しよせてきた。

声がした。「聞こえますか」

「フィン?」

「クローディアか」彼の声には安堵がにじんでいた。「何が起きてる?」

「大変なの。暴動が起きて。フィン、わたしたち、この像を、なんとか燃やそうとしてるの」クローディアの目のすみで、リックスの手の炎がゆらめいた。「そうしたら〈監獄〉の出口がなくなるから」

「〈手袋〉は破壊したのか」〈管理人〉が叫んだ。

つぶやく声。静電気のジーンという音。それから、クローディアの耳もとでジェアドの声がした。

「クローディア?」

彼女は喜びに胸を刺されるような気がした。

「クローディア、わたしです。どうかきいてください。ひとつ約束してほしいことがあります」

「先生……」

「その像を燃やさないと約束してください、クローディア」

彼女はまばたいた。アッティアが目をむく。

「でも……そうしなきゃ。〈監獄〉が……」

「言いたいことはわかります。でも、ここで何が起きているのか、だんだん見えてきました。わたしはサフィークと話をしました。クローディア、約束してください。わたしを信頼してください」

クローディアはふりかえった。人の波は最下段に押しよせ、前列のものが飛び上がろうとする。

「ジェアド、あなたを信頼するわ。いつでも信頼してたわ。先生、愛してる」

音は甲高いきしりとなり、ジェアドは飛びのこうとした。ディスクが落ちて、床に転がった。ケイロがすかさずそれに飛びついて、「クローディア」とわめいた。だが、聞こえてくるのは大勢のわめき声と、星間宇宙の静電気の雑音とおぼしいザーザー、ピーピーという音ばかりだった。

フィンはジェアドに向きなおった。「狂ったのか。クローディアの言うのが正しい。あの体がなければ……」

「わかっています」ジェアドは青ざめていた。〈手袋〉をしっかりつかんだまま、暖炉にもたれかかった。「あなたにも、クローディアに頼んだのと同じことを頼みます。わたしに計画があります。フィン、ばかばかしいかもしれない。無理かもしれない。でもわれわれみなが救われるかもしれない計画です」

フィンはじっと彼を見た。外では雨足が強まり、張り出し窓が開いて、最後の蠟燭が吹き消された。体が冷たくわななき、両手は氷のようだ。クローディアの声にこもっていた恐怖が、〈監獄〉のあの雰囲気となってしみこんできた。一瞬、自分が生まれたあの白い〈小房《セル》〉に戻った心地がし、もはや王子ではなく、記憶も希望もない〈囚人〉にすぎない気がしてきた。

雷に打たれたかのように、まわりで館が震撼した。

「何が必要なんだ？」フィンは言った。

暴徒を止めたのは〈監獄〉そのものだった。〈囚人〉たちが二段目に群がろうとしたとき、広大な広間に〈監獄〉の声が響きわたった。

近寄るものはすべて殺す。

その段が、いきなりまばゆく照らしあげられて脈打った。力の奔流が段を走り、青く波打った。人々の動きがひきつる。押し進もうとするものもあれば、止まろうとするもの、もがきつつ引き返そうとするものもあった。人々の動きは渦巻きのようになり、スポットライトがものうげにその上を旋回し、刺すように落ちてくる光線は、おびえた目、ふりまわす手を照らしだした。

アッティアは、リックスから燃える木っ端をひったくった。

それを腐った繊維の中に投げこもうとしたが、クローディアがその手をつかんだ。「待って」

「なんで?」

アッティアはふりかえったが、クローディアが乱暴にその手首をひねり、燃える木っ端は落ちて、宙にゆらめいた。タペストリーの上に落ちたが、炎が燃えうつるより早く、クローディアが踏み消した。

「あんた、おかしいの? あたしたちおしまいじゃないか」アッティアは怒り狂っていた。「あんたのせいで……」

「ジェアドが……」

「ジェアドだって間違ってる」

この処刑の場にみなが集ってくれたことを、わしはたいそう喜んでおる。〈監獄〉の皮肉な声が凍てつく空中にこだました。小さな雪片が高みからひらひらと落ちてきた。わが正義を目のあたりに見せ、わしがえこひいきをせぬことを教えてやろう。見よ、おまえたちの前にいる男を。おまえたちの〈管理人〉、ジョン・アーレックスだ。

〈管理人〉はけわしい顔を灰色にしていたが、背筋をのばした。黒いコートは雪でうっすら光っている。

「聞いてほしい。〈監獄〉はわれらを置き去りにしようとしている。民が餓えるのを見捨てて、出てゆこうというのだ」〈管理人〉は声を張った。

すぐそばにいるものにしかその声は聞こえず、怒号がそれをかき消した。そばににじり寄ったクローディアには、〈監獄〉の制止だけが群衆を押しとめていること、〈監獄〉が彼らをおもちゃにしていることがわかった。

ジョン・アーレックスなるこの男はおまえたちを憎み、嫌悪している。このサフィーク像のうしろに身を隠そうとあわてふためいているさまを見よ。わが怒りからそれで身を守れると思うておるのか。もうタペストリーなどにかまっているひまはない。〈監獄〉は〈手袋〉を失った怒りに、おのれの体を燃やしてしまうつもりなのだ。用意周到な計画が最後についえたからは、みなを道づれにするつもりなのだ。クローディアにはそれがわかった。この葬送の薪の炎は、全員を燃やしつくすだろう。

そのとき、彼女のかたわらで、鋭い声がした。「おお、父上、耳を貸していただきたい」

群衆は静まりかえった。

前にも聞いたことのある声、昔から知っていた声を聞いたように、しんとなり、もう一度それに耳を傾けようとした。

そしてクローディアは、骨と神経のすみずみにまで、〈監獄〉がじわじわと入りこんできて押し進み、その答える声が耳にささやき、頬にふれるのを感じた。まさかという切実な疑いを秘めた、静かな問い。

おまえなのか、リックス？

リックスは声をあげて笑った。目は細まり、口からはケットの匂いがした。そして両腕を大きく広げた。「諸君に、わがはいのわざをお見せしよう。空前絶後の魔術だ。父上、あなたの身体に命を与えてみせましょうぞ」

彼は両手をあげた。見ると、その外套は、死なんとして秘密の歌を歌う〈白鳥〉のごとく、羽毛におおわれていた。

彼は、今の今までだれひとり見たことのなかった扉を開いた。


『サフィークの伝説』


フィンは廊下に出て、ケイロの言ったとおりなのを知った。館の古式ゆかしさそのものが、いまや災いとなっていた。女王の場合と同じように、崩壊の真実が、すべてのものの上に一瞬にしておよんでいたのだ。

「ラルフ！」

ラルフは落ちたしっくいのかたまりにつまずきながら、駆けよってきた。「殿下」

「避難だ。全員すぐに」

「しかし、どこへ参りましょうか」

フィンは顔をしかめた。「わからない。おそらく女王の陣地も同じ惨状だろう。厩や外のコテージ

33

で、使えそうなところを探してくれ。ここに残るのはわれわれだけでいい。カスパーは？」

ラルフは朽ちかけたかつらを引きはがした。その下の頭は短く刈ってあった。顎には無精髭、顔は洗ってもいない。疲れて落ちこんだ顔だった。「母上のもとに。お気の毒にすっかり落ちこんでおられます。あの方自身、母上のほんとうのお姿はご存じなかったのでしょう」

フィンはあたりを見まわした。ケイロはメドリコートを羽交い締めにしている。〈知者〉のローブをすらりとした身体にまとったジェアドが、〈手袋〉を持っていた。

「この屑野郎もここに残すか」ケイロが小声で言った。

「いや。他のものと一緒に逃がしてやれ」

秘書の腕を最後にもうひとひねりしてから、ケイロは男を押しやった。

「外へ出ろ。安全なところへ行け。他の仲間も探して」

「安全なところなどありません」いきなりそばの甲冑一式が崩れおちて塵となったのから身をよけながら、メドリコートが言った。「〈手袋〉が存在するかぎりは」

フィンは肩をすくめた。ジェアドのほうに向きなおった。「行こう」

三人は秘書のそばを駆けぬけ、館の廊下から廊下へと走っていった。美の断末魔は悪夢のようだった。ずたずたになった壁かけ、ごみや黴の下に埋もれた絵画。白い蠟燭をつけたシャンデリアがあちこちに落ちている。滴型のクリスタルが、折れた蠟の中に涙のように散らばっていた。ケイロは残骸をわきにのけながら、まっさきに進んだ。フィンはジェアドの体力が心配だったので、そばを離れないようにしていた。大階段の下までたどりついたものの、見上げたとたん、上の階の惨状にフィンは仰天した。音もなく稲妻が照らしだしたのは、外壁に走る太いひびだった。花瓶やステンドグラスの残骸がばりばりと足の下で砕ける。ポプリ、茸の胞子、それに何世紀にもおよぶ塵が、雪のように空中をおおいかくしている。

階段も壊れていた。ケイロは背を壁につけたまま二段のぼったが、三段目で足を踏みぬき、ののしりながらその足を引き上げた。「これじゃあ、上には行けないな」

「書斎に行って、〈門〉を使わねば」ジェアドは不安な顔でふりあおいだ。綿のように疲れきっていた。頭もぼうっとかすんでいた。最後に薬を飲んだのはいつだったろう。彼は壁によりかかって、小袋をひっぱりだし、中を見てぞっとした。

小さな注射器は粉々になっていた。ガラスそのものが瞬時に劣化してしまったかのようだ。中身は黄色く固まってしまっている。

「どうしますか」フィンはきいた。

ジェアドは笑みに近いものを浮かべた。破片を小袋に戻し、暗い廊下に投げ捨てたが、フィンは彼の目がうつろで暗いのを見てとった。「あれはどうせ一時しのぎだったんです、フィン。わたしもこれで、みんなと同じように、ささいな気休めなしに生きてゆかねばならない。それだけです」

もし彼が死んだら、とフィンは思った。もし自分が彼を死なせることになったら、クローディアはぜったいに自分を許さないだろう。彼は〈誓いの兄弟〉を見上げた。「書斎まで上らないと。ケイロ、あんたは何でもできる。頼むよ」

ケイロは顔をしかめた。それからビロードのコートをもぎとるように脱ぐと、リボンの端切れで、髪を後ろでくくった。壁掛けを少しばかり破りとり、それが火傷をした掌に触れるたびに文句を言いながら、すばやく手に巻きつけた。

「ロープだ。ロープがほしい」

フィンはカーテンをたばねていた太いタッセルつきの紐を何本か引きずりおろし、きっちりと結びあわせた――金色と緋色のなんともけばけばしい綱だ。ケイロはそれを肩にかけた。そうして階段をのぼりはじめた。

ごくわずかずつ進んでゆく彼を見ながら、ジェアドはまさに世界が覆《くつがえ》ってしまったと思った。長年、毎日のように自分がのぼってきた階段は、危なかしい障害物となり、致命的な罠となっている。時が物事を変え、おのれの体に裏切られるとはこういうことなのだ。〈領国〉がこれまで、入念で優雅な健忘症にくるんで忘れようとしてきたのはこれだった。

ケイロは登山家が岩屑だらけの斜面をのぼるように、階段をのぼってゆかざるをえなかった。中央部分はごっそり崩落し、上の段に手をのばすと、両手の中にぼろぼろとその角が崩れおちてきた。

フィンとジェアドは気をもみながら見守っていた。館の上空で雷がとどろいている。ずっと遠い厩のほうでは、衛兵たちが声をからしてみなを逃がそうとし、馬がいななき、鷹が甲高い声をあげていた。

ようやく、フィンのすぐそばで、息をはずませた声が言った。「はね橋が下りました。殿下、みな渡るところです」

「なら、おまえも行っていい」フィンはふりかえりもせず、祈るような目で、ケイロが手すりと落ちた羽目板のあいだを、危ういバランスをとりながら進んでゆくのを見上げていた。

「女王陛下は」ラルフはかつてハンカチだったぼろ布で、汚れた顔をぬぐった。「亡くなられました」

衝撃はあまりにも薄く、フィンはあやうくその意味をつかみそこねるところだった。だがやがてその意味がしみこんできたし、ジェアドもそれを聞いたことがわかった。〈知者〉は悲しげに一礼した。

「いまはあなたが国王陛下です」

そんなに単純なものだろうか、とフィンは思った。だが声に出しては、「ラルフ、行け」と言っただけだった。

老いた家令は動かなかった。「ここでお手伝いいたします。クローディアお嬢様とご主人様をお助けします」

「もう主人なんてものは、この世からなくなるかもしれないぞ」

ジェアドが息を吸いこんだ。ケイロが片側にずるずるとすべり落ちた。その全体重が曲がった手すりにかかり、それはしなって、めりめりと乾いた音を立てていた。「気をつけて！」

ケイロの答えは聞きとれない。やがて彼は体を持ち上げ、彼の下で砕けた二段を跳びこえ、踊り場に身を投げ出した。

両手でそこのへりをつかんだが、そのとたん、階段全体ががらがらと、塵と虫食いの材木とともに、彼の背後で崩れおち、広間に落下して、螺旋階段をふさいでしまった。

ケイロは何も見えないなかで、体をゆすって引き上げた。両腕のすべての筋肉が張りつめていた。

ようやっと片方のすねを踊り場に引き上げ、冷や汗を流しながらも、ほっとしたように踊り場の上にくずおれた。

激しく咳きこむうち、涙が汚れた顔にいくすじもの線をひいた。やがて彼はへりまで這ってゆき、下を見下ろした。そこには、塵と瓦礫が真っ黒に渦巻いていた。「フィン」と声をかけた。痛む両足で立ち上がった。「フィン？　ジェアド？」


ケットのせいで、リックスはついに頭のどこかが切れてしまったのだ、とアッティアは思った。リックスは自信まんまんの顔で、観衆の前に立ちはだかり、人々はとまどい、あるいは興奮し、また真実を知りたい一心で、彼を見上げていた。だがこんどは〈監獄〉も観衆のひとりに加わっていた。

〈囚人〉よ、狂ったのか。〈監獄〉は尋ねた。

「まずそうでしょうな、父上。しかしもしも成功したら、いっしょに外へ連れていっていただけますかな」

〈監獄〉ははじけるような哄笑を放った。おまえが成功すれば、おまえはまさしく〈闇黒の魔術師〉になる。だが、リックス、おまえはただの香具師《やし》だ。嘘つきの、ペテン師の、詐欺師だ。わしをたばかるつもりなのか。

「さようなことは夢にも思いませぬが」リックスはアッティアに目をやった。「いつもの助手が必要です」

彼は片目をつぶってみせ、アッティアが答えるひまもないうちに、観衆のほうに向きなおり、台座のへりへと進み出た。

「諸君。最大の見世物にようこそ。これから見聞きするものは幻と思われるかもしれない。鏡かなんぞの隠れたしかけで、お客さまがたを瞞着すると思われるかもしれない。しかし、このわがはいは月並みの魔術師とは違う。わがはいは〈闇黒の魔術師〉、ここで星々の魔術をお見せしようと思う」

人垣は固唾をのんだ。アッティアもだ。

彼があげた片手には、手袋がはまっていいいた。それは真夜中のように黒い革でできており、そこからちかちかといくつもの光が発せられていた。

アッティアの後ろで、クローディアが言った。「まさか……ケイロが違うほうを持っていったの？」

「そんなはずないよ。あれは小道具。ただの小道具だよ」

だが疑いはアッティアの中にも、冷たいナイフのように刺さりこんでいた。リックスに関しては何がほんとうで、何がそうでないかは、まったく見当もつかないのだ。

彼が片手で大きな弧を描くと、雪が止んだ。あたりは暖かくなり、色とりどりの光が、高い天井に虹をかけた。あれもリックスがやっているのか。それとも〈監獄〉が彼のせいにして、みずからやっているのか。

いずれにせよ、人々は金縛り状態だった。上を見上げて叫んでいる。何人かはひざまずいた。おびえて後ずさるものもいた。

リックスは長身だ。そのいかつい顔にはそこはかとない高貴さもそなわっており、その目の荒々しさを聖なる輝きに見せていた。「ここにはあまたの悲しみがあり、あまたの恐れがある」そう言った。

それはいつもの決まり文句だった。だが、それは、ばらばらに分解され、変化していた。彼の心という万華鏡の中で、言葉ががらりと配置を変えたかのようだった。静かに、こう言った。「どなたか協力してくださる方は。もっとも深い恐怖をさらけだしてくださる方は。その魂をわがまなざしにさらしてくださる勇気のある方は」

リックスは上を見上げた。

〈監獄〉はその像の上に白い光を点々ときらめかせた。それから言った。わしがやろう。

しばらくのあいだ、ケイロの耳に聞こえるのは、みずからの鼓動とすべり落ちる木材の音のこだまばかりだった。やがてフィンが言った。「こっちはだいじょうぶだ」

壁のアルコーブから歩み出ると、背後の薄暗がりで、ラルフの絶望の声がした。「どうやって上がれましょう。これではもう……」

「みちはあるさ」ケイロはきびきびと言った。闇の中から、赤と緋色のタッセルが下りてきて、フィンの肩にぶつかった。

「だいじょうぶか」

「近くの柱に結びつけた。それしかできない。さあ、来い」

フィンはジェアドを見た。ふたりにはわかっていた。柱がもげたら、あるいはロープが切れたら、墜落死はまぬがれない。ジェアドが言った。「わたしが行くべきです。失礼ですが、フィン、あなたには〈門〉のことはわからない」

そのとおりだったが、フィンは首を振った。「あなたでは無理……」

ジェアドは背筋を起こした。「わたしはそれほどやわではありません」フィンは薄闇の中を見上げた。それから、綱をつかんで、しっかりとジェアドの腰と脇の下にまわして結びつけた。「命綱にするといい。とにかくあらゆる足がかりを探して、どれかひとつに体重をかけないように。でないと——」

「フィン」ジェアドは片手を胸にあてた。「心配しないでください」ぎゅっと綱をひっぱると、ふりかえった。「聞こえましたか」

「何が?」

「雷ですか?」ラルフが心もとなげに言った。

しばし聞き耳を立てると、すさまじい嵐が〈領国〉じゅうを荒れ狂っている音が聞こえた。気圏が、長年のコントロールからついに解き放たれたのだ。

やがてケイロが、「早く」と叫んだ。ジェアドはロープがぐいとひかれて、体が最初の段に引きずり上げられるのを感じた。

悪夢のような登りだった。ほどなく両手にロープが火のようにくいこんだが、荒い息をつきながら必死にのぼっていった。胸はいつもの痛みに灼けつき、砕けた段や羽目板を手探りし、蜘蛛の巣だらけの土台やあぶなかしい木材をつぎつぎつかんでゆくうち、すさまじい疲労感に襲われた。

見上げると、薄闇の中に、ケイロの顔が青白い楕円形に浮かんでいる。「先生、もうじきだ。がんばれ」

ジェアドはあえいだ。一瞬休んで、ひと息つきたい。だが、手を止めたとき、長靴の片足をかけていた小さなでっぱりががらがらと崩れ、彼は悲鳴をあげながら落ちてゆき、ロープで宙づりになった。筋肉という筋肉がねじれて、骨も砕けるような痛みとなった。

つかのま、何も見えなくなった。

世界が消え、ジェアドは黒い中空に浮かんでおり、まわりには、無音の銀河や星雲が冷たく旋転していた。星々が話しかける。彼の名前を呼んでいる。体はゆっくりと回転を続け、そのうちにサフィークである星が近づいてきて、ささやいた。「先生、あなたを待っている。クローディアも待っているから」

ジェアドは目を開けた。痛みが波のように戻ってきて、血管を、口を、神経を満たした。

「ジェアド、登れ、登れって」ケイロが言った。

彼はその言葉に従った。子どものように何も考えずに、左右の手で順繰りにロープをつかみながら、体を引きずり上げる。苦痛のさなか、暗い火のような息遣いをしながらのぼってゆくと、はるか下のフィンとラルフは、黒い広間の中のふたつの光点にすぎなくなった。

「あと、もう少し」

何かがロープをつかんで引き寄せた。汗にぬれた両手はすべり、皮膚はひりひりし、膝と足首はこすれてどこもかしこも攣《つ》りそうだ。暖かい手が彼の手にかぶさった。肘の上をつかんで引き上げてくれる。

「よし、つかまえた」

するとジェアドには奇跡としか思われない力が湧いてきて、その力が体をもちあげた。両手足をついた姿勢で咳きこみ、嘔吐しながら、うずくまった。

「無事についたぞ」ケイロの叫ぶ声は平静だった。「フィン、来い」

フィンはラルフのほうに向きなおった。「ラルフ、おまえは来るな。ぼくのためにしてほしいことがある。外に出て、〈御前会議〉の面々を探してくれ。いま指揮をとれるのは彼らだ。彼らに……」

彼はひと息いれ、ごくりと唾を呑みこんだ。「王の命令だと伝えろ。みなに食料と避難所を手配しろ、と」

「しかし、陛下……」

「ぼくは戻ってくる。クローディアをつれて」

「陛下、また〈監獄〉に入るおつもりですか」

フィンはロープを両手に巻きつけ、上に身を躍らせた。「なるべくそれは避けたい。しかしどうしても必要なら、やる」

彼はすばらしい勢いでのぼってゆき、湧きおこるエネルギーでぐいぐいと体をひきずりあげ、ケイロのさしだす手をことわって、あっというまに床のへりに体を投げ出した。館の切り妻屋根はすべて崩れてしまったのだろう。ずっと先に目を流すと、たるきと半分だけの煙突の向こうに、じかに空が見えた。

「〈門〉は壊れたかもしれんな」ケイロがつぶやく。

「いや。〈門〉はこの館という空間の中にはないんだ」フィンはふりかえった。「先生?」

踊り場はからっぽだった。

「ジェアド？」

やっとその姿が見えた。彼は廊下のずっと先の書斎の扉の前にいた。おだやかな声で言った。「フィン、すみませんが、これはわたしの立てた計画です。あとはわたしがやります」

何かがカチリと音を立てた。

フィンは走り出し、すぐあとにケイロも続いた。扉のところで、彼は体あたりした。黒鳥の紋章が挑むように彼を見下ろしている。

だが、部屋には内側から鍵がかかっていた。

34

〈監獄〉はかつて美しい場所だった。そのプログラムは愛だった。だが、われわれは愛するにはかたくなすぎた。〈監獄〉に多くを求めすぎた。そして〈監獄〉を狂気に追いやった。

「カリストン卿の日記」

リックスが〈手袋〉をはめた手をのばすと、頭上から、小さな細いペンライトのような光がすうっと下りてきて、その手を照らした。光は掌にしばしやわらかく波打ち、やがて彼はうなずいた。

「父上。あなたの心の中には奇妙なものがありますな。彼らは己に似せてあなたを形作り、あなたは闇の中で目覚めた。それが見える。それから、あなたの中に住む人々、その人々の住むあまたの廊下や〈小房《セル》〉、薄汚れた地下牢が見える」

「リックス！」アッティアの声は鋭い。「やめなよ」

彼はにやりとしたが、アッティアには目も向けない。「あなたはなんと孤独であったことか、そして狂気に追いやられたことか。あなたはご自分の魂を食らったのだ。自分の人間らしさをむさぼりつくした。あなたのエデンの園を穢《けが》した。そうしていまになって〈脱出〉を求めている」

〈囚人〉よ、おまえの手の中にひとすじの光が見えるだろう。

「いかにも。光の線が」顔から笑みは消え、リックスが〈手袋〉を高く掲げると、その光線にとらえられた銀の塵がきらきらと、開いた指の間から落ちてゆくのが見えた。

人々は息を呑んだ。

塵はたえまなく降りしきる。膨大な量だ。黒い空に小さな火花の滝のごとく、降りそそいでゆく。

「星々が見える」リックスは張りつめた声で言った。「その下に廃墟の宮殿がある。窓は暗く壊れている。その中に、小さな扉があり、鍵穴がある。そのまわりに嵐が吠えたけっている。あれが〈外〉だ」

クローディアはアッティアの手首をつかんだ。「まさかリックスは……？」

「ヴィジョンを見てるんだよ。前にもやったことがあるから」

「〈外〉！」クローディアは〈管理人〉に向きなおった。「それは、〈領国〉のことですか」

彼の灰色の目は厳しい。「そうだと思う」

「でもフィンは……」

「しっ、クローディア。わしに考えさせてくれ」

憤然として、クローディアはリックスを見つめた。彼の体はふるえ、目は白く細い隙間と化している。「出口はある」恍惚として、つぶやいた。「サフィークがそれを見いだした」

サフィークだと？　〈監獄〉の声が広間じゅうにうなり、とどろいた。そしてもう一度声を発したが、今度の声にはにわかな不安と驚きが忍びこんでいた。リックス、いったいどうやったのだ？　おまえは何をしているのだ？

リックスはまばたいた。一瞬、ぞっとしたようだった。人々は静まりかえった。

やがて彼が指を動かすと、銀の粉の滝は、金色に変わった。

「〈まことの魔法〉をば」ささやくように言った。


ジェアドは扉から離れた。フィンはおそらく打ちたたいているのだろうが、こちら側にはその音は聞こえない。

ふりかえった。

〈領国〉は崩壊したかもしれないが、この室内はまったく変わっていなかった。〈門〉が立ち上がると、神秘的な低い顫音《せんおん》が心をおちつかせ、目は灰色の壁とたったひとつのデスクに吸いよせられた。

ジェアドはふるえる手を口もとにあて、すりむいた皮膚の血をなめた。

ふいに、波のような疲労が襲ってきた。とにかく眠りたい。雪にくもったスクリーンの前の金属の椅子に体を落としこんだ彼は、このままデスクに頭をつけ、目を閉じて何もかも忘れてしまいたい、という欲求と戦った。

だが雪が、彼の目をとらえて放さない。あの神秘の背後にクローディアがとらわれている。〈監獄〉と〈領国〉の両方が、この崩壊の中にとらえられている。

彼は必死に身を起こし、汚れた袖で顔をぬぐい、目にかぶさった髪の毛をかきあげた。〈手袋〉を取り出し、灰色の金属の表面にのせた。それからコントロール・パネルにいくつかの調整を加え、声をかけた。

彼は〈知者〉の言語を使った。「〈監獄〉よ！」

雪はまだ降りつづいていたが、そのパターンは変化し、いとも驚くべき旋転を見せた。それがふしぎそうな声で彼に答えたのだ。リックス、いったいどうやったのだ？　おまえは何をしているのだ？

「わたしはリックスではない」ジェアドは形のよい両手をデスク上に広げ、それを見つめた。「なんじはかつてわれに話しかけた。われが何者かを知っていよう」

大昔に、このような声を聞いたことがある。〈監獄〉のつぶやきは室内の静かな空気の中に浮かんだ。

「大昔に」ジェアドはささやいた。「なんじが年をへて、よこしまになる前に。〈知者〉たちが最初になんじを創造したときだ。以来いくたびも、わが終わりなき旅路の中で、声をかけた」

おまえはサフィークか。

ジェアドはけだるい笑みを浮かべた。「いまはそうだ。そして、〈監獄〉よ。なんじとわれは、同じ問題を抱えている。どちらもみずからの体に閉じこめられている。お互い助けあうことができるかもしれぬ」彼は〈手袋〉を取り上げると、細かな鱗をなぞった。「すべての予言に語られてきた時が来たのかもしれぬ。世界が終わり、サフィークが戻りきたるときが」

「みんな恐怖でおかしくなってるわ。襲いかかってリックスを殺すわ」とクローディア。

人々の動揺はいよいよ大きくなっていた。見るからに狼狽し、動転し、ひと目見ようと首をのばして詰めかけてくる。汗くさい臭いがむっと押し寄せてきた。もしも〈監獄〉が〈脱出〉したら、自分たちはおしまいだということがわかっているのだ。リックスにそれができるのだと信じたら最後、何があろうと彼を阻止しにかかるだろう。

アッティアはリックスのナイフをつかんだ。クローディアは火縄銃をもたげ、父を見た。父は動かずに、魅惑されたようにリックスを見つめている。

クローディアは父のそばを通りこし、アッティアとともにまわりこんで、リックスと群衆の間の段に立った。とはいえ、身ぶりだけの防御にすぎないのはわかっていた。

大昔に、このような声を聞いたことがある。〈監獄〉がつぶやく。

リックスが荒々しい声で笑った。彼が演じている舞台台詞は、いまや予言のごとき力に満たされていた。

「〈外〉に出る道はある。サフィークがそれを見出した。扉は小さい。原子よりも小さい。そして鷲と黒鳥が翼を広げて、そこを守っている」

おまえはサフィークか。

「サフィークが戻ってくる。〈監獄〉よ、なんじはわれを愛したことがあるか」

〈監獄〉は鼻を鳴らすような音を出した。しわがれた声で言った。おまえを覚えているぞ。すべてのものの中で、おまえはわしの兄弟であり、息子でもあった。わしらは同じ夢を見た。

リックスはいきなり像のほうを向いた。そのおだやかな顔を、死んだ眼を見上げた。「じっとして、動くな」〈監獄〉にだけ聞こえるような小声でささやいた。「でないと、大きな危険がおよぶ」

そして、人々のほうに向きなおった。「諸君、時は来た。わがはいはサフィークを解き放つ。サフィークを呼び戻すぞ」

「もう一度だ」フィンとケイロは体あたりしたが、扉はふるえすらしない。中からは何の音も聞こえなかった。ケイロは息を切らして、黒檀の黒鳥に背を向けた。「この板を一枚外せば――」と、そこで声を切った。「聞いたか？」

がやがやと声がする。武器のぶつかりあうような音、階段のロープをつたいのぼってくる音、寸断された廊下にぼんやりと人影が群れている。

フィンは進み出た。「だれだ」

だが、稲妻があたりを照らしだすよりさきに、答えはわかっていた。〈鋼の狼〉一党が銀のとがった鼻面をつけ、刺客いや殺人者の仮面の後ろで、炯々と目を光らせている。

メドリコートの声がした。「フィン、申し訳ない。でも事態をこのままにはしておけません。あなたがたが〈管理人領〉の廃墟で死体となって見つかっても、だれも怪しみはいたしません。その後、王も暴君もいない新しい世界が幕を開けるのです」

「書斎にはジェアドがいる。それに向こうには諸君の〈管理人〉もいる」

「これは〈管理人〉どののご命令です」

いっせいにピストルが掲げられた。

フィンのそばで、ケイロが昔ながらの不屈の闘志を、全身にみなぎらせるのがわかった。すべての筋肉が張りつめ、体もひとまわり大きく見える。

「いよいよ正念場だな、きょうだい」フィンは苦い声で言った。

「おまえこそ腹をくくれよ」とケイロ。

〈鋼の狼〉たちは、ためらいがちに廊下を一列に進んでくる。

フィンは緊張したが、ケイロのほうは無頓着ともいってよい態度だった。「来いよ、もっとこっちへ、なあ」

その言葉に不安を覚えたのか、彼らは足を止めた。その瞬間、自分でも知らぬうちに、フィンは攻撃をかけていた。

ジェアドは〈手袋〉を両手につかんでいた。鱗は奇妙にしなやかで、何世紀もの時間がそれをすりへらしたかのようだった。そう、これをはめていたのは〈時〉そのものかもしれない。

こわいのか。〈監獄〉が面白そうに尋ねる。

「それはそうだ。ずっと昔からこわかったのだと思う」彼は突起のある重い鉤爪にふれた。「だが、これについてなんじは何を知っている?」

〈知者〉らはわしに感じることを教えてくれた。

「快楽を? それとも残忍さを?」

孤独を。そして絶望を。

ジェアドは首を振った。「みなはなんじに愛することを学んでほしかったのだ。なんじの〈囚人〉

たちを。彼らを心にかけることを」

相手の声は微妙にかすれ、ひびわれていた。サフィークよ、わしが愛したのはいまだかつておまえだけだということを、知っておろう。わしが心にかけたただひとりのものが、おまえだ。おまえはわが鎧に入った小さなひびだ。おまえが扉だ。

「だから、わたしを〈脱出〉させてくれたのか」

子どもはいつかは親から脱出してゆくものだ。つぶやくような声が〈門〉を通って、長い無人の廊下にのびていった。わしもこわいのだ。そう言った。

「なら、われわれはともにおそれようではないか」ジェアドは〈手袋〉に指をすべりこませた。きっちりとはめると、ずっと遠くで、ドンドンという音、扉を打ちたたくような音、あるいは自分の鼓動の音、千人もがせまってくる足音のような音がした。彼は目を閉じた。〈手袋〉に包まれた手は冷たくなり、おもての皮膚と一体化した。神経組織が焼けつくようだ。手を握りしめると、鉤爪が曲がった。身体は冷え、大きくなり、百万もの恐怖がひしめきあう場所となった。やがて全身が崩壊し、収縮して、内側へ、内側へと、無数の光の渦となって落ちていった。ジェアドは頭を垂れ、大声で叫んだ。


わしもこわいのだ。〈監獄〉のつぶやきがありとあらゆる広間に、森に、海に響きわたった。〈氷棟〉の奥深くで、その恐怖はつららを砕き、鳥の群れが、いかなる〈囚人〉も通りぬけたことのない金属の森、森の上を渡っていった。

リックスは目を閉じた。顔は恍惚の仮面と化した。両腕を突き出して叫んだ。「こののちは、だれも恐れる必要はない。見よ」

アッティアが息を呑む音が、クローディアには聞こえた。人々はすさまじい声を上げ、押し寄せてきた。跳びのきながらふりかえると、父がサフィークの像をまじまじと見つめていた。像の右手には〈手袋〉がはまっている。

驚いてクローディアは「どうして……」と言おうとしたが、大歓声の中につぶやきは呑みこまれた。像の指はドラゴンの皮膚、爪は鉤爪だった。しかもそれが動いていた。

右手がしなう。開いて、あたかも闇を手探りするかのように、あるいは何かに触れようとするかに、のびた。

人々はしんとなった。ひざまずく者もあり、背を向けて、瓦礫の山の間を逃げ帰る者もあった。

クローディアとアッティアは立ちつくしていた。アッティアは自分の驚きの大きさに、体がはじけ散りそうな気がした。目のあたりにしているもののふしぎさ、その意味を思うと、恐れと喜びのまじった叫びが喉をついて出そうだった。

〈管理人〉だけが平然と見つめていた。クローディアはここで何が起きているか、父にはわかっているのだと悟った。

「説明して」とささやいた。

父はサフィークの像を見つめていたが、その灰色の目には苦いながらも賛嘆の色があった。

「いとしいクローディア」いつもの皮肉な声で言った。「大いなる奇跡が起きた。この場に居あわせたのはなんたる幸いであろう」それからややおちついた声で言った。「どうやらわしはまたしても、ジェアド先生を見くびっていたらしいな」

火縄銃が火を噴いて、天井を裂いた。ひとりがすでにうめきながらくずおれている。フィンとケイロは背と背を合わせて、ゆっくりと回転した。

崩壊した廊下は、闇を背負った光がたえまなくもつれあう場所となっていた。マスケット銃が火を噴き、火球がフィンのわきの木の部分を砕いた。彼は銃をなぎはらうようにして撃ち返し、仮面の男を倒した。

背後のケイロはひったくったフェンシングの剣が折れるまで突きまくり、そのあとは剣を投げ出し、素手でのとっくみあいに入った。それは正確かつ残忍なすばやい動きで、かたわらのフィンにとっても、もはや〈領国〉も〈監獄〉も存在せず、ただ打ち合いと苦痛の熱い衝動しか存在しなかった。胸への突きをからくもかわし、相手を羽目板にたたきつける。

汗が目に流れこむなか、大声をあげたのは、メドリコートが突進してきたからだ。秘書の剣はそれて壁に刺さりこみ、両者ともとっさにそれに手をのばしてつかみあいになり、フィンは相手の胸をがっしり抱えこみ、押し倒そうとした。稲妻がひらめき、ケイロの笑みと、狼の鼻面の鋼の輝きが浮かび上がる。雷鳴が遠くかすかにとどろいた。

炎が炸裂する。その光の中、〈狼〉たちが身をひるがえすのもむなしく、その光に打たれて血みどろになって倒れるのをフィンは見た。

「武器を捨てろ」ケイロの声はどぎつくなまなましい。もう一度発砲すると、みなが体をすくめ、漆喰が雪のように飛び散った。「捨てろと言ってる！」

どさり、どさり、という音。

「じゃあ、床に寝ろ。立ってるやつは撃つ」

のろのろと、彼らは言われたとおりにした。フィンはメドリコートの仮面をはぎとって、投げすてた。いきなりかっと怒りが燃え上がった。「メドリコート、わたしが王だ。わかるか」声は憤怒にきしんでいた。「古い世界は終わる。この先は陰謀も嘘いつわりもない！」彼はぼろ人形のように相手をつかんで、壁にたたきつけた。「わたしがジャイルズだ。〈規定書〉は廃止する」

「フィン」ケイロがやってきて、彼の手から剣を取った。「それ以上やるな。どのみちこいつは半分死んでる」

のろのろと、フィンは男を放してやり、男はぐったりとくずおれた。フィンは〈誓いの兄弟〉のほうに向きなおった。しだいに目の焦点があってくる。さきほどまでは怒りが空気を波打たせていたように見えたのだ。

「きょうだい、おちつきを忘れるな」ケイロは捕虜たちを眺めた。「いつもおまえに言ってるだろう」

「おちついてる」

「よし。じゃ、少なくともここのやつらみたいに、やわにはなってなかったんだな」ケイロは勢いよくふりかえり、武器をもたげた。それを一度、二度、書斎の扉の黒鳥の紋章の下にたたきつけた。

すると扉はふるえて、内側に倒れこんだ。

フィンはケイロのわきをすりぬけ、よろめきつつ煙の中に足を踏みこんだ。

〈門〉が波打ちつつ開いていた。

だが室内にはだれもいなかった。

それは死だった。

暖かくねっとりして、波打っており、苦痛のようにジェアドの上を洗うように流れすぎてゆく。吸うべき息もなく、口に出す言葉もなかった。すべてが喉につかえていた。

やがて灰色の明るい光がひらめき、クローディアが、そしてその父とアッティアがその中に立っていた。ジェアドは手をのばし、クローディア、と呼ぼうとしたが、唇は大理石のように冷たくしびれ、舌もこわばって動かない。

「わたしは死んだのか」〈監獄〉に問いかけると、その問いは丘々のあいだを抜け、廊下を吹きすぎ、何世紀も昔にたてられた蜘蛛の巣だらけの回廊をささやきわたっていったので、彼はいまや自分が〈監獄〉であって、その夢のすべてがおのれの夢であることを知った。

自分は全世界でありながら、小さな存在だった。呼吸ができ、心臓は力強く打ち、視界ははっきりとしていた。大いなる悩みが自分から剥がれおち、重荷が背から落ちたような気がした。おそらくそのとおりだったのだろう。それは彼のこれまでの生だったからである。彼の中には、森があり、海があり、深い峡谷をまたぐ橋があり、彼の病が生まれた、からの白い〈小房《セル》〉へ下りてゆく螺旋階段があった。彼はそこを旅し、あらゆる秘密を味わい、その闇の中に落ちていった。謎の答えを知るものは彼のみ、〈外〉への扉を知るものは彼のみだった。

クローディアはその声をきいた。静けさのなかで、像がゆらゆら波打って、彼女の名を呼んだのだ。像を見つめながら、ふらりとあとずさると、父がその肘を支えてくれた。「決して恐れるな、と教えただろう？」静かに言った。「それに、あれがだれなのか、おまえは知っているはずだ」見つめるうちに、像は命を得ていった。開いた目は緑色、クローディアがあまりにもよく知っている知的で好奇心に満ちたまなざしだった。繊細な顔は青白さを失い、血の色がのぼってきた。長い髪が黒くなって揺れ、〈知者〉のローブが灰色の中に虹の光沢を得て輝いた。両腕を広げると、羽毛が翼のごとくきらめいた。

彼は台座から下りてきて、クローディアの前に立った。そして「クローディア」と言った。クローディア、と。

彼女の喉に言葉がつかえた。

だがリックスは、大音声にほめそやす人垣の中に飛びこんでいった。アッティアの手をつかみ、自分とともに頭を下げさせた。嵐のような拍手がつぎつぎに起こり、歓声がとどろいた。みずからの民を救うために戻ってきたサフィークを迎える、悲鳴のような叫びだった。

35

彼は最後の歌を歌った。その歌詞は、いまだかつて書き下ろされたことがなかった。だがそれは甘く、このうえなく美しく、それを聞いたものはまったき変容を遂げた。

それは星々を動かす歌だった、とも言われている。


『サフィークの最後の歌』


フィンはゆっくりとスクリーンに歩みより、そこに見入った。もはや画面は吹雪のような状態ではなく、鮮やかに澄みわたっており、ひとりの娘がまっすぐに自分のほうを見つめ返している。

「クローディア！」

彼女は聞いていないようだった。それでフィンは、自分がだれか他のものの目を通して彼女を見ていることに気づいた。それはごくわずかにぼやけた視界で、あたかも〈監獄〉の目が涙ににじんでいるかのようだった。

ケイロが後ろから近づいた。

「向こうでは、いったいどうなっちまったんだ」

あたかもその言葉が引き金になって、音源が入ったかのように、すさまじい声と喝采と歓喜の叫びが聞こえ、ふたりはぎくりとした。

クローディアは手をのばして、〈手袋〉をはめた手をとった。「先生。どうやってここに？　いったい何をなさったの？」

彼はいつものおだやかな笑みを浮かべた。「クローディア、新しい実験をしてみたつもりです。わたしのもっとも過激な研究の一環として」

「からかわないで」クローディアは鱗のある指の上で、こぶしを作った。

「わたしはあなたを裏切ったことはありません。女王はわたしに禁じられた知識の探求を許してくださった。この探求は、女王の思っておられたものとは違うと思いますが」

「先生が裏切るなんて、わたしは一度だって思ったことはなかったわ」彼女は〈手袋〉をじっと見た。「ここのひとたちは、あなたをサフィークだと思っているわ。それは違う、と話してあげて」

「わたしはサフィークです」彼の言葉にこたえる歓声はすさまじいものだったが、彼はクローディアから目を離さなかった。「クローディア、みなはサフィークを求めているのです。〈監獄〉とわたしは、彼らの安全を保証します」ドラゴンの指が彼女の指先をにぎった。「クローディ、ア、と、て、も、ふ、し、ぎ、な、気、分、で、す。あなたがたがみな、わたしの内部にいるような、そう、自分が皮を脱いでしまって、その下には新しい存在が隠れていたような、そんな気分です。あらゆるものがよく見えるし、さまざまの音が聞こえ、多くの心に触れられる。わたしは〈監獄〉の夢を夢見ています。どの夢もとても悲しいものです」

「でも、帰ってこられる？　ここにいつまでもいなければいけないの？」クローディアの愚痴は情けないものだったが、そんなことはどうでもよかった。たとえ自分の利己主義が、〈監獄〉のすべての〈囚人〉の妨げになってもかまわない。「ジェアド、あなたなしでは何もできないわ。あなたが必要なの」

彼はかぶりを振った。「あなたは女王になるんです。女王に教師は要りません」彼は手をのばして、両腕でクローディアを抱いて、額にキスをした。「でも、わたしはどこへも行きませんよ。あなたはわたしを時計の鎖にぶらさげてどこへでも連れてゆけますよ」と、クローディアの向こうの〈管理人〉に目をやった。「今からは、われわれのすべてが自由なのです」

〈管理人〉はかろうじて笑みを浮かべた。「では、おまえはけっきょく新しい体を見つけたわけだ」

おまえのすべての努力もむなしくな、ジョン・アーレックス。

「だが、おまえは〈脱出〉したわけではない」

ジェアドは肩をすくめた。見慣れぬ、わずかに異質なしぐさだった。「いや、したのだ。みずから〈脱出〉したが、**立ち去ることはない。これがサフィークというパラドックスなのだ」**

彼は片手を小さく動かし、そうするとみなが息を呑んだ。彼らの後ろ、彼らをぐるりととりまくように、壁という壁が光りだし、〈門〉の向こうの灰色の部屋が浮かび上がった。戸口には人がひしめきあい、フィンとケイロがぎょっとしたように後ずさった。ジェアドはふりかえった。「これで、わたしたちはひとつになりました。〈内〉と〈外〉とが」

「〈囚人〉も〈脱出〉できるということか」ケイロが切りつけるように言い、クローディアは彼らがすべてを聞いていたことを悟った。

ジェアドはにっこりした。「どこへ〈脱出〉するのですか。〈領国〉の廃墟の中へですか。ケイロ、われわれはここをみなの楽園にするのです。そもそものはじめの〈知者〉たちの計画どおりに。だれももう〈脱出〉する必要はありません。それは約束します。けれど扉は開かれています。行ったり来たりしたい人のために」

クローディアは一歩下がった。ジェアドのことはよく知っているつもりでいたのに、いまの彼は違っていた。彼の個性ともうひとりの個性が交わるかのよう、ふたつの違った声が溶けあってひとつになったかのようだった。さながら広間の床の白黒の市松格子のタイルが新たな模様を形作ったかのように。その模様がサフィークだった。クローディアがあたりを見まわすと、リックスが魅入られたようにじりじりと近づいてこようとしていた。そしてアッティアは青白い顔でたたずんだまま、フィンを見上げていた。

人々はざわめきあい、彼の言葉をくりかえし、口づてに伝えていた。約束が〈監獄〉の風景のすべてに響きわたるのが聞こえた。だがクローディアは、鬱々としてみじめな心持ちだった。かつて自分は〈管理人〉の娘で、今度は女王になる。でも、ジェアドがいなければ、それもまた新たな役割を演じるというゲームの一部にすぎない。

ジェアドは彼女のそばをすりぬけ、人々の前に出ていった。彼らは両手をさしのべ、彼に触れ、ドラゴンの〈手袋〉をつかみ、彼の足もとに打ち倒れた。ひとりの女がすすり泣いているのに、彼はやさしく手を触れ、両手でその手を包んだ。

「心配はいらぬ」〈管理人〉はクローディアの耳もとにそっとささやいた。

「心配です。先生は丈夫じゃないのに」

「いや、いまの彼ほど強いものはないと思うが」

「〈監獄〉に堕落させられちゃうかも」アッティアが言うと、クローディアは不服げに「何を言うの」と叱った。

「きっとそうだよ。〈監獄〉は残酷で、あなたの先生は優しすぎて、相手を支配なんてできない。前と同じように、よこしまな方向に向いていってしまうんだ」アッティアは冷酷に言った。その言葉がクローディアを傷つけるのはわかっていたが、言わずにはおれなかった。そして苦い思いで、もうひとつつけくわえた。「それにあなたとフィンが手に入れるのは、どうやら大したことのない王国みたいだし」

クローディアはフィンを見上げ、彼も見つめ返した。「〈外〉へ来いよ。ふたりとも」

背後でリックスが言った。「魔法の扉を開いてやろうか、アッティア。そしてわがはいは自分の〈跡継ぎ〉を取り戻すとするか」

「とんでもねえ」ケイロは青い目をフィンに走らせた。「こっちのほうが金払いがよさそうだ」

段のへりで、ジェアドはふりかえった。「ではリックス。もう少しだけ〈まことの魔法〉を見せてもらえるかな。扉を作ってくれ、リックス」

魔術師は大笑いした。ポケットから小さなチョークを取り出して、高くさしあげると、人々がそれを見つめた。それからリックスは身をかがめ、かつて像が立っていたところの大理石の床に、図を描きはじめた。注意深く牢獄の扉の絵を描いた。古めかしく、木でできており、格子がはまり、大きな鍵穴があり、鎖が何本もそこにかけわたしてある。その上に、彼は「**サフィーク**」と記した。

「みんな、おまえさんがサフィークだと思っている」背をのばしながら、ジェアドに言った。「もちろん、おまえさんは違う。でも決してあいつらには言わないから、安心しな」と、アッティアに近づいて、片目をつぶってみせた。「何もかも幻術さ。この話に似た説話がある。男が神々から火を盗んで、そのぬくもりで人間を助けた。すると神々はその男を永遠に鎖で縛りつけた。だが、彼はもがき、反抗しつづけて、世界の終わりには戻ってくることになってる。指の爪でできた船に乗ってね」ここでアッティアに悲しげな笑みを向けた。「おまえと別れるのは残念だよ、アッティア」

ジェアドは手をのばし、ドラゴンの鉤爪の先でチョークの扉に触れた。たちまちそれは本物になり、扉がガランと大きな音を立てて内側に倒れてゆくと、床には四角い闇が残った。

フィンはとまどって一歩下がった。その足もとにも床がぽっかりと口を開けたのだ。穴は黒くて中には何もなかった。

ジェアドはクローディアをそっと、そのへりへ連れていった。「行きなさい、クローディア。あなたはあちらに、わたしはこちらに。いっしょに働きましょう。これまでと同じに」

彼女はうなずいて、父を見た。〈管理人〉は言った。「ジェアド先生、娘にひとこと言ってもよろしいかな」

ジェアドは一礼して、身をひいた。

「ジェアドの言うとおりにするがいい」〈管理人〉は言った。

「父上は？」

父はいつもの冷ややかな笑みを浮かべた。「クローディア、わしの計画はおまえを女王にすることだった。そのためにわしは動いてきた。今度はわし自身が、わしのこの領域で、何かをするべき時だ。この新たな社会秩序にも、〈管理人〉は要るだろう。ジェアドは情け深すぎ、〈監獄〉は苛烈すぎるからな」

クローディアはうなずいた。それから言った。「ほんとうのことを教えて。ジャイルズ王子に何が起こったのですか」

彼はしばらく無言でいた。細い顎鬚を親指でさすった。「クローディア……」

「教えてください」

「それは必要なことか」彼はフィンを見た。「〈領国〉にはすでに王が立った」

「でも、ほんとうの王？」

彼の灰色の目がじっとクローディアを見すえた。「わしの娘なら、そんなことをわしにきはすまい」

彼女も口をつぐんだ。長いこと、ふたりはじっとお互いを見つめあった。それから礼法にしたがって、彼は娘の手を持ち上げてキスをし、彼女は腰をかがめておじぎをした。

「さようなら、父上」とささやいた。

「〈領国〉を建てなおせ。わしもときどき里帰りをする。これまでどおりだ。これからは、おまえもわしの帰宅をさほど恐れなくてすむのではないかな」

「恐れるなんてとんでもありませんわ」クローディアははねあげ扉のへりに歩いていった。そして父をふりかえった。「フィンの戴冠式には、いらしてくださらなくては」

「おまえのでもあるな」

彼女は肩をすくめた。それから最後にジェアドに一瞥を投げると、扉の内側の闇の中へと続く階段を下りてゆき、フィンがその手をつかんで、〈外〉へ引き上げた。

「行け、娘」リックスはアッティアに言った。

「いやだよ」彼女はスクリーンに見入った。「リックス、あんたは弟子をふたりともなくすことになるんだよ」

「それはそうだが、わがはいの力も増した。いまじゃ、翼の生えたものにさえ命を与えられるんだ。星々から人を連れてくることもできる。こいつは、どえらい演し《だ》物だ。わがはいは一流の術者になりおおせた。演し物の助手はいつでもほしいところではあるが……」

「あたし残っても……」

ケイロが言った。「おじけづいたか」

「おじけづく？」アッティアは彼をにらみあげた。「何にさ」

「〈外〉を見ることに」

「それがあんたになんの関係があるの」

彼は青く冷たい目で、肩をすくめた。「別に」

「あたりまえでしょ」

「でも、フィンは少しでも多くの手助けをほしがってる。もしおまえが少しでも感謝してるなら……」

「何にさ。〈手袋〉を手に入れたのはあたしだよ。あんたの命を救ってあげたのもあたしだよ」

フィンが言った。「おいでよ、アッティア。頼む。星空を見てほしいんだ。ギルダスもきっとそれを願っていた」

アッティアは無言で彼を見上げ、動かずにいた。何を考えていたにせよ、それはいっさい顔に出さなかった。だが〈監獄〉の目を分かちもったジェアドは、何かを見てとったのだろう。近づいてきて、アッティアの手をとり、ともに彼女は背を向けて、闇の中へと階段を下りてゆき、奇妙にふるえる空間の中へ入っていった。それはいきなりねじれて、階段は上りになり、ジェアドの手が彼女の手を離れると同時に、別の手が下りてきて、ひっぱり上げた。傷痕のあるたくましい手で、掌には焼け焦げた跡があり、鋼の爪を持っていた。

「わりと簡単だったろ?」ケイロが言った。

アッティアはぐるりを見まわした。部屋はおちついて灰色で、かすかに動力の音がしている。扉の外には破壊された廊下があり、怪我をした数人が壁にぐったりと寄りかかってこちらを見ていた。幽霊か何かを見るような顔で、アッティアを見た。

デスクの上のスクリーンでは、〈管理人〉の顔が薄れてゆこうとしていた。「クローディア、戴冠式にはもちろん行くが、結婚式の招待も待っておるぞ」

それからスクリーンは暗くなり、ジェアドの声がささやいた。わたしも待っていますよ。

下りるすべはなかったので、みなは階段の残骸をのぼって屋根の上に出た。

フィンは時計を取り出した。立方体を長いこと見つめてから、クローディアに渡した。「きみが持っているといい」

彼女は銀の立方体を掌にのせた。「みんな、ほんとうにこの中にいるのかしら。それとも〈監獄〉がどこにあるのか、わたしたちには永久にわからないのかな」

だがフィンには答えられなかった。クローディアは時計をぎゅっと握りしめて、彼のあとについて上っていった。

館の損壊のすさまじさに、クローディアはぞっとした。ずたずたになった壁掛けを指で確かめ、壁や窓の穴に、茫然と触れた。「ありえないわ。これを元通りになんて、できるわけがない」

「できるわけないぜ」ケイロがぶっきらぼうに言った。「〈監獄〉が残酷だとしたら、フィン、おまえも残酷だ。おれに楽園をちらっとのぞかせといて、一瞬で消しちまうんだからな」

その声がうしろへ響いてきた。みなの先に立って階段をのぼっていたので、

フィンはアッティアに目をやった。「ごめん」と静かに言った。「ふたりとも」

アッティアは肩をすくめた。「星さえ残ってれば、文句ないよ」

彼は最後の段で、わきへのいて彼女を通した。「そうだ。残ってる」

アッティアは石の胸壁に上がり、足を止めた。その顔には、彼自身にも覚えのある衝撃と驚きが唐

突に浮かび、彼女は空を見上げて息を呑んだ。

嵐が夜空の雲をすっかり追いはらっていた。まばゆい火のように、星々が神秘の秩序のもと、はるかな星雲をつらねて輝かしく並んでいた。見つめるアッティアの息が白い。後ろでケイロが目をまるくしていた。この魔法にとらえられ、じっと立ちつくしていた。

「あったんだ。ほんとにあったんだな」

〈領国〉は暗かった。落ちてゆく軍の残党が囲む野営のたき火がちらちらしていた。その向こうで、土地は隆起してほの暗い丘となり、黒い森のへりとなっていた。力を失った土地が夜気にさらされている。綺羅も豪奢も滅び去って、黒鳥を描いた絹の旗がぼろぼろに裂けたまま、みなの頭上にはためいていた。

「わたしたち、やっていけないわ」クローディアは首を振った。「これ以上どうすればいいのかわからない」

「わかるよ」アッティアは言った。

ケイロが指さす。「あいつらにもわかっている」

はるかかなた、貧しいものたちの小屋に点々とともる蠟燭の炎が見えた。〈監獄〉の憤怒と激情にさえも変化を受けなかったものだ。

「あれも星なんだよ」フィンは静かに言った。

神話とパノプティコン——ふたつの楽園衝動をめぐる翼ある神の物語

1 〈内〉と〈外〉『天路歴程』の旅の先にあるもの

前巻で、手にしたたったひとつの〈鍵〉に導かれ、巨大な〈監獄〉という〈内〉界から、〈外〉界に脱出を果たした若者フィン。そこにはほんとうの空があり、星があった。〈監獄〉の住民の多くが憧れる天空を、彼は見たのだ。

しかしそこは、かならずしもほんとうの楽園ではなかった。この巻では、〈外〉と〈内〉が対照化されつつも、並行関係の中で語られる。具体的には、〈外〉への非常脱出口とも呼ばれる〈サフィークの手袋〉という魔術的な品物の争奪をめぐって、物語は〈内〉と〈外〉の緊迫した連動関係の中に入ってゆく。

〈外〉のはずの世界〈領国〉。そこでは、月までも廃墟に化せしめた戦乱の歴史を終わらせるため、何世紀も前の王が、時間を止めてしまうことを思いたち、ヴィクトリア朝ふうの〈時代〉を設定し、それを永久保存すべく〈規定書〉を定め、田園やのどかな荘園屋敷、城などをすべてフェイクでこしらえあげている。天候さえも制御されている。〈時代〉にそぐわぬ科学技術などは表向き隠蔽され、しかしながら、そのテクノロジーでもって〈時代〉を再現しているのである。もちろん技術の進歩や新製品の開発は認められず（王家や上流の貴族たちはこっそりと美容や医療に使用している）、富裕層と貧困層の存在も前近代のまま、見かけはノスタルジックな世界に表向きの平和は保たれているが、その実体は、美化された過去という死んだ仕掛けを維持しつづけることに汲々としているテーマパーク的な疑似神話の世界でしかない。

作者は、従来の『天路歴程』（J・バニヤン）的なクエスト・ファンタジーの先にあるものを問いなおそうとしたともいえよう。どこかに到達することが、双六の上がりであるような直線的なファンタジーでは、おそらく語りきれない重たいものを。

いっぽう、監獄と名づけられた〈内〉なる世界のほうだが、こちらは逆に進んだテクノロジーがすべてを管理し、循環させつづける閉じた世界であり、もともとは自立した人工楽園をめざすプロジェクトだったという。最初は多数の〈知者〉が志願してその中に入ってゆき、完全なコントロール・システムを作りあげた。

その頭脳というべき〈監獄《インカースロン》〉は、いわばこの世界の神であり、住民ひとりびとりを把握し、食糧をはじめとする環境一切を司っている。あたかも巨大な身体の内部のごときそこでは、死体もまたリサイクルされ、〈小房〉と名づけられた細胞の中に再生されて生まれてくる。有機物の材料が不足してくると、生まれる生き物のどこかの部分にプラスティックや金属のパーツがまじりこむ。ぞっとするようなディストピアともいえるが、コントロールされつくしているにもかかわらず、なぜか不思議に〈体内感覚〉めいたものも漂う。ここでは小集団が抗争をくりかえし、疫病も流行する。〈監獄〉は慈悲深い神ではなく、あちこちにちりばめられた赤い目でもって、パノプティコン（一望監視装置）として監視し、記録し、ときに抹殺しようとする。

〈外〉と〈内〉、この二つの世界はそれぞれアルカディア（神話的な過去に楽園を求めようとする衝動）、とユートピア（未来にテクノロジーによる楽園を求めようとする衝動）、すなわち人類の二つの相異なる方向性を表しているように思われる。もちろんユートピアには完全管理、したがってパノプティコンはつきものだ。本書は何よりも、人類の楽園探求衝動自体をテーマにした物語であるともいえよう。

さらに、〈外〉（地表）と〈内〉（地下洞窟）という深層心理的表象、あるいはマクロコスモス、ミクロコスモスという世界構造的な関心に加えて、宗教的な「解脱」のテーマもここに忍びこんできている。ただひとり〈内〉から脱出を果たし、そしてふたたび帰ってくる人物、つまり両世界を架橋するサフィークという伝説の人物の行跡は、ときにプロメテウスに、ときにイカロスにたとえられ、冒険者であると同時に悟りを極めた求道者として、登場人物たちの心の支えになっている。

全体として、これらのベクトルや要素がダイナミックに絡みあって、わたしたちの深層心理をたえずざわざわとゆすぶり、ときにきらりと気づきを与え、またときには、強烈にヴィジュアルな地下洞窟兼胎内めぐりの奇想で震撼させる。そんな物語だということができるだろう。

2　新たなテーマとしての自己超克

〈監獄〉は管理の網に絡めとられ、自閉した〈内〉界であるが、すみずみまで探りつくされ、知悉《ちしつ》されたかに見えながらも、底知れぬ深淵をも宿している。まさに脳内世界だ。それを象徴するかのように、この巻では、己の世界を司る〈監獄《インカースロン》〉という知性体そのものが、やがて〈外〉への脱出に憧れ、夢見はじめるという、パラドックスに満ちた自己超克の運動がテーマとなっている。

フィンやケイロ、ギルダスたち〈収監者〉にとっては、望みは牢獄からの単純な脱出であり、脱出しさえすれば、自由な天地が開けるはずだった。しかし、結果はそうではなかったのだ。では、どうすればよいのか。この巻では「脱出」のメタフィジカルな意味をさらに問いなおす役割を〈監獄〉がになう。「脱出」はある場所から別の場所への「逃走」ではなく、「自己超克」あるいは「解脱」であらねばならない。

この〈内〉なる世界は、〈外〉の〈管理人〉の懐中時計の飾りである、銀色の立方体の中にある（らしい）。どんな宇宙も、とほうもない大きさの巨人の手の中に入ってしまうという入れ子宇宙の存在がほのめかされる。そして、内側へ入ってゆくには、縮尺の変換を含めたテクノロジーの極みが必要とされる。〈宮殿〉と〈管理人領〉の両方に、ホログラムのごとく相同の〈門〉という中継地点が設置されている。このあたりの描写はミクロコスモスへの招待としても魅惑的だ。無限に入れ子になる世界であってみれば、自己を超え出ようとする衝動とは、卵から出ようとする孵化の衝動でもあることがわかる。

ジェアドがこの縮尺問題を鳥の青い羽根で実験する場面は印象深い。訳者はこの場面で、ふとヘルマン・ヘッセの『デミアン』の中の、アプラクサスという孵化する神のエピソードを想起した（「鳥は卵の中から抜け出ようと戦う。卵は世界だ。生まれようと欲するものは、一つの世界を破壊しなければならない。鳥は神に向かって飛ぶ。神の名はアプラクサスという」というデミアンからの伝言の一節である）。

さらにこの巻では〈監獄〉だけではなく、前巻から引き続いての登場人物たちも〈世界内存在〉としての己への苛立ちを強めてゆく。

フィンは、憧れ求めた自分本来の世界、つまり〈外〉へ帰ったはずなのに、王子としての記憶は戻らないし、ヴィジョンの発作も完治しないし、〈領国〉はまやかしの平和と欺瞞と政治に満ちている。その象徴のような女王は、フィンが、自分の生んだカスパー王子を退けて即位することを喜ばない。あらたな陰謀が企てられ、それに対して、この世界のゆがみをただし、〈規定書〉を廃そうとする結社〈鋼の狼〉も暗躍する。うわべをとりつくろった宮廷の優雅さよりも、弱肉強食の監獄の野蛮さのほうがよかったかもしれない、とさえフィンは思いはじめる。閉塞感は〈外〉も〈内〉も同じなのだ。

本物の王子を取り戻し、カスパーとの結婚を免れたはずのクローディアも同じように疑念にさいなまれる。フィンは、ほんとうに記憶喪失の王子なのか？　別人なのではないか。くわえて、これまで

〈管理人〉の娘としての特権的な地位に安住してきたものの、実は〈監獄〉から連れてこられた身代わりだった、という自己のアイデンティティと優越感の崩壊もある。女王は彼女をも抹殺しようとしはじめる。彼女は、フィンとは逆に、ほんとうは〈内〉の存在だったのだ。

そして、クローディアをずっと支えてきた〈知者〉ジェアドも、余命二年といわれる持病をかかえ、〈監獄〉との往還の秘密をそれまでに解き明かせるかどうか心もとない。純粋な聖者を思わせる彼だけは最初から、自分がいかなる楽園にも属していないことを知っている。「わたしたちはみな監獄の中にいる」ことを。

フィンに置いてゆかれたケイロとアッティアは、閉塞した〈内〉から〈脱出〉したい苛立ちのあまり、あやしげな魔術師リックスの持つ〈サフィークの手袋〉なる品物に希望を託す。

だれひとり自分の正義と存在に確信を持ちえないこの続編で、最後に〈二つの世界〉を超克するものはだれなのか。

ファンタジー小説が往々にして発揮する、アクロバティックな大転回のラストを、本書はまがりなりにも達成したように思われる。理詰めのＳＦには不可能な結末を、神話とテクノロジーのアマルガムが成し遂げている。結末を詳しく書くことは控えたいが、「脱出はするが、立ち去りはしない」救世主サフィークの悟りが、本書の結論であろう。

3　狂気とフェイク――「まこととの魔法とは幻を操るわざ」

ある意味では、この続篇の主役あるいは触媒は、狂気を秘めた魔術師リックスであるといえるのかもしれない。フリークショウと魔術の興行を打ちながら、〈監獄〉世界をめぐるこの男は、〈サフィークの手袋〉なるアイテムを手にしている。神話的な遺物でもあり、サイバー世界へのインターフェイスともなるこの道具は、彼という存在自身の喩のようにさえ思われる。すなわち現世をしたたかに生きながら、ときにこの世の外の奇跡にも触れてしまう男だ。

奇跡に触れることのできる、この手袋はいったいいくつあるのか。彼のもとで無限増殖するかに見えるこのアイテムもまた単なる象徴、意識を変性させるためのきっかけにすぎないのかもしれない。彼の相棒となるアッティアやケイロにも、ついにその真実はわからない。

ひとつ興味深いのは、手品を始めとするフェイクの達人である彼が、フェイクを極めた末に、狂気へと突き抜け、奇跡を行いうるということだ。それはフェイクから脱出したのではない。フェイクとほんとうが同じものになる領域を、彼は知っているのだ。「まことの魔法とは幻を操るわざ」であり、イリュージョンでありながら魔法でもある、その領域こそが、〈内〉でもなく〈外〉でもない、真に自由な位相空間であることを。

そこに達するとき、彼はサフィークとなり、もうひとつの世界でのジェアド＝サフィークと同期する。

大団円をへて、わたしたちが受けとるメッセージはさまざまである。〈内〉の管理システムも、〈外〉の疑似自然も、どちらも本来は楽園をめざす衝動であったのだが、ともに自己閉塞に陥った。現代のわたしたちが抱えている問題そのものである。たとえば管理社会と場当たり的なエコロジー政策。真に自由な楽園はどこにあるのか。

これからフィンとクローディアが築くはずの〈外〉の楽園、そして管理人と新たな翼ある神の築くはずの〈内〉なる楽園。それらが楽園となるかどうかはわからないが、少なくともそれが双方向に往還可能な閉ざされていない領域であることは確かだ。

作者はその詳細を語らず、読者の手に味わい深く残してゆく。


巨大な喩の迷宮とも見える本書の中を旅するのは、訳者としても一種の胎内めぐり的な体験であった。作者の暗鬱な奇想が生み出す〈鎖男〉やハーフマン、カブトムシと呼ばれる自動掃除機の這いまわる地下道といった〈監獄〉内部の産道をへめぐったあげくに意識が生まれ出たはずの外界もまた〈囲いこまれた庭〉であった、という設定は重苦しいものでもあったが、それだけに魅惑の種も無限に仕込まれている。各シーンのインパクトの強さは類を見ず、それでも諦めない登場人物たちの意欲と折れない心には感服した。

読みようによっては幻滅と絶望に満ちたこの物語は、児童文学の領域を越えて、もっときわどく、もっと恐ろしく描きこまれてもよかったかもしれない。

そしてそこでは、ジェアドとクローディアの愛情こそ、もっと突き詰められてほしかったという思いもある。そのほか、自らの記憶の不確かさに悩むフィン、無鉄砲で短気だが、わずかな身体的弱点を含めてまさしく英雄そのものである美丈夫ケイロ、決して諦めない生命力旺盛な少女アッティア、冷酷でありながらジェアドに人間的な嫉妬も見せる〈管理人〉アーレックス、アンチエイジングの権化の女王シア、そしてサフィークをときおりその身に宿すかのような狂気の魔術師リックス。魅惑的な人物は数多い。きわめて啓示的なテーマともあいまって、映像化の話が出たこともうなずける。

思えば、前巻『インカースロン』の訳書が出たのは、東日本大震災のさなかというか直後であった。家中に積み重なった瓦礫ならぬ本や箱の山をよじのぼり、乗り越えながら、緊急のバイク便で何度も届く校正刷りを見た。あの大災害から、わたしたちは脱出できたのか?〈外〉はほんとうにあるのだろうか?

いま、本書『サフィーク』の意味はさらに重いように思われる。映像のほうは、まだ進展を見ていないようであるが、この一冊の中に詰めこまれたヴィジョンのなみなみならぬ重さと啓示をとりあえずじっくりと味わっていただきたいと思う。

最後になるが、原書房の寿田英洋、廣井洋子両氏に、改めて心より御礼を申し上げたい。

二〇一三年五月

井辻朱美

キャサリン・フィッシャー（Catherine Fisher）
イギリスのウェールズ在住の作家、詩人。３冊の詩集があり、こども向けの作品も多く書いている。デビュー作『呪術師のゲーム』は、スマーティーズ賞の候補作となり（1990）、『キャンドル・マン』でティル・ナ・ノーグ賞を受賞（1995）、『スノーウォーカーズ・サン』３部作でも賞を受賞している。邦訳に、「サソリの神」３部作がある。神話、伝説、超自然的な事柄が作品の重要なテーマとなっている。『インカースロン』（2007）は2010年にアメリカで出版され、ニューヨーク・タイムズの児童書欄のベストセラー・リストに登場、20世紀フォックスが映画化の権利を取得している。

井辻朱美（いつじ・あけみ）
歌人、翻訳家。東京大学理学部生物学科卒、同大学院人文系研究科比較文学比較文化修了。「水の中のフリュート」30首で、第21回短歌研究新人賞、『エルリック・シリーズ』（ムアコック、早川書房）で第17回星雲賞海外長編翻訳部門、『歌う石』（メリング、講談社）で第43回サンケイ児童出版文化賞、『ファンタジーの魔法空間』（岩波書店）で第27回日本児童文学学会賞をそれぞれ受賞。早川書房、東京創元社、講談社などでファンタジーの翻訳、紹介、創作にたずさわる。歌集に『水晶散歩』（沖積社）『コリオリの風』（河出書房新社）、評論集に『魔法のほうき――ファンタジーの癒し』（廣済堂出版）『ファンタジー万華鏡』（研究社）、ファンタジー作品に『風街物語・完全版』（アトリエOCTA）『遙かよりくる飛行船』（理論社）などがある。翻訳書多数。現在、白百合女子大学文学部教授。

サフィーク
魔術師《まじゅつし》の手袋《てぶくろ》

●

2013年7月5日　第1刷

著者………キャサリン・フィッシャー
訳者………井辻朱美《いつじあけみ》
装幀者………川島進（スタジオ・ギブ）

本文組版・印刷………株式会社ディグ
カバー印刷………株式会社明光社
製本………小高製本工業株式会社
発行者………成瀬雅人

発行所………株式会社原書房
〒160-0022　東京都新宿区新宿1-25-13
電話・代表　03(3354)0685
http://www.harashobo.co.jp
振替・00150-6-151594
ISBN978-4-562-04924-0